체코 단편소설 걸작선

체코 단편소설 걸작선

초판 1쇄 펴낸 날 / 2011년 7월 21일

지은이 • 얀 네루다 · 카렐 차페크 외 | 엮은이 • 이바나 보즈데호바 · 야로슬라프 올샤, jr.
옮긴이 • 김규진 · 김동기 · 이정인 | 펴낸이 • 임형욱 | 편집주간 • 김경실
편집장 • 정성민 | 디자인 • 조현자 | 영업 • 이다윗 | 독자교열 • 김두경
펴낸곳 • 행복한책읽기 | 주소 • 서울시 중구 필동3가 15 문화빌딩 403호
전화 • 02-2277-9216,7 | 팩스 • 02-2277-8283 | E-mail • happysf@naver.com
필름출력 • 버전업 | 인쇄 제본 • 동양인쇄주식회사 | 배본처 • 뱅크북
등록 • 2001년 2월 5일 제2-3258호 | ISBN 978-89-89571-73-5 03890 값 • 14,000원

체코 단편소설 걸작선

얀 네루다 · 카렐 차페크 외 지음
이바나 보즈데호바 · 야로슬라프 올샤, jr. 엮음
김규진 · 김동기 · 이정인 옮김

행복한책읽기

차례

야로슬라프 하셰크_ Jaroslav Hašek

금주인의 밤, 또는 미국식 즐거움

Pokus O abstinentní večírek čili Amerikánská zábava

1

널리 알려진 성경 속 인물인 함의 일화는 술을 마시면 어떻게 되는지에 대한 가장 슬픈 증거를 보여준다. 역사의 심판은 함이 자기 아버지 노아에게 행한 행위가 도덕과 선행에 역행하는 범죄행위라고 비난하고 있다.(창세기 9장 18절 27절; 노아에게는 셈, 함, 야벳이라는 세 아들이 있었다. 어느 날 술에 취해 벌거벗은 채 잠든 노아를 본 아들 함은 아버지의 나체를 보았노라고 형제들에게 말했고, 그 말을 들은 셈과 야벳은 옷을 가지고 뒤로 걸어 들어가 노아의 하체를 덮어 가려 주었다. 술이 깬 노아는 자신의 하체를 본 함과 그 자손인 가나안 사람들은 저주를 받아 그 형제들의 종이 될 것을 기원했고 이는 그대로 이루어졌다.)

잠옷만 걸치고 성스러운 미사를 올리려 했던 인터라켄 출신의 고주망태 신부의 경우도 유명하다. 내 친구 슬라빅의 경우는 한층 심하다. 술에 잔뜩 취해 드레스덴 동물원에서 아주 매혹적인 맹독성 코브라 새끼를 산 채로 말끔히 먹어치웠다.

이러저러한 일화들을 통해 사람들은 알코올로 인한 끔찍한 결과에 대해 깊이 생각하게 되었다. 미국은 알코올에 대한 자성의 일환으로 금주법의 도입을 감행했고 인간의 통찰력과 독창성이 어떻게 증진되는지 주류판매법의 위반을 통하여 전 세계에 보여주었다. 금주법으로 인한 스트레스 때문에 일생 동안 술이라곤 입에 대 보지 않았던 사람들이 브랜디 중독자가 되고, 살롱과 바 주인들이 사기꾼이 되었기 때문에 소위 광란의 금주운동이 전개되었다.

"위스키와 브랜디!" 이것이 오늘날 미국 전역에 울려 퍼지는 유행어이다. 뉴욕에서 샌프란시스코까지, 캐나다에서 멕시코까지.

오늘날 이 거대한 땅에 매일 수백만 명의 신사들이 수백만 개의 바에서, 바 주인이 자신에게 다가와서 한 잔의 위스키를 벌린 입에 따라 주고 돈을 받을 때까지 기다리고 있다. 오늘날 미국은 이렇게 되어 버렸다. 경찰 끄나풀 때문에 알코올을 병으로 팔 수는 없다. 압수된 병이 증거물이 될 수 있기 때문이다. 그러니 신사들이 그냥 아가리만 벌리고 있으면 거기에 그 걸 따르는 식이다.

우리 보헤미아(체코의 서부 지역) 지방에서는 인류에게 주어진 가장 아름다운 선물은 금주법이라고 주장하는 YMCA나 구세군의 굳은 이념이 호응을 얻지 못하고 있다.

금주법은 범죄율을 높이는 결과를 초래하여 오늘날 미국에는 이미 7만 명 이상의 사람들이 불법으로 알코올을 팔았다는 죄명으로 감옥에 있으며, 범죄통계 부문에서도 미국이 세계 1위를 달리고 있다.

그러나 우리나라의 알코올 중독은 유구한 역사를 등에 업고 일종의 일상사가 되어 버렸다. 즉 왕들은 자신들의 특권을 이용하여 각 도시마다 맥주 주조를 명했고 국민들에게 똑같은 맥주를 마시도록 강요했다. YMCA로서는 이보다 좋은 기회가 어디 있겠는가! 하지만 우리는 다음과 같이 하고 있다. 맥주의 도수가 겨우 8도인 경우에는 각 맥주잔에 넉 잔이나 석 잔의 위스키를 더 부어 그 도수를 높인다. 또 10도의 맥주 반 잔에 한 잔의 위스키를 첨가해서 그 품격을 높인다.

YMCA가 만든 음주 절제 호소가 담긴 온갖 팸플릿은 휴지 조각에 불과했고 오히려 신문 광고란에는 70도의 술이 "원 샷!" "와서 마셔 보세요!"라는 요란한 문구로 버젓이 선전되고 있다.

2

‘금주인의 밤, 또는 미국식 즐거움’이라는 행사를 주최했던 그 도시가 우리 공화국의 여느 다른 도시보다 방탕하다고는 말할 수 없다. 이 도시의 알코올 중독자들은 다른 도시들의 알코올 중독자들과 보조를 같이 했다. 즉 다섯 명당 한 명꼴로 술고래이고 평균 주민 세 명당 한 명꼴로 하루에 한 병의 술을 마셨다. 동일한 주민 수를 가진 여느 다른 도시와 마찬가지로 밤마다 의식을 잃을 정도로 취하는 사람이 십수명이었으며 낮 동안에는 두 명이나 세 명의 고주망태들이 인도 위에 나뒹굴고 있었다. 또한 이 도시가 다른 도시보다 밤마다 고성방가가 심했다거나 무절제한 폭음이 난무했다고도 말할 수 없다. 이곳저곳에서 서로 상대방을 지팡이로 찔러 때려눕혔고 1년에 한번 정도 상습적 음주로 인하여 누군가가 누군가를 그냥 칼로 간질이는, 뭐, 그냥 그 정도에 불과했다.

이러한 이유로, 남편을 사별한 후 미국에서 고향으로 돌아온 어떤 부인이 ‘금주인의 밤, 또는 미국식 즐거움’이라는 행사계획으로 사람들을 들뜨게 했을 때, 이것이야말로 이 도시로서는 엄청난 충격이 아닐 수 없었다. 그 행사는 바사타 씨의 주점에서 열린다고 했다.

그 가엾은 바사타 씨는 120개의 의자와 80개의 찻잔을 조달해야 했다. 차는 그 미국 부인이 철도 공무원의 처와 함께 끓일 예정이었다. 그 철도 공무원의 처는 금주인의 밤 행사 준비에 기꺼이 참여하기로 결심했는데 그 이유는 요컨대 남편이 고주망태까지는 아니더라도 하루도 빠짐없이 얼근히 취해서 귀가하기 때문이었다.

미국에서 온 그 부인의 남편은 앨라배마 금주운동 선구자 중 한 사람이었고 어느 이교집단의 주임 설교자였다고 한다.

그 부인이 시켜 인쇄한 포스터의 네 귀퉁이는 마치 장례 부고장처럼 검정색으로 칠해져 있었다.

금주인의 밤
미국식 즐거움

무 알코올
취객 사절!

알코올은 하느님의 형상인 인간을
이성이 결여된 동물의 형상으로 추락시킵니다!

4월 9일에 알코올 없이
바사타 씨의 주점에서 마음껏 즐기세요!

오프닝: 저녁 7시

개회사: 우리 시가 낳은 픽 노운 부인

다양한 친교 게임 제공

음료수로는 차가 제공될 예정

많이 오서서

알코올과 같이하는 즐거움, 혹은 알코올 없는 즐거움

둘 중 무엇이 더 나은지 확인하세요!

포스터의 내용이 사람들에게 알려지고 은퇴한 고령의 산림관 폴리브카의 다음과 같은 신랄한 설명이 더해지자 도시의 분위기는 그야말로 폭동, 그 자체였다. "이따위 식의 즐거움은 주점에 어울리지 않아. 찻잔 들고 잔디밭으로 가서 하라고 그래."

교회 성가대 지휘자 보래치는 한술 더 떠서 역에 있는 주점에서 이렇게 말했다. "거기 가서 한번 떡이 되도록 머리 꼭대기까지 끝장나게 마셔 봐야지."

많은 시민들이 똑같은 생각을 하고 있었다.

금주인의 밤 행사에는 벌써부터 어두운 구름이 드리워지고 있었다.

픽 노운 부인은 아주 공을 들여 짧은 연설을 준비했는데 이 연설은 바사타 주점 홀에 선풍적인 인기를 몰고 왔다. 수많은 청중이 운집했는데 순전히 상습적인 술고래들과 그들의 아내들이었다. 그녀들이 온 이유는 이 행사가 자신들의 남편들에게 어떤 변화를 가져올지 살펴보기 위해서였다.

언젠가 앨라배마에서 고인이 된 남편이 "이제야말로 위스키를 끊고 성경에 의지하여 살라"는 벼락 같은 설교를 통하여 황량한 서부에서 온 노련한 악당들을 어떻게 훈계했는지를 픽 노운 부인은 아직도 생생하게 기억하고 있었다.

픽 노운 부인은 미국정신이 그득한 내용 속에 호된 비난의 양념을 섞어가며 연설을 했다. 가장 강도가 약한 비난이라는 것이 술 마시는 사람들은 틀림없이 하나같이 비열한 불량배라는 것이었는데 이 말이 나오자 그곳에 참석한 부인들의 반수 가량이 남편들을 쿡 찌르며 핀잔을 놓았다. "들었어? 내가 당신에게 늘 했던 말이잖아."

부인은 또한 방종한 생활방식 때문에 마지막에는 전기의자에서 생을 마감하는 미국 주당들에 관한 서너 개의 일화도 빼놓지 않았다.

청중들 중 몇 명이 살짝 홀을 빠져나와 카운터에서 한잔 들이키려 했으나 출입구를 지키고 있던 철도 공무원의 처가 이들을 문 앞에서 되돌려 보냈다. 그러나 소용없는 일이었다. 몇 명의 신사가 홀의 창문을 통하여 정원으로 뛰어내렸기 때문이다. 그 다음에 주방으로, 그리고 주방에서 카운터로!

이러한 경로로 참가했던 모든 남성들이 사라진 후에야 픽노운 부인은 연설을 끝냈고 이제 행사 프로그램을 진행할 것을 선언했다. 다음 순서는 친교게임이었다. 그녀는 게임 진행 방식을 설명하고, 호루라기로 신호를 하면 시작 된다고 설명했다. 그리고 축구시합에서 심판이 사용하는 것과 같은 호루라기를 주머니에서 꺼냈다.

첫 번째 게임은 다음과 같았다. 두 원을 만드는데 여성들은 바깥 원을 만들고 남성들은 안쪽 원을 만든다. 이때 두 원의 여성과 남성은 손을 잡고 서로 마주 보고 윤무를 하듯이 움직인다. 그러나 두 원이 만들어지고 게임이 시작되기도 전에 두 명의 참가자를 부인들이 카운터로 데려가야만 했다. 그동안 카운터에서 어떻게나 성공적으로 마셔댔는지 윤무가 시작되고 사람들이 서로 손을 건네는 순간 엎어져 버렸던 것이다.

이런 식의 금주운동은 남자들에게는 좋은 기회였다. 왜냐하면 여러 개의 친교게임 사이에 허락된 짧은 휴식시간을 이용해 많은 것을 할 수 있었기 때문이다. 참가자들은 엄청나게 급한 속도로 자신의 목구멍에 알코올을 들이부었다. 이전엔 이렇게까지 퍼부어 댄 적은 없었다. 다음 게임이 시작되기도 전에, 전에는 기껏해야 하루에 넉 잔의 맥주를 마셨던 남자가 브랜디 반 병을 마시고 곤드레만드레가 된 상태에서 하마터면 뜰에 있는 돼지우리에 불을 지를 뻔했다. 엄연한 백주 대낮인데도 손에 타오르는 성냥불을 들고 홀의 입구를 찾고 있었던 것이다.

두 번째 미국식 친교게임은 한층 우스꽝스러웠다. 식탁 위에 놓인 접시에 열 개의 완두콩이 들어 있었다. 식탁용 나이프의 납작한 옆면 위에 이 완두콩들을 올리고 홀의 반대쪽 끝으로 나른 다음 곧바로 픽 노운 부인의 무릎에 올려놓는 것이 게임의 내용이었다.

술기운이 이미 머리까지 오른 사람들은 아주 흥겹게 게임을 즐기고 있었다. 사람들은 식탁에 다가가서 적어도 완두콩 한 개만이라도 나이프 위에 올리려는 헛된 시도를 되풀이했다. 급기야는 모든 사람들 중 가장 만취 상태였던 펙시더 씨가 자신의 나이프에 몰래 침을 뱉어 열 개의 완두콩을 쉽게 올리고는, 홀의 반대편 끝으로 운반해 가서 픽 노운 부인의 무릎에 올러놓으면서 곧바로 점잖게 부인의 치마에 그의 칼을 닦았다.

헌신적으로 행사를 개최한 부인이 제공한 차와 비스킷을 철도 공무원의 처가 한 사람 한 사람에게 나누어 주는 짧은 휴식시간이 되자 펙시더 씨가 "자, 이제, 밤늦게까지 실컷 놀아 보자"라고 환호했고 이에 기꺼이 추종하며 화답하듯 남자들이 주점의 카운터를 꽉 메우고 말았다.

모두의 눈에서 기쁨의 광채가 뿜어져 나오고 행사 전체가 점점 그들의 맘에 든 나머지 이제는 이어지는 미국식 친교게임마다 커다란 환호로 환영했다.

무릎이 후들거려 의자에서 일어날 수 없는 사람들만 빼고 주점의 손님들이 다음 게임을 위하여 모두 다시 집합했을 때, 픽 노운 부인은 축구 심판이 오프 사이드를 알리듯 호루라기를 불고는 "모든 남자들은 나가 주세요!"라고 외쳤고 남자들은 후론족(이로쿼이어를 사용하는 북아메리카 인디언으로 휴런족이라고도 한다.) 인디언처럼 포효하며 반겼다.

남자들이 홀을 떠나자 남은 부인들에게 1부터 100까지의 숫자를 나누어 주었다. 가장 낮은 숫자를 가진 부인을 자루 속에 들어가게 한 뒤 자루 입구를 묶고 탁자 위에 올려놓았다. 이어 명랑한 기분에 들뜬 남자들을 홀 안으로 불러들였고 자루 속 부인을 경매에 붙였다. 최초로 붙여진 호가(呼價)는 20할레르시(체코의 동전)였다. 자루 속 부인을 획득한 사람은 10코루나(체코의 화폐 단위) 60할레르시로 가장 고액을 부른 퇴직 산림관이었다. 그 퇴직 산림관은 얼마 안 되는 액수로, 충격으로 반죽음이 된 우체국장 부인의 할머니를 획득했다. 손녀가 할머니를 이곳에 데려왔고 모든 부인들이 기쁜 마음으로 1번을 그녀에게 주었던 것이었다.

퇴직 산림관의 얼굴이 처음에는 납처럼 하얗게 변하더니 이어서 칠면조처럼 빨갛게 될 정도로 분노했고 조끼 주머니에서 시계를 꺼낸 후 바지 주머니에 넣고 바지와 조끼를 벗었다. 그 다음 그는 그것들을 다시 입더니 위협적인 언사로 말했다. "자, 봐라! 이젠 됐지?!"

이어서 그가 이제 어떤 행동을 할지 궁금해 하며 모두 긴장한 채 기다렸지만 더 이상 아무 일도 일어나지 않았다. 퇴직 산림관 폴리브카는 침을 뱉으면서 경멸스런 말투로 "불한당들 같으니라고"라고 말하고는 머리를 바짝 쳐들고는 거만하게 카운터로 걸어갔다. 카운터에서 그는 바사타 씨에게 다시 한번, 그전에도 그랬던 것처럼 확신에 찬 의견을 피력했다. "이 따위 식의 즐거움은 주점에 어울리지 않아. 찻잔 들고 잔디밭으로 가서 하라고 그래!"

이러한 상황에도 불구하고 하마터면 돼지우리를 불태워 버릴 뻔했던 남자는 너무 유쾌한 나머지 자신이 의자에서 떨어지지 않게 잡고 있는 아내에게 말을 더듬으며 "그-그-그-금주를 하는 것이 어-어-어-어-얼마나 좋은 것인지 이제야 비로소 아-아-아-알겠어"라고 말했다.

이 말을 들은 그의 아내가 대꾸했다. "내가 당신 때문에 만천하에 이런 망신을 당할 줄이야 누가 생각이나 했겠어."

곧이어 픽 노운 부인은 오프사이드 호루라기를 분 후 남자 같은 무뚝뚝한 목소리로 "여자들은 모두 나가 주세요!"라고 외쳤다. 주점 바사타의 스페셜 위스키를 시음하려는 남자들의 반 정도가 이 기회를 놓칠 리 없었고, 그래서 그들은 당연히 이러한 틈새 휴식을 반기면서 여자들을 따라 나갔다. 홀 안에는 나머지 남성들과 픽 노운 부인만이 남게 되었다.

행사 내내 모든 것이 순조롭게 진행된 것이 믿기지 않았기 때문에 품위 있는 이 부인은 본인의 금주 아이디어에 자신도 아주 매료되어 있었다. 한 떼의 남성에 둘러싸인 퇴직 산림관 폴리브카 씨가, 역에 있는 주점에서 "거기 가서 한번 떡이 되도록 머리 꼭대기까지 끝장나게 마셔 봐야지"라고 언급한 것으로 소문이 자자했던 교회 성가대 지휘자 보래치와 함께 갈지자로 홀 안으로 들어왔을 때에야 비로소 이 고매한 성격의 소유자인 부인은 무엇인가 불순한 일이 벌어지고 있다는 것을 눈치챘다.

픽 노운 부인이 어떻게 남성들을 경매에 부칠 수 있는지 막 설명하려는 찰나 그 두 사람, 폴리브카와 보래치가 신병들처럼 서로의 목을 어깨동무하고 그녀에게 다가왔고, 그와 동시에 기묘한 원을 그리면서 창문의 유리가 덜거덕덜거덕 소리 내며 울릴 정도로 고래고래 소리 지르며 오래된 옛 노래를 불러 댔다. "술 마시고 말짱하다는 것은 큰 행복이라네, 계속 부어 대며 마셔 보자……."

픽 노운 부인은 자신도 어떻게 된 일인지 몰랐을 정도로 순식간에 폴리브카의 무릎 위에 올라탄 꼴이 되었고, 그는 부인을 흔들면서 "기수 양반, 따그닥따그닥, 달려 보게나, 떨어지면 비명 지르게나……"라는 가사로 노래를 불렀다.

교회 성가대 지휘자 보래치는 부인의 뺨을 꼬집고 파마 머리에서 머리핀을 뽑아 그의 이빨을 쑤셨다. 부인은 사람들이 자신의 입을 벌리고 위스키를 붓고 누군가가 자신의 무릎을 때리는 것을 느꼈다.

이어서 여자들이 돌아와서 모두를 내쫓았고 마치 사육제 행사인 것처럼 주점을 몽땅 때려 부수었다…….

4

바사타 씨는 앞선 3장의 끝에서 입은 손실에도 불구하고 주점의 열악한 상황이 오로지 '금주인의 밤, 또는 미국식 즐거움' 이라는 행사를 통하여 개선될 수 있었노라고 모든 사람들에게 설명했다.

야로슬라프 하셰크_ Jaroslav Hašek

나의 애견가게

Můj obchod se psy

1

돌이켜 보니 나는 모든 종류의 동물들을 사랑한 것 같다. 어린 시절부터 나는 늘 생쥐를 집에 들여놨고, 한번은 방학 내내 학교 건물 뒤에서 죽은 고양이와 놀면서 지냈다.

뱀에 재니를 붙인 적도 있었다. 어느 땐가는 숲 속 바위투성이의 언덕 비탈에서 종류를 알 수 없는 뱀을 잡았는데, 그 뱀을 집으로 가져와 아주 싫어하는 안나 고모의 침대 속에 넣으려고 했었다. 다행스럽게도 산지기가 와서 맹독성 뱀이라고 결론을 내려 죽여 버렸고, 당연히 해당 보상금을 타내려고 그 뱀을 뺏어 가 버렸다. 열여덟 살부터 스물네 살까지는 아주 커다란 동물에 관심을 기울였던 것 같다. 낙타는 물론 종류가 가지각색인 코끼리에도 재미를 붙였다.

그러더니 스물네 살부터 스물여덟 살 사이에는, 동물에게 느끼는 흥미의 폭이 좁아지고 축소되기 시작했다. 즉 흥미의 대상이 소와 말에 집중되었다. 나는 종마 사육장이나 한 떼의 순종 가축을 간절하게 갖고 싶어 했다. 그러나 그 소원은 꿈으로만 남게 되었고, 이제 내가 신경 쓸 수 있는 일이라고는 오직 비교적 작은 종류의 동물을 사랑하는 것이었다. 나이가 서른 살 정도 되었을 때, 나는 고양이보다 개를 더 좋아했고, 나와 친척들 사이에 의견충돌이 일어났다. 내가 평범한 생활을 하지 않고 있고, 자립을 위해 아직까지 아무것도 한 것이 없다고 친척들이 꾸짖었다. 자, 각설하고 짧게 말하겠다. 나는 마음을 굳게 먹고, 동물에 대한 관심과 사랑 때문에 애견 가게를 열겠다고 친척들에게 선언했다.

당연히 그들이 불쾌해 했으리라 추측해도 무방하다.

2

사람이 사업을 시작할 때는, 당연히 무슨 종류의 사업인지를 나타내는 간판을 만들 페인트공이 필요한 법이다. 내가 염두에 둔 업종은 통상 개를 돌보는 개 사육소라고 할 수 있다. 그러나, 나는 이 단어가 그리 마음에 들진 않았다. 그 주원인

은 먼 친척 중 목사에 임명된 한 사람이 분명히 이 이름에 반
대할 거라는 생각을 했기 때문이었다.

이 사업을 비교적 고상한 차원으로 할 생각이었기 때문에
그 '애견가게' 라는 흔한 이름 역시 전혀 맘에 들지 않았다.
백과사전을 보던 나는 우연히 개에 관한 학문을 의미하는
'개행동학' 이라는 단어를 발견했다. 그 다음에 우연히 농업
협회를 지나가다가 엉뚱한 짓을 하고 말았다. 나는 내 기업체
에 '개행동학협회' 라고 이름 붙이기로 했다. 그 이름은 내가
작성한 인쇄 광고 내용을 정확하게 표현하는 고상하고 학문
적인 이름이었다. "개행동학의 엄격한 기준에 따라 견공 품
종개량, 판매. 교환과 구매도 가능."

'개행동학협회' 라는 단어를 아주 강조했고, 동시에 아주
자주 노출시켜 보여준 이 거창한 광고에 내 자신조차도 감탄
할 지경이었다. 적어도 나는 협회 소유자였다. 이러한 기분
을 맛보지 못한 사람은 그 협회라는 단어가 풍기는 우월감과
매력에 대해 모를 것이다. 광고에서 나는 개에 관한 일이라면
무슨 일이든지 전문가처럼 상담해 주기로 맹세했다. 열두 마
리의 개를 사면 강아지 한 마리를 공짜로 주겠다고 약속했다.
개라는 동물은 생일, 견진성사(가톨릭 신자의 신앙을 성숙시키는 성사),
약혼식, 결혼식, 졸업식, 그리고 온갖 종류의 기념식에 가장
좋다고 써 놓았다. 또한 개는 쉽게 깨지지 않고 찢어지지 않
아서 아이들에게 훌륭한 장난감이라고도 썼다. 숲 속에서 당

신에게 달려들지 않는 충실한 반려자가 바로 개라는 동물이라고도 했다. 모든 품종의 개가 항상 준비되어있고 해외시장과 직접 연결되어 있으며, 본 협회 안에는 나쁜 버릇을 고쳐 주인에게 순종하도록 훈련시키는 견공학교가 있다고도 했다. 우리 개행동학협회에 맡기면 가장 사나운 개 조차도 짖는다거나 무는 버릇을 2주 안에 고칠 수 있을 것이며, 휴가를 즐길 동안 당신의 개를 맡길 곳은 우리 개행동학협회밖에 없으며, 앉아서 앞발을 들게 가르칠 수 있는 곳도 우리 개행동학협회밖에 없다라고 광고했다.

삼촌 하나가 이러한 광고문구를 읽고 심각하게 머리를 흔들며 말했다.

"이건 아냐, 이 사람아. 자네, 제정신이 아니구먼. 가끔 자네 뒷머리가 좀 아픈 것 아냐? 목덜미 말이야, 목덜미, 응?"

그러나 나는 희망에 찬 미래가 다가오리라고 기대했고, 비록 단 한 마리의 개도 준비되어 있지 않았으나, 학수고대하며 첫 거래를 기다렸다. 그 사이에 군복무가 면제된 사람으로서, 정직하고 믿을 만한 조수를 찾는다는 광고를 냈다. 개들이 이제 막 애정을 쏟으려는데 군대에 가 버리는 사람을 원치 않았기 때문이었다.

3

　광고의 제목은 다음과 같았다. "직원 구함. 개를 돌보고 파는 일을 할 수 있는 분." 이 광고를 보고 많은 사람들이 답을 보내왔고, 그중 몇몇은 아주 진지한 답장을 써 왔다. 퇴직한 어느 시골의 전직 경찰관 한 사람은 자신이 조수가 된다면 모든 개들이 점프해서 막대기를 넘을 수 있게, 그리고 물구나무를 설 수 있게 가르치겠다고 약속했다. 또 어떤 사람은 자신이 몇 년 동안 부데요비체(프라하 남쪽 블타바 강변에 위치한 도시)에서 도살업자로 일했기 때문에 개 다루는 법을 알고 있으며, 죽은 동물을 너무나 자상하게 다루었기 때문에 해고되었다고 했다.

　또 다른 어떤 지원자는 개행동이라는 단어를 부인의학과로 잘못 알고는 자신이 산부인과 병원과 여성 클리닉의 잡역부로 일했었다고 지원서를 써 보냈다.

　지원자들 중 열다섯 명은 법학부를 졸업했고, 열두 명은 사범학교를 졸업했다. 이 사람들 이외에도, 심지어 출소자 복지 협회로부터 연락을 받았는데 해당 일자리에 관하여 자신들에게 문의해 달라고 부탁하면서, 원하면 아주 섬세한 금고털이 전문가를 소개해 주겠다고 했다. 어떤 편지들의 내용은 아주 슬펐고 절망적이었다. 예를 들면 그들은 "비록 내가 이 일자리를 얻지 못하리라는 것을 확실히 예감하지만……" 이라고 썼다.

　무더기로 온 신청서들 중에는 스페인어, 영어, 프랑스어, 터키어, 러시아어, 폴란드어, 크로아티아어, 독일어, 헝가리어, 그리고 덴마크어를 아는 사람도 있었다.

　신청서 한 장은 라틴어로 쓰여 있었다.

　그리고 간단하지만 호감이 가는 편지 한 통이 도착했다.

　존경하는 선생님.
　언제 일을 시작할까요?
　그럼 이만,
　라디슬라브 치첵, 코시르, 메드르지츠키 씨 댁

　지원자가 이렇게 노골적으로 물어온다면, 수요일 아침 여덟 시에 출근하시라고 답할 수밖에 별 도리가 없는 일이었다. 너무 고마운 나머지 나는 그에게 마음이 기울었다. 적임자를 뽑아야 하는 지리하고 귀찮은 일에서 나를 해방시켜 주었기 때문이었다.

　그래서 수요일 아침 여덟 시에 조수가 일을 시작했다. 키가 작고 얼굴이 얽고 활동적인 사람이었다. 우리가 처음 만났을 때 그는 나와 악수를 하면서 유쾌하게 말했다. "날씨는 아마 내일이 되어야 좋아질 겁니다. 오늘 아침 일곱 시에 플젠스카 거리에서 또 전차 두 대가 부딪친 것 알고 계신지 모르겠네요."

　그러더니 그는 주머니에서 짤막한 파이프를 꺼내 스티브럴 회사에서 일하는 기사가 주었다고 말하고는 헝가리 담배를 피웠다. 그 다음 누슬레(프라하의 2구역)에 있는 반젯 레스토랑에 페피나라는 여종업원이 있다고 귀띔했고, 내가 자기와 같은 학교를 다니지 않았냐고 물었다. 그리고 어떤 테리어 품종에 관하여 얘기하기 시작했는데, 내가 제대로 이해했는지 모르겠으나, 그 테리어는 염색하고 도망가지 못하도록 묶어 놔야 한다고 했다.

　"그러면 개 다루는 걸 잘 알고 있겠군?" 나는 기분이 좋아 물어보았다.

　"물론이죠! 개 사업을 해 본 적도 있고, 그것 때문에 법적 사건에 연루된 적도 있어요. 언젠가 한번은 복서(군용·경비용으로 쓰는 대형 애완견)를 집으로 끌고 가고 있는데 갑자기 어떤 사람이 길에서 나를 세우더니 자기 개라고 말하면서 두 시간 전에 오보츠나 거리에서 잃어버렸다는 겁니다. 내가 물었죠. '당신 개인지 어떻게 알죠?' '그 개 이름이 무포요. 이리 와, 무포!' 그러자 내 개가 얼마나 기뻐하며 그에게 달려들었는지 상상도 못하실 겁니다. '보스코!' 내가 소리 질렀죠. '보스코!' 그러자 이번에는 온통 길길이 날뛰며 다시 나에게 달려들었죠. 아주 멍청한 개였죠. 더욱 가관이었던 건 판사가 개의 이름을 물어보았을 때, 내가 이름을 깜빡 까먹고 잊어버려서 그냥 버블리라고 불렀더니 바로 대답을 하면서 아주 기쁜 반응을 보이더라니까요. 개들을 둘러봐도 될까요?"

"지금은 안 돼, 치첵. 나는 내 사업을 체계적으로 해 나가고 싶어. 손님이 올 때까지 기다리지. 그 사이에 펫 퍼레이드(Pet Parade, 애완용 동물 전문 잡지나 신문)에 올라온 광고를 훑어보면서 누가 무엇을 팔고 싶어하는지 살펴보자고. 오, 여기에 충분한 공간이 없어서 한 살 된 스피츠를 팔고 싶어하는 부인이 있군. 스피츠라는 개가 사람들에게 방해가 될 정도로 정말 그렇게 큰가? 지금 슈콜스카 거리로 가서 이 개를 사 오게. 자, 여기 삼십 코루나가 있네."

그는 빨리 돌아오겠다고 장담하고 나갔는데 세 시간이 지나서야 돌아왔다. 그런데 웬걸, 몰골이 장난이 아니었다! 중산모자(꼭대기가 둥글고 높은 모자. 영국 더비 경마장에서 유행했기 때문에 더비 해트라고 부른다.)는 귀까지 내려와 걸려 있고, 마치 무시무시한 폭풍우 속에서 배의 갑판을 걷는 것처럼 이리저리 좌우로 비틀거리고 있었다. 게다가 로프 하나를 꽉 잡고 있었는데 등 뒤 바닥까지 길게 늘어뜨린 채 질질 끌려오고 있었다. 나는 로프의 끝을 보았다. 거기에는 아무것도 달려 있지 않았다.

"자, 이거, 맘, 에, 들어-요? 이 대단한—, 그렇죠? 난 아니고, 데리고 돌아, 빨리 돌아올……." (그는 그 순간 딸꾹질을 하기 시작하더니 곧바로 문에 부딪혔다.) "이 녀석 귀 좀 봐요. 이리 와, 이 멍청한 녀석아." 그리고 잠시 사이를 두더니,

“에, 그 여자가 팔려고 하지도 않더라고요…….”

그리곤 돌아서서 로프의 끝을 살펴보았다. 그의 눈이 튀어나왔고 로프의 끝을 손에 들고 만지면서 딸꾹질을 해 댔다. “한 시간 전에, 그 녀석이, 그 녀석이 여기 있었는데…….”

그는 의자에 앉았다가 곧바로 쿵 하고 쓰러지더니 내 발치를 기어오르면서 일어나려 애쓰며 허우적대다가 대단한 발견이라도 한 것처럼 의기양양하게 말했다. “분명히 도망가 버린 거야.” 그리고 다시 의자에 앉더니 코를 골기 시작했다.

이것이 그가 일을 시작한 첫날의 풍경이었다.

나는 창가에 서서 거리를 내다보고 있었다.

거리에는 분주히 오가는 차량과 사람들 속에 온갖 종류의 개들이 이리저리 뛰어다니고 있었다. 내게는 그 모든 개들이 판매 세일로 나온 개들 같아 보이는 반면, 내 옆에서는 한 사람이 심하게 코를 골며 자고 있었다. 어떤 손님이 와서 한 마리의 개도 아니고 열두 마리의 개를 사고, 거기에다 덤으로 강아지 한 마리를 거저 받고 싶어 할지도 모른다는 생각에 빠져 그를 깨우려고 했다.

그러나 아무도 오지 않았고, 어쨌거나 그를 깨우려 했던 것도 허사였다. 내가 할 수 있었던 유일한 방법은 그의 의자를 슬쩍 빼는 일이었다. 세 시간이 흐른 후에야 드디어 그는 정신을 차렸고 눈을 비비면서 쉰 목소리로 말했다. “뭔가 잘못된 것 같은데요.”

그는 어떻게 된 일인지 구체적인 사연들을 하나하나 기억해 나가기 시작했다. 스피츠에 관해 이야기를 시작했는데 그 녀석이 아주 멋있는 녀석이었으며 그 부인이 아주 헐값에 팔았다고 말했다. 가격으로 단지 십 코루나만 지불했는데, 그 이유는 그 녀석을 아무 불편 없는 훌륭한 보금자리에서 돌보겠다고 말했기 때문이라는 것이었다. 그 다음, 그 녀석이 자신을 따라가지 않으려 해서 두드려 때리면서 끌고 왔노라고 했다. 그러더니 각설하고 소위 본론을 얘기하기 시작했는데 저 너머 스미호프(프라하 5구역이며 구시가지 중 하나)에 있는 술집에 친한 친구가 있어서 거기에 들렀다는 것이었다. 그 친구 외에도 곁다리로 일곱 명의 다른 친구들도 있었다고 했다. 와인을 좀 마셨고 브랜디도 좀 마셨다고 했다. 인간이란 얼마나 유혹에 약한 존재인가.

“좋아.” 내가 말했다. “자네도 알다시피, 내가 자네에게 삼십 코루나를 줬지 않았나. 그러면 이십 코루나를 내놔야지.”

그는 조금도 당황한 기색을 보이지 않았다. “아니요. 분명히 나는 주인님에게 삼십 코루나를 돌려주어야 하지요. 그런데 무언가 좀 주인님을 행복하게 해 줄 수 있는 것이 없을까 생각해 보았죠. 저 건너 슈비한카를 넘어오다가 크라트키라는 친구 집에 들러서 강아지를 사려고 미리 선불로 십 코루나를 그곳에 맡기고 왔죠. 그 집 사람들이 아주 신기하고 호기심을 자극하는 암캐를 키우고 있고 마침 새끼를 배고 있어서요. 우리도 그 녀석이 어떤 새끼를 낳을지 궁금해 죽겠어요. 그 다음에, 팔리아르카집에 들러서 그들이 팔려고 내놓은 암토끼를……."

"정신차려, 치첵. 우리 가게는 토끼 가게가 아냐. 알고 있잖아."

"내가 토끼라고 했어요?" 나의 조수가 대답했다. "잘못 말했네요. 스코치 콜리 암컷이라고 말하려고 했는데. 그 녀석도 새끼를 배고 있어요. 하지만 거기에는 새끼 때문에 돈을 맡기지 않고 그 암컷에 십 코루나를 선불로 주고 왔어요. 그 녀석이 새끼를 낳으면 새끼들은 주인이 갖고 어미는 우리가 가져오는 거죠. 그 다음에 크로시노바 거리를 걸어오는데……."

"돈이 다 떨어졌을 텐데……."

"당연하죠. 그때 내 수중에는 한 푼도 없었죠. 그런데 노박이라는 사람이 긴 털을 가진 큰 개를 팔고 싶어했는데 돈이 있었더라면 그에게 선불로 주고 왔을 겁니다. 그러면 우리가 원할 때 언제든지 가져올 수 있을 테니까요. 자, 지금 슈콜스카 거리로 가서 데려올게요. 그 스피츠가 도망가고 나서 지금쯤 분명히 집에 도착했을 테니까요. 그 녀석을 끌고 한 시간 안에 돌아오겠습니다."

치첵은 약속을 지켰다. 그는 이번에는 술에 취하지 않고 아주 말짱한 정신으로, 그리고 가쁘게 숨을 몰아쉬며 한 시간 안에 돌아왔다. 하지만 나는 아주 대경실색을 하고 말았다. 그가 검은 스피츠를 끌고 들어온 것이었다.

"자네, 이 바보 같은 사람아!" 나는 소리를 질렀다. "그 부인이 팔고 싶어했던 것은 하얀 스피츠였어!"

그는 기분이 상한 듯한 표정으로 개를 보더니 한마디 말도 하지 않고 개를 끌고 밖으로 나가 버렸다.

두 시간이 지나서 그는 지독하게 더럽고 진흙투성이에다 험악한 표정을 한 하얀 스피츠를 끌고 다시 돌아왔다.

"저 스피츠와 혼돈한 거예요." 치첵이 말했다. "프라하 슈콜스카 거리에 살고 있는 그 부인은 하얀 스피츠와 검은 스피츠의 두 마리 스피츠를 키우고 있었습니다. 그런데요, 세상에나, 내가 검정 스피츠를 다시 데리고 가자 그 부인이 아주 기뻐했죠!"

나는 최근에 붙인 애완견 허가 표식을 보았다. 주소가 지즈코프(프라하의 3구역) 거리였다. 갑자기 진짜 울고 싶은 기분이 들었으나 감정을 억제했다. (그 사이에 치첵은 애완견 허가 표식을 붙이고 다니면 위험하다며 떼어 버렸다.)

그날 밤 나는 무엇인가가 문을 긁는 소리에 놀라 깨었다. 문을 열었더니 그날 오후에 안면을 익힌 그 검정 스피츠가 재빨리 확 방 안으로 달려 들어오더니 기쁘게 짖어 댔다. 아마 혼자서 외로웠던가 보다. 그렇지 않다면 어떻게 집에서부터 그렇게나 먼 길을 달려왔겠는가? 될 대로 되라지. 벌써 두 마리의 개를 확보했고 이제 필요한 것은 손님이었다.

4

　다음 날 아침 열 시쯤에 손님이 나타났다. 그는 주위를 둘러보더니 물었다. "개들은 어디에서 관리 보관하고 있는 거죠?"

　"우린 개들을 가게에서 관리하고 있지 않습니다. 내가 지금 훈련시키고 있는 이 하얀 스피츠와 검정 스피츠만 제외하고 말입니다. 브란디스 대공이 벌써부터 주문을 해놓아서요. 시골의 장점인 신선한 공기를 마시게 하면 좋을 것 같아서 우리는 개들을 시골에서 키우고 있어요. 또 시골에서 키우면 도시의 아주 조심스러운 애견 판매상들조차도 피해 갈 수 없는 기생충이나 피부병도 예방할 수 있을 것 같아서요. 우리 개행동학협회 운영원치은 개들에게 마음껏 뛰노는 기회를 제공하는 것입니다. 그래서 저 멀리 훈련장이 있는 시골에서 우리 직원들이 아침에 제일 먼저 하는 일은 개들을 전원지대 사방에 풀어 놓는 일이죠. 그렇게 하면 개들은 어두워질 때까지 돌아오려 하지 않는 답니다. 거기다가 하루 종일 먹이를 스스로 찾아다니기 때문에 개들이 독립심을 배운다는 장점도 있죠. 우리는 모든 종류의 동물들이 살아가는 데 필요한 먹이를 충분히 찾을 수 있는 광대한 사냥터를 임대했어요. 그 작은 장난감 같은 테리어가 토끼와 씨름하는 걸 상상하면 얼마나 익살스럽겠어요!"

이렇게 말하자 손님이 아주 좋아했고 내 얘기에 고개를 끄떡이면서 말했다. "그러면 훈련된 경비견 같은 사나운 개들도 많이 팔겠네요?"

"오, 물론이죠. 사진 찍으려는 사진사들을 마구 물어뜯으려 하기 때문에 사진을 찍지 못해 보여드릴 수 없을 정도로 사나운 개들을 키우고 있습니다. 우린 빈집털이범을 갈기갈기 찢어 죽인 개들도 있습니다."

"내가 찾는 종류가 바로 그런 개죠." 그 손님이 말했다. "내겐 장작더미가 있는데 겨울이 다가오니 적당한 경비견을 직접 찾아보고 싶어서 나선 거예요. 내일 오후까지 훈련장에서 한 마리만 데려와 여기다 갖다 놓을 수 있나요? 다시 와서 한번 자세히 살펴보고 싶은데."

"오, 당연하죠. 아무 문제 없습니다! 곧바로 직원을 보내겠습니다. 치첵!"

친절하고 싹싹한 미소를 지으며 치첵이 나타났고 즉각 그 신사를 전에 어디서 한번 본 적이 있다고 말했다.

"치첵." 나는 그에게 눈짓을 하며 말했다. "시골로 내려가서 가장 사나운 경비견을 데리고 오지 않겠나? 이름이 뭐라고 그랬더라?"

“파비안.” 치첵이 미동도 없이 침착하게 대답했다. “그 녀석의 어미개 이름은 핵사이고 아주 무서운 개죠. 그 녀석은 이미 두 아이를 갈기갈기 찢어 먹어 버렸죠. 사람들이 등에 타고 같이 놀라고 그 개를 아이들에게 내준 것이 화근이었죠. 그러면 선금은…….”

“오, 물론!” 그 손님이 말했다. “여기 사십 코루나 내겠습니다. 그 개는 얼마죠?”

“백 코루나입니다.” 치첵이 말했다. “꼬리 달린 보물을 갖게 되는 것이죠. 좀 더 싼 녀석도 있습니다. 겨우 팔십 코루나입니다. 그런데 그 녀석은 사람이 귀엽다고 쓰다듬으려 하면, 겨우 손가락 세 개만 물어 끊어놓는 녀석입니다.”

“그럼 더 사나운 놈을 사겠소.”

치첵은 사십 코루나의 선금을 들고 경비견을 찾는 작업에 착수했다. 저녁 무렵 그는 그 불쌍한 손님이 거의 끌고 가려 하지 않을 정도로 태생적으로 애처롭게 생긴 녀석을 데려왔다.

“아니, 한 발을 이미 무덤에 넣고 계신, 거의 죽어 가는 놈이잖아!” 무서워서 나는 외쳤다.

“그렇긴 해도, 싸요.” 치첵이 말했다. “어느 도살업자를 만났는데 이 녀석을 들고 막 가죽을 벗기려고 하더군요. 이 녀석이 수레를 더 이상 끌려고 하지 않고 사람을 물기 시작한다는 거예요. 그래서 내가 이 녀석을 대단한 경비견으로 만들겠다고 맘먹었어요. 그리고 또 어차피 거기에 도둑이 들면, 그

도둑이 이 녀석에게 독을 먹일 거고, 그 신사는 다른 개를 사러 다시 올 거예요."

우리는 잠깐 동안 더 언쟁을 벌였고, 이어서 치첵은 그 개에게 솔질을 해 윤을 냈으며, 우리는 같이 그 개에게 자투리 고기를 넣은 밥을 해 먹였다. 그 녀석은 두 그릇을 몽땅 먹어 치웠으나 여전히 아주 애처로워 보였고 무기력해 보였다. 그 녀석은 우리의 구두를 싹싹 핥았고 방 주위를 의욕 없이 돌아다녔다. 기대와는 달리 도살업자가 자신을 죽이지 않은 것에 화가 나 있는 것 같았다.

치첵은 그 녀석을 더욱 사납게 보이게 하기 위하여 한 가지를 더 시도했다. 그 녀석이 노란데다 회색에 더 가까운 하얀색이었기에, 치첵이 그 녀석의 몸뚱이에 시커먼 먹으로 커다란 검은 줄무늬를 넣었더니 하이에나처럼 보였다.

그 다음 날 그 녀석을 데리러 다시 찾아온 손님이 그 녀석을 보자 깜짝 놀라서 뒤로 물러날 정도였다.

"소름 끼치는 개네요!" 그가 소리쳤다.

"이 녀석은 집안 사람들에게는 아무 짓도 하지 않아요. 이름은 폭스예요. 한번 쓰다듬어 보세요."

그 손님이 주저했기 때문에 우리는 글자 그대로 그 괴물을 손님에게 끌어다 강제로 쓰다듬게 했다. 그 경비견은 그의 손을 핥기 시작했고 한 마리 순한 양처럼 그의 뒤를 쫓아갔다.

이렇게 하여 아침이 되기도 전에 도둑들이 그 손님의 집을 깡그리 털어갔다.

5

크리스마스가 다가오고 있었다. 그동안 우리는 과산화수소를 사용하여 검은 스피츠를 노란색으로 표백시켰고, 은이 함유된 방부제로 하얀 스피츠를 검은색으로 물들였다. 이러한 속임수 작업을 하는 동안 견공들이 몹시 짖어댔기 때문에 사람들에게는 개행동학협회가 두 마리가 아니라 적어도 육십 마리의 개를 마음대로 부리고 있구나라는 인상을 심어 주었다.

그러나 우리는 수많은 강아지들을 보유하고 있었다. 치첵은 보아하니 강아지가 모든 행복의 근원이라는 근거 없는 환상에 시달리고 있는 것 같았다. 그래서 그런지 치첵은 크리스마스가 다가오면서 그의 외투 주머니에 강아지만 넣고 다녔다. 불독 한 마리를 가져오라고 보내면 테리어 강아지들을 가지고 왔고, 도베르만 핀셔(독일 원산의 경비경 품종) 한 마리를 가져오라고 보내면 치첵은 푸들 강아지들을 데려왔다. 모두 합쳐 우리는 삼십 마리의 강아지들을 보유했고, 그 강아지들 때문에 보증금으로 백이십 코루나를 지불했다.

내가 프라하 페르디난드 거리를 걷고 있으려니까 크리스마스가 오기 전에 가게 하나를 빌려서, 쇼윈도에 나무 한 그루를 세우고 강아지들의 털을 깨끗이 손질한 후 밝은 색깔의 리본을 달아 주고, 거기에다 다음과 같은 표지판을 만들게 해야겠다는 생각이 떠올랐다. "아이들에게 가장 즐거운 크리스마스를 선사하고 싶으세요? 그러면 튼튼하고 귀여운 강아지를 선물하세요."

나는 가게 하나를 빌렸다. 크리스마스 일주일 전이었다.

"치첵, 강아지들을 시내에 있는 가게로 데리고 가게. 큰 나무를 사다가 세우고, 쇼윈도에 강아지들을 보기 좋게 앉힌 다음 이끼를 좀 깔게. 그러니까 자네가 쇼윈도를 멋있게 꾸미라는 말일세, 알겠지?"

"물론이죠. 그렇게 하죠. 맘에 들게 해 놓겠습니다." 손수레에 강아지들을 싣고 치첵이 떠났고, 오후가 되자 치첵이 나를 기쁘게 하기 위하여 무엇을 해 놓았는지, 그리고 쇼윈도를 얼마나 멋있게 해 놓았는지가 궁금해 보러 갔다.

가게 앞에 많은 사람들이 서 있는 것을 보자 나는 사람들이 강아지에 큰 관심을 보이고 있다고 생각했다. 그러나 내가 가까이 다가갔을 때, 군중 속에서 누군가 분노하며 고함을 지르는 소리를 들었다. "이것은 듣도 보도 못한 야만적 행위야! 경찰은 어디에 있는 거야? 이런 짓을 허가하다니, 충격적이구먼!"

사람들을 헤치고 쇼윈도로 다가갔을 때, 내 두 다리에서 힘이 쭉 빠져 버리고 말았다.

멋있는 쇼윈도 진열을 위하여 치첵은 커다란 크리스마스 트리 나뭇가지에 마치 크리스마스 사탕처럼 이십여 마리의 강아지를 매달아 놓았던 것이다. 강아지들은 나무에 매달린 채 축 늘어져 있었다. 가엾은 새끼들, 강아지들의 혀가 입 밖으로 쑥 빠져나와 있었다. 마치 중세의 강도들이 나무 위에서 교수형을 당한 것처럼! 그리고 강아지들 아래는 다음과 같이 쓰여진 표지판이 놓여 있었다. "아이들에게 가장 즐거운 크리스마스를 선사하고 싶으세요? 그러면 튼튼하고, 사랑스럽고, 귀여운 강아지를 선물하세요."

그리고 그것이 개행동학협회의 종말이었다.

이르지 하우스만_ Jiří Haussmann

마이너스 1

-1

드디어 그 파멸의 날, 여명이 밝아왔다. 목요일 취리히에서 우리 체코슬로바키아 코루나의 화폐가치가 0으로, 금요일에는 -1로 매겨졌다. '영의 저쪽' 가치에 어떻게 대비해야 할지 모르는 사람들은 이러한 주식시장 급변이 어떠한 결과를 잉태할지 전혀 상상할 수 없다. 단지 역사가 보여주는 기록을 슬썩 훑어보는 것만으로도 이 상황이 얼마나 터무니없고 광범위하게 영향을 끼치는지 알 수 있다.

돈을 위해 돈 모으기, '돈을 위한 돈'이라는 여태까지 모든 도덕의 중심 사상이 이제 그야말로 반대 방향으로 돌아선 것이다. 지금껏 모든 육체적, 정신적 향락의 원천이요 전지전능의 대표주자였던 돈이, 모든 사람들이 그렇게나 소유하려 안달했던 만큼 이제는 안달하며 버려야 할 존재로 전락했을 정도로 대단히 부담스런 짐이 되어 버렸다.

가장 큰 피해를 본 사람들은 장차 있을지도 모르는 불안한 미래에 예비자금으로 사용하기 위하여 가능한 한 거액의 현금을 아무도 모르게 은밀히 스타킹이나 짚을 넣은 요 속에 넣어 보관했던 불운아들이었다. 이런 식으로 하룻밤 사이에 아주 많은 재산가들이 가련한 가난뱅이가 되었다. 하지만 현금을 은행에 예금했던 사람들도 이 잔혹한 운명에서 벗어날 수 없었다. 그 파국을 몰고 온 밤에 모든 금융기관들이 일부러 도난예방 금고와 철제 캐비닛의 문을 활짝 열어 놓았지만 사람들이 아침에 확인했을 때 도난당하기는커녕 들어 있던 예금액이 열 배로 늘어나 있음을 보고 경악을 금치 못했다. 뱃심 좋은 어떤 사람이 열려 있는 은행 금고를 자신의 돈을 최대한 많이 집어넣는 데 사용했던 것이다.

그런가 하면 예상치도 못했던 시장거래 형태가 나타났다. 예를 들면, 밀가루 빵 한 개를 사면 50할레르시를 덤으로 받았고 가장 비싼 명품 프랑스 샴페인 한 병을 달라고 하면 샴페인과 더불어 100코루나 지폐를 용돈으로 얻었다.

채권자는 빚쟁이 앞에 무릎을 꿇고 이자를 안 받을 테니 얼마든지 돈을 꾸어 가라고 간절히 빌었지만 빚쟁이는 묘한 미소를 지으며 한참 밀린 돈을 지불했다. 갑자기 집시, 학생, 고령의 연금생활자들을 존중하고 존경하는 일도 벌어졌다. 이들이 자신들의 재산을 소비해 줄 주인공이었기 때문이었다.

공장주들은 임금을 20배로 올려 준다고 했고 노동자들은 임금협상에서 무급 노동과 초과근무를 제공하겠다고 했으며 실업자들은 보조금을 일절 안 받겠다고 딱 잘라 거절했다. 성공가도를 달려온 증권거래인은 월급을 올려 준다고 하자 차라리 말단 공무원직을 차지하려 안달이었다.

책 판매에 있어서는 출판사가 그 작품의 저자인 저술가에게 수익의 100퍼센트를 주겠다고 언급하자 3류 문학이 사라졌고 이제는 가치 있는 연구작품, 과학 서적, 순수문학이 출판되었다.

높은 양반들, 특히 정당의 대표자들은 중앙 관청의 고위직에 앉아서 앞으로는 사욕 없는 순수한 애국심에서 국익을 위해 무보수로 자신들의 의무를 다하겠다고 말했다. 그야말로 측량할 수 없는 단결심과 정직이 그 화려한 꽃을 피웠다. 매수 행위를 하려 하면 인정사정없이 즉각 신고당했고 음식점은 물론 호텔 문지기도 팁을 거절했다.

극장과 영화관은 사람이 없어서 파리를 날렸다. 그 이유는 모든 관객들이 자신의 좌석에서 천 코루나짜리 지폐 뭉치를 발견했기 때문이다. 프로 레슬링 선수는 상대 선수에게 상금을 양보하기 위하여 본격적인 시합이 시작되기도 전에 바닥에 등을 대고 누웠으며 권투 선수는 상대 선수의 장례비용을 자기가 내는 조건으로 권투시합을 했다.

국가는 단숨에 균형 잡힌 국제수지를 달성했다. 사람들은 한 푼도 틀림없이 정확하게 세금을 냈고, 3일도 안 걸려 끝자리 몇 할레르시까지 빼놓지 않고 재산세 전부를 납부했다. 탈세범은 참회의 얼굴로 세무서를 찾아와 소득세 신고를 변조하여 제출한 것에 대해 기꺼이 최고형을 받겠다고 했다. 고리대금업자들은 자진 출두하여 가슴을 치면서 반성하고 보호관찰 없는 벌금을 내겠다고 했다. 사람들은 속이 다 들여다보이는 빤한 이유로 교통법규를 고의로 위반했다. 전차를 타서는 정거장에 설 때마다 차표를 새로 사고 표 검사원이 다가오면 죄 지은 표정으로 표가 없으니까 벌금을 내겠다고 하는 식이었다.

정직한 시민은 빈 주머니로 집을 나설 때마다 돌아올 때는 천만장자가 되어야 한다는 각오를 해야 할 정도로 소매치기와 강도들은 터무니없는 방법으로 불법을 저질렀다. 으슥한 장소에서 강도가 여행자를 습격해서는 옷 속에 현금을 넣고 꿰매 버렸다. 심지어 어느 흉악범은 어둠을 틈타 공동묘지에 숨어 들어가 죽은 사람의 관 속에 유가증권을 몇 뭉텅이씩 집어넣기까지 했다. 경찰서에서는 매일매일 버려진 귀중품들을 산더미처럼 끌고 와 신고하고는 당연히 할 일을 했을 뿐이라며 10퍼센트의 보상금을 거절하는 정직한 사람들의 명단을 등록, 관리하기 위한 부서를 별도로 설치해야만 했다.

결혼지참금을 낼 수 없는 신부는 밀려드는 청혼자를 감당할 수 없었다. 반면에 달러공주(유럽으로 시집간 미국 출신 벼락부자들의 딸)는 순결을 간직한 처녀로 시들어 버리고 말았다.

시민당은 사유재산은 신성한 것이라는 당의 기본 강령을 포기하고 계급투쟁 이론과 재산공유 이론에 찬성을 표명했다. 산업당은 부가세에 대하여 1000퍼센트의 가산금 도입을 요구하는 각서를 정부에 전달했다. 국민당원들은 떼를 지어 빈곤 서약서를 제출하고 성경의 말씀을 철저하게 따르는 의미에서 자기들이 가진 것을 이번 금융 비상 상황에도 아직 아무 영향을 받을 수 없을 정도로 가난에 허덕이고 있는 사람들에게 나누어 주었다.

정부는 이렇게 급변하는 상황에 어찌할 바를 몰랐다. 국회를 소집했으나 국회는 당장 국회의원의 월급 지급을 중단할 것에 의견을 모았을 뿐이었다. 급기야 국회의원들은 진정으로 국민을 위한 의무를 이행하겠다는 생각으로 자신들의 직무에 지급되는 고액의 월급을 포기했다. 당면한 문제점들을 논의하기 위하여 소위원회가 구성되었지만 위원회가 수행하는 활동이 일종의 보수를 발생시키면 안 된다는 이유로 위원회의 활동은 지지부진한 상태에 빠지게 되었다.

급기야 재무장관이 사직서를 제출했고, 그의 후임으로 무명의 가난뱅이 농민을 임명했다. 그는 충실한 당원이었을 뿐만 아니라 농민들에게 화학비료를 대량으로 판매하는 조합 연맹에서 공로가 많은 조합원이었다. 소위원회가 그저 끊임없는 회의만 거듭할 뿐 당면 문제가 가까운 시일 안에 해결

될 수 없음을 알게 된 신임 장관은 외국 기자와의 인터뷰에서 "문제 해결에 온 힘을 다 쏟겠다"고 말했고 정말로 문제와 관련된 학습서를 입수하여 수학과 경제학 연구에 깊이 몰두했다.

그러나 길고 오랜 그의 노력은 원하는 결과를 가져오지 못했다. 그는 거의 모든 것을 포기하고 킨키나투스(기원전 5세기 독재관에 임명되어 농사를 포기하고 전쟁터에서 지휘관이 되었고 돌아온 후 다시 농부가 된 로마인)처럼 자신의 보잘것없는 오두막으로 돌아갈 생각이었다. 그러던 어느 날 밤, 그가 대수공부를 하고 있을 때 '-1 × -1 = +1' 이라고 설명하는 페이지를 읽게 되었다.

장관의 얼굴이 갑자기 환해졌다. 전화로 일간신문의 대표를 사무실로 불렀고 경제 위기를 풀 수 있다고 알렸다. 이어서 곧바로 추락한 화폐가치를 회복시키고 이전의 경제생활로 원상 복귀시킬 수 있다는 계획을 그에게 설명했다. 장관은 계획에 따라 모든 화폐를 거두어 들이게 하고 그 위에 단지 곱하기 부호 '×'를 덧씌워 인쇄하게 하여 그 사이 -108.5까지 하락한 화폐가치를 플러스로 만들었을 뿐만 아니라, 화폐가치가 예상치 못한 수준으로 뛰어올라 코루나는 순식간에 네덜란드 굴덴(네덜란드의 통화단위)과 미국 달러의 가치를 추월했다…….

그리고 그 옛날의 좋았던 시절이 다시 돌아왔다. 마을 사람들은 현금을 다시 스타킹이나 짚을 넣은 요 속에 넣어서 보관했다. 식료품 가격이 비싸졌다. 공무원들은 허리띠를 졸라 맸다. 정당 고위직 대표자들은 한 목소리로 오직 국익과 공익을 위하여 일할 것이고 근로자 모두는 보수를 받을 가치가 있다고 했다. 공장주들은 '생산비 안정화'의 필요성을 지적했다. 팁을 주지 않는 손님은 다시 무시당했고 권투 선수는 자신의 비용으로 자신의 시체를 묻게 되었다. 사람들은 교육부의 예산을 백분의 일까지 삭제했다. 전차를 탄 사람들은 "누가 표 없이 탔지?"라는 차장의 물음에 모른 척하며 절대로 입을 열지 않았다. 도둑들은 다시 몰래 훔치기 시작했다. 공공연한 장소의 여기저기서 암거래상이 판을 쳤다. 한 주가 채 지나지도 않아 추잡한 소설은 물론 50가지의 감상적 소설이 번역되었고, 이들 중 여덟 종류의 책이 각각 20,000부의 판매부수를 기록하며 시장에서 팔려 나갔다. 반면에 학문서적들은 킬로그램 단위로 헐값에 종이공장으로 팔려 나갔다. 시민당은 신중하고 점진적인 사회개혁에 반대하지는 않지만 사유재산과 자유로운 기업정신은 결단코 지켜져야 한다고 선언했다. 국회에서는 국회의원들의 월급지급제도를 다시 도입해야 할 뿐만 아니라 중지되었던 월급을 최고의 액수로 소급해서 받자는 제안이 우레와 같은 박수로 채택되었다.

얼마 지나지 않아 공무원, 예술가, 고령의 연금생활자가 기아로 사망했다는 신문기사가 보도되었을 때, 모든 국민들은 이 기사야말로 이제야 확실히 경제위기를 극복한 증거라

고 말하면서 끊임없이 만세의 함성을 질러 댔고 춤추며 기뻐
했다.

마리에 푸이마노바_ Marie Pujmanová

프라하 가는 길

Lidé na Křižovatce

자물쇠 제조 장인이며 온드레이의 아버지인 바츨라프 우르반은 온드레이가 열한 살을 바라볼 때 죽어서 고향 호카의 마레체크 묘지에 묻혔다. 안나 우르반은 프라하 태생이었다. 그녀는 딸 루자와 아들 온드레이에게 주어진 작은 집의 상속분을 기록에 올렸다. 그녀는 특유의 성격대로 곰곰이 생각한 후 호카에 살고 있는 친척의 동의 하에 프라하의 할아버지 집으로 이사하기로 결심했다. 사람들은 엄마가 아이들을 위해서 그렇게 한 것이라고들 했다. 헤아릴 수 없는 것이 어른들의 판단이다. 그 당시 온드레이에게 고향을 떠난다는 것은 영원한 죽음을 뜻했다.

우르반 가는 지푸라기 하나 없는 집안이었지만 이 세상은 온통 온드레이의 것이었다. 나는 온드레이의 과거 모습을 아

주 잘 묘사할 수 있다. 그 아이가 자연을 사랑했다고 말하는
것은 그가 자기 엄지손가락을 사랑했다고 장담하는 것과 같
을 것이다. 도시에서 마음의 상처를 입은 사람만이 꽃이 피어
있는 초원에, 하늘을 향해 우뚝 솟은 소나무의 모습에, 그리
고 저녁노을 빛깔에 감동하는 법이다. 그러나 그 소년은 언덕
을 굴렀으며, 여자아이들에게 솔방울을 던지고, 참새들에게
새총을 쐈다. 버드나무가 최고의 활이 되었고, 블랙힐 언저리
에 있는 너도밤나무가 온드레이의 새총이었다. 온드레이는
블랙힐을 두 번 떠난 적이 있다. 그 정도는 아무것도 아니었
다. 온드레이와 포탄에 손가락이 잘린 토니 슈타스트니 그리
고 프란타 수크는 곤충으로 가득한, 무릎까지 빠지는 썩은 낙
엽 속을 헤치며 걸어다니곤 했다. 그곳에서 모든 곤충들 중
왕이었던 딱정벌레를 잡았고, 집으로 오는 도중 호주머니 속
딱정벌레가 온드레이의 여기저기를 물어뜯었다. 그 원시림
에 땅거미가 내려앉을 즈음 야생 들새 몇 마리가 목소리를 거
칠게 떨며 그들의 머리 위로 날아가고 있었다. 무슨 종류의
새들인지는 알 수 없었고, 아마 독수리겠지라고 생각하며 목
소리를 낮추었다. 토끼들이 봄놀이를 시작할 즈음이면, 그 소
년은 마레체크 근처에 있는 버드나무에 올라갔다(그 당시 묘
지는 아직 비어 있었고 아버지에 대한 아무 추억도 없을 때였
다). 그 나무는 들판으로 이어지는 길 옆 언덕에서 자라고 있
었다. 온드레이가 그 나무에 오르자 가지들이 빠지직하고 부

러졌다. 그는 더 높이 올라가려 했다. 그런 생각을 하는 순간 그는 더 이상 나무 위에 서 있지 않았고, 대신 건너편 산불감시탑에 매달린 채 시골마을의 반이 확 트이게 보이는 풍경 속에서 작년에 일구었던 감자밭에서 시작해 강변의 지붕들, 교회 마당에 피어 있는 양귀비, 제재소 지붕까지 훑어보았다. 그러더니 대지의 배꼽을 가린 천조각 같은 작은 밭을 따라, 손을 뻗으면 하늘이 닿을 듯한 시골 마을 변두리를 지나 인접한 숲이 있는 곳까지 말없이 정처 없이 훑었다. 잠시 동안 마치 소년이 말을 타고 다니며 이 세상을 통치했던 게 아닐까 하는 생각이 들 정도였다. 그는 땅으로 떨어지기 전에 (그리고 세상의 수수께기가 그에게 이해되기 전에) 재빨리 굵은 나뭇가지 하나에 발을 꼭 지탱하고 나무 위에 피는 꽃이라기보다는 벌레처럼 보이는 부드럽게 털이 난 버들강아지를 땄다. 하지만 그가 뛰어내렸을 때, 그는 그 버들강아지를 줍지 않았다. 그런 따위는 여자아이나 좋아하는 것이니까. 그는 아이들과 강으로, 뱀이 몸을 덥히고 있는 강둑의 태양 곁으로 달려갔다. 셰일(점토가 굳어져 이루어진 수성암) 조각들이 그의 발바닥을 콕콕 찔렀고, 자갈들은 미끄러웠다. 생각지도 않게 운모 조각들이 눈을 부시게 해서 그는 콧등을 찡그렸다. 맑고 깨끗한 물이 그의 발을 핥았다. 그는 여울 한가운데 있는 바위 앞에 조용히 멈추어 섰다. 천천히, 조심스럽게, 눈앞의 돌을 들자 물이 탁해졌고 그는 숨을 죽였다. 물속의 가재 한 마리가 자신의 그림자처럼 보였다. 그는 바닥을 훑었고 물지 못하게 손으로 가재의 머리를 움켜잡았다. 그리고 다시 뜀박질을 하면서 가재를 모자 속에 넣었다. 가재가 그 안에서 발버둥쳤다. 그는 말벌의 집에 연기를 피웠고 고슴도치가 어디 살고 있는지, 어디에 고양이 새끼들이 있는지 알았고, 마을의 모든 개와 소의 이름을 다 부르고 다녔고, 그에게 자두를 도둑 맞지 않은 집이 없었고, 마을 변두리 이곳저곳이 그가 피운 모닥불 화덕 자국으로 얼룩져 있었다. 매년 눈이 녹을 때면 그는 쉽게 그 장소를 다시 찾아낼 수 있었다. 항상 이런 식이었다. 여기에 무슨 변화가 있을 수가 있겠는가?

오, 세상에, 만약 나의 아버지가 아직 여기 있다면, 나는 일주일 내내 물이나 길어 오고 콩줄기나 묶고 있었을 텐데. 우리는 같이 생활한 적이 거의 없다.

러시아의 외인 부대원이었던 바츨라프 우르반이 고향에 돌아왔을 때, 전쟁은 호카에 살고 있는 모든 소년들에게 아버지들을 산 채로, 혹은 전몰자 기념비에 이름을 새긴 전사자로 돌려주었다. 그는 블라디보스토크에서 바다를 통해 돌아왔다. 처음에 온드레이는 매캐한 연기로 부엌을 가득 채우는 이 낯선 늙은 군인 앞에서 부끄러움을 느꼈다. 그는 왁스로 광을 낸 소파 위에 걸린 사진 속에서 검은 외투를 입고 옷깃을 세운 채 시선을 고정시키고 있는 젊은이와는 전혀 다른 모습이었다. 온드레이는 그와 있으면 불편함을 느꼈고, 이제는 그가 돌아오지 않았더라면 모든 것이 예전과 똑같았을 텐데라고 생각했다. 하지만 더 이상한 것은, 독일 병사도 볼셰비키도, 아니 지구상의 그 누구도 두려워하지 않았던 그 군인이 이 소년 앞에서는 약간 부끄러움을 느끼는 것 같은 모습을 하는 것이었다. 아들이 겨우 혀짤배기소리를 할 무렵 그는 전장으로 떠났던 것이다. 그들은 서로를 몰랐다. 아버지는 낮과 밤으로 먹고, 눕고, 그리고 잤다. 태풍의 시끄리운 바람소리에도 깨지 않고 잠을 잤다. 그때 암탉이 낳은 계란만 한 우박도 떨어졌다. 우박 한 알의 무게가 반 파운드나 되었다. 온드레이의 엄마가 일부러 저울에 달아 보았던 것이다. 아버지가 눈을 떴을 때, 날씨는 이미 개어 있었고 해가 지고 있었으나 대지는 홍수가 지나간 자리처럼 여전히 온통 혼돈 상태였다. 지붕 처마 아래 놓았던 통이 넘쳐흘렀고 도로는 쓰러진 나무를 나르는 마차들로 혼잡했다. 집 뒤의 배수로는 무서운 기세로 넘치고 있었다. 아버지가 온드레이에게 널빤지 두 개, 말뚝 하나, 그리고 못을 좀 찾아 가지고 오라고 했다. 그 이유는 말하지 않았다. 아버지가 망치를 들었고, 그들은 함께 집 뒤로 나갔다. 배수로의 한가운데 물레방아가 서 있었다. 물이 물레방아를 밀며 힘을 가하자 탁탁 소리를 내며 물레방아가 돌기 시작했다. 그 작은 물레방아는 온드레이의 것이었다. 전쟁에서 돌아온 아버지가 온드레이를 위하여 만들어 준 것이다.

아버지는 작업실에 서서 투덜대고 있었다. 많은 연장들이 없어졌고 녹이 슬었기 때문이었다. 그는 급사 아이에게 자전거를 빌려 온드레이를 핸들에 태우고 필요한 연장을 사기 위해 라디슈테로 갔다. 온드레이의 그 유명한 자석 칼날 잭나이프가 바로 이 나들이에서 얻은 것이었다. 온드레이는 이제 이 사람이 어떤 사람인지 알게 되었다. 바이스(공작물을 고정시키는 작업공구)를 죄고, 쐐기못을 박고, 톱으로 V자 새김질을 했다. 그는 온갖 종류의 집게, 스패너, 나사, 볼트, 너트, 그리고 복잡하게 얽힌 철사를 가지고 있었다. 그는 불과 금속의 장인이었다. 그는 모든 종류의 자물쇠를 열 수 있었고 결코 쩔쩔매거나 실패하는 일이 없었다. 엄마가 고모와 말다툼을 하면 그는 휘파람을 불었다. 아닌카, 그만둬. 두 사람 좀 쉬는 게 어떻겠어? 여자들이란!

아버지는 집안의 우두머리였다. 엄마는 일생 동안 집안일 주변만 맴돌았다. 그녀는 성급했고, 과로했고, 신경이 날카로웠다. 전쟁이 계속되는 동안 엄마는 땅부자 농장주의 밭에서 힘들고 지겨운 일을 하면서 일정량의 감자 몇 개와 약간의 밀을 얻었다. 프라하 출신이면서, 집사와 몸종의 딸이었던 엄마는 이런 일에 익숙지 않았다. 그녀는 자신의 과거에 맞추어 처신하고 있었다. 전쟁은 여자들에게 온갖 종류의 일을 가르쳤다. 호카의 구두장이가 군대에 소집되어 갔을 때에, 그녀는 앉아서 아이들의 신발을 직접 수선했다. 신발이 약간 죄었지만 충분히 신을 만했다. 그녀는 자신이 가진 마지막 것까지 희생하는 성격이었지만, 이제는 그것을 억울해 했다. 남편이 어떤 사람인지 도무지 알 수가 없었다.

아버지는 울버린(족제비과에 속하는 북미산 오소리) 후손인 어떤 개에 관한 얘기를 꺼내더니 그 개가 어떻게 주인을 태운 기차를 따라잡았는지를 말해 주었다. 장갑차에 관하여, 중국인에 관하여, 선장의 나침반에 관하여 얘기해 주었다. 엄마가 식료품 가격이 얼마인 줄 아냐고 물으면서 아버지의 얘기를 방해했다. 러시아는 지구만큼 커서, 블라디보스토크 항구까지 가려면 기차로 한 달을 달려야 한다고 했다. 러시아의 하천들은 고향의 강같이 넓다고 했고, 러시아의 강들은 바다 같아서 한쪽 강변에서 반대쪽 끝을 볼 수 없을 정도로 넓다고도 했다. 시베리아에서는 밤에도 태양이 빛난다고 했다. 심지어는 거기에서는 낮이 더 길다고도 했고 물고기와 동물들에 관해서도 얘기했다. 여기에는 황어가 있지만 거기에는 철갑상어가 있다고, 러시아 암탉의 알은 이곳의 칠면조 알만 한 크기라고도 했디. 온드레이는 성경 속 그림 하나를 알고 있는데 그 그림 속에는 네 명의 남자가 장대로 약속의 땅에서 온 포도를 나르고 있었는데, 러시아의 모습이 그럴 것 같다고 생각했다. 그 나라의 위대함에 대한 감상이 아버지의 내면에 깊숙이 스며들어 있었다. 온드레이는 자신의 러시아 아빠에 대해 학교의 사내아이들에게 자랑을 늘어놓았다.

소방관 축제가 끝난 어느 날, 마을 바깥에서 온 사람들이 짐수레를 타고 돌아가려고 준비하고 있을 때였다. 마부가 말에 마구를 설치해 놓았으나 사람들이 즉각 집으로 출발하고 싶어 하지 않자, 그도 0.25리터짜리 와인을 마시러 갔다. 말들은 그 자리에서 기다리고 있었다. 호카의 아이들 몇 명이 수레에 기어올랐다. 장난거리가 있는 곳 어디에나, 바로 그곳에 온드레이의 볼일이 있었다. 순식간에 프란타가 말에게 채찍을 휘둘렀다. 말들은 자리를 박차고 일어서더니 전속력으로 달리기 시작했다. 마차 안에 있던 아이들의 즐거운 비명이 곧바로 공포의 비명으로 바뀌었다. 프란타는 수레 안으로 떨어졌고 뒤에 남은 여자들이 비명을 질렀으며 반은 비어 있는 짐수레는 여기저기 튕겨져 오르며 호카 거리의 커브 길을 향하여 미친 듯이 달려가면서 많은 물건들을 넘어뜨리고 뒤집어 놓았는데, 그 가운데는 육류 훈제업자 폰델리체크가 구입한 지 2주도 채 안된 자동차도 있었다. 온드레이는 점점 사라져 가는 마을을 뒤돌아보며 살려달라고 외쳤고, 점점 줄어드는 속도로 수레 뒤를 따라 힘껏 달려오는 서너 명의 남자들을 보았다. 그들 가운데 그의 아버지가 가장 빨리 달려오고 있었고, 그는 두 팔을 연신 움직이며 열심히 손짓과 얼굴 표정으로 아이들이 무엇을 해야 할지 알리고 있었다. 그러나 당혹스러움과 두려움 때문에 아이들은 그의 의도를 이해하지 못했다. 그러더니 달려 오느라 긴장으로 부풀어 오른 아버지의 얼굴이 노기등등하게 가까이 다가왔다. 온드레이는 아버지의 가쁜 숨소리를 들을 수 있었다. 우르반은 말의 고삐를 낚아채고 약간 잡아당겼다. 말들은 공포심에 거칠게 한쪽으로 달아났고 수레 받침대가 그의 허리를 쳤다. 그는 욕설을 내뱉었지만 고삐를 놓치지 않았다. 고삐에 팔을 건 채, 반은 질질 끌려가면서 말들과 함께 달렸다. 마구가 그의 두 손을 베었다. 그리고 그는 커브길 앞에서 가까스로 말들을 세울 수 있었다. 이렇게 온드레이는 겨우 목숨을 구할 수 있었던 것이다!

생명의 은인, 육 년 동안 전장에서 싸웠고, 총탄마저 피해 갔던 그 군인, 배를 타고 거의 전 세계를 돌아다녔고, 아이가 이미 철들 나이가 되었을 때 멀리서 돌아온 그 남자, 아기 때부터 쌓아 온 정보다 더 강렬한 무언가로 그렇게나 애정을 느꼈던 그 남자는 이제 죽음과의 숭고한 합일 속에 누워 있었고, 이제는 인간의 슬픔을 느낄 수 없었다. 사람들은 이것이 그의 마음이고, 이것이 그의 혈통이라고 말했다. 세계대전의 전사들은 더 빨리 늙어 갔다.

"차라리 집에 돌아오지 않았으면 좋았을 텐데." 엄마는 통곡했다. "그 사람 없이 살아가는 것에 익숙한 채 지내 왔는데. 그는 죽기 위해 고향에 돌아온 거야." 엄마는 자기의 슬픔을 저울에 재 볼 수조차 없었다.

죽은 자에 대한 노기 어린 충성으로 온드레이는 반항심이 많아졌고 엄마와 고모 같은 여자들이 아버지를 언급할 때, 바슬라프라고 부르지 않고 단지 별명같이 들리는 "사랑하는 고인”이라고 부르는 것과 일상에 그렇게 빨리 타협하고 그렇게 급히 아버지에게 등을 돌리는 것을 인정할 수 없었다. 매장된 시신 위로 마지막 흙덩이가 떨어지자마자 이 여자들은 공증인, 집세, 서류 들의 문제와 깃털침대를 어떻게 할 것인지, 이 찬장으로 무엇을 할 것인지, 저 냄비들을 어디에 놓을 것인지 등의 마지막 일 처리에 바빴다.

“하릭은 어쩌구요?” 온드레이가 겁 먹은 채 물었다.

“왜? 보고 싶을 때 언제라도 와서 보면 돼.” 곧 집을 혼자서 쓸 수 있다는 기쁜 안색을 감추며 고모가 그를 안심시켰다.

“프라하에 할아버지가 있잖아.” 루자가 그를 위로했다. 루자, 그 아이는 어른처럼 행동했다. 루자는 아버지가 죽었고, 상중이며, 도시로 갈 거라고 떠벌이고 다녔다. 루자는 여태껏 나쁜 짓만 해 왔다. 심지어 숨바꼭질을 할 때마다 그가 숨은 곳을 가르쳐 주곤 했다.

할아버지가 무슨 상관이야? 할아버지는 나에 대해 전혀 모르잖아. 그러나 온드레이의 개, 하릭은, 온드레이가 그의 코 위에 설탕 한 조각을 얹어 놓을 때마다 꼼짝도 하지 않고 젖은 코를 떨면서 애원하는 눈으로 잔뜩 긴장해서 기다렸다. 그리고 온드레이가 “점프!”라고 명령하면서 설탕을 공중으로 던지면 비로소 주둥이로 낚아챘다. 하릭—온드레이가 그를 훈련시켰고 온드레이가 그의 주인이고 그 작은 하릭은 온드레이의 것이었다.

집에서 검은 색의 비탄은 회색의 슬픔이 되었다. 엄마는 아이들을 몹시 야단쳤다. 아이들은 어디를 가나 기가 죽어 지냈다. 아버지가 죽은 후, 온드레이는 이루 말할 수 없이 거칠어졌고, 엄마도 마음이 흔들렸고, 자신이 무엇을 어떻게 해야 하는지조차 모를 때면, 그때마다 온드레이는 엄마에게 숱한 매를 맞았다.

"최소한 도시에서는 빨리 잊어버릴 수 있을 거야." 그녀의 친척이 그녀를 달랬다. "눈물로 모든 것을 치유할 수는 없는 일이잖아. 그건 네 남편을 위한 길이 아니야." 사람들 모두가 싸잡아서 아버지를 속이고 있었다. 그것은 실로 배신운동을 일삼고 다니는 것과 같았다.

인생에 대한 그 엄청난 경험, 죽음을 알기 전에 온드레이는 잭나이프로 나무 한 그루는 거뜬히 잘라냈고, 그루터기풀이 무성한 들판을 바람에 맞서 개와 함께 돌진했었다.

가장 나빴던 것은—이것에 대해서는 토니 슈타스트니에게조차 절대 말하지 않으려 했다—죽은 아버지가 적이 되었다는 사실이었다. 온드레이는 아버지의 꿈을 꾸곤 했고, 그는 걸어다니고 이야기를 하는 등 모든 것이 늘 하던 모습 그대로였으나 온드레이는 자는 동안조차도 아버지가 죽었다는 사실을 알고 있었고, 그는 그 사실을 인정하려 하지 않았다. 그리곤 그의 아버지는 아무 말 없이 자신의 계략을 알아차리고 겁을 내고 있는 그 소년과 거칠게 행동하길 바라면서, 살아가며 잊어버리고, 살아가며 단념하는 모든 것을 비웃었다. 더욱 끔찍한 아픔은 이상한 기분—저쪽 세상에 있다는—생소함이었다.

결코 없을 것 같았던 삶의 새로운 질서가 시작되었고, 그것은 관을 통해 실현되었다. 죽은 자를 넣고 집 밖으로 옮겨 나른 관을 통해, 소년병은 맞서 싸우고 소녀는 영합하는 그 관을 통해, 악연이 빠져나갈 수 있도록 활짝 열린 부엌 한가운데 놓아 둔 뾰족한 깃털침대 보따리 옆에 누워 있는 검은 관을 통해 실현되었던 것이다. 방을 세 놓으려고 엄마와 고모가 마치 자신들의 이익을 위해서가 아니라 상대의 이익을 더 생각하는 것 같은 말투로 우체국의 젊은 여직원과 나누는 말소리가 좁은 복도 어디서나 들렸다. 그들은 소년을 단순히 위협만 하려는 것이 아니었고, 심지어 놀라서 바라보는 아버지의 사진을 들고 진짜 이사를 가려 하고 있었으며, 이제 다시는 이곳에 살고 싶어 하지 않았다.

소년에게 당연한 일로 여겨졌던 일상의 모습, 너무나 익숙하게 잘 알아서 자신의 눈으로 자세히 볼 필요가 없었던 일들이, 이제 그것들로부터 떠나려 하자 전혀 다른 빛깔로 모습을 드러냈고 전에는 한 번도 본 적이 없는 아름다움으로 빛을 냈다. 시골의 전원은 그의 모험담이 쓰여 있는 두루마리였다. 그는 마음이 내키는 대로 걸어가 그것을 읽었었다. 아무도 그만큼 이 두루마리들을 잘 이해할 수 없었다.

엄마와 루자는 짐을 쌌고, 온드레이 역시 자기 재산을 가져와 트렁크에 넣었다. 버드나무 활과 화살. 블랙 힐에서 따온 갈라진 너도밤나무 잔가지로 만든 새총이었다. 소년이 밖으로 나가자마자 엄마는 그 쓰레기들을 쓰레기 더미에 던져 버렸다. 쉽게 말해 그녀에게는 그것들을 넣을 공간이 없었던 것이다. 배웅하러 온 몇몇 소년, 두 여성, 엄마와 누나와 함께 역에 도착했을 때, 다행스럽게도 그 잭나이프, 한 번도 그의 곁을 떠나지 않았던 그 멋있는 자석 칼날 잭나이프는 온드레이의 주머니 안에, 꽉 쥔 주먹 속에 있었다. 그들은 하릭을 가둬 두고 와야 했다. 소년은 잘 참아 내고 있었다.

짐을 싸고, 작별을 하느라 온통 분주해서 그들은 출발할 시간을 놓쳤고 밤이 되었는데도 아직 떠나지 못했다.

달리고 있는 열차 객실 한가운데서 미망인은 등을 돌린 채 치마에 붙은 빵 부스러기를 털어냈고 선반 위의 가난한 사람들의 보따리 사이에 남은 빵과 계란을 올려놓았다. 앉기 전에 엄마는 치마를 바로잡았다. 그녀는 한숨을 쉬면서 무릎 위에 두 손을 깍지 낀 채, 기차에 몸을 맡기고 있었다. 온갖 난리법석과 어려운 결정을 내린 후 떠나는 이 여행은 그녀에게는 말로는 표현할 수 없는 행복이었다. 흙으로 빚은 듯한 인내심으로 가득한 얼굴은 다른 여행객들을 뜯어보고, 사람됨을 가늠해 보고, 판단했다.

감수성이 강하고 영원히 변하지 않을 듯한 젊은 처녀들이 기차 뒤편에서 비명을 질러 가며 떠들어 대고 있었다. 모두 루자 또래였다. 그러나 루자는 이제 더 이상 그 소녀들과 같지 않았다. 오늘 그녀는 멀리 떠나 왔고, 그네들 곁을 떠났다. 황적색 모자를 쓴 젊은 역장이 손을 흔들며 루자가 탄 기차를 전송했을 때에야 비로소 무슨 일이 벌어지고 있는지 깨달았고 남아 있던 모든 것을 과감히 버려 버렸다.

만약 위험한 일이 일어난다면, 온드레이가 제일 먼저 알아차리고 비상 브레이크를 잡아당길 것이다.

한번은 역에서 멀리 떨어진 목초지 한가운데 기차가 멈춰 섰다. 바람이 잦아들고 있었다. 기관차는 침묵을 지켰다. 시끄러운 선로 소음이 사라졌다. 고요한 시간이 여행객 주위를 흐르고 있었고 초록빛으로 물든 저녁에 뽀글뽀글 거품을 내며 샘물이 흐르고 있었다. (사고가 났을지도 모른다는 생각이 온드레이를 기쁘게 했다. 그렇다면 기꺼이 도와줄 생각이었다.) 모든 사람들이 침묵을 지키고 있었고 숲의 기운이 뿜어져 나오고 있었으며 싸하게 썩은 버섯 냄새가 났다. 산들바람이 가을의 첫숨결을 실어 왔다. 눈으로는 볼 수 없는 가을의 숨결이었다. 엔진이 다시 움직였다. 기차가 향수에 잠겨 달리고 있었고 그 작은 소년은 아빠와 하릭으로부터 멀어지고 있었다.

허리춤에 구식 랜턴을 달아 맨, 말수가 적은 승무원이 복도를 지나오면서 객실 바깥에서 스위치를 돌리자 창문 너머 풍경이 사라졌고 기진맥진한 노란 밤이 관 같은 객실로 찾아들었다.

자정이 지났을 때 소년이 눈을 떴다. 기차의 흔들림 때문에 막대로 떠받친 꼭두각시처럼 반은 앉고 반은 누운 자세였고, 한 번만 더 덜컹거리면 금방이라고 쓰러질 것 같았다. 남자들은 아무렇게나 다리를 뻗어 입구를 막고 머리를 끄떡이며 졸고 있었다. 이 가련한 사람들의 영혼은 의지력을 상실했고, 얼굴에는 생활의 상처가 배어 있었다. 그들은 무방비 상태로 자고 있었다. 지나갈 길에 표시를 하면서 염탐꾼 같은 죽음이 훔친 랜턴을 들고 이 얼굴들을 비추어 보고 있었다. 온드레이는 자지 않았다. 이 소년 외에도 기관실 안에 있는 화부와 기관사는 깨어 있었다. 기차의 연결부가 이따금 날카로운 마찰음을 냈고, 기관차는 커다란 눈을 달고 한 무더기의 석탄 같은 어둠을 뒤쪽으로 던지고 있었다. 기차는 전원을 질주했고 자정 언저리를 지나고부터 고향이 사라져 갔다. 온드레이는 꼼짝도 하지 않았다. 그는 숨을 죽이고 열심히 듣고 있었다. 한 남자가 힘겹게 내쉬는 고통스러운 숨결은 콜록대는 하모니카였고, 한 늙은 여자가 코를 고는 소리는 으르렁대는 사자였고, 집시는 깊은 한숨을 쉬고 있었다. 키 작은 군인은 푸푸 소리를 냈다. 꽃에 매달려 흔들리는 벌처럼 루자는 자면서 나지막하게 붕붕 소리를 내고 있었다. 잠들어 있는 다섯 사람이 달리는 기차의 베틀 위에서 시간을 엮고 있었다. 그런데 소년의 어머니, 엄마, 그녀는 숨을 쉬고 있지 않았다. 빛이 있는 쪽으로 고개를 돌린 그녀는 놀란 표정이었다. 입은 크게 벌린 채로

"엄마!"

거친 마대 천으로 만든 커튼 옆 그녀의 머리가 움직이지 않았다. 손톱이 짧고 깔쭉깔쭉하게 갈라진 친숙한 그녀의 손은 차가워 보였다. 그는 몸서리쳤다. 그는 여자의 치마를 끌어당겼다.

"엄마!"

그녀는 마지못해 반쯤 눈을 뜨면서 한숨을 쉬었으나 비스듬하게 머리를 기댄 자세를 바꾸지 않고 다시 눈을 감았다. 그리고 가시지 않은 잠기운에 여전히 졸린 소리로 심드렁하게 중얼거렸다.

"또 뭐야?"

"나 목말라." 온드레이는 거짓말을 했다. 아니 거짓말인 동시에 거짓말이 아니었으나 그것이 중요하진 않았다.

"조용히 해. 지금 밤이잖아. 이제 좀 자. 봐, 루자—쟤도 자고 있잖아. 저 아저씨가 시끄럽다고 화낼 거야."

그녀는 다시 구석에 몸을 기댔고 자신의 어깨를 가리켰다.

"여기, 내 어깨를 베고 이렇게 누워."

그러나 소년은 여자의 머리를 두 손으로 잡고 그녀의 얼굴을 자기에게로 돌렸다. 마치 지구본의 한 부분을 돌리는 것

처럼.

"자지 마, 엄마."

그녀는 몸을 일으켜 세웠고 뻐근한 목이 아파 얼굴을 찡그리고는 게슴츠레한 눈으로 이리저리 둘러보았다.

"밤에도 나를 편히 두질 않는구나." 그녀가 짜증스럽게 신음했다. "애들은 정말 인정도 없나 보군."

"그래도, 자지 마."

드디어 더 이상 대꾸할 것도 없이 잔뜩 화가 난 그녀는 작정한 듯 소년을 아무도 없는 통로로 데리고 나갔고, 찰싹찰싹 엉덩이를 때렸다. 온드레이는 울지 않았다. 그는 마음을 굳게 먹었다. 엄마가 잠들었을 때, 무엇이 무서웠는지 고백하기보다는 차라리 고문을 받겠다고 생각했다. 그는 누그러지지 않는 수치스러움을 느끼며 자신의 코를 차가운 주검 냄새가 풍기는 창문에 딱 붙인 채 계속 짓누르고 있었다.

이르지 카라세크 제 르보비츠_ Jiří Karásek ze Lvovic

살로메의 죽음
―누비아 외경
Smrt Salomina

살로메는 매일같이 몸종 하나를 데리고 가젤 사냥꾼 세혼의 오두막을 은밀하게 찾아왔다.

하얀 이를 빼면 밝은 곳이라는 전혀 없는 새까만 피부와 하늘색 가루를 뿌린 듯 푸르스름하게 빛나는 곱슬곱슬한 검은 머리채를 가진 사랑스러운 소년은 세월의 흔적을 헛되이 화장으로 감추고 있던 유대 공주의 사랑을 받았다.

그 여자의 눈만은 여전히 별처럼 밝게 빛나고 있었다. 하지만 삶에 시들해진 창백한 안색은 거짓말 같이 그 빛을 지워내고 있었다.

세혼은 자신에게 선물을 갖다 바치며 애절한 말로 자신을 염원하는 이 기이한 여인이 누구인지 알았을까? 그는 매일 자신의 오두막 문간에 보라색 페플로스(고대 그리스 여성이 입었던 느슨하게 주름 잡힌 긴 겉옷)를 입고서 불안하고 길 잃은, 슬프고 숨 죽인 듯한 모습으로 나타나는 형상을 슬금슬금 뒤따라오는 그림자들의 정체가 무언지 전혀 짐작하지 못했다. 살로메는 사각거리는 긴 소매 주름 속에 두 손을 감추고 머리에 가슴까지 내려오는 은빛 베일을 쓴 채, 수수한 색깔의 옥 귀고리를 귀에 달고 있었다.

그 여자의 동작 하나하나는 늘상 자신을 피해 다니려고만 하는 소년의 마음을 붙잡고자 하는 욕망을 숨김없이 드러냈다. 하지만 세혼은 여자의 늙은 나이와 추함을 멸시할 뿐이었다.

살로메는 자주 세혼의 오두막집 구석에서 터져 나오는 울음을 억누르기 위해 갑자기 주저앉아 손으로 얼굴을 감싸 쥐곤 했다. 하지만 그럼에도 그녀의 눈에는 어둠과 공허함이 가득 차올라 한참 동안이나 움직이지도 생각하지도 않고 그 자세 그대로 있곤 하는 것이었다. 그 모습이 너무나 비통해 보였기 때문에 그럴 때는 세혼조차 잠시 거기에 압도되어 보다 상냥하게 말을 걸었다. 하지만 그러면 살로메는 옥 귀고리가 큰 소리로 울릴 정도로 재빨리 몸을 일으켜 오만한 눈빛을 뿜어냈다. 그녀는 자신의 감정과 거리를 두었다. 살로메가 원한 것은 동정이 아니라 사랑이었기 때문이다.

한때 그 팔과 가슴과 허리에서 불꽃을 뿜으며 그 힘으로 가장 권세 있는 자들을 무너뜨렸던 그녀는 이제 자신이 간절히 원하는 검게 빛나는 소년 앞에 무력하기 짝이 없었다.

어느 날 밤, 푸르스름한 달빛이 칠흑 같은 구름을 힘겹게 뚫고 나오듯이 창백한 살로메의 손이 넓은 소맷자락 속에서 갑자기 나타났을 때, 세혼은 흥미를 가지고 가까이 다가왔다.

그는 이 손이 옛날 세례 요한의 머리를 의기양양하게 은쟁반에 받쳐 들었던 바로 그 손이라는 것을 전혀 짐작하지 못했다. 그리고 어떻게 살로메가 자신의 머리칼과 손과 목과 가슴과 젊고 빛나는 나신을 온통 치장하고 있는 보석들이 짤랑거리는 소리 하나 내지 않고, 말할 수 없이 쉽고 유연하게 기쁨에 젖어 몸을 흔들었었는지 전혀 짐작하지 못했다…….

그때 살로메는 벌거벗은 몸을 무기로 승리를 거두었고, 그녀의 청춘은 끊임없이 남자들을 집어삼키는 만족을 모르는 계곡이었다. 살로메의 육체는 최고의 향료들보다 더 향기로운 냄새를 발산했고, 따뜻한 피부는 사파이어의 광채보다 빛났고, 눈부시게 빛나는 황금빛 녹주석보다 아름다웠다. 한없는 잔인함이 서려 있는 살로메의 입술은 가슴 위로 늘어진 목걸이에 치렁치렁 달려 있는 루비들보다 붉게 타올랐고, 거의 소름을 돋게 하는 그녀의 눈은 가장 검고 가장 신비한 석류석보다 더 큰 빛을 품고 있었다.

지금 살로메의 손은 추위 때문에 떨고 있었다. 하지만 그럼에도 불구하고, 갑자기 드러난 그녀의 맨손은 너무나 아름다운 나머지 고대의 장인이 상아로 조각해 놓은 것 같았다. 그것은 섬세하고 고결하면서도 동시에 지극히 탐욕스럽고 사악한 손, 공주의 손인 동시에 하피의 발톱이었다. 세혼은 그 손을 향해 몸을 굽혔다. 그리고 매료되어 기쁨의 말을 속삭였다. 그의 눈은 갈증 난 목이 잔에 든 타마리스크(지중해 연안에 서식하는 버드나무의 일종) 술을 들이키듯이, 그 손의 아름다움을 들여 마시고 있었다.

여기서 살로메는 마음을 결정했다. 그녀는 옷을 아래로 흘러 내려뜨려 어두운 오두막 안에서 갑작스레 소년의 앞에 발가벗고 일어섰다.

살로메의 눈은 반달 같은 눈썹 아래 드리운 그늘 속에서 활활 불타오르고 있었다. 그녀는 젊었을 때처럼 춤을 추기 시작했다.

세혼은 놀라서 그녀를 쳐다보았다. 나이의 흔적은 온데간데없었다. 살로메의 육신은 아름다움과 탄력을 되찾았다. 팔은 통통해지고, 다리는 가젤 다리 같은 날씬함을 얻었다.

반쯤 눈을 감은 채 살로메는 리드미컬하게 몸을 흔들었다. 세혼은 눈앞에 있는 여인과 자신이 갈구하고 사랑했던 여인들을 비교해 보았다.

갑자기 그 여인들에 대한 기억이 희미해졌다. 세혼은 지금 자신의 앞에 이토록 신비한 아름다움을 펼쳐 놓고 있는 과거에서 온 망령에 대한 열정에 사로잡히고 말았다. 다 꺼진 재 속에 묻힌 두 개의 보석처럼 어둠 속에서 열정적으로 자신을 처다보고 있는 저 눈은 얼마나 큰 슬픔을, 이루 말할 수 없는 슬픔을 말하고 있는가. 이제야 눈앞에 나타난 오래된 캐시미어 천같이 하얗고 섬세한 나신은 얼마나 그리운 것인가!

황금색 샌들을 신은 발이 영원히 그녀를 떠나고 싶은 것처럼 바닥에서 날아올랐다.

살로메는 백일몽에 빠져 들었다. 몸을 흔드는 동작은 그녀를 달래 영혼까지 잠들도록 만들었다. 살로메의 머리칼은 풀어헤쳐졌다. 하지만 자신의 머리칼이 옥 귀고리와 루비 목걸이에 뒤엉키는 것도 살로메는 전혀 느끼지 못했다.

그녀는 하얀 대리석으로 만든 궁전의 오렌지 과수원 한가운데에서 세례 요한의 목을 위해 왕 앞에서 춤을 추었던 젊은 시절을 생각하고 있었다. 조용한 홀에서 날씬한 그녀의 육체를 탐욕스럽게 처다보는 남자들의 욕정어린 숨소리밖에 들리지 않았다. 향기는 더욱 짙어져 뚫고 들어갈 수 없게 되었고, 금박을 입힌 백단향 나무 기둥들에 매달린 촛대 위에 불타고 있는 붉은 불꽃과 뒤섞였다.

얼마나 오래전 일인가! 너무나 옛날일이 아닌가! 살로메는 비틀거렸다. 동양의 무덤을 배회하는 하이에나처럼, 여기 추억이 지나가 버린 과거를 빈틈없이 살피고 있었다.

그녀는 몸을 돌렸다. 마지막 남은 힘을 짜내 몸을 지탱하지 않았다면 살로메는 쓰러졌을 것이다.

오늘 그녀는 누구의 머리를 위해 세혼 앞에서 춤을 추고 있는 걸까? 살로메는 자신이 자신의 모든 것을 이 춤에 쏟아붓고 있는 것을 느꼈다. 오늘, 오늘 단 하루만이라도 그녀는 세혼의 검은 육체를, 그의 달콤한 키스를, 애무하는 손의 촉감을 자기 것으로 만들 수 있을지 모른다.

도취에 빠져 살로메를 부르며 그 품으로 뛰어드는 세혼의 목소리는 욕정으로 흐려져 있었다. 그의 콧구멍에서는 욕정의 불길이 너울거리고 있었다.

"세혼!" 살로메가 바닥에 미끄러지며 외쳤다.

세혼은 그녀의 쓰러진 몸을 향해 몸을 구부렸다.

그녀를 내려다보는 세혼은 이제 아무 말도 하지 않았다.

살로메는 다시 원래의 모습으로 돌아가 있었다. 세혼은 그녀의 염색한 눈썹과 속눈썹, 색칠한 입술, 번들거리는 화장, 하얀 대리석 위에 맺힌 이슬처럼 시체같이 싸늘하게 식은 이마의 땀방울을 보았다. 그는 이 끔찍해 보이는 얼굴의 모든 것을 보았다. 그리고 몸을 돌렸다. 하마터면 콘도르 새처럼 시체를 탐하여 달려들 뻔했던 것이다. 혐오감이 그를 짓눌렀다.

살로메의 눈빛은 완전히 어두워졌다. 그녀는 장밋빛으로 물들인 손톱을 바닥에 부수어 버리고 싶었다. 쓸모없는 자신의 육신을 갈기갈기 찢어버리고 싶었다. 격렬히 분노하며 소리치고 싶었다. 하지만 그녀는 붙잡힌 짐승처럼 조용히 있었다. 그녀는 부들부들 떨리는 손으로 얼굴과 몸을 감싼 채 보라색 페플로스의 끝을 먼지 가득한 길바닥에 질질 끌면서 떠나갔다.

다음 날 아침, 살로메의 몸종이 세혼의 오두막에 왔다. 평소와 같이 몸종은 마님의 선물을 가져왔다. 하지만 이번에 그녀는 두려움에 떨고 있었다. 몸종이 너무나 빨리 물러가 버리는 바람에 그녀는 세혼이 선물을 거절하는 소리조차 듣지 못했다.

밤이 되어 세혼이 어린 애인의 품에 있다 집에 돌아왔을 때까지 선물은 여전히 오두막 문간에 놓여 있었다. 그는 선물을 덮고 있는 보자기를 무심히 걷어 보았다.

세혼은 겁에 질려 비명을 질렀다. 은쟁반 위에 잘려진 살로메의 머리가 놓여 있었다.

죽음은 그녀의 이마에 주름을 더 깊이 새겨 넣었다. 응고한 피의 얼룩이 그녀의 얼굴을 덮고 있었다. 반쯤 벌려진 입술에서 흘러나온 고통이, 무시무시하게 빛나는 광선을, 붉게 타는 불꽃을 세혼의 심장 가장 깊은 곳으로 쏘아 내며, 살로메의 얼굴은 책망하듯 그를 내다보고 있었다.

얀 네루다_ Jan Neruda

리샤네크 씨와 슐레글 씨

Pan Ryšánek a pan Schlegl

I

나의 독자들이 말라스트라나에서 제일가는 식당인 슈타이니츠를 잘 모를지도 모른다는 불안은 기우에 지나지 않으리라. 이 식당은 카를 다리 끝의 교탑을 지나서 왼쪽 첫 번째 건물로, 모스테츠카 거리에서 라렌스카 거리로 꺾이는 모퉁이에 있다. 커다란 창문들과 큰 유리문이 있는, 그리고 감히 가장 번화한 곳에 자리를 잡고 붐비는 인도에 직접 입구를 낸 유일한 식당이다. 다른 식당들은 말라스트라나의 소박함에 어울리게 상가들 사이의 골목 속에 숨어 있거나, 다른 건물 내에 입구를 두고 있다. 그게 바로 조용하고 외딴 거리의 아들인 진짜 말라스트라나 토박이들이 슈타이니츠에 잘 가지 않는 까닭이다. 오직 고관과 교수, 장교 들만이 그곳에 드나들었고, 우연히 흘러들어온 사람들은 어느 순간 자취를 감추었다. 그 외에 거기서 볼 수 있는 사람이라고는 오래 전에 일에서 손을 뗀 연금수령자들과 늙고 부유한 집주인들뿐이다. 정말 관료적이고 귀족적인 집단이 아닐 수 없었다.

내가 아직 어린 학생이었던 시절에도 슈타이니츠의 손님들은 비슷한 배타성을 지니고 있긴 했지만 어떤 면에서는 지금과 많이 달랐다. 말하자면 그곳은 이 동네의 신들이 모이는 말라스트라나의 올림포스 산이라고 할 수 있었다. 모든 신들이 민족성의 산물이라는 것은 잘 알려진 역사적 사실이다. 여호와는 유대인처럼 음침하고 잔인하며 화를 잘 내는, 복수심이 강한 피에 굶주린 신이다. 그리스의 신들은 그리스인들처럼 우아하고 재치 있고 아름답고 유쾌하다. 슬라브 족의 신들은—미안한 이야기지만, 우리 슬라브 사람들은 위대한 나라나 분명한 성격을 가진 신들을 창조해 낼 만큼의 활발한 상상력이 부족하다. 에르벤과 **코스토마로프**(카렐 야로미르 에르벤(1811-1870)은 체코의 역사학자이자 시인, 작가로 체코의 민속 연구로 유명하다. 니콜라이 코스토마로프(1817-1985)는 러시아의 역사학자로 러시아와 우크라이나 지방의 역사 및 민속 연구로 큰 명성을 떨쳤다.) 같은 민속학자들이 최선을 다해 노력했지만, 우리의 옛 신들은 별로 뚜렷한 성격이 없는 흐리멍덩한 오합지졸 집단에 불과했다. 내가 언젠가 민족과 신들의 유사성에 관한 재미난 글을 쓸지도 모르겠지만, 여기서는 단지 슈타이니츠에 모인 신들이 우리 동네의 신들이라는 데 의심의 여지가 없다는 점을 말하고 싶을 뿐이다. 말라스트라나, 그러니까 이 동네의 집들과 주민들은 조용하고 귀족적이며, 동시에 시대에 뒤떨어진, 심지어 지루한 면까지 갖고 있다. 이런 지루함은 슈타이니츠의 신사들에게도 영향을 끼쳤다. 이곳 단골들이 예전과 똑같이 이 도시의 관리와 군인, 교수, 연금수령자 들로 구성되어 있는 것은 사실이다. 하지만 그 시절에는 관리와 군인 들이 이리저리 옮겨 다니지 않았다. 예를 들어, 아버지들은 자식을 학교에 보내고 괜찮은 지위를 얻도록 도울 수 있었으며, 그걸 유지하게끔 보호할 수 있었던 것이다. 슈타이니츠의 손님들 중 몇몇은 모든 사람들에게 잘 알려진 사람이라 그들이 식당 입구 앞에 있을 땐, 지나가는 사람들이 모두 인사를 했다.

우리 학생들에게 슈타이니츠는 올림포스 산보다 더 높은 곳에 있었다. 우리의 늙은 선생들이 모두 그곳에 자주 갔기 때문이다. 늙었다고! 왜 난 그들이 늙었다고 말했을까? 나는 그분들 모두를 잘 알고 있었다. 내게는 우리의 신들인 그분들이 젊었던 적이 전혀 없는, 아니 어렸을 때조차 아마 조금 작았을지는 모르지만 어른일 때와 똑같이 생겼을 것으로 생각되었다.

나는 그 양반들의 모습을 어제 본 것처럼 생생하게 떠 올릴 수 있다. 우선 키가 크고 마른, 아주 근엄한 분위기의 고등법원 평의원이 있었다. 그는 지금도 활발히 그 일을 하고 있지만, 나는 그 양반이 대체 무슨 일을 하고 있는지 전혀 짐작할 수 없었다. 우리가 오전 열 시에 학교에 가고 있을 때, 그는 카르멜탄스케 거리에 있는 자기 집을 나와서 오스트루호베 거리를 걸어 내려가 차드라의 포도주 가게로 들어가고 있었다. 목요일 오후 우리가 학교에서 나와 마리아 성벽 근처를 미친 듯이 달리고 있을 때면, 그 양반도 마리아 공원 주위를 산책하고 있었다. 그러다가 5시가 되면 일찌감치 슈타이니츠로 걸어 들어가고는 했다. 나는 열심히 공부해서 고등법원 평의원이 되기로 마음먹었지만, 어쩌다 보니 그 결심은 마음속에서 그냥 유야무야되고 말았다.

그리고 애꾸눈의 백작이 있었다. 그 시절 말라스트라나에는 무수히 많은 백작들이 있었지만, 슈타이니츠에 자주 드나드는 건 오직 이 애꾸눈 양반뿐이었다. 그는 불그스름 건강한 혈색에 짧은 백발머리를 가진 키가 크고 바짝 마른 사람으로 왼쪽 눈에 까만 안대를 하고 있었다. 백작은 슈타이니츠 앞 인도에 두 시간 동안 계속 서 있곤 했는데, 그의 앞을 꼭 지나쳐야 할 때면 난 필요 이상으로 거리를 두고 지나쳤다. 그는 선천적으로 "귀족적"이라고 불리는 사나운 맹금 같은 인상을 타고났다. 나에게 백작은, 매일 정오가 되면 무섭도록 규칙적으로 성 미쿨라셰 성당 지붕에 내려앉아 잡아 온 비둘기를 갈기갈기 찢곤 하는 매를 연상시켰다. 그래서 나는 백작과

거리를 두었다. 그가 내 머리를 쪼아댈지도 모른다는 막연한 두려움을 가지고 있었기 때문이었다.

그리고 전혀 늙지 않았음에도 일찌감치 퇴역한 통통한 몸집의 군의관이 있었다. 소문에 따르면 어느 대단한 명사가 프라하 병원들을 한 바퀴 순시하고 나서 이런저런 말들을 늘어놓았는데, 그 양반이 그 높은 분에게 대놓고 자신이 무슨 말을 하고 있는지도 모르는 아무 개념 없는 사람이라고 했다는 거였다. 이 때문에 그는 퇴역을 서둘러야 했다. 하지만 덕분에 그분은 우리의 사랑을 얻었다. 우리에게 그 의사 선생은 진짜 혁명가로 보였다. 그분은 또한 상냥하고 허물없는 사람이기도 했다. 자기가 좋아하는 사내아이를 만나면―여자아이일 경우에도 마찬가지였는데―그는 아이를 불러 세워 뺨을 어루만지며 "아버지께 안부를 전해주렴"이라고 말하곤 했다. 설사 아이의 아버지가 누군지 모를 경우에도 말이다.

하지만 아니다! 그 노인들은 더욱 더 늙어갔고 결국 세상을 떠났다. 그 양반들을 무덤에서 불러내지는 말자! 나는 그 사람들 속에서 보낸 자랑스러운 순간들, 내가 학교 선생이 되어 이제 아무런 두려움이나 당혹감 없이 슈타이니츠에 들어가 그 고귀한 사람들 속에 섞이며 들었던 독립했다는 기분, 어른이 되었다는 느낌, 심지어 어떤 기품 같은 것을 가지게 됐다는 생각을 나는 기쁜 마음으로 회상한다. 사실 그분들 중 많은 사람들이 나를 알아보지 못했다. 정직하게 말하면, 거의 아무도 나를 알아보지 못했다. 몇 주가 지난 뒤에야 딱 한 번, 의사 선생이 밖으로 나가려고 내가 앉은 테이블을 지나가면서 말을 걸었을 뿐이었다. "그래, 그렇지, 젊은이. 사람들이 뭐라든 요즘 맥주는 맛이 정말 형편없어!" 그러면서 그는 방금까지 자기와 함께 앉아 있던 사람들을 향해 경멸스럽게 고개를 까딱하는 것이었다! 그분은 정말 브루투스 같은 사람이었다! 감히 말하건대 그분은 설사 카이사르 앞에 선다 해도 카이사르에게 맥주의 맥자도 모르는 자라고 서슴없이 말했을 양반이다.

한편으로 나는 그 사람들에게 많은 주의를 기울였다. 그들이 무슨 이야기를 나누는지 많이 듣지는 못했지만 그들이 하는 모든 일을 관찰했다. 나는 나 자신이 그런 기품 있는 존재들의 초라한 모조품에 불과하다고 생각한다. 하지만 내가 물려받는 것이 무엇이든 그것은 고귀한 것이며 나는 그들에게 그 모든 것을 빚지고 있다. 그 가운데, 누구보다도 결코 잊지 못할 두 사람 있다. 그 두 사람은 내 영혼에 자신들의 존재를 깊이 각인시켰는데, 바로 리샤네크 씨와 슐레글 씨였다.

모스테츠카 거리에서 슈타이니츠로 들어가면 당구대 오른편, 라렌스카 거리 쪽으로 난 세 개의 커다란 창문이 보인다. 세 창문들 밑에는 나지막한 말굽 모양의 테이블이 하나씩 놓여 있었다. 각각의 테이블에는 세 사람이 앉을 수 있었는데, 한 사람은 창문을 등지고 나머지 두 사람은 말굽의 양옆에서

서로 마주보고 앉는 구조였다. 아니면 양옆의 두 사람도 당구대 쪽으로 고개를 돌려 모두들 게임을 즐길 수 있었다. 매일 저녁 6시에서 8시 사이에는 만인의 존경을 받는 리샤네크 씨와 슐레글 씨가 입구 오른쪽 세 번째 테이블을 차지하고 앉았다. 두 사람이 앉는 테이블에는 다른 사람이 앉지 않았다. 감히 다른 사람이 늘 앉는 자리를 차지해 앉는다는 것은 말라스트라나 주민들에게는 생각조차 할 수 없는 일이었다. 그건— 그렇다, 그냥 생각할 수 없는 일이기 때문에 그런 일은 아예 고려의 대상이 되지도 않았다. 그래서 세 번째 창문 아래 테이블은 항상 비어 있었다. 슐레글 씨는 테이블에서 문에 가까운 쪽에 앉았고, 리샤네크 씨는 그 맞은편에 앉고는 했다. 두 사람 다 창문을 등지고 당구 게임을 구경하면서 테이블과 상대방을 어느 정도 외면하고 있었다. 그들이 테이블 쪽으로 고개를 돌릴 때는 맥주를 한 모금 마시거나 파이프에 담배를 채울 때뿐이었다. 두 사람은 그렇게 11년 동안 앉아 있었다. 그 11년 동안 그들은 한마디도 나누지 않았다. 아예 서로를 거들떠보지도 않았다. 두 사람이 서로 얼마나 멸시하는지는 온 말라스트라나가 다 아는 사실이었다. 두 사람의 해묵은 원한은 결코 화해할 수 없는 것이었다. 모든 사람들이 그 이유를 잘 알고 있었다. 그건 모든 문제의 근원인 여자 때문이었다. 두 사람은 같은 여인을 사랑했다. 그 여인은 처음에 리샤네크 씨에게 정을 주었다. 하지만 갑자기 상황이 돌변하여 슐레글 씨의 품에 안겨버렸다. 아마도 슐레글 씨가 리샤네크 씨보다 열 살이나 젊었기 때문이었을 것이다. 그녀는 슐레글 부인이 되었다.

슐레글 부인이 과연 리샤네크 씨를 영원한 슬픔에 빠뜨려 평생 독신으로 살게 한 원인이 될 만큼 미인이었는지 나로서는 말하기 어렵다. 그녀는 스물두 살의 나이에 첫 아이를 낳다가 죽는 바람에 천사와 함께 잠든 지 오래되었다. 아마도 슐레글 부인의 딸이 그녀의 모습을 간직하고 있을 것이다. 사람들은 그때의 슐레글 부인이 미인이었다고 말한다. 아마도 그러하리라. 하지만 오로지 건축가들에게만 그럴 것이다. 겉보기엔 모든 것이 균형 잡히고 적재적소로 올바른 곳에 자리 잡고 있는 것 같았다. 하지만 건축가를 제외한 사람들에게 어린 슐레글 부인의 얼굴은 절망을 줄 뿐이었다. 그녀의 얼굴은 낡은 창고 문처럼 움직이지 않았다. 그녀의 눈은 반짝반짝 빛났지만, 갓 닦은 창문처럼 별다른 의미가 없어 보였다. 본래 앵두처럼 아름다운 모양이었을 입술은 성문처럼 천천히 벌어졌다가 한참 뒤 똑같이 천천히 닫히곤 했다. 젊었던 슐레글 부인은 늘 방금 하얗게 씻어놓는 것 같은 얼굴을 하고 있었다. 그녀가 아직 살아있다면, 지금은 아마 그때만큼의 미인은 아닐 것이다. 한편으로는 더욱 아름다워졌을지도 모른다. 오래된 건물이 더욱 아름다운 것처럼 그렇게 말이다.

어떻게 리샤네크 씨와 슐레글 씨가 세 번째 창문 아래의 테이블에 함께 앉게 되었는지 명확히 설명할 수 없는 점에 독자들에게 심심한 사죄를 드린다. 부분적으로는 이 노인들의 시간을 망치기로 작정한 지독한 운명 때문이 확실했다. 불친절한 운명이 그들을 한 자리에 앉히자마자, 굽힐 수 없는 자존심이 두 사람으로 하여금 그 자리에 계속 앉아 있게 만들었을 것이다. 두 번째로 그들이 마주쳤을 때 그들은 아마 악의를 가지고 그 테이블에 앉았을 것이다. 그들은 체면 때문에 계속 자리를 지키며 사람들의 대화를 방해했다. 이제 슈타이니츠의 모든 사람들이 그것이 사내로서의 명예가 걸린 문제라는 것, 두 사람 다 결코 굴하지 않으리라는 것을 알 수 있었다.

두 사람은 저녁 6시쯤 왔는데, 어느 날 한 사람이 좀 일찍 왔다 싶으면 다음 날엔 좀 늦게 오는 이었다. 그들은 누구랄 것 없이 모든 사람과 인사를 나눴지만 서로에게는 인사를 하지 않았다. 웨이터가 여름에는 모자와 지팡이를, 겨울에는 털모자와 외투를 받아서 뒤에 있는 옷걸이에 걸어 주었다. 이렇게 옷을 벗고 난 그들은 비둘기가 그러듯이 상체를 구부렸다. 나이 지긋한 이들은 자리에 앉기 전에 이렇게 절을 하는 습관이 있다. 그러고 나서 그들은 손을—리샤네크 씨는 왼손을, 슐레글 씨는 오른손을—테이블 귀퉁이에 놓고는, 천천히 의자를 움직여 창가를 등지고 얼굴을 당구대 쪽으로 향했다. 통통한 주인장이 미소를 띠고 인사말을 건네며 그들에게 첫 번째 코담배 한 줌을 나누어 주러 왔을 때, 그는 다른 편 손님이

코담배를 받지 않았거나 자기 말을 듣지 않은 것처럼 두 사람
에게 따로따로 담뱃갑을 톡톡 두드리며 아주 좋은 날이라고
말해야 했다. 아무도 두 사람에게 동시에 말을 걸지 않았다.
두 사람 다 다른 사람 쪽을 쳐다보지 않았다. 마치 서로에게
존재하지 않는 사람인 것처럼.

웨이터는 그들 각자의 앞에 맥주잔을 갖다놓았다. 잠시
뒤—하지만 결코 동시에 그러지는 않았는데, 겉보기에는 서
로 무시하고 있었음에도 불구하고 사실은 서로 몹시 신경을
쓰고 있었기 때문이다—두 사람은 테이블로 고개를 돌렸고,
가슴주머니에서 해포석(흔히 파이프의 재료로 쓰는 회백색 광물질) 파이
프를 꺼내고, 뒷주머니에서 담배쌈지를 꺼내 파이프를 채웠
다. 그리고 다시 창문에서 고개를 돌렸다. 그렇게 두 사람은
맥주를 석 잔씩 마시며 두 시간 동안 앉아 있다가, 한 사람이
다른 사람보다 조금 일찍 자리에서 일어나 자신의 파이프와
담배쌈지를 치웠다. 웨이터는 그들의 몸에 외투를 둘러 주고
손에 모자와 지팡이를 들려 주며, 모두에게 작별인사를 고할
채비를 갖추어 주었다. 하지만 그들은 서로에게는 결코 인사
를 하지 않았다.

나는 너무 눈에 띠지 않으면서도 그 신사들을 잘 볼 수 있
는 가까운 난로 옆 테이블을 일부러 골라 앉았다. 리샤네크
씨는 깅엄 천(염색한 색과 표백한 실을 날실과 씨실로 사용하여 짜서 체크무늬
를 이루게 한 면직물)을 사고파는 사람이었고 슐레글 씨는 철물점

주인이었다. 둘 다 은퇴해서 부유한 생활을 하고 있었다. 하지만 그들의 얼굴은 여전히 예전 직업을 반영하고 있었다. 리샤네크 씨의 얼굴은 내게 늘 빨간 색과 하얀 색 줄무늬를 한 깅엄 천처럼 보였다. 반면 슐레글 씨는 커다란 젖은 모르타르 덩어리를 닮았다. 리샤네크 씨는 키가 더 컸고, 조금 더 쇠약했고. 아까 얘기한 대로 나이가 더 많았다. 그는 자주 아프고 병을 앓았다. 그의 턱은 힘없이 축 늘어져 있곤 했다. 리샤네크 씨는 검은 테 안경을 썼다. 머리는 반백이었고, 거의 반백이 된 눈썹을 보고서 그가 예전에 금발이었음을 짐작할 수 있었다. 쑥 들어간 양 볼은 창백했다. 뺨이 너무 창백한 나머지 그의 긴 코는 붉게, 때로는 새빨갛게 보일 정도였다. 아마도 그것이 그의 코끝에 물방울이, 존재 깊숙한 곳에서 나오는 것 같은 눈물이 맺히는 이유일 것이다. 양심적인 전기 작가로서 나는 리샤네크 씨가 가끔 그 물방울을 늦게 닦아내는 바람에 그것이 무릎으로 떨어지곤 했다는 점을 적어 두어야겠다.

슐레글 씨는 꽤 땅딸막한 사람으로 목이 없는 것 같아 보였다. 그의 머리는 폭탄처럼 생겼다. 그는 회색빛이 진하게 섞여 있는 검은 머리칼을 갖고 있었다. 얼굴에서 면도한 부분은 검푸른 색이었고 맨살은 불그스름한 빛이라, 살의 밝은 부분과 어두운 부분이 짙은 그림자가 얼룩진 렘브란트의 초상화처럼 엇갈리고 있었다.

나는 이 두 영웅에 대해 큰 존경심을 품고 있었다. 그 두 사람이 매일매일 자신들만의 격렬하고 거침없는 전투를 수행하는 방식을 정말 존경하기까지 했다. 그들은 자신들이 사용할 수 있는 무기―독기 서린 침묵과 가장 맹렬한 경멸을 가지고 싸웠다. 전투의 승부는 아직 결판나지 않았다. 패배한 적의 목을 발로 짓누르고 서는 것은 과연 누구일 것인가? 육체적으로는 슐레글 씨가 더 강인했다. 그는 모든 면에서 딱 부러지고 다부졌다. 그가 말을 할 때는 큰 총소리가 울리는 것 같았다. 리샤네크 씨는 나직하고 느릿하게 말했다. 그는 약했지만 상대방 못지않은 영웅성을 가지고 증오로 가득 찬 침묵을 유지하는 것이었다.

II

그러다 일이 벌어졌다.

부활절이 지나고 세 번째 주의 수요일 슐레글 씨가 들어와서 자리에 앉아 파이프를 채우고는 풀무처럼 연기구름을 내뿜었다. 주인장이 다가와 담뱃갑을 톡톡 두들겨 코담배를 조금 나누어 주었다. 주인장은 담뱃갑을 닫고 문 쪽을 쳐다보며 말했다. "오늘은 리샤네크 씨가 오시지 않을 겁니다."

슐레글 씨는 대답 없이 얼음장 같은 무관심으로 앞을 바라보고 있었다. "길 건너편의 군의관님이 알려 주셨습니다." 주인장은 문에서 고개를 돌려 슐레글 씨의 안색을 살피며 말했다. "리샤네크 씨는 오늘 아침 평소처럼 일어났다가 갑자기 열이 올라 몸져누워 곧장 의사를 불렀습니다. 폐렴이라더군요. 의사 선생이 오늘 세 번이나 그분을 보러 가셨습니다. 늙으셨지만 솜씨는 여전하시죠. 쾌차를 빌어야겠습니다."

슐레글 씨는 입술을 떼지 않고 끙 하는 소리로 대답을 대신했다. 그는 한마디 말도 하지 않았고 눈도 하나 깜짝하지 않았다. 주인장은 느릿느릿 옆 테이블로 움직였다.

나는 슐레글 씨를 보고 있었다. 그는 가끔씩 연기를 내뿜거나 파이프를 반대쪽 입가로 옮기려고 입술을 벌릴 때를 제외하고는 한참동안 미동도 없이 앉아 있었다. 그때 지인 한 사람이 다가와 말을 걸었고 슐레글 씨는 여러 번 큰 소리로 웃었다. 그 웃음은 내게 혐오감을 불러일으켰다.

슐레글 씨는 오늘 평소와는 아주 다르게 행동했다. 전에는 보초를 서는 군인처럼 꼼짝 않고 앉아 있었는데, 지금은 쉴 새 없이 실내를 돌이다녔다. 그는 상인인 퀼러 씨와 당구를 치기까지 했다. 첫판에서 슐레글 씨에게 행운이 잇달아 더블 스코어까지 갔다. 나는 매번 그의 차례가 올 때마다 그가 실수를 범해서 퀼러 씨가 따라잡기를 빌었다. 당구를 마친 슐레글 씨는 앉아서 담배를 피우고 술을 마셨다. 누군가 그의 테이블에 오면 슐레글 씨는 평소보다 더 큰 목소리로 더 장황하게 이야기하곤 했다. 단 하나의 동작과 제스처도 내 눈을 피하진 못했다. 그는 정말 기뻐하고 있는 것이, 병든 적수에 대해 일말의 동정심도 품지 않고 있는 것이 분명했다. 나쁜 사람, 정말 나쁜 사람이었다.

8시가 가까웠을 때 군의관이 밖으로 나가다가 세 번째 테이블 옆에서 걸음을 멈추었다. "안녕히 계시오. 나는 오늘 한 번 더 리샤네크 씨한테 들러 봐야겠소. 주의하면 주의할수록 좋은 거니까 말이오."

"잘 가십시오." 슐레글 씨가 냉담하게 대답했다.

그날 슐레글 씨는 평소와 달리 맥주를 석 잔이 아니라 넉 잔을 마셨고, 8시 30분까지 있다 갔다.

날이 지나고, 주가 지났다. 춥고 흐린 4월은 따뜻한 5월과 아름다운 봄에 자리를 내주었다. 아름다운 봄의 말라스트라나는 천국이나 다름없다. 페트르진 언덕은 사방에 우유가 뿜어져 나온 것처럼 하얀 꽃들로 뒤덮인다. 말라스트라나의 모든 것이 라일락 향기에 흠뻑 젖어든다.

그때 리샤네크 씨는 위중한 상태에서 벗어났다. 봄은 그에게 연고를 바르는 것과 같은 효과를 선사했다. 나는 지팡이에 의지해 천천히 걸으며 공원을 산책하고 있는 그와 자주 마주쳤다. 전에도 리샤네크 씨는 야위고 쇠약한 사람이었지만 이제는 더욱 심했다. 그의 턱은 훨씬 더 힘없이 늘어져 있었다. 누구라도 그의 턱에 스카프를 둘러 주고 눈을 감긴 다음 관에 눕히고 싶었을 것이다. 하지만 리샤네크 씨는 점차 회복되고 있었다.

하지만 그는 아직 슈타이니츠에 오진 않았다. 슈타이니츠에서는 슐레글 씨가 세 번째 테이블에 군림하며 온 힘을 다해 법석을 떨고 있었다.

그리고 마침내 6월 말, 성 베드로와 성 바오로의 축일에, 나는 갑작스럽게 리샤네크 씨와 슐레글 씨가 세 번째 테이블에 함께 앉아 있는 모습을 보게 되었다. 슐레글 씨는 다시 의자에 못 박힌 듯 앉아 있었다. 두 사람 다 창문을 등지고 앉아 있었다.

친구들과 이웃들은 악수를 하러 리샤네크 씨에게 다가왔다. 모든 사람들에게 따뜻한 환영을 받은 노인은 감동해서 몸을 떨며 미소를 지었다. 그는 조용히 말했고 더 유순해졌다. 슐레글 씨는 앞에 있는 당구대를 바라보며 파이프 담배를 피웠다.

사람들에게서 벗어날 때마다 리샤네크 씨는 뷔페 옆에 있는 의사를 쳐다보았다. 그는 감사할 줄 아는 사람이었다.

리샤네크 씨가 멀리로 눈길을 돌렸을 때, 갑자기 슐레글 씨가 머리를 약간 옆으로 돌렸다. 그의 시선은 바닥에서 리샤네크 씨의 뾰족한 무릎을 지나 테이블 모서리에 놓인 손으로 천천히 움직였다. 그 손은 해골에 피부를 씌워 놓은 것처럼 보였다. 그의 눈은 잠시 거기 머물렀다가 더 위로 올라가 늘어진 턱과 수척한 얼굴에 가서 아주 잠깐 멈추었다가 곧 다른 곳으로 시선을 돌렸다.

"오셨군요. 다시 건강해지셨네요." 부엌이나 지하실 같은 곳에 있다가 방금 나온 주인장이 외쳤다. 그는 리샤네크 씨를 보자 구르듯이 달려왔다. "고맙기도 해라."

"그렇소. 고마운 일이지." 리샤네크 씨가 미소를 지었다. "이번엔 그럭저럭 빠져나왔소. 다시 몸이 좋아진 느낌이라오."

"하지만 아직 담배를 피우진 않으시지요? 지금도 피우고 싶지 않으십니까?"

"오늘 처음으로 담배를 피우고 싶단 생각이 드는 군요. 한 대 피워야겠군."

"그거 좋은 징조로군요."

리샤네크 씨와 이야기를 마친 주인장은 코담배갑을 닫고 흔든 다음 그걸 슐레글 씨에게 주면서 몇 마디 말을 건네고 나서 자리를 떠났다.

리샤네크 씨는 파이프를 꺼내고 담배쌈지를 찾으려고 뒷주머니에 손을 뻗었다. 그리고는 고개를 갸웃거리더니 두 번, 세 번 반복하여 손을 뻗었다. 그러다 리샤네크 씨는 몸집이 자그마한 웨이터를 불렀다. "우리 집에 좀 갔다 와 주게. 우리 집 알지? 좋아, 여기 모퉁이. 내 담배쌈지를 찾아 달라고 하게. 식탁 위에 놓고 온 게 분명해."

소년은 벌떡 일어나 뛰어나갔다.

그때, 슐레글 씨가 몸을 움직였다. 그는 열려져 있는 담배 쌈지에 오른손을 뻗어 그것을 리샤네크 씨의 앞 테이블까지 밀어 옮겼다. "담배를 피우고 싶으시다면, 제 담배는 빨간 딱지의 '세 왕들' 입니다." 슐레글 씨가 특유의 퉁명스런 태도로 말했다.

리샤네크 씨는 대답하지도, 돌아다보지도 않았다. 그는 지난 11년 동안 그랬던 것처럼 얼음장처럼 무관심하게 고개를 돌리고 있었다.

하지만 그의 손은 여러 번 떨렸고, 턱은 굳게 닫혔다.

슐레글 씨의 오른손은 얼어붙은 것처럼 담배쌈지 위에 놓여 있었다. 그의 눈은 바닥에 박혀 있었다. 그리고 슐레글 씨는 연기구름을 내뿜고 헛기침을 하며 목을 가다듬었다.

어린 웨이터가 돌아왔다.

"고맙소. 하지만 보시는 대로 난 이렇게 내 담배쌈지를 찾았구려." 그제야 리샤네크 씨는 슐레글 씨에게 감사를 표했다. 하지만 그를 쳐다보진 않은 채였다. 잠시 후, 그는 마치 무언가 더 말할 필요를 느낀 것처럼 덧붙였다. "나 역시 빨간 딱지의 '세 왕들' 을 피운다오."

리샤네크 씨는 파이프를 채우고 불을 붙여 담배를 피웠다.

"맛이 어떻습니까?" 슐레글 씨가 평소보다 백배는 퉁명스러운 목소리로 말했다.

"좋군요. 맛이 아주 좋아요. 고맙게도."

"그래요. 고맙게도." 슐레글 씨가 되풀이했다. 그의 입 주위의 근육이 어두운 하늘에 번쩍이는 번개처럼 실룩거렸다. 그리고 재빨리 덧붙였다. "우리는 당신을 걱정하던 참이었습니다."

그제야 리샤네크 씨는 천천히 자신의 이웃에게 고개를 돌렸다. 두 신사의 눈이 마주쳤다.

그때부터 리샤네크 씨와 슐레글 씨는 입구 오른쪽 세 번째 테이블에서 함께 이야기를 나누었다.

얀 네루다_ Jan Neruda

물의 정령

Hastrman

그 양반은 언제나 모자를 손에 들고 다녔다. 아무리 춥거나 아무리 더워도, 대개는 둥글납작한 실크해트를 양산처럼 머리 위에 높이 들고 있곤 했다. 반백의 머리카락은 머리 뒤로 납작하게 빗어 넘겨 전혀 흔들리지 않을 정도로 단단하게 땋아 내렸는데, 프라하에서 그런 댕기머리는 거의 마지막 남은 것이있다. 그 당시에도 이미 그런 머리를 한 사람은 한두 사람밖에 없었기 때문이다. 금단추 달린 녹색 프록코트는 앞은 짤막했지만 뒤에 긴 꼬리가 붙어 있어 키가 작은 리바르시 씨의 얇은 종아리에서 펄럭거렸다. 여윈 상체에는 하얀 조끼를 걸치고 밑에는 무릎까지만 오는 검은색 반바지를 입었는데, 바지 끝에는 반짝이는 은빛 버클이 달려 있었다. 바지 밑으로 새하얀 스타킹이 한 쌍의 은빛 버클에서 똑같이 끝났고, 그런 다음에야 마침내 큼직한 구두 한 켤레가 나타났다. 리바르시 씨가 구두를 갈아 신는지, 아니면 하나를 계속 수선해서 신는지 나는 모른다. 하지만 그의 구두는 가장 오래되고 가장 풍상을 많이 겪은 마차의 지붕 가죽을 떼어와서 만든 것 같았다.

리바르시 씨의 뾰족하고 여윈 얼굴은 늘 미소로 환하게 빛났다. 그가 거리를 걸어 내려가는 모습은 기이한 구경거리였다. 리바르시 씨는 스무 걸음마다 멈춰 서서 좌우를 두리번거리곤 했다. 그 모습은 마치 리바르시 씨의 생각이 그의 속에 있지 않고 일정한 간격을 두고 뒤를 따르며 항상 그를 즐거운 생각들로 기분을 좋게 해주기 때문에, 때때로 멈춰 서서 그 장난꾸러기를 찾아 둘러보는 것 같았다. 누군가에게 인사할 때 리바르시 씨는 그저 오른손 집게손가락을 들어 올리고 나지막이 휘파람을 불었다. 이 작은 휘파람 소리는 리바르시 씨가 뭔가 말을 시작하려 할 때에도 늘 들렸다. 그는 보통 "다!"라는 말로 대화를 시작했는데, 그건 동의한다는 뜻을 표하려는 것이었다.

리바르시 씨는 페트르진 언덕이 보이는 홀로보카 체스타의 왼편 나지막한 곳에 살았는데, 낯선 사람들이 프라하 성을 향해 오른편으로 올라가는 것을 보면 늘 그들을 따라나서곤 했다. 사람들이 전망 좋은 곳에 멈추어 서서 프라하의 아름다운 풍경에 감탄할 때, 그는 그들 옆에 서서 손가락을 들고 휘파람을 불었다. "다! 하지만 바다! 왜 우리에겐 바다가 없을까?" 그리고는 여행객들을 따라 성으로 들어가서 그들이 성 바츨라프 예배당(프라하 성에 있는 성 비트 대성당에 있다. 체코의 수호성자인 성 바츨라프의 왕관과 보석이 보관되고 있다.)에서 발걸음을 멈추고 귀한 체코 보석들이 아로새겨진 벽을 보며 감탄할 때 그는 두 번째로 휘파람을 불었다. "그래, 내가 생각한 게 바로 이거야! 여기 보헤미아(체코의 옛 지명)에서 양치기가 돌을 하나 집어 양떼에게 던지면, 그 돌이 양 떼보다 더 값어치가 나가기 마련이지." 리바르시 씨는 절대 그 이상은 말하지 않았다.

그의 이름(리바르시는 어부라는 뜻이다.)과 녹색 프록코트, "바다!"라고 하는 말버릇 때문에 사람들은 그를 '물의 정령'이라고 불렀다. 하지만 그는 모든 사람들의 존경을 받았다. 리바르시 씨는 투르노프 근처 어딘가에서 온 은퇴한 법정관리였다. 여기 프라하에서 그는 딸의 집에서 기거했는데, 그녀는 샤이블이라는 하급 공무원과 결혼해서 세 아이를 두고 있었다. 사람들은 리바르시 씨가 굉장한 부자라고 말했다. 돈이 많아서가 아니라 보석을 잔뜩 가지고 있다고들 했다. 사람들은 그의 방에 높다란 검은 옷장이 있다고 했고, 그 옷장 안에는 크고 네모난 검은 상자가 여러 개 있는데, 그 속은 다시 하얀색 마분지로 칸이 나누어져 있다는 거였다. 그 각 칸마다 솜 위에 찬란한 보석이 하나씩 놓여 있다는데, 자기 눈으로 직접 봤다고 말하는 사람들도 있었다. 듣기에 리바르시 씨는 보석산지로 유명한 코자코프 산에서 직접 그것들을 수집했다고 했다. 우리 아이들은 샤이블네 집에서는 바닥을 닦을 때 모래 대신 설탕을 뿌릴 거라고 이야기하곤 했다. 청소하는 날인 토요일이 되면 우리는 샤이블 집안의 아이들을 정말정말 부러워했다. 한번은 내가 브루스카 성문 왼쪽의 해자 위에서 리바르시 씨의 옆에 앉아 있었다. 리바르시 씨는 매일 한 시간 정도 거기 풀밭에 앉아 짧은 파이프를 피웠다. 나보다 나이 많은 학생 둘이 지나가다가 한 명이 놀란 듯이 말했다. "저 봐, 저 사람 수녀님의 솜옷을 태우고 있어!" 그 이후로 죽 나는 수녀님의 솜옷을 태운다는 것을 아주 부유한 사람만이 할 수 있는 사치라고 생각하게 되었다.

그리고 나서 물의 정령—하지만 우린 그를 더 이상 그렇게 부르지 않을 것이다. 우리는 이제 어린아이가 아니니까—리바르시 씨는 브루스카 성벽을 따라 산책을 했다. 리바르시 씨는 자기처럼 오후의 일과로 거기 나온 성직자를 만나면 발걸음을 멈추고 상냥하게 몇 마디를 나누곤 했다. 언젠가는 리바르시 씨가 벤치에 앉아 있는 성직자 두 사람과 대화를 나누는 것을 엿들은 적이 있었다.—나는 어른들이 이야기하는 것을 엿듣기 좋아했다. 리바르시 씨는 서 있었고, 그들은 "프랑크라이히"(Frankreich, '프랑스'를 뜻하는 독일어)와 "자유"와 그리고 온갖 이상한 일들에 대해 대화를 나누고 있었다. 갑자기 리바르시 씨가 손가락을 세우면서 휘파람을 불었다. "다, 나는 로제나우의 말에 동의합니다! 로제나우는 '자유는 독한 와인과 풍성한 음식과 같다. 그것은 그것에 익숙한 강한 본성을 가진 사람들을 강하게 키우는 반면 약한 자들은 질식시키고 중독시키고 파괴한다' 라고 말했지요." 리바르시 씨는 모자를 살짝 들어 올려 인사를 한 다음 자리를 떠났다.

두 성직자들 중 키가 크고 뚱뚱한 사람이 말했다. "저 양반은 왜 만날 로제나우라는 사람의 얘기를 계속하는 걸까요?"

"틀림없이 작가 나부랭이겠죠." 역시 뚱뚱한, 키가 작은 쪽 성직자가 말했다.

하지만 난 그 문장을 마음속 깊이 새겨두었다. 그 말은 내게 높은 인간 정신을 표현하는 것으로 느껴졌다. 나는 로제나우와 리바르시 씨 두 사람을 모두 가장 고귀한 사람으로 숭상했다. 조금 지나 소년이 되었을 때 나는 온갖 종류의 책들을 섭렵하곤 했는데, 그러다 리바르시 씨가 원래의 문장을 굉장히 정확하게 인용했다는 사실을 알게 되었다. 틀린 것은 그 말을 한 사람이 로제나우(Rosenau)가 아니라 루소(Rousseau)였다는 점뿐이었다. 불행히도 식자공의 실수 때문에 잘못 알고 있었던 게 분명했다.

하지만 리바르시 씨에 대한 나의 존경심은 조금도 줄어들지 않았다. 그분은 존경할 만한 훌륭한 사람이었다.

*

햇볕이 쨍쨍한 8월 어느 날, 오후 세 시쯤 되었을 때였다. 오스트루호보우 거리(말라스트라나에 있는 이 거리는 이 작품의 저자인 얀 네루다를 기념하기 위해 현재 네루다 거리라고 불린다.)를 걷고 있던 사람들이 갑자기 발걸음을 멈추었다. 마침 집 앞에 있던 사람들은 재빨리 안에 있던 사람들을 불러냈고, 가게의 손님들도 밖으로 뛰어나왔다. 모든 사람들이 리바르시 씨가 거리를 걸어 내려가는 모습을 보았다.

"저 양반, 재산 자랑을 하려고 나왔구먼." 술집 '두 태양'의 주인인 헤르츨 씨가 말했다.

"아이구야." 비토우쉬 씨가 외쳤다. "보석을 팔 생각이라면 별로 좋은 때가 아닌데!" 비토우쉬 씨가 이웃들에게 별로 존경을 받지 못했다는 사실을 지적하는 건 가슴 아픈 일이다. 사람들 말에 따르면 비토우쉬 씨는 예전에 하마터면 파산할 뻔한 적이 있었는데, 오늘날까지도 말라스트라나의 점잖은 주민들은 파산한 사람을 별종으로 생각하는 경향이 있다.

리바르시 씨는 태연히 자기 갈 길을 계속 걸어갔다. 보통 때보다 좀 더 활기찬 걸음걸이였을까. 왼팔에는 사람들의 입에 너무나 많이 오르내리던 검은 상자들 중 하나를 끼고 있었다. 리바르시 씨는 그 상자를 몸에 아주 꽉 끼고 있어서 손에 들고 있는 모자가 다리에 붙어 있는 것처럼 보일 정도였다.

다른 손에는 편평한 상아 손잡이가 달린 지팡이를 들고 있었다. 리바르시 씨는 평소에 지팡이를 들고 다니지 않았기 때문에 그건 그가 지금 누군가를 방문하러 간다는 표시였다. 누군가 그에게 인사를 하면, 리바르시 씨는 다른 때보다 훨씬 더 큰 휘파람으로 응답했다.

리바르시 씨는 오스트루호보우 거리를 걸어 내려와 성 미쿨라세 광장을 건너 자므베레츠키 하우스에 들어갔다. 그리고 고등학교에서 수학과 과학을 가르치는, 그러니까 그 시절에 특출한 지식인이라고 할 수 있는 뮐벤첼 교수를 만나러 3층으로 올라갔다. 방문은 오래 걸리지 않았다.

튼튼하고 땅딸막한 교수는 막 오후 낮잠을 즐기고 난 뒤라 기분이 좋은 상태였다. 교수의 벗겨진 정수리 둘레에 난 긴 회색머리칼은 사방으로 몹시 무질서하게 뻗쳐 있었다. 늘 친절하고 밝은 파란색 눈은 활기차게 빛났고, 타고난 붉은 뺨은 빛을 발하는 것처럼 보였다. 교수의 넓은 얼굴은 마맛자국들이 가득 했는데, 그건 그에게 "알다시피, 보조개가 있는 처녀가 웃으면 사람들이 예쁘다고 하는데, 난 백 개가 넘는 보조개가 있는데도 내가 웃으면 추하다고 하는 거야" 같은 끝없는 재담의 원천을 제공했다.

교수는 리바르시 씨를 소파로 안내하며 물었다. "무슨 일로 오셨습니까?"

리바르시 씨는 탁자 위에 상자를 놓았다. 그리고 뚜껑을 열어 찬란하게 빛나는 보석들을 보여주었다.

"뭐, 선생께서 이 돌들의 값어치가 얼마나 되는지 말씀해 주실 수 있는지 궁금해서 왔습니다." 리바르시 씨가 더듬거리며 말했다.

뮐벤첼 교수는 잠시 돌들을 바라보다가 검은 돌 하나를 집어 들었다. 그는 손으로 그것의 무게를 재어보고 돌을 들어 빛에 비춰 보았다. "이건 몰다바이트(체코의 블타바 강 유역에서 발견되는 초록색의 유리질 물질. 블타바 강을 독일어로 몰다우 강이라고 하기 때문에 몰다바이트라는 이름이 붙었다.)입니다." 그가 마침내 말했다.

"뭐라고요?"

"몰다바이트요."

"다, 몰다바이트." 리바르시 씨가 휘파람을 불었다. 표정으로 볼 때 생전 처음 들어본 말이 분명했다.

"우리 학교의 소장품으로 아주 좋겠군요. 요새는 꽤 귀한 물건이니까요. 이걸 우리한테 파실 수 있겠습니까?"

"생각해 봐야겠군요. 얼마정도예요?"

"스무 개에 금화 세 닢은 어떻습니까?"

"금화 세 닢이라고요?" 리바르시 씨가 나지막한 휘파람 소리를 뱉으며 외쳤다. 그의 턱이 치켜 올라갔다가 다시 지팡이 끝으로 내려갔다.

"다른 거는요?" 그는 잠시 뒤 갑작스럽게 억누른 듯한 속삭임으로 말을 내뱉었다.

"옥수, 벽옥, 자수정, 연수정……. 아무 가치가 없는 것들입니다."

얼마 뒤, 리바르시 씨는 천천히 오르막길을 올라 오스트루호보우 거리 골목으로 돌아왔다. 이웃들은 그가 모자를 쓰고 있는 모습을 처음 보았다. 리바르시 씨는 넓은 모자챙을 눈 위까지 푹 눌러 쓰고 지팡이 끝을 땅에 질질 끌고 있었다. 그는 아무에게도 눈길을 주지 않고, 단 한 번도 휘파람을 불지 않았다. 리바르시 씨는 고개를 돌리지조차 않았다. 그의 생각들이 오늘은 주위를 껑충거리며 뛰어다니지 않고 그의 속 깊숙이 숨어 있는 게 분명했다.

그는 그날 내내 밖으로 나가지 않았다. 성벽에도 성문에도 가지 않았다. 그날은 매우 아름다운 날이었다.

*

한밤이 다 되어 기고 있었다. 하늘은 새벽처럼 짙푸른 색이었다. 달은 당당하고 황홀하게 빛났고, 별들은 불꽃처럼 반짝거렸다. 아름다운 은빛 안개가 페트르진 언덕을 감싸고 있었다. 은빛 홍수가 프라하 전체에 감돌고 있었다.

열린 두 창문을 통해 흥겨운 달빛이 리바르시 씨의 방안으로 쏟아져 들어왔다. 리바르시 씨는 창문 앞에 돌처럼 조용히 서 있었다. 멀리 블타바 강둑에서 윙윙 강하고 길게 울리는 소리가 들렸다. 노인이 그 소리를 들었을까?

갑자기 리바르시 씨가 입을 뗐다.

"바다!"

그가 속삭였다.

"왜 우리에겐 바다가 없을까?"

그의 입술이 떨렸다. 아마도 그의 내부에서 슬픔이 파도치는 바다처럼 밀려오고 있는 것이리라.

"아, 그래." 리바르시 씨가 말을 하며 창문에서 몸을 돌렸다. 그의 눈은 바닥에 흩어져 있는 열린 상자들에 가 닿았다. 그는 천천히 제일 가까이 있는 상자 하나를 집어 들고 돌을 한 움큼 꺼냈다. "돌덩어리들!" 리바르시 씨는 불만스럽게 중얼거리며 그것들을 창밖으로 던져 버렸다.

리바르시 씨는 돌들이 유리에 부딪쳐 쨍그랑 하는 소리를 들었다. 아래 정원에 온실이 있다는 걸 잊어버리고 있었다.

"어르신, 뭘 하고 계십니까?" 밖에서 남자의 유쾌한 목소리가 들렸다. 옆방 창문에서 들려오는 소리가 분명했다.

리바르시 씨는 자기도 모르게 한 걸음 뒤로 물러섰다.

문이 열리고 샤이블 씨가 들어왔다. 아마도 아름다운 야경이 그를 창문으로 이끌었거나, 평소와 다르게 동요하는 리바르시 씨의 모습을 눈여겨보고 방에서 나는 부산스런 소리를 들었을 것이다. 아마도 노인의 한숨 소리 몇 개가 창문을 통해 그의 방으로 흘러들었을지 모르리라.

"어르신, 그 예쁜 우리 돌들을 버리려고 하시는 건 아니겠지요?"

노인이 움찔하더니 페트르진 언덕을 가만히 바라보며 자그맣게 말했다. "아무 값어치가 없는 것들인걸, 그냥 돌덩어리들일 뿐이야……."

"전 그게 별 값어치가 없는 줄 알고 있었어요. 진작부터 알고 있었는걸요. 하지만 그것들에는 다른 종류의 가치가 있잖아요. 우리와 어르신 모두에게요. 어르신께서 그것들을 모으는 데 들인 시간들을 생각해 보세요. 그것들을 제 아이들에게 주세요. 아이들은 그 돌들의 이름을 배울 것이고, 어르신께선 아이들에게 그것들을 어떻게 모았는지 이야기해 주실 수 있을 거예요."

"그렇지만 너희들은 내가 부자라고 생각했을 텐데," 노인이 어렵게 말을 꺼냈다. "하지만 사실은……."

"어르신." 샤이블 씨가 노인의 손을 잡으며 단호하지만 부드럽게 말했다. "어르신께선 이미 충분히 부자이지 않나요? 어르신이 아니었다면, 우리 아이들에겐 할아버지가 없었을 테고, 제 아내에겐 아버지가 없었을 거예요. 어르신이 계셔서 우리가 얼마나 행복해 하는지 보이지 않으시나요?"

갑자기 노인이 다시 창문 쪽으로 몸을 돌렸다. 노인의 입술이 파르르 떨렸다. 눈으로 형언하기 어려운 무엇인가 밀려왔다. 그는 밖을 쳐다보았다. 리바르시 씨는 아무것도 볼 수 없

었다. 모든 것이 다이아몬드처럼 반짝였고, 바다처럼 밀려왔
다. 바로 그의 창문으로, 그의 눈으로. 바다, 바다!

*

　내 이야기는 여기서 끝낼 것이다. 나는 이제 이야기를 계속
할 수 없다.

이반 올브라흐트_ Ivan Olbracht

산속의 기적

Zázrak s Julčou

사람들은 자신들의 돈에 합당한 물건을 사기 원한다. 동시에, 거래는 기분전환이다. 그렇지 않다면 정말이지 폴라나(슬로베니아의 자치도시 무르스카 소보타의 지역 이름으로 구에 해당)에서는 지독하게 재미가 없을 것이다. 그러나 거래라는 것은 장사꾼에게도 기분전환이며, 즐거움 없는 거래는 아마 그냥 돈을 벌어들이는 것일 뿐, 그건 거래기 이닐 것이다.

그래서 공화국 동쪽에서 건너온 방향제는 물론 식초, 파라핀 그리고 날염한 옥양목을 파는 동네 가게에서, 수라 푹스는 루테니아(우크라이나 공화국 서부 카르파티아 산맥 남쪽 지방) 출신의 자택 소유자인 미테르 마주하를 상대하고 있었다. 벌써 한 시간 반이나 긴 낫을 자세히 들여다보고 두드려 보던 미테르 마주하는 아직까지도 특별히 고른 세 개의 낫 날이 얼마나 날카로운

지 엄지손가락을 대 보며 살펴보고 있었다. 수라가 반드시 고수하려는 최종가 50할레르시를 깎고 싶은 듯 침울한 표정으로 그중 가장 좋은 날을 손마디로 톡톡 두들기고 있었다. 수라의 아버지 살라몬 푹스는 머릿수건을 사고 있는 루테니아 소녀와 그녀를 거들려고 온 세 여자를 상대하고 있었다. 그는 선반에서 빨강, 초록, 그리고 노란 머릿수건을 꺼냈는데 반짝이가 달린 것도 있었고 없는 것도 있었다. 그는 그것들을 햇빛에 펼쳐 흔들면서 빛나는 단백광(물체 내부에 들어온 빛이 산란되어 나타나는 산광의 하나)을 보여주었다. 계산대 앞에 있던 바이니시 지소비치가 다가와서 품질과 가격이 괜찮다며 그를 거들었다. 그러나 살라몬 푹스는 노란 장미꽃 무늬와 은색의 반짝이가 달린 빨간 머릿수건의 가격으로 25코루나를 요구했고 여자들이 10코루나를 제의하자, 푹스는 22코루나 50이하는 안 된다고 말했다. 거래가 성립되려면 한참 걸리겠다고 생각한 바이니시 지소비치가 살라몬과는 얘기할 시간이 없겠다고 생각하고 수라에게로 왔다.

"옥수수 가루 사 킬로 달아 주세요, 수라!" 그가 부탁했다.

"외상은 안 돼요, 바이니시!" 수라가 대답했다.

"빌어먹을!" 바이시니는 그런 의심에 말로 대꾸하기가 곤란하다는 듯 머리를 바짝 세우며 기분이 상한 투로 내뱉었다.

수라는 저울 위에 자루를 올리고 손잡이 달린 컵으로 상자에서 옥수수 가루를 퍼 담았다.

"그러면 그 오십 할레르시는 봐 주는 거지요!" 미테르 마주하가 말했다. 마치 모든 것이 벌써 오래전에 그 둘 사이에서 해결된 것 같은 말투였다.

"말도 안 되죠!" 수라가 미소를 지으며 머리를 흔들었다.

"자, 이제 아이들에게 줄 사탕 한 봉지 주시오."

"일 코루나입니다."

"아무튼 각설탕 한 덩어리 주시오!" 그 자택소유자가 짜증을 내며 투덜거렸다.

"아이고, 안 돼요!"

바이니시 지소비치가 무게를 단 후 끈으로 묶여 있는 옥수수 가루 자루를 막 집어 들려는 순간이었다. 수라가 자루를 꽉 붙잡았다. 두 사람의 손이 자루를 꼭 잡고 있었다.

"계산하세요!" 수라가 미소를 지어 보였다. 하루 종일 화만 내야 한다면 남는 것은 미소밖에 없지 않은가.

"아니, 누가 안 준달까 봐 그래요!"

"그럼, 쉬 보세요!"

"내가 전부터 여기서 옥수수 가루 사 킬로를 안 사 본 것도 아니잖소." 바이니시가 가시 돋힌 소리로 말했다.

"아이들 줄 저 각설탕이나 내놔요!" 미테르 마주하가 큰 소리로 요구하며 자신 있게 계산대 위에다 돈을 올려놓았다.

바이니시 지소비치가 계산대 바로 위로 몸을 숙이고 그녀의 치마를 부여잡으며 "뭐야, 잠깐 기다려요"라고 소리 지르는데도, 수라는 옥수수 가루 자루를 집어 들어 뒤에 있는 선반 위에 올려놓았다.

수라가 마주하에게 가더니 그가 여전히 20할레르시를 더 계산하지 않으려고 하는 소리를 듣고 그 자택소유자를 한참 설득했지만 아무리 말해도 요지부동이었다. 그러더니 아이들에게 줄 사탕봉지를 가지러 다시 왔다. 이번에는 그 긴 낫들이 비싸다고 불평을 늘어놓았다. 그러나 수라는 마주하의 머리 위 허공을 응시하며 조용히 서 있었다. 그 자택소유자는 시내의 쉔펠트 상점에 있는 긴 낫의 가격에 대해 자세히 설명하면서 적어도 그 각설탕을 덤으로 주지 않는다면 참으로 부당한 일일 거라고 말했다. 수라는 여전히 허공에서 눈을 떼지 않은 채 지루하다는 듯 말했다.

"이십오 할레르시나 더 내시죠."

"좋소. 그러면, 내일 갖다 주겠소." 마주하가 결국 약속을 했다.

"아주 좋아요!" 수라는 조용히 말하더니 돈을 집고, 긴 낫을 들더니 뒤에 있는 선반에 올려놓았다. "이거 내일까지 여기다 보관해 놓을게요."

마주하는 그 낫이 오늘 필요하다고 항변했다. 그는 계속 툴툴대고 있었고 그 사이 수라는 식초를 사려고 가게로 들어온 아이를 상대하고 있었다.

"좋아요. 그러면, 수라!" 바이니시가 결심한 듯 말했다. 그리고 그 순간 미테르 마주하는 신경질을 내며 20할레르시를 계산대에 던졌다.

"안 되죠." 수라가 머리를 흔들었다.

"살라몬." 바이니시가 화가 나서 늙은 푹스를 향해 소리 질렀다. 푹스는 21코루나를 부르면서, 손에 머릿수건을 든 채 그 여자들과 이리 갔다 저리 갔다 흥정에 바빴다. 여자들을 따라 문까지 뛰어갔다가 다시 그녀들을 데리고 카운터로 되돌아오는 것은 마치 게임의 규칙 중 하나 같았다.

"안 돼." 살라몬이 고개를 저었다.

그때 수라는 어떤 여자 손님에게 팔 가축용 식염 한 봉지를 저울에 달고 있었고 바이니시 지소비치는 계산대 위로 몸을 기울이고 붉은 수염을 긁으며 속으로 말했다.

'음, 가진 게 없어. 흡혈귀! 거머리! 일 년 내내 재수에 옴이나 붙어라, 이 돼지머리 같으니라고! 내가 그 돈이 있었더라면 벌써 네 발밑에 오 코루나를 내던졌겠지. 없어, 없다구. 이세 만족해? 그런데 그저 단순히 무심결에 머릿속에 떠오른 울컥한 생각이었을 뿐인 말이, 분명하고 구체적인 소리로, 특히 "없어"라는 말을 아주 크게 내뱉어 버렸다. "없어, 없어, 없어……."

하지만 어쩌면 좋단 말인가? 집에서는 그의 아내가 밀가루가 오기를 기다리고 있지 않은가.

그래서 그는 문 옆에서 세 여자를 상대하고 있는 살라몬에게 가서 이디시어(독일어, 히브리어의 혼성언어. 중·동부 유럽, 미국에서 사용된다.)로 말했다. "살라몬, 옥수수 가루 사 킬로만 외상으로 주지 않겠나?"

"안 돼."

"내가 아이가 여덟인 거 잘 알잖아!"

"낸들 어쩌란 말인가." 살라몬 푹스가 차갑게 대꾸하며 노란 장미꽃 무늬가 있는 머릿수건을 여자들 앞에 내밀었다.

"나도 알아! 하지만 걔네들이 어제부터 아무것도 먹지 못하고 있다는 걸, 자네도 알고 있잖아!"

"안 돼, 바이니시. 지난 이 년 동안 나한테 팔십 코루나를 빚졌잖아……."

"나는 말짐을 나르며 자네를 위해 일해 주고 있잖아!"

"그래. 말짐을 나르며 나를 위해 일하고 있지. 급료가 이십 코루나인데 물건을 이십오 코루나어치나 가져가는 것도 알고 있고."

"그래, 누군가가 내게 필요한 것을 주는 것처럼 말이지."

"그리고 자네는 내게 늘 똑같은 빚을 지고 있어. 말해 봤자 무슨 소용이 있겠나, 바이니시?" 살라몬 푹스는 다시 그 여자들에게 몸을 돌렸다. "자, 내가 인심을 쓸 테니까……." 그는 그녀들을 계산대로 데리고 갔다. "이십 코루나!"

바이니시는 계산대 위에 다시 몸을 숙이고 생각했다. '만약에 내가, 예를 들어—상상이야 늘 가능하니까—만약 내가 주머니 안에 백 코루나짜리 지폐가 있으면 얼마나 좋을까! 그 돈을 저 옴 걸린 개 때문에 헐어야 하나? 초록색의 그 빠닥빠닥한 백 코루나짜리 새 지폐를 그냥 그대로 두지 않는다면, 그 백 코루나짜리 지폐는 더 이상 백 코루나짜리 지폐가 아니야. 여자들은 돈에 미쳐 있으니까. 우리는 옥수수와 감자가 필요하고, 샤베스를 위해 흰빵이 필요하고, 하넬레는 누더기 옷속에 셔츠 한 장 입은 게 없고. 그런데 겨울을 날 신발을 사기 위해 뭐 좀 할 생각이나 하고 있는 거야……. 그리고 또 어떻게 해야 할지 모르겠군.' 바이니시는 한숨을 쉬었다. "오이, 오이, 오이……. 아마 결국 그것을 헐어야 할지도 모르겠구나. 분명히 헐어야 할 것 같아!" 그는 계속 혼잣말을 지껄였다. "안 돼, 가진 게 없어……. 아! 너무 많은 돈이야! 백 코루나짜리 지폐! 요새 짐꾼이 그런 돈을 어디서 만져 보겠나?"

그 여자들과 거래를 끝내려면 아직 긴 시간이 걸릴 것 같았다. 그녀들은 다시 나가려 했다. 그녀들은 13코루나 이상이면 안 된다고 했고 푹스는 19코루나 50을 요구했다. 그래서 바이니시 지소비치는 다시 한번 살라몬에게 접근했다.

"이봐, 살라몬, 이거 정말 심각해. 아이들에게 먹일 게 아무것도 없어. 그 망할 오 코루나만 있으면 되는데 말이지. 일해서 갚을게……."

"안 돼."

"우리 식구에게 자비심을 좀 베풀어 주게나, 살라몬!"

그러나 이것은 너무 심한 말이었고 살라몬은 그 말을 참을 수가 없었다. 그는 그건 자기의 권리라고 소리치기 시작했다. 왜냐하면 이런 일은 일주일에 두 번씩 규칙적으로 발생하기 때문이며, 바이니시가 뭔가 일을 해서 갚는다면, 갚아야 할 일은 다시 생겨났고, 자신이 도둑이라서 그런 것도 아니었다. 그것으로 끝이었다. "일 할레르시도 더 이상 안 돼. 자네가 물구나무를 선다 해도!"

바이니시는 영혼의 밑바닥까지 불쾌감을 느꼈다. 그는 계산대 옆에서 잠시 더 서 있었고 중얼거리며 욕설을 해 댔다. 사람들 몇 명이 가게 안으로 들어오자, 아무도 그에게 주의를 기울이지 않았다. 그는 눈에 띄지 않게 비어 있는 술집을 지나 다시 부엌으로 들어갔다.

바로 그때 에스테르 부인이 밀가루 반죽을 밀면서 국수를 만들고 있었다. 걷어 올라간 소매가 그녀의 살찐 팔뚝 속으로 파고들고 있었다. 그녀는 발끈하며 방문객 쪽으로 몸을 돌렸다. 사람들에게 공포심을 주기에 충분한 그녀의 눈은 순간적으로 그에게 겁을 주지는 못했고, 잠깐 동안 그의 머리부터 발끝까지 훑어내렸다.

"깃 모르겐!(Ghit morghen, 이디시어. 독일어로 Guten Morgen. 아침인사로 '안녕하세요'의 뜻) 저기, 에스테르." 바이니시는 급하게, 그리고 아주 단도직입적으로 말했다. "빵 좀 없소, 응? 조금이라도. 난 오늘 굶었소. 아직 아무것도 먹지 못했어요……."

“츳!” 에스테르 부인은 짜증을 내며 머리를 흔들었다. “가게에서 사 먹어요!”

“정말 부탁이야. 조금만이라도.”

바이니시 지소비치는 기꺼이 기다리겠다는 자세를 보이며 난로 옆에 있는 낮은 걸상에 앉았고, 프리브이에서 있었던 카바 다비도비치와 맨들 로젠탈의 결혼에 관하여 얘기하기 시작했다. 신부가 어떻게 생겼는지를, 장례식 때문에 체코 학교 선생처럼 빳빳한 옷깃이 달린 검은 코트를 입고 하얀 면 장갑을 끼고 성장을 한 젊은 글라이즈 얘기를, 늙은 뚱보 말케 헤어곳은 미국에 있는 여동생한테서 양모로 아주 커다란 빨간 장미꽃을 수놓은 노란색의 낡은 이브닝 드레스를 받아서 그녀가 안감을 조금 더 덧댔다는 얘기들을 했다. 그 뚱뚱한 몸이 터지지 않은 게 다행이지. 장미가 가슴 바로 위까지 오고 장미 줄기가 배꼽 아래까지 닿은 꼴이라니. “큭!” 에스테르 부인이 낮은 소리를 내며 웃었다. 바이니시가 웃음을 터트렸나. 에스테르 부인은 밀가루 묻은 손을 뚱뚱한 몸에다 털더니 바이니시에게 주려고 흰빵 한 조각을 자르러 갔다.

“오븐 안에 있는 저녁 식사 메뉴가 뭐예요?” 바이니시가 코를 킁킁대며 말했다.

“오븐 안에 있는 게 무엇이냐고요? 오븐 안에! 오븐 안에 있는 게 뭐든 당신이 상관할 바 아니잖아요!” 에스테르 부인이 버럭 소리를 질렀다.

그렇게 물은 건 실수였다. 바이니시는 결혼에 관한 얘기를 계속해 나갔다. 빌코비치 양이 어찌나 머리를 높이 올렸던지 바벨탑처럼 보였다는 얘기며, 잇셰크 헤르슈코비치의 노란 구두가 보트만큼 컸다는 얘기며, 쿵쿵대던 로젠탈의 코 모양을 얘기했다. 그는 빵을 작은 조각으로 떼어 먹다가 에스테르 부인이 국수 때문에 눈을 아래로 향하는 순간 비교적 커다란 빵조각들을 주머니에 넣었다. 그리고 그녀가 다시 몇 번이나 높은 목소리로 "흠, 흠!" 소리를 내며 흥미를 보이자 바이니시는 나가려고 일어나 문가에 서서 이야기를 끝냈고 그냥 덧붙이는 것처럼 이렇게 말했다.

"그런데 에스테르, 옥수수 가루 사 킬로를 외상으로 줄 수가 없다는데, 가게에 있는 수린카에게 말 좀 해 줘……."

그러나 그것은 벌집을 쑤셔놓은 꼴이 되고 말았다. 에스테르 부인은 국수방망이를 바닥에 탕하고 내리쳤다. 그리고 양손을 허리에 대고 버티고 서서 소리를 질러 대기 시작했다.

"아, 아, 알았소, 알았어……." 바이니시는 재빨리 부엌을 나왔다.

그러나 에스테르 부인도 벌써 뒤쫓아 나오고 있었다.

"그러면, 우리가 돈을 빼돌리기라도 한다는 거야? 일주일 내내 나는 한 푼도 못 봤어. 주고, 베풀고, 꿔 주고, 또 주어 버리고, 그렇게 하고한 날 주기만 하고 기다렸단 말이야. 살라몬은 어찌할 바를 모르고 있어. 옥수수 가루 값을 받아야 하고, 물건값도 받아야 하고, 은행 빚도 갚아야 하고, 세금도 내야 하는데, 모든 사람들이 외상으로만 먹고 입으려 하고 있으니……. 나는 곧 빈털터리가 될 지경이라구. 수린카는 옷 쪼가리를 애걸해야만 하는 형편이고……."

바이니시는 벌써 가 버리고 없었다.

그러나 그는 술집과 가게를 거쳐 나간 게 아니었다. 그는 뒷마당을 통해 나갔다.

'빌어먹을!' 그는 속으로 생각했다.

마당의 개장 앞에 털북숭이 개가 누워 있었다. 거위들이 도로를 지나 열린 문으로 열을 지어 들어오고 있었고, 그 개는 눈을 치켜뜬 채 꿈쩍도 하지 않고 그 거위들을 바라보고 있었다. 아하! 부자들은 이런 식으로 살림을 지키는구나! 자, 그럼 저 개를 어떡하나! 그 개는 푹스의 거위 따위에는 아무 신경도 쓰지 않았다. 거위들은 아마 먹이가 있는 여물통으로 뒤뚱뒤뚱거리며 걸어갈 테지. 그러나 수상한 사람이 그 틈에 섞인다면, 그 개는 당장 그를 쫓아갈 거고 그러면 거위들이 놀라 도망치면서 꽥꽥 비명을 지르고 날개를 퍼덕이고, 그 바람에 개는 거위의 꼬리를 물고 비틀어 버리겠지. 망할 짐승! 더구나 아무도 그놈에게 그렇게 하라고 가르쳐 주지 않았잖은가.

기다려라, 이 망할 놈아. 바이니시는 속으로 생각했다. 하지만 주님이 그대 위에 강림할지어다! 그대의 아이들에게 강림할지어다! 너는 네 아들 속에 깡패가 자라는 걸 보게 되리

라! 홍, 아들이 태어났을 때 기쁨과 자부심이 가득했었지! 푹
스의 마누라는 커다란 젖가슴 한쪽을 드러낸 채 온종일 밖에
있는 의자에 앉아 있었지. 한 손으로 아이에게 그 젖가슴을
물렸고 따뜻한 거위기름 한 단지가 그녀 곁에 놓여 있었지.
다른 한 손으로는 흰 빵을 그 속에 담가 먹었고 그 기름이 턱
아래로 흘러내렸지. 모든 사람들이 그 영화와 부를 훤히 볼
수 있었지! 홍! 그런데 그 소년이 부랑아가 될 거야. 코시체
(슬로바키아 동쪽에 있는 도시)에서 돈을 요구하는 편지 외에는 아무
것도 쓸 수 없는 부랑아 말이지.

바이니시 지소비치는 마을을 지나 도로를 따라 걷고 있었
다. 수라의 손에 들린 불룩한 자루와 집에서 아내가 옥수수
가루를 기다리는 모습을 상상하니 새로운 걱정이 가슴을 채
웠다. 그는 오두막집들을 따라 나란히 설치된 몇 개의 울타리
사이에 멈춰 섰다. 그는 퍽하고 자신의 넓적다리를 때렸다.
"그래, 나는 가진 게 없어!" 이마 위의 주름이 더 깊게 패였
다. 고통스럽고 안타까운 웃음을 웃으며 소리 지르자 입술 왼
쪽 가장자리와 눈, 코의 왼쪽이 실룩대며 위로 움직였다. "나
는 가진 게 없어! 일 코루나도 없어. 나는 오십 할레르시짜리
동전 하나도 없어. 나는 아무것도 가진 게 없어."

그는 대장장이 스롤 나캄케스에게 갔다.

"깃 모르겐!" 그는 문가에서 인사를 했다.

칠흑같이 새카만 턱수염, 귀 앞에 늘어진 머리카락, 눈, 손,

그리고 검정색의 가죽 앞치마 할 것 없이 온몸이 온통 새카만 스룰 나캄케스는 바로 그 순간 작업장에서 고철 세 조각으로 새로운 편자를 만들고 있었다. 한 손으로 펜치를 잡고 하얗게 달구어진 쇳조각들을 돌리고 있었고 다른 한 손으로는 작은 체인과 끈을 사용하여 풀무질을 하고 있었다.

"이봐, 스룰, 이 삼 코루나 좀 빌려 줄 수 있어?"

두 손이 온통 바쁜 스룰은 짜증을 내며 말했다.

"내가 지금 돈을 빌려 줄 수 있는 상황이야?"

"알겠어. 좋아, 좋아, 괜찮아." 입의 왼쪽 가장자리, 왼쪽 눈과 어깨를 들썩이며 바이니시가 말했다. "그래도 감자 몇 개는 줄 거지, 응?" 이제 스룰 나캄케스에게 막 짜증이 일어나려는 순간이었다. "알았어, 알았어. 괜찮아." 바이니시는 더 이상 말하지 않았다. "담배 한 줌만 피게 해 줘!"

스룰은 담배가 들어 있는 양철깡통을 꺼냈고 바이니시는 혼자서 담배를 말았다. 스룰 나캄케스는 끈이 달린 체인으로 기서 다시 풀무 작업을 하기 시작했다.

"이보게, 스룰, 자네가 아는 것이 많으니까 한 가지 물어보겠네. 왜 고이(Goy, 유대인의 입장에서 본 이방인, 이교도, 비유대인)들은 '좋은 날(Good day)'이라고 인사하는데 왜 우리는 '좋은 내일(Good tomorrow)'이라고 인사하는지 알고 있나?"

"아니, 몰라."

"자네 알고 있나. '깃 모르겐!'이라는 말은 좋은 아침이라는 말이 아닐세. 그 이유는 모르겐(독일어의 명사 Morgen은 아침이란 뜻이지만 소문자로 쓰면 내일이라는 부사가 된다.)이라는 말은 아침이 아니라 내일이라는 의미가 있기 때문이지. 그리고 그 고이들은 말 같은 놈들이야. 그저 눈앞에 벌어지는 지금 이 순간, 현재만 생각하지. 그렇지만 우리들은 앞을 생각하잖아. 무슨 일이 일어나도 내일을 생각한단 말이지. 무슨 일이 생겨도 말이지."

"어디서 그런 걸 알았어?"

"히브리어 학교에서 말라메트가 아이들에게 그렇게 말하더군."

"내 딸들은 히브리어 학교에서 배운 그런 이야기를 한 번도 하지 않아. 개네들은 무조건 먹을 것만 쫓아다니는 아이들이라…… 음, 참 좋은 이야길세!"

"응, 아주 좋지, 스룰! 내일! 내일! 내일이 중요한 거야, 스룰! 오늘 벌어지는 일은 더 이상 중요하지 않아. 우리는 이만큼 살아 왔잖은가. 주님의 은혜로 우리는 버텨 나갈 수 있을 거야. 옥수수 가루가 없어. 그래, 가진 게 없어. 이 코루나도 없어. 맞아, 가진 게 없어. 감자가 하나도 없어. 지금 아직 저녁이 오지도 않았는데 죽기 싫어. 그러나 내일! 그것이 중요한 거야, 스룰! 좋은 내일. 그리고 새로운 내일 이후에도, 언제나 새로운 좋은 내일."

스룰 나캄케스는 펜치로 화로에서 쇠붙이 두 조각을 끄집어냈다. 그 쇠붙이는 하얗게 달아올라 있었다. 그는 그것들을 모루 위에 올려놓았다. 두 남자가, 스룰은 큰 망치로 바이니시는 작은 망치로 쇠붙이들을 탕탕 소리가 나게 두드리기 시작했다. 모루가 힘차게 소리를 냈고, 쇳조각은 천천히 빨갛게 변해 갔으며 옆으로 불꽃이 튀어나왔다.

그리고 화로 속에 용접해 붙인 쇳조각을 다시 넣은 후, 석탄을 긁어 올리며 나캄케스가 물었다.

"바이니시, 자네가 푼돈 몇 코루나를 빌리려는 게 이상하네. 프리브이에서 자네 말로 도로를 만드는 데 필요한 돌을 일주일 이상 실어 나르며 일하지 않았나."

"내가! 프리브이에서? 도로 만드는 데 필요한 돌을 날랐다고? 일주일 이상이나?"

"아, 그래. 보라흐 다비도비치가 자네를 보았다고 하던데."

"보라흐 다비도비치가 나를 보았다고! 허! 하루만 작업을 했을 뿐이라고! 십오 코루나를 벌려고! 십오 코루나로 얼마치 옥수수를 살 수 있는지 알고 있나? 더군다나 나는 아이가 여덟이나 있어! 나는 일주일 동안 처남의 오두막집 수리를 돕고 있었어. 겨울이 오기 전에 수리를 끝내 놔야 하잖아. 그건 그렇고, 또 다른 얘기를 해 줄게, 스룰. 사람들이 어떻게 미국에 도착했는지 알고 있나?"

"아니, 어떻게 미국에 도착했냐니! 배를 타고 바다를 횡단했지."

"맞아. 바로 그거야. 배를 타고 바다를 건넜지! 물론 하느님이 아담과 이브를 창조한 이래 사람들은 어떻게 해서든 그곳에 가야만 했지. 그런데 언제 배를 타고 바다를 횡단해서 그곳으로 갔을까?"

"글쎄?"

"솔로몬 왕이 사람들을 그리로 데려간 거야. 그가 통치를 할 때 큰 배들이 아주 많았거든."

"그것도 말라메트가 말한 거야?"

"응. 내 아들 카이메크한테 그렇게 말했대."

"그 녀석 많이 알고 있네."

"응 그래. 카이메크한테 들은 애들도 그럴 테지."

스룰은 세 개의 쇳조각을 모루 위에 올려놓고, 한 손은 펜치로 쇳조각을 잡고 다른 한 손으로는 바이니시와 함께 그것들을 때리면서 편자 모양으로 만들어 갔다. 바이니시가 말했다.

"근데 말야, 스룰. 배가 고파 죽겠어. 살다 살다 이렇게 배가 고픈 적이 없었는데 말이지. 배가 고파서 그런지 땀이 엄청 나. 저녁을 먹어 본 적이 없어. 아니 아침밥이던가. 여기 뭐 먹을 거 없어?"

"가서 라야에게 부탁해 봐!"

바이니시는 작은 마당을 가로질러 판잣집으로 가서 방 안으로 머리를 들이밀었다.

"깃 모르겐, 라야. 저녁으로 무슨 요리를 하고 있어요?"

"무슨 요리를 하냐고요! 아무것도 안 해요!" 대장장이의 작은 아내가 대답했다.

정말이었다! 스토브는 차가웠다. 그렇지만 식탁 위에는 갓 뽑아 온 한 무더기의 무와 양파가 놓여 있었다. 바이니시가 단도직입적으로 말했다.

"몇 개만 줘요!"

그러나 대장장이의 작은 아내는 뚱한 암탉처럼 일어나 달려가더니 몸으로 그것들을 가리면서 혀를 차며 짜증을 냈다.

"안 돼요! 아무것도! 저녁으로 아이들에게 줄 것이 없어요!"

"좋아요, 좋아." 바이니시가 야단치듯 말했다. "내가 여태 당신 딸에게 무 하나도 안 준 것처럼 굴다니, 그러지 말아요!"

"그래요? 그렇다면 딱 하나만이에요!" 대장장이의 그 작은 아내의 얼굴이 온통 새빨개졌다.

"아니! 네 개 줘요! 아이들이 반 개씩이라도 먹게."

"안 돼요!" 라야가 소리쳤다.

"그러면 세 개만!" 바이니시가 소리쳤다.

"하나만!" 라야가 외쳤다.

"세 개!"

"안 돼요!"

"세 개!"

"두 개요!"

"좋아요, 그거라도 줘요!" 마치 살인이라도 저지르려는 사람처럼 그의 눈이 불타고 있었다. "그 대신 양파 세 개!"

"안 돼요!" 라야가 소리 질렀다.

"두 개!"

"안 돼요!"

"하나!"

"세 개!"

원만한 거래라기보다는 성급한 강도 짓 같은 이러한 소동이 끝난 후, 바이니시는 격렬하게 전속력으로 질주한 후 흥분으로 몸을 떨고 있는 한 마리 말처럼 의자 위에 앉아 있었다. 여전히 몸으로 채소들을 지키고 있었던 대장장이 아내는 상대의 맹공에서 벗어나 서서히 정신을 차리면서 울음을 터트리려 하고 있었다. 그는 재빨리 그녀의 마음을 달래면서 그녀가 아이들을 위해 채소를 나누어 준 것은 훌륭한 일이었다고 길게 설명했고, 가을에 시골에 내려가면 딸들을 위해 사과를 갖다 주겠다고 했다.

그러나 소용이 없었다. 대장장이 아내는 막 울음을 터트리고 고함을 지르기 일보직전이었다. 바이니시는 겁이 났다. 그래서 차라리 대장장이에게 가서 좀 더 오래 풀무질을 도와주는 게 낫겠다고 생각했다.

"잘 있게, 스룰." 편자가 다 만들어지자 그가 말했다. "라야

에게 좋은 여자라고 전해 주고 나중에 오이를 좀 갖다 주겠다
고 말해 주게나."

그리고 그는 집으로 돌아갔다. 반 시간이 걸리는 길을 그는
머리를 앞으로 숙인 채 구부정한 자세로 발걸음을 재촉했다.

그는 볼일이 없었으므로 루테니아 사람들의 통나무 오두막
촌과 작은 가게들을 지나쳐 갔다. 그 동네는 가난한 유대인
마을이었고 그 가게들은 그를 미덥지 않게 생각하고 있었다.
거기에서 물건을 사는 일이 없었거나 아니면 돈을 빚지고 있
었기 때문이리라.

좋은 내일! 그것이 중요했다. 어떻게 해서든 오늘은 살아갈
수 있기 때문에. 휴—! 지난 이십삼 년 동안 아주 많은 그런
좋은 날들을 살아오지 않았던가? 그리고 여호와께서 자신의
백성인 유대인 중 한 명이라도 굶어 죽게 한 적이 있었던가?
세상이 세상으로 존재하기 시작한 때부터 지금까지 한 번도
그런 일이 일어난 적이 없었다. 최악의 경우에도 여호와께서
는 항상 만나와 메추라기(구약성서 출애굽기에서 이집트를 탈출한 유대
민족이 40년 동안 광야를 헤맬 때 하느님은 만나와 메추라기를 내려 그들이 굶지 않
게 했다.)를 보냈다. 그리고 형편이 더 나빠진다고 해도, 그때조
차도 그와 아이들은 굶어 죽지 않을 것이다. 사실이었다. 보
라흐 다비도비치가 프리브이에서 그를 본 것은 사실이었다.
돌을 실어 날랐다. 그랬다! 그는 15코루나를 벌었다. 사람들
이 그에게 15코루나를 지불했다. 정확히 15코루나였다. 한

푼도 더 주거나 덜 주지 않았다. 이에 대해서라면 더 이야기해야 할 중요한 사항들이 있었다. 도로 건설 현장감독의 테이블 위에 말라붙은 우유막이 낀 커피포트가 있었고 그 옆에 수사슴뿔 손잡이가 달린 주머니칼이 열린 채 놓여 있었다. 그리고 그 옆에는 바이니시의 돈이 놓여 있었다. 10코루나짜리 지폐 한 장과 5코루나짜리 동전이었다. 그 외에는 아무것도 없었다. 전혀 아무것도 없었다. 깨끗하게 치워진 테이블이었다. 그가 그의 아내에게 그 15코루나를 주었고 아내는 그 돈으로 옥수수 가루를 샀다. 식구들이 그것으로 살아갔다. 그리고 지금, 생각해 보자. 만약 그가 그 15코루나를 전혀 벌지 않았다면, 응? 그가 배고파 죽었을까, 그랬을까? 어찌어찌 돼서, 그 현장감독이 그 일을 구트만 카츠나 고비 아브라모비치, 혹은 모르체 헤르슈코비치에게 주었을지도 모른다고 하자. 자! 그러면 아이들이 배고파서 죽었을까? 그래도 그들은 배고파 죽지는 않았을 것이다……. 내일 여호와께서 메추라기를 보내실 테니까.

　그러나 바이니시가 어느새 마을 맞은편에 다다라 그의 집이 가까워지면서 도로가 구부러지는 모퉁이에서 자신의 판잣집 울타리에 널린 누더기들 속에서 아내의 빨간 페티코트, 그리고 창살 벽에 기대 놓은 단지를 보았을 때, 그의 위에서 느껴지는 굶주림의 고통은 더 이상 배고픔이 아닌 무엇인가로 변해 버렸다.

"사 왔어요?" 뒤에서 문을 닫을 틈도 주지 않고 그의 아내가 물었다.

"아니, 못 사 왔어." 겁을 먹은 채 대답하는 동시에 그는 아내의 성난 눈물을 피하기 위해 그녀의 얼굴을 외면했다.

그리고 테이블 옆에 서서 히브리어 책을 읽고 있다가 그 순간 검은 아몬드 같은 눈으로 아버지를 슬기롭게 응시하고 있는 열 살배기 장남에게 갔다. 솔로몬 왕의 눈보다 더 아름다운 아들의 눈, 양털처럼 부드러운 얼굴, 햇빛에 상기된 황금색 귓불에서 빛나는 자부심은, 자신을 비난하는 아내의 얼굴에서 느낀 공포를 충분히 보상하고도 남았다.

그러나 아직 많은 아이들이 흙바닥인 방 안에 있었고 아버지는 이들을 못 본 척 넘어가지 않았다.

"애들아." 집게손가락을 들며 바이니시가 근엄하게 말했다. "아버지가 너희들에게 뭘 좀 가져왔다. 아주 소중한 거야. 물론 많지는 않지만, 아주 싱싱한 것이란다. 그리고 아주, 아주⋯⋯." 그러면서 바이니시는 입맛을 다셨다. "⋯⋯아주 좋은 거지. 자, 여기 있다. 여보, 이것들을 둥그렇게 잘라가지고 와요. ⋯⋯아주 신선한 무와 양파⋯⋯." 그러나 아내는 조금도 그럴 마음이 없었기 때문에, 그리고 화덕 구멍에 얹혀 있던 빨랫감을 확 잡아채어 화를 내면서 긴의자 한쪽으로 던졌기 때문에, 바이니시 지소비치가 알아서 그 무와 양파를 잘랐다. "소금을 그 위에 살짝 뿌리고⋯⋯ 그리고 아이들을 위하여 예쁘게 뿌리고…… 그리고 아버지가 어린 막둥이들을 위해 새로 내린 눈처럼, 설탕처럼 달콤한 하얀 빵 한 조각을 가져왔다…… 그리고 오늘은 왕조차 누리지 못할 만찬이 될 거야…….”

그런 다음 바이니시 지소비치는 장남 카이메크를 복도로 나오라고 불렀다. 그는 소금에 절인 양배추를 담아 두는 낡은 통 위에 앉아 그 아들을 무릎 사이에 앉혔다.

아이고 예뻐라, 요셉, 야곱의 아들아!(요셉은 구약성경 창세기에 나오는 야곱의 열한 번째 아들로 나중에 이집트의 총리대신이 되어 아버지와 형제들을 돕는다.) 그리고 바이니시 지소비치는 만일 요셉의 깊은 눈속을 좀 더 오랫동안 바라본다면, 좀 더 길게 거의 금발에 가까운 담색 머리를 쓰다듬는다면, 그리고 그 잘생긴 입이 자신을 보면서 좀 더 오래 슬기롭게 웃어 준다면, 등을 타고 흐르는 부드러운 떨림이 그 순간만큼은 아무것도 바랄 것이 없을 정도의 어떤 것으로 바뀔 것 같은 느낌이었다. 그렇지만 그는 아버지다운 엄격함으로 말했다.

“카이메크, 아침에 감자 세 개 먹었지.”

“두 개.” 소년이 말했다.

“괜찮아. 두 개 먹었든 세 개 먹었든 상관없어. 그런데 말이야, 아버지도 배가 고프단다. 그리고 어린 동생들을 위해서도 조금은 남겨 놔야 해…….”

소년은 아몬드 같은 눈으로 아버지를 바라보면서 자기도

126

같은 생각이라고 말하려는 것처럼, 그리고 자신이 전혀 다르게 생각하고 있다는 의심을 완전히 떨쳐 버리기라도 하는 것처럼 간절히, 진지하게 고개를 끄덕였다.

"우리 두 사람은 하루 종일 먹을 것만 생각하는 이방인이 아니니까. 우리는 유대인이야. 우리는 더 숭고한 일에 마음을 써야 해. 우리는 잠깐의 배고픔 같은 사소한 일에는 단련되어 있어. 그 이유는 여호와가 한 명의 유대인이라도 배고파서 죽게 하신 적이 여태껏 한 번도 없었고 밤이 되기 전에 무엇인가를 보내 주실 것을 우리가 알고 있으니까."

카이메크는 열심히 고개를 끄덕였고 환한 미소를 지어 보였다.

"그래, 확실히 너는 내 소중한 아들이야." 소년의 머리를 쓰다듬으며 아버지가 말했다. 그는 촉촉한 애정이 다시 한 번 자신의 몸을 타고 흐르는 것을 느꼈다. "자, 가자. 이제 아이들에게 가자!"

어떻게 마이니시 지소비치가 실로 그런 짓을 꾸밀 수 있었을까? 몇 개의 무와 양파만으로 배부르게 먹여야 할 사람들이 너무 많지 않은가? 에스테르 푹스의 빵 조각에서 떨어진 부스러기를 그 어린것에게 먹였으면 얼마나 좋을까 하고 항상 생각하지 않았던가?

"아빠, 나 배고파." 일곱 살짜리 고비가 아주 짜증을 내면서 말했다.

"아빠, 나 배고파." 여섯 살짜리 슐로임이 훌쩍거렸다.

그리고 떼써 봤자 소용없다는 것을 아는 다섯 살배기 사미는 제대로 악을 쓰기 시작했다. 그리고 사미를 따라서 하넬레도 발악을 하며 울기 시작했다. 그러더니 엎친 데 덮친 격으로 갑자기 모든 놈들이 애처롭게, 성질을 내가며, 비난을 해가며, 반항하면서, 인정사정없이, 멈추지 않을 듯이 온통 울어 대기 시작했다. 오, 하느님 맙소사! 그의 아내 로이자도 화덕 쪽에서 이쪽으로 다가와 가세하더니, 양손에 냄비뚜껑을 들고 쾅쾅 내려치면서 귀가 먹을 정도로 악을 썼다. 그러면서 그녀는 아무짝에도 쓸데없는 남편이라는 둥, 말과 함께 일주일 동안 소리만 요란하게 온 세상을 돌아다니다 기껏해야 겨우 15코루나를 들고 온 막돼먹은 망나니라는 둥, 그리고 그녀가 이 세상에서 가장 불행하게 태어났다는 둥, 아버지와 고인이 된 어머니에 관한 이야기며, 유대교 율법학자의 이야기를 소리를 질러 가며 지껄여 댔다. 그녀는 꼭 쥔 주먹으로 테이블을 탕탕 두드려 댔고 그 순간 열 살짜리 카이메크도 참다 못해 엄마의 임신한 배를 두 손으로 밀며 소리를 질러 가며 울기 시작했다. "엄마, 엄마!" 그는 엄마를 말리며 뒤로 밀었다.

바이니시 지소비치는 자신의 집에서 벌어지는 이 반란에 어찌할 바를 몰랐다. 그는 무엇을 해야 할지 알 수가 없었다. 머릿속이 빙빙 돌았고, 눈앞이 캄캄했다. 그러나 그것은 잠시

뿐이었다.

그는 아이들 앞에 쪼그리고 앉았다. 그리고는 껄껄대며 큰 소리로 웃기 시작했다. 그는 두 손으로 손뼉을 쳤다.

"껄껄껄! 하하하! 지소비치의 아이들이 운다고?" 껄껄껄! 짝! 짝! "절대 안 되지! 아이고! 그럼! 지소비치의 아이들은 절대 안 울어! 절대, 절대! 아버지가 부자고, 돈이 많으니까. 아이들이 원하는 음식과 옷들을 무엇이든 가지고 올 거니까. 자, 자, 엄청나게 많은 돈, 아버지가 부자니까. 그리고 지소비치의 아이들은 부자의 자식들이니까. 자, 자, 룰룰룰, 룰라, 유랄라……." 그 엄청난 반란의 와중에 바이니시 지소비치는 몸을 솟구치며 벌떡 일어나더니 자신의 큰 목소리로 그 반란을 누르려 했다. "유랄라, 유랄라, 율라, 율라, 유랄라." 그리고 춤도 추며, 한 다리를 다른 다리 뒤에 놓고, 그 다음 두 다리를 하나씩 차례로 공중으로 들어 올렸고 두 팔을 허리에 얹기도 하고, 이어 머리 위에 올리는가 하면, 다시 양 옆으로 벌리고, 박수를 쳐 가면서 아이들에게 다가가며 발을 굴렀다.

"유랄라, 유랄라, 카이메크가 여호와 앞에 유명한 의사가 되고 싶어 하기 때문에…… 하느님은 구트만을 유명한 상인으로 만드실 거고…… 그래서 걔는 무카체보 광장에 집 세 채를 소유할 테지. 유이, 유이…… 그리고 꼬마 고비와 슐로임은 미국으로 갈 테고…… 고비는 거기서 대통령이 되고, 슐로임은 주지사가 되겠지. 유랄라, 유랄라…… 걔네들이 멋있는 여객선 티켓을 보내 줄 거야…… 유랄라…… 일등석으로, 그리고 또 하넬레와 옌텔레에게 혼인 지참금을 보내줄 거야. 백만 코루나씩 말이지…… 율라, 유랄라, 율라, 율라, 유랄라…….”

이제는 열 살짜리 카이메크도 아버지와 어울려 같이 춤을 추면서 한쪽 다리를 다른 다리 뒤에 놓았다가 앞으로 내밀면서 껑충껑충 뛰고 있었다. “유랄라, 유랄라.” 카이메크와 아버지는 서로 손을 잡고, 서로 다리를 올리며 발을 탕탕 굴리며 앞으로 나아갔다. 그리고…… “유랄라, 유랄라, 율라 율라 유랄라 유랄라…… 유랄라 율라 율라 유랄라…….”

아니었다. 여호와는 그날 만나(유대민족이 40년 동안 광야를 떠돌 때 하느님이 내려준 음식. 아침에 하루치를 걷고 나면 나머지는 사라졌다.)를 내려 보내지 않았다. 밤이 왔는데도 단 한 마리의 메추라기 새끼도 베풀어 주지 않았다. 여호와는 바이니시 지소비치가 마을 끝쪽으로 일을 보러 간 다음 날 오후가 되도록 그 기적을 베풀어 주지 않았다.

그 두 명의 관광객, 입고 있는 체크 무늬 옷감 일 야드가 적어도 60코루나는 족히 되어 보이는 신사 한 명과, 약간 다리를 절고 있는 그 통통한 부인을 만났을 때, 바이니시는 여호와가 그들을 자신에게 내려주셨다는 걸 아는 것 같았다. 마치 아브라함에게 나타난 숫양(창세기 22장. 아브라함은 아들 이삭을 바치라는 여호와의 명령을 듣고 아들을 제물로 삼으려 했지만 산 위에 도착했을 때 이미 제물로 쓸 산양이 예비되어 있었다.)처럼. 그렇다면 그들은 그의 아이들을 대신해 희생양이 돼야만 할 것이었다. 그 순간 바이니시의 머리가 분주하게 돌아가고 있었다.

여호와의 의도임은 분명했다. 그리고 여호와의 계획이 분명할 때, 모든 것이 분명한 법이다. 사람들에게 필요한 것은 단지 그 의도에 따라가는 것이며, 있는 힘을 다해 그 의도를 깨달을 수 있도록 노력하는 일이다. 여호와가 그에게 그 사람들을 보냈다. 그러나 하느님은 과정 중에 일어나는 상세한 일에는 관여하지 않는 것은 물론, 관여할 수도 없다. 과정 중에 일어나는 상세한 일들은 인간의 일이다. 인간이 자신을 둘러싸고 있는 세상을 정돈할 때 하느님의 의지가 완성될 수 있는 것이다.

그는 길에서 그들을 기다리고 있었다. 그리고 율법적으로 모자를 벗을 수 없었으므로 점잖게, 그리고 공손하게 서서 거지와 같은 말투를 사용하지 않고 말했다.

"실례합니다, 나으리. 정말이지, 아이들이 어제부터 아무것도 먹지 못하고 있어서요……."

그 신사는 차가운 시선으로 그를 위아래로 훑어보며 말했다.

"마을에 좋은 말 한 마리 있소?"

"좋은 말 한 마리요?" 바이니시가 되물었다. 아하, 부인이 더 걸어갈 수가 없나 보다. 그녀의 발에 멍이 들었거나 발을 헛디뎠구나. 바이니시의 머리는 휙휙 돌아가며 간단없는 공상에 바빴다. 저 위, 저 우주 속에서 반석 같은 단 하나의 반점으로 단단한 다이아몬드 같은 여호와의 의지가 찬란하게 빛나고 있었다. 그리고 늘 그래 왔듯 아래 세상은 변하지 않는 평소의 모습을 간직하고 있었다. 하지만 그 모든 사물의 자태는 무엇인가 마치 반죽이 가능한 왁스처럼 범상치 않게 부드러워진 모습을 띠고 있었다. 그리고 지금 바이니시의 손이 그것을 반죽하고 있었다. 그는 말을 아껴 가며 여전히 손가락을 정신 없이 바쁘게 움직이며 물었다. "좋은 말 한 마리요?" 그러고 나서 작품이 완성되었다는 듯 갑자기 팔을 힘차게 흔들며 말했다. "여기 이 마을에 좋은 말 한 마리가 있습죠. 모르체 볼프의 말이죠."

"알고 있소." 그 신사가 말했다. "늙고, 절룩거리고, 눈이 먼 이십이 년 된 말 말이지."

"흐음……." 바이니시는 그 농담에 공손하게 미소를 지었다.

"나으리, 그 녀석은 일곱 살 먹었고요, 그 말 가격으로 모르체 볼프가 천사백이나 지불했죠. 그가 집에 있다면 나으리가 아주 운이 좋으신 거죠. 요즘 마을에서는 말 한 마리 구하기가 어려워서요. 모두 밭에 나가 있든가, 아니면 도로에 돌 까는 공사를 하러 프리브이에 나가 있으니까요."

“잠깐, 그 사람이 집에 있는 거요? 그렇소?”

“그럴 거라고 생각합니다.”

“생각일랑 집어치우고! 집에 있소, 없소?”

“아마 있을 겁니다.”

“그것 봐, 내 그럴 줄 알았다니까!” 그 신사가 웃었다. “당신이 얘기한 그 모르체의 집은 멀어요?”

“머냐고요? 전혀 멀지 않아요. 조금만 가면 됩니다.”

“그 조금이라는 것이 어느 만큼이오?”

“나으리께서 이 방향으로 마을 중앙까지 가시면 됩니다. 아주 조금만요. 저 부인께서 얼마나 걸을 수 있는가가 중요하겠지요.”

“아하, 당신도 눈치채셨구먼! 십오 분 정도 걸리오?”

“십오 분 정도죠.”

“아하, 삼십 분 걸린다는 소리로군!”

“심십 분이라고요?” 불쾌하다는 듯 바이니시가 말했다.

“이런 식으로 얘기하다산 끝이 안 날 것 같소!” 그러더니 그 신사는 부인에게 무언가 외국말로 얘기했다. 아마도 불어인 것 같았다. 바이니시는 일이 잘 되어 가고 있다고 생각했다. 그 신사가 말했다. “잠깐, 내 말 좀 들어보쇼.” 그가 시계를 들여다보았다. “그 이십 분을 믿어 보겠소. 그러면 돈을 주겠소. 만약 이십 분을 약간만 넘겨도 돈은 없소. 그렇게 하겠소? 안 하겠소?”

"제가 이십 분이라고 얘기 했잖습니까, 나으리! 부인더러 여기서 기다리라고 하세요. 모르체 볼프가 말을 가지고 오게 하겠습니다."

"안 돼요! 아내는 여기서 기다리고 싶어 하지 않아요. 아내는 우선 그 아랍산 말을 보고 싶어 하오."

바이니시는 그 신사의 배낭 몇 개를 들었다―아이고 맙소사! 무거웠다―그는 집을 향해 발걸음을 뗐다.

"그에게 잘 부탁한다고 전하시오!" 그 신사가 그의 등 뒤로 외쳤다.

그런 식으로 바이니시는 그들과 적당한 간격을 두고 보조를 맞추며 걸었다. 그는 말 값으로 얼마나 달라고 해야 하나 궁리 중이었다. 그는 신사에게 말을 붙였다. "여기서 오래 사셨습니까, 나으리?"

"당신이나 모르체에게 속지 않을 만큼 오래 살았소!" 그 신사가 웃으며 말했다.

"잘하면 말 두 마리를 구할 수도 있죠. 비용이 늘어날 수가 있지만……."

"안 되오. 아직 한 마리도 소개하지 않았잖소. 여기서는 말 한 마리와 인부 한 명에게 하루에 얼마나 지불해야 하오?"

"말 한 마리와 인부 한 명에게 하루에 얼마나 지불하냐구요? 말 한 마리와 인부 한 명에게 하루에 지불하는 가격은 항상 같지는 않죠!"

"알고 있소!" 그 신사는 바이니시를 향해 머리를 흔들며 웃었다.

"게다가 그 말은 아주 좋은 말이죠." 바이니시가 말했다. 그리고 속으로 생각했다. 흐음, 약아빠진 이교도 양반! 그러나 그는 기분 좋게 웃고 있었고 그의 아내도 마찬가지였다. 그것은 아주 좋은 징조였다. "그 말은 아마 부인과 함께 날아갈 수도 있습니다. 내 말은, 부인께서 그렇게 원하신다면 말이죠. 그리고 만약 부인께서 그것을 원하지 않으시면 그 말은 순한 양처럼 걸어갈 수도 있고요. 그 말이 언덕 위로 쏜살같이 달리는 것을 보시면 깜짝 놀랄 겁니다! 휘—잉! 한 마리 고양이처럼! 말 한 마리와 인부 한 명에게 하루에 얼마나 지불하냐구요? 모르체가 얼마나 요구할지 난 모릅니다."

거래라는 것은 단순히 돈을 버는 것만은 아니다. 거래라는 것은 또한 즐거움이다. 심지어 아주 흥미로운 즐거움이다. 자꾸 반복해 가며 세상을 탈바꿈시키는 것이야말로 중요한 것이다. 무언가는 낯설고, 무언가는 변하지 않으며, 현재 우리의 감각에 나타난 그대로가 세상이라고 상상하는 것은 잘못된 것이다. 천만에. 세상은 우리가 만들어 가는 것이다. 그리고 순간도 역시 우리가 만들어 가는 것이다. 사물도 사람도 마찬가지다.

바이니시 지소비치는 자신의 집을 향해 바삐 걸었다. 게다가 그는 뒤에 그 두 양반네들을 이끌며 가고 있었다. 여호와는 기적을 일으키기만 하신다. 나머지는 인간의 생각에 달려 있다.

맙소사! 십오 분이 지나고 있었다. 그리하여 걱정스러운 나머지 그들보다 열 배는 더 빨리 날듯이 걸어가고 싶었던 바이니시는 용케도 지정한 시간 안에 오두막들로 꽉 찬, 아주 큰 위험이 도사리고 있는 마을을 지나갔다. 그러니까 정확히 말해, 오두막마다 뒤에서 말 한 마리가 튀어나올지도 모르는 위험 말이다. 그리하여 그들은 드디어 도로 옆 경사면에 서 있는 드문드문 보이는 오두막집에 도착했다. 그러나 역시 이십 분이 지났다. 삼십 분이 지났다. 사십오 분이나 걸리고 말았다.

십오 분이 지났을 때 그 신사의 쾌활한 기분이 사라졌다. 그는 가끔 시계를 쳐다보았다. 거의 일 분이 지날 때마다 물어보기 시작했고, 질문이 반복될 때마다 불쾌한 기분을 감추지 않았다. 그러더니 그는 자신의 아내에게 무엇인가를 얘기하며 화를 냈다. 그리고 욕설을 해 대기 시작했다. 처음에는 대상 없이 욕을 하더니 이내 바이니시를 욕하기 시작했다. 물론 유대인을 혐오하는 욕설이었다. 그러더니 이제 진짜 분노하기 시작했고 한 걸음도 더 걷지 않겠다고 위협했다. 그는 바이니시의 등에서 배낭을 뺏어 흙길 바닥에 던졌다. 더욱 심했던 것은 그가 오두막에 있는 사람들과 밭에서 일하고 있는 사람들에게 당장 말을 가져오면 원하는 만큼 얼마든지 돈을 주겠다며 고함을 치는 것이었다. 그러나 다행스럽게도, 그의 고함 소리에 겁이 난 사람들은 그 신사 양반이 무엇이라고 하는지 알아듣지 못했다. 그래서 그를 피해 오두막집으로 몸을 숨기던가, 그냥 놀란 얼굴로 그를 바라보기만 했다. 그 예쁜 부인은 이렇게 수치심이라곤 없는 행태는 여태껏 한 번도 본 적이 없다며 악을 쓰더니 곧 그 신사를 달래기 시작했고 그는 모질고 사납게 대답하는가 싶더니, 급기야 이 둘은 다투기 시작했다.

 등에서 배낭이 떨어져 나가자 바이니시는 군소리 없이 얌전하게 열 걸음 정도 떨어진 곳에 자리 잡고 서서 약삭빠르게 부부싸움을 못 들은 척하고 있었다. 저 신사가 얼마나 오랫동안 화를 낼 수 있을까? 십오 분 동안? 아닐걸. 그렇게 오래 걸리지 않을 거야. 더 이상 계속 화를 낼 수는 없을 거야. 이렇게 생각한 그는 저 노한 이교도가 유대인을 더 이상 욕하지 않고 다른 사람이 아닌 자기 자신을 멍청이, 그리고 백치라고 생각할 즈음 용기를 내어 공손하게 신사 곁으로 몇 걸음 가까이 다가섰다. 그리고 그 신사 양반이 자신의 말을 듣고 있지 않고 있음에도 불구하고, 비록 그가 이 세상에서 자신의 존재를 무시한다고 할지라도, 비록 그에게 자신의 존재가 버러지, 먼지만도 못한 존재, 아무것도 아닌 존재라고 할지라도, 그는 그리고 비록 자신의 말이 쇠귀에 경읽기라고 할지라도, 말했다. 조금만 더, 조금만 더 걸어서 바로 저기 개천 옆 도로가 구부러지는 곳까지 가자고. 그리고 만일 지금 부인이 다른 말을 원한다고 해도 사람들이 그 말을 밭에서 끌어오는 데 몇 시간이 걸린다고. 혹시 말을 가지고 온다고 해도 어떤 말인지 어떻게 알 거며, 두 사람을 밤이 되기 전에 시내까지 데려다 준다고 어떻게 보장하겠느냐고. 그러나 아직도 광기가 가시지 않은 울분이 신사의 몸을 휘감았다. 그는 갑자기 언덕을 뛰어 올라가 거기에 있는 세 채의 오두막 중 가장 가까운 집으로 갔다. 그래, 그렇다면 그냥 뛰어다니게 내버려 둬야지. 마주하의 집에는 말이 없잖아. 그리고 그 윗집으로 뛰어 올라간다고 해도, 이바니슈네도 코시아크네도 말이 없는걸. 그래서 바이니시는 다시 바로 전에 서 있었던 장소에서 얌전하게 있었다.

그럼, 아무렴 그렇지. 생각대로 되었다. 십오 분쯤 지나자 바이니시는 다시 등에 짐을 메게 되었고 셋은 길을 계속 걸어갔다.

실로, 거래는 가끔은 아주 흥미로운 즐거움이다.

마지막 십오 분 동안은 그 다혈질의 신사는 새끼 양같이 걷고 있었고, 두 사람 모두 잘 반죽된 바르케스 빵처럼 부드러워져 있었다.

급기야 바이니시 집 울타리에 걸려 있는 붉은 누더기와 그 울타리에 기대 놓은 단지가 시야에 들어오자 바이니시는 의기양양하게 그것 보라는 투로 말했다.

"자, 봐요, 벌써 다 왔잖아요!"

바이니시는 집으로 들어가면서 방 안에다 대고 소리를 질렀다. "모르체 볼프, 집에 있나? ……그리고 말, 집에 있지?" 그러고는 아내에게 은근하게 눈치를 주며. "이십오 코루나!" 라고 속삭이고는 다시 방을 뛰어나갔다.

"만세!" 그는 기뻐서 소리 질렀다. "집에 말이 있어요. 잘 됐어요. 그런데 모르체가 집에 없군요. 내가 같이 가지요, 뭐. 그의 아내가 금방 나올 겁니다. 오 분 안에 부인께서는 작고 훌륭한 조랑말을 타게 되실 겁니다."

로이자는 두 손을 앞치마 속에 포갠 채 현관에 서 있었다.

"있잖아요, 로이자." 바이니시는 천천히 설명했다. "이 신사 분과 여기 계신 부인께서 아주머니의 말을 빌리려고 해요. 부인께서 잘 걸을 수가 없어서요. 모르체가 얼마를 요구할까요?"

"이십오 코루나요." 로이자가 공손하게 그러나 별로 흥미가 없다는 듯 말했다.

"뭐요……?" 그 신사는 다시 울커 화를 터뜨리려다가 포기하고 곧 급하게 손을 젓더니 고개를 돌리며 말했다. "말에 안장을 얹으시오, 안장을 얹어요!"

그리하여 바이니시는 말도 들어가고 싶어 하지 않을 정도로 어둠침침한 마구간에서 나무안장을 가지고 나와 천천히 말 등에 얹었다. 그리고 한 번 더 거쳐야 할 마지막 위기의 순간이 바이니시에게 닥쳤다. 빠져나갈 구멍이 없는 위기였다.

그는 자신의 말 율차를 데리고 나오고 있었다. 마구간 입구에서 그는 자기 몸으로 암말의 몸을 가렸다. 일부러 그런 것은 아니었으나 그래야만 할 상황이었다. 율차가 곧장 햇빛 아래로 나왔다. 바이시니 자신도 더이상 미소를 짓지 못할 모습의 말에게 그는 말했다. "자, 자, 아가씨, 이제 다 됐어." 그리고 그 욱하는 성질의 신사는 마을에서 가장 완벽하다는 말을 보았다. 잠시 후면 부인과 함께 칼새처럼, 경마선수처럼 날아가려고 했던 신사가 그 말을 보았다. 그 말은 염소보다 약간 컸고 부푼 축구공처럼 부어올라 있었고, 더럽고, 무릎은 금방이라고 무너질 듯 꺾여 있었다. 적어도 이십 년은 된 것 같았고, 오른쪽 눈에는 백태가 끼어 있었으며 목에는 산간지대에서 액체 치즈 자루를 나르다 생긴 상처가 있었다.

그 신사는 격렬한 분노가 치밀고 있음에도 불구하고 껄껄대며 웃기 시작했다. 처음에는 노기 어린 웃음이더니 곧 진짜 박장대소로 변했고, 머리를 흔들고 온몸을 구부려 캑캑대면서 숨 막힐 듯 대단히 유쾌하게, 엄청 큰소리로 웃어 댔다. 그의 아내도 멧비둘기처럼 킥킥대며 웃기 시작했다. 마치 서로에게 전염된 것처럼, 그들의 웃음은 끝이 없었고 멈출 줄을 몰랐다. 율차는 금방이라도 꺾일 것 같은 굽은 다리를 버티며 아무 관심 없다는 듯 뚱한 모습으로 머리를 숙이고 서 있었다. 그리고 아직 상하지 않은 눈을 감고 꾸벅꾸벅 졸면서 사람들이 자신에게 안장을 채우기만을 기다리고 있었다. 바이니시는 약간의 모욕감을 느꼈다.

"그래도, 율차는 아주 좋은 말입니다. 제가 알아요."

"자, 잠깐만." 혈색이 좋아진 그 신사는 이 거래에서 발뺌을 하려고 호된 어투로 말했다. "검찰이 당신 친구 모르체를 방문해서 어떻게 이 시체 덩어리에 이십오 코루나를 요구할 수 있는지 진상조사를 하게 될 거요."

"이 야수 위에 앉아 보시지 않겠어요?" 그는 신사의 아내에게 물었다.

그녀는 눈을 비비며 뭐라고 프랑스어로 대답했다. 어쩔 도리가 없겠다는 의미 외에 어떤 뜻이 담겨 있을 수가 있겠는가?

신사는 어이가 없어서 머리를 가로저었다. "이 불한당을 만나지 말았어야 했는데. 당신 자꾸 속고 있는 거야!"

바이니시 지소비치는 자기 아내의 페티코트 몇 장을 나무 안장 아래 쑤셔 넣어 그 부인이 훨씬 편안하게 앉을 수 있게 했다. 임신한 아내는 아무 상관없다는 듯 무덤덤하게 바이니시를 바라보고 있었다. 열 살짜리 카이메크는 신시한 기색으로 이 모든 것을 지켜보면서 바이니시가 자신의 아버지라는 사실을 폭로하지 않았고 집 안에서 온갖 종류의 끈과 쇠줄을 가지고 나와 그것들을 한 데 연결시켰다. 그 신사 부부는 다시 프랑스어로 얘기하기 시작했다. 이전처럼 다정하고 유쾌하게 말을 나누었다. 여호와의 계획이 이제 그 완성을 향하여 나아가고 있었다. 그리고 바이니시는 자기 몫의 보상을 받을 것 같은 느낌을 벌써부터 느끼고 있었다.

카이메크가 닳아 해진 띠 한 조각에 크고 어설픈 매듭을 묶은 다음 쇳조각을 사용하여 양 끝을 잡아당기면서 다시 작은 매듭으로 묶고 있는 동안에, 바이니시는 유대인을 혐오하는 그 신사에게 공손하게 다가갔다.

"실례합니다. 죄송합니다만, 나리, 화내지 말고 들어주세요. 어제 아침부터 저는 아무것도 먹지 못했습죠. 저뿐 아니라 우리 아이들 모두 못 먹었어요. 하느님도 알고 계십니다. 미리 선불로 무엇인가 좀 주셨으면 해서요. 나리들을 잘 보살펴 드릴게요. 어차피 제가 모르체와 이 일을 해야 하니까요. 여행을 하기 위해 빵 한 덩어리만 살려고요."

그 아름다운 부인이 남편과 몇 마디 말을 나누더니 말했다. "배낭을 열어 보세요!" 바이니시가 그녀의 지시대로 배낭을 열었다. 맨 위에 약간의 빵이 있었다!

하얀 냅킨에 싸인 진짜 빵이 거기 있었다. 돼지고기는 흔적도 없었다.(유대인들은 돼지고기를 먹지 않는다.) 사정이 사정이니만큼 이교도인에게서 손도 대지 않은 빵을 얻으면 어떠랴! 바이니시는 부인에게 공손하지만 비굴하지 않은 어투로 고맙다고 말하고 반을 뚝 잘라 큰 쪽을 자기 아내에게 주면서 말했다.

"로이자, 미안하지만, 우리 아이들에게 먹일 수 있게 이 빵 좀 내 아내에게 전해 주시오!" 카이메크는 아름다운 눈으로 그 하얀 빵을 주시했다.

그리고 그 신사는 바이니시에게 선불로 10코루나를 주었다.

"로이자, 이것도 내 아내에게 갖다 주시오!"

이제 여행 준비가 모두 끝났다.

그러나 그 유대인을 혐오하는 신사가, 아마 소리 질렀던 것이 부끄러웠던지, 아니면 이 마을의 가난에 약간의 자극을 받았는지 모르지만, 미소를 지으며 둘 사이에 끼어들었다.

"불한당 양반, 이 시체 덩어리를 바보 같은 이교도에게 빌려 주게 한 당신에게 모르체 씨가 얼마를 주게 되는지 말해 보시오!"

바이니시는 한 조각의 빵을 잘라 입에 넣고 씹으면서 커다란 미소를 지었다. "틀림없이, 나리, 그는 내게 많이 지불할 겁니다!"

"아, 이 불한당 같으니! 당신을 만나지 말았어야 했는데!"

그들은 맞은편 산 계곡을 지나 도로를 따라가면서 가장 가까운 마을까지 가기 위해 가파른 언덕을 오르며 산 위를 향해 가기 시작했다. 그 늙은 절름발이 율차는 본래의 컨디션을 회복했다. 물론 율차는 빠르게 걷지 않았다. 그러나 부인을 등에 태우고 안장 아래로 배낭을 단 채 아주 잘 걷고 있었다. 어쨌거나 그 통통한 부인은 말 전문가가 아니었기 때문에 앉아서 가는 것만으로도 아주 만족했다. 그들 머리 위의 하늘에

뭉게구름이 떠 있었다. 반쯤 그늘에 가려진 가파른 산비탈이 앞쪽에 펼쳐져 있었다. 나머지 양쪽 산과 뒤에 있는 산들, 그리고 작은 하천이 흐르고 있는 깊은 계곡 풍경은 햇빛의 홍수 속에 함빡 젖어 들고 있었다. 강물은 반짝이며 빛나고 있었다. 때때로 부인은 율차를 세우고 계곡을 향해 한숨을 내쉬었다. "오, 주여, 세상에, 아름다워라!" 그리고 그녀는 이 순간 주님을 열렬히 갈망하는 듯한 열정으로 "오, 주여!"를 외쳐댔다. 즐거워진 신사는 그녀에게 다정한 미소를 지어 보였다.

의심할 바 없이 그것은 부자들의 변덕이었다. 물론 기가 막히게 좋은 날이었고 뭉게구름 그늘 아래서 여행을 한다는 건 아주 기분 좋은 일이었다. 그러나 그럼에도 불구하고, 바보처럼 큰 소리로 열광할 것까지는 없었다. 특별히 그 바위 덩어리를 무더기로 쌓아 올린 듯한 풍경 속에는 아무것도 아름다운 것이 있을 수가 없었다. 없는 게 당연했다. 그러나 바이니시에게는 아무래도 좋았다. 바이니시는 겉으로도, 그리고 속으로도 진심으로 그 부인이 열광하는 것에 맞장구를 쳐 주었다. 그것은 산 때문만은 아니었고 내면의 행복 때문이었다. 그의 맘 속에도, 유순한 새끼 양과 같은 구름과 함께 태양이 빛나고 있었고 내면의 모든 것이 신바람을 내며 앞뒤로 고개를 끄덕이고 있었다. 마음속 모든 것이 "유랄라 유랄라" 하며 노래하기 시작했다. 마음속 모든 것들이 춤추기 시작했으며, 한 다리를 다른 다리 뒤에 대고 공중으로 흔들면서 몸을 솟구치고 발을 약하게 굴렀다. 그러나 이 모든 춤 동작은 말할 것도 없이 전날보다 훨씬 조용했다. 마치 담장에 비친 그림자처럼 아주 조용했다. 유랄라, 율라 율라, 유랄라, 여호와가 또 다른 기적을 행하셨고 어제 없었던 것이 오늘 생겨났기 때문에. ("오 주여, 세상에, 아름다워라!" 어여쁜 부인이 외쳤다.) 그리고 어제 없었던 것과 오늘 생겨난 것이란 그가 가슴에 품고 있는 아마포 주머니에 집어넣고 실로 묶은, 막 갓 찍어 낸 빠닥빠닥한 백 코루나짜리 지폐였다. 엿새 동안 프리브이 도로 공사장에서 돌을 나르며 번 백 코루나짜리 지폐, 도로 공사 현장감독이 지불했던 바로 그 지폐였던 것이다. 아내에게 주었던 십 코루나짜리 지폐, 그리고 오 코루나짜리 은화와 더불어 테이블 위에 있었던 바로 그 백 코루나짜리 지폐였던 것이다. 열린 채 놓여 있던 현장감독의 주머니칼과 오로지 마른 우유막만 끼어 있었던 커피포트 옆에 있었던 바로 그 백 코루나짜리 지폐였던 것이다. 그리고 그가 이미 벌어 놓은 또 다른 구백 코루나와 함께 감추어 놓으려고 했던 바로 그 백 코루나짜리 지폐였던 것이다. 카이메크를 공부시켜 학자가 되게 하려는, 가난한 사람은 죽은 사람과 마찬가지이기 때문에 천 배, 만 배로 불리려 했던 바로 그 백 코루나짜리 지폐였던 것이다. 율라, 율라, 세상은 하느님의 계획과의 조화 속에서 변화되어야 하기 때문에, 그리고 여호와는 자기 백성인 유대인 가운데 한 명도 배를 곯아 굶어 죽게 하시지 않기 때문에,

율라 율라 율라.

여호와를 향한 무한한 감사와 애정의 이 작은 파편, 이 터무니없이 보잘것없는 무한한 감사와 애정의 파편, 그래도 어쨌거나, 산들만큼이나 커다란 이 무한한 감사와 애정의 파편은 여호와의 지혜의 도구로 변형되고 있었다. 장남을 희생시키지 않게 하기 위하여 여호와가 아브라함에게 보낸 그 숫양처럼 이 두 이교도는 그 도구였다. 그들에게 무엇이라고 말을 해야, 그리고 그들을 위하여 어떤 식의 친근한 행동을 해야 이들이 자신과 함께 이 기쁨을 나눌 수 있을까?

"오, 주여, 세상에, 아름다워라!" 율차의 등 위에서 주위를 둘러보며 그 어여쁜 부인이 한숨을 쉬었다.

"이건 아직 아무것도 아닙니다, 마님." 바이니시가 미소를 지었다. "아직 볼 만한 게 많아요!" 그리고 그는 많은 상품들, 금궤, 은궤, 그리고 값비싼 보석함이 진열된 쇼윈도가 즐비한 마을 거리, 카이메크의 아름다운 눈, 그리고 그 친절한 이교도 여자에게 보여주고 싶은 정말로 아름다운 모든 것을 생각했다.

"저기 저 뾰족한 작은 산은 이름이 뭐죠?"

"저 작은 산이요? 저기 저 뾰족한 산이요? 에, 아모레트라는 산입니다."

"그리고 저 산 이름은요?"

"저 산이요?"

바이니시가 산 이름이라고는 단 하나도 알지 못하는 건 당연했다. 그러한 쓸데없는 지식은 이교도들만의 관심사일 뿐이었다. 그리고 이름이 무엇인지 아는 것은 조금도 중요한 일이 아니었다. (마치 성스럽지 않은 흙과 바위 무더기는 이름이 없어도 무방하다고 생각하는 것처럼!) 그러나 그 부인에게 기쁨을 주는 동시에 자신도 즐거움을 느낀다고 해서 손해 볼 것은 아니지 않은가? 그래서 이 포동포동한 부인이—정말 예쁜 부인이었다!—여행복 상의에 달린 주머니에서 금테가 둘린 수첩을 꺼내 모든 것을 다 적는 동안, 바이니시 지소비치는 이디시어와 히브리어로 된 감미로운 이름을 지어 나가기 시작했다. 티티스, 빅 비하인드, 배스하우스 힐, 좀도둑, 걸린 산, 큰 무식이와 작은 무식이, 큰 악당과 작은 악당. 필요하다면 그는 삼 주 동안 쉬지 않고 그러한 이름들을 만들어 낼 준비가 되어 있었다.

"이상한 이름들이네요." 그 어여쁜 부인이 말했다.

"그렇소. 이 지방의 이름들은 아주 재미있다오." 유대인을 혐오하는 그 신사가 말참견을 했다. "여기는 슬라브어와 루마니아어가 만나는 지역이고 최초의 거주인은 타타르족이었소."

"여기에 산적들이 있나요?" 부인이 물었다.

여기서 바이니시는 당황했다. 산적이 무서워서 질문하는 걸까, 아니면 산적에 관한 얘기를 듣고 싶어서 질문하는 걸까? 그는 약간 거북해졌다. 그러나 금방, 그가 바라는 대로, 모든 것이 긍정적인 변화를 해 나가면서 그대로 노출된 진주와 다이아몬드 짐을 율차의 등으로 운반할 수 있었다. 사실은 최근까지만 해도 여행객들을 대상으로 살인, 폭행, 강도, 습격 같은 끔찍한 잔학행위가 이곳에서 일어났었다. "오, 세상에나, 끔찍한 사건들이네요."

하루도 아니고 사 일 동안이나 바이니시는 이들 이교도들과 함께 여행을 했다. 그 신사는 그를 바이니시라고 불렀고 그에게 말을 걸 때는 "그대"라고 했다. 부인이 그에게 말을 붙일 때는 "당신"이라고 했고 그를 바이니시 씨라고 불렀다. 그들은 하루에 이십오 코루나만 지불한 것이 아니라, 그 외에도 그에게 음식값으로 오 코루나를 더 주었다. 그가 그 금지된 불결한 음식을 먹을 수 있었더라면 아마 아침부터 저녁까지 먹였을 것이다. 그 유대인을 혐오하던 신사는 그에게 낡은 양복을 주겠다고 약속했고 그 예쁜 부인은 바이니시의 아내에게는 코트 한 벌을, 아이들에게는 신발을 주겠다고 약속했다. 그리고 바이니시도 나중에 그들이 약속을 잊을 경우 상기시켜 주기 위하여 그들의 집주소를 받아 주머니에 넣었다.

기적이 이루어졌다. 가뭄이 끝났다. 여호와가 나타났던 사막의 떨기나무(출애굽기 3장. 여호와가 모세를 유대인들의 지도자로 부를 때 사막의 떨기나무에 불이 붙었으나 타지 않았던 기적을 보인 것을 비유한 말이다.)

는 불태워졌고 사막에는 다시 평소의 온건한 빛이 내려쬐기 시작했다. 그리고 그 기적의 형태는 차갑게 식어 버린 왁스처럼 굳어져서 이제 더 이상 반죽을 할 수 없었다. 여호와가 다시 명을 내릴 때까지.

여호와의 이름을 찬양할지어다!

알로이스 이라세크_ Alois Jirásek

파우스트 박사의 집

Faustův dům

그 고풍스런 집은 가축시장의 끝에 서 있었고 엠마오 수도원 건너편 모퉁이에 면해 있었다. 아주 오래전부터 아무도 살고 있지 않았기 때문에 그 집은 폐가인 상태였고 음울한 모습이었다. 한때 붉은색이었던 지붕은 칙칙하게 변해 버렸고 담장 벽 장식은 긁혀 떨어져 나갔으며 창문들은 먼지와 빗물로 우중충해져서 안을 볼 수 없었고 거미줄로 가득했다. 굵고 긴 못이 박힌 육중한 떡갈나무 문과 거기에 딸린 작은 문은 한번도 열린 적이 없으며 정교하게 세공된 쇠로 만든 두드림 공이는 아무도 만진 적이 없었다.

문 뒤는 황량하고 조용했다. 개도 짖지 않고 닭도 울지 않았다. 문 앞에는 돌 사이에서 잡초가 자라고 있었다.

엠마오 수도원 건너편 길가에 면한 집 뒤의 정원도 음울한 풍경이었다. 아무도 정원을 가꾸지 않았다. 꽃밭도 없었고 꽃이나 야채가 심어진 작은 화단도 없었다. 정원 안에 있었던 작은 길도 사라져 버렸다. 여기저기에 마구 자란 잡초만 높이 올라와 있었고 고령의 단풍나무, 보리수와 과일나무들은 잡초 속에 파묻혀 있었다. 이 나무의 가지들은 줄기와 이끼로 잔뜩 뒤덮여 있었다.

정원은 봄에만 꽃이 만발했다. 무성한 잡초 속에 민들레가 마치 금화처럼 피고, 흰독말풀과 독당근이 온통 얼굴을 내밀어 밝아 보였다. 그러나 나뭇잎이 떨어지고, 바람이 정원을 휩쓸며 지나가고, 구름으로 드리워진 하늘이 낮게 깔리고, 폭풍으로 나무 꼭대기가 쏴쏴 소리를 지르는 가을이 되면 일찍 저무는 어스름으로 정원의 초목과 집이 온통 검은색으로 물들었다.

정원과 집에는 비통한 기운이 스며 있었고 기이한 공포가 사람들을 엄습했다. 그렇다. 이 집은 저주받은 곳이었고, 살아생전에도 평온을 찾을 수 없었고 죽어서도 편하게 쉬지 못하는 파우스트 박사의 유령이 매일 밤마다 배회하는 곳이었다. 파우스트 박사는 아주 오래전에 이 집에 살았다. 이 집에서 그는 마법을 완성했고 여기서 마법서적을 연구했으며, 마법의 주문으로 악마를 불러 냈고 악마에게 자신의 영혼을 팔아넘겼다. 그 대신 악마는 박사의 종이 되었고 그가 원하는 모든 것을 다 들어주었고, 모든 것이 허망함을 깨닫게 해 주었다. 그런 다음 약속 시간이 다 지나갔을 때 악마는 "이제 그만. 자, 이리 오시지!"라고 말했다.

그러나 박사는 아직 자신의 생을 끝내고 싶지 않았다. 그는 할 수 있는 한 모든 힘을 다해 저항했지만 허사였다. 그는 주문을 걸어 악마에게 마법을 쓰려 했으나 아무 소용이 없었다. 악마는 그를 공격하고 덮쳐서 발톱으로 단단히 움켜잡았다. 파우스트가 계속 저항하자 그를 잡은 채 지붕을 뚫고 세차게 날아올랐다. 파우스트 박사는 이렇게 자신이 치러야 할 대가를 지불했다. 다시 말해 그는 악마에게 자신의 영혼을 팔았고 악마는 그를 데려간 것이다.

그러나 이들이 뚫고 날아간 구멍은 그대로 남았다. 몇 번 틈을 막기는 했으나 막은 자재들은 밤새 떨어져 흘러내렸고 그 구멍은 다시 이전처럼 시커먼 아가리를 벌리고 있었다. 집 안에 파우스트의 유령이 출몰하기 시작했을 때 사람들은 공포심을 느끼고 결국 지붕 구멍 막는 작업을 포기해 버렸다. 매일 밤 그곳에 유령이 출몰했고 아주 용감했던 세입자조차도 집 안에 있을 수가 없었다.

그 후로는 아무도 그 집으로 이사 오지 않았고 그 건물은 빈 상태가 되었다. 그 집은 황폐해졌고 피폐해져 갔다. 아무도 그 집에 발을 들여놓지 않았고 특히 저녁때와 밤에는 모든 사람들이 그 집을 멀리서 우회하며 발걸음을 재촉했다.

언젠가 이미 날이 저문 가을 저녁이었는데 한 학생이 파우스트 박사의 집 문 앞에 서 있었다. 다 해진 삼각모자, 낡은 상의, 실오리가 드러나 보이는 바지, 기운 양말과 하도 오래 신어 다 떨어진 신발에서 그의 생활이 넉넉하지 못하다는 것을 알 수 있었다. 집 없이 헤매는 비렁뱅이 개처럼 가난한 학생이었다. 그는 비바람을 막아 줄 집이 없었고 집세를 낼 수가 없어서 셋집에서 쫓겨났다. 그는 프라하 전역을 헤매면서 집을 찾았으나 아무도 그의 말을 들으려고 하지 않았고 대접하는 사람도 없었다. 그렇게 그는 종일 걸어서 피곤하고 지친 나머지 파우스트의 집 앞에까지 온 것이었다. 어떻게 그가 이곳에 오게 되었는지는 자신조차도 모르는 일이었다. 어둠이 몰려오고 있었고 이슬비가 내렸으며 차가운 바람이 불었다. 학생은 상의를 목까지 올려 단추를 채웠지만 그 누추한 상의로는 바람을 막을 수 없었고 구멍투성이의 신발은 축축한 물기를 막지 못했다. 학생은 추위로 몸을 떨었다. 비가 점점 심하게 내렸고 어둠이 짙게 깔렸다. 가을밤이었다. "어디로 가서 이 밤을 지내지?" 그는 편안하게 머리를 눕힐 수 있는 곳을 알지 못했다. 주위를 둘러보던 그의 시선은 음산하고 오래된 이 집에 고정됐다. '여기서는 아무도 나를 쫓아내지 않겠지' 라고 그는 생각했다. 비참한 기분이 엄습했다. 그는 잠시 망설이다가 문의 손잡이를 잡았다. 손잡이가 느슨해지고 그 작은 문이 열리자 그는 대문의 둥근 천장 아래로 들어섰다. 그곳은 습기가 없었고 바람도 불지 않았다. 과감하게 그곳까지 들어온 그는 내친 김에 안쪽으로 더 들어갔다. 계단을 올라가니 오른쪽 벽감(장식을 목적으로 두꺼운 벽면을 파서 만든 움푹한 공간)에 괴상한 입상들이 서 있었고 이어 복도가 나왔다. 한쪽 끝이 어둠에 잠겨 안 보일 정도로 긴 복도였다. 그 복도를 따라서 양쪽으로 방이 있음을 알리는 어두운 색의 문이 죽 늘어서 있었다. 조용했고 황량했다. 마당과 정원으로부터 거센 바람소리가 밀려 들어왔다.

학생은 잠시 생각하더니 용기를 내어 가장 가까운 문의 손잡이를 아래로 누른 다음 방 안으로 들어섰다. 천장이 둥근 그 방은 이미 어두워져 있었다. 벽 높이의 절반까지 떡갈나무 널빤지가 덧대어져 있었고 모든 가구, 벽을 따라서 배치된 오래된 탁자, 옷장과 의자들이 검정색 나무로 마감질되어 있었기 때문에 그 방의 어스름은 아주 짙었다. 탁자 앞에는 등받이가 높은 안락의자가 검게 솟아올라 있었다.

학생은 잠시 문 옆에 서 있다가 걸어가서 그 안락의자에 앉았다. 그는 주위를 둘러보았다. 잠시 기다리며 귀를 기울였다. 아무 일도 일어나지 않았고 아무도 나타나지 않았다. 바람만이 윙윙대며 집 주위를 맴돌았고 빗방울이 창문에 후드득후드득 부딪쳤다. 피로가 덮치고 바람소리와 빗소리가 자신을 잠재울 때까지 그는 의자에 앉은 채 기다렸고, 또 귀를 기울였다. 열한 시를 넘기고, 열두 시도 넘겼고, 새벽도 넘겨서 환한 아침이 올 때까지 잠을 잤다. 아무것도, 그를 전혀 방해하지 않았다. 아침이 되자 그는 자신이 어디에 있는지에 대해 의아해 했고 어디서, 그리고 밤새 얼마나 편안하게 잤는지를 알자 새로운 용기가 생겼다. 그는 도망갈 생각을 하지 않고 망설임 없이 유쾌하게 옆방으로 갔다. 마찬가지로 가구들이 비치되어 있었고 이 벽, 저 벽에는 우울한 낯빛에 수염을 기른 남자들의 때 묻은 그림 서너 점이 걸려 있었다. 그가 줄곧 염두에 두고 있는 이전의 집주인인 파우스트 박사의 기억은 한 조각도 남아 있지 않았다. 세 번째 방에 들어가서야 비로소 색이 바랜 천으로 드리워진 침대가 있었고, 바닥에는 갈기갈기 찢어진 베개, 먼지로 뒤덮인 채 아무렇게나 놓인 두 개의 의자, 전에는 하얀 가죽 표지였으나 지금은 누렇게 변색된 채 펼쳐져 나뒹굴고 있는 낡은 책이 보였다. 그리고 천장에 구멍 하나! 시커멓게 아래로 입을 벌리고 있었다. 단 한 번의 힘 있는 일격에 뻥 뚫린 모습이었다. 학생은 질겁을 하며 멈춰 섰다. 전에 들었던 이야기가 생각났고 이 방이 악마가 파우스트 박사를 잡아간 그때의 모습과 똑같다는 것을 알았다. 박사가 의자들을 내동댕이치고, 악마를 향하여 책을 집어 던진 것 같았다. 학생은 감히 그 책을 만져 볼 생각도 못하고 서둘러 그 방을 나왔다. 옆방은 지붕으로 통하는 나무계단 이외에는 다른 특별한 점이 없었다. 그는 계단을 밟고 계속 올라가 천장의 뚫린 곳까지 닿았다. 그가 마지막 계단참에 서자마자 뒤에서 스치며 긁히는 소리가 들렸다. 그는 깜짝 놀랐

다. 그가 디디고 올라온 계단이 마치 종이로 만들어진 것처럼
저절로 접히며 발밑 아래 천장 속으로 사라져 버렸다. 그는
지금 새로운 공간에 서 있었고 그 공간은 그가 지나온 방들보
다 더 컸다. 이 공간에 놀란 학생은 사라진 계단이나 어떻게
자신이 여기로 올라왔는지를 생각할 겨를이 없었다. 그 방은
상당히 넓었고 원형의 천장에는 태양, 달, 그리고 여러 별들
과 황도십이궁(천구상에서 황도가 통과하는 12개의 별자리를 말하며 십이궁
이라고도 한다. 고대 점성술에서 태양 · 달 · 행성들이 이들 별자리 사이를 이동하는
것을 보고 미래를 예측했다.)이 그려져 있었다. 벽에는 고풍스럽게
장정된 크고 작은 고서들로 꽉 찬 서가와 금속과 유리로 된
그릇, 빈 병, 붉은색, 금색, 푸르고 엷은 녹색 등의 색조를 띤
병들이 놓여 있는 탁자가 있었다. 넓은 공간 한가운데는 초록
색 천이 깔린 긴 크로스 테이블이 있었다. 테이블 위에는 놋
쇠와 구리로 된 그릇, 그리고 온갖 종류의 계량도구가 빛을
내고 있었고 그 옆에는 누렇게 바랜 백지, 무언가 기록된 큰
종이와 양피지가, 반쯤 타 버린 양초가 꽂힌 주석 촛대 아래
는 책이 펼쳐져 있었다. 마치 누군가가 오래전에 갑자기 이
자리를 떠난 것처럼 보였다.

　학생은 이 방에서 가장 오래 머물렀다. 그가 다시 올라왔던
구멍으로 가까이 다가가자 그 계단이 저절로 펴지며 아래로
내려갔다. 그는 어려움 없이 아래로 내려올 수 있었다. 그는
파우스트의 침실에서 더 이상 머물지 않고 다른 문을 열고 응

접실로 들어갔다. 거기서 그는 드럼을 목에 걸고 있는 잘생긴 사내아이를 발견했다. 학생이 그에게 다가가 드럼을 만지자 그 아이는 마치 살아 있는 것처럼 움직이더니 드럼을 치기 시작했다. 드럼스틱이 손에서 쉴 새 없이 움직였고 유리창이 달각달각거리며 흔들릴 정도로 드럼 소리가 탕탕탕탕 울려 퍼졌다. 사내아이는 지속적으로 드럼을 쳐 댔고 학생은 너무 놀란 나머지 복도로 도망쳤다.

거기서 다시 현관문을 거쳐 인적 없는 마당까지 달아났다. 마당의 가장자리에는 우물이 있었다. 온갖 누런 지의류(균류(菌類)와 조류(藻類)의 공생체. 균류는 조류를 싸서 보호하고 수분을 공급하며, 조류는 동화작용을 하여 양분을 균류에 공급한다.)와 녹색 이끼가 사암을 뒤덮고 있었고 보리수와 단풍나무에서 떨어진 노랗고, 붉은 잎들이 그 위를 덮고 있었다. 기괴하게 일그러진 사암 덩어리의 모습은 기이한 요귀 형상 그 자체였다.

정원을 여기저기 둘러보긴 했으나 그곳에서도 오래 머물진 않았다. 우중충한 가을날 고목 아래 가시덤불과 관목 사이에 있다는 것은 기분 좋은 일이 아니었다. 그래서 그는 다시 집 안으로 들어왔다. 집 안은 다시 조용해져 있었다. 드럼 소년이 드럼 치기를 멈춘 것이다. 그러나 그는 그 방으로 가지 않고 다시 둥근 천장이 있는 커다란 방으로 올라가서 책상 위에 있는 양피지와 종이 더미를 살펴보았다. 그는 종이 더미 가운데서 검은 대리석으로 된 매끄럽고 빛나는 샬레(유리로 만든 납작한 원통형 용기. 주로 세균을 배양하는 데 쓰인다.)를 찾아냈고 그 안에서 마치 새것처럼 빛나는 순은 일 탈러(과거 유럽 여러 국가들에서 사용한 은화)를 발견했다. 기쁘기도 했지만 한편으로는 놀라웠다. 그는 한참 동안 그곳에 서서 그 돈으로 무엇을 할까 생각했다. 주머니 속에는 일 그로셴(옛 독일의 10페니히 화)도 없었고 배고픔은 이루 말할 수 없을 정도로 심했다. '하지만 파우스트, 혹은 악마가……!'

한동안 망설였고, 불안했지만 그는 그 탈러를 가지고 마을로 갔다. 저녁이 되자 그는 배가 부른 채로 돌아왔지만 밤에 유령이 나타날까 봐 잔뜩 겁을 먹었다. 그는 등받이가 높은 안락의자로 가서 어제처럼 잠을 자려 했다. 그러나 전날 밤처럼 빨리 잠들지 못했고 한밤중에 몇 번이고 잠을 깼다. 다행스럽게도 파우스트도 악마도 나타나지 않았다.

아침이 되자 그는 다시 서재와 테이블 위의 기구들을 조사했고 또다시 대리석 샬레에서 일 탈러를 발견했다. 어제 탈러 하나가 놓여 있었고, 그가 그것을 가졌고, 시내에서 쓰고 남은 잔돈이 아직도 자신의 주머니에서 딸랑대는데 '지금 또 갑자기 검은 샬레에서 마치 우유처럼 새하얀 일 탈러짜리 새 은화라니!'

그는 파우스트 박사, 혹은 누군가가 자신에게 호의를 가지고 있다고 생각했으며 그래서 '이 돈은 분명히 나를 위한 것'이라 생각하고 그 돈을 가졌다.

정오가 되기 전에 그는 다시 시내로 나갔고 두 번째 탈러를 쓰고 남은 잔돈을 주머니에 넣은 채 밤에 집으로 돌아왔다. 그리고 다시 어제와 마찬가지로 편안하게 잠을 잤다.

아침에 일어나자마자 그는 곧장 서재의 테이블로 달려갔다. 또 있었다. 금방 주조된 것처럼 깨끗한 새 일 탈러가 늘 그런 것처럼 그 검은 샬레 속에 놓여 있었다. 학생은 이제 그 탈러는 자기를 위해 놓여진 것이라고 생각했고, 조금의 의심도 없이 챙겨 넣었다.

이런 식으로 그는 매일 같은 장소에서 일 탈러를 발견했다. 학생은 하루 용돈으로 그렇게 많은 돈이 필요 없었다. 새 옷, 외투, 모자와 신발을 살 때까지 돈을 모았고, 걱정 없이 편안하게 살았다. 그에겐 집이 있었다. 파우스트의 집에서 그는 더 이상 불안을 느끼지 않았다. 천사가 전혀 모습을 드러내지 않고 자신을 돌보는 이 조용한 폐허에 익숙해져 있었다. 겨울에는 땔감이 정원에 지천으로 널려 있었다. 아래층 방 난로나 위층 서재 벽난로에 불을 붙이고 타닥타닥 경쾌하게 소리 내며 타도록 땔감을 집어넣어 따뜻하게 난방을 했다. 그는 파우스트의 서재에 있던 책과 커다란 테이블에서 발견했던 책들과 아래 침실에 있었던 책들을 읽었다. 침실의 책은 나중에야 읽을 용기가 생겼고 그 책에서 가장 많은 것들을 알아냈다. 책은 마구 휘갈겨 쓴 악필과 기이한 마법의 기호, 악마를 불러내는 주문으로 가득 차 있었다. 그는 불안한 마음으로 그것들을 읽기 시작했고 나중에 마법의 주문을 읽을 때는 머리털이 자주 곤두섰다.

가끔 그는 외로움에 떨었다. 그러나 이 집을 떠나고 싶지 않았다. 여기는 편안했고 안락했으며 무엇보다 아무 일도 하지 않고 매일 일 탈러를 얻었다! 이제 자주 출석하지 않게 된 대학의 동기들은 그에게 무슨 일이 일어났는지, 어떻게 그렇게 달라졌는지, 무엇이 그를 그렇게 멋쟁이로 만들었는지 궁금해 했다. 그래서 그가 어디 살고 있는지 말했을 때 그들은 깜짝 놀랐고 그의 초청을 거절했다. 그러나 결국 호기심에 끌린 몇 명이 소문이 흉흉한 이 집을 방문하게 되었다. 그는 그들에게 구석구석을 안내했다. 대문 입구에서 응접실, 방들, 서재를 통하여 올라가는 위층을 보여주었다. 구멍을 양탄자로 메우고 덮어 가린 침대방도 보여주었다. 부서졌던 침대는 다시 깨끗이 보수되어서 이제는 그가 사용하고 있었다. 그는 그들을 정원으로 안내했고 자신이 이 오래된 집에 머무는 동인 겪었던 것들을 전부 보여주었다.

그리고 비밀에 가득 찬 이 집의 기적, 드럼 치는 남자아이, 계단 옆 벽감 속에서 나지막한 목소리로 노래하는 기묘한 입상, 누군가 만지면 불꽃을 내며 일격을 가하는 어떤 문의 손잡이, 천장에서 내려와 다시 저절로 접히는 계단이 있는 방, 처음 보는 기구들이며 마법의 책들에 관한 얘기를 들었을 때 동료들은 크게 놀랐다. 어둡고 긴 복도를 통해 지하실로 내려가는 철제문에 관해서도 이야기했다.

그러나 그는 은으로 된 탈러가 들어있는 샬레에 대해서만은 말하지 않았다. 동료들이 때가 무르익으면 갑자기 순식간에 재앙이 그를 덮칠 것이며 악령의 함정에 빠질 것이니 더 이상 이곳에 살아서는 안 된다고 경고했을 때, 그는 그들을 비웃었다.

그것은 그러나 단순한 농담이 아니었다. 검은 샬레 속에 있는 것이 미끼였다. 매일매일 그는 자기의 탈러를 가졌고, 아무것도 부족한 것이 없었고 아무것도 할 일이 없었다. 그는 안락함에 익숙해졌고, 잡념이 들기 시작했고, 무엇이든 전보다 더 좋은 것으로 원했고, 화려한 몸치장을 했다. 할 일이 점점 많아졌지만 샬레의 돈은 늘어나지 않았다. 이제 하루에 일 탈러로는 충분치 않았다.

학생은 이제 검소한 습관을 버렸다. 그는 자신이 이곳에 처음 왔을 때 어떤 상태였는지를 잊어버리고 말았다. 공부하고 싶은 의욕도 더 이상 없었다. 그는 서재 테이블의 책과 침실의 책에 의지했다. 그 책들 속에는 유령을 불러내는 방법과 마법을 사용하는 방법이 기록되어 있었다. 유령들은 한 번도 그에게 나타난 적이 없었고 그를 편하게 그대로 내버려 두었다. 그 자신도 지금까지 그들을 불러낸 적이 없었다. 두려움 때문에 그럴 수가 없었다. 그러나 지금 그는 돈에 대한 욕심으로 안달이 나 있었다. 은화로는 이제 더 이상 만족할 수 없었다. 심지어는 샬레 가득 은 탈러가 놓여 있다 해도 충분하지 않을 정도였다. 그는 금을 원했다. 자기 소원을 이루기 위해 그는 책들을 활용하기로 했다.

하루는 시내에서 종일 술을 마시느라 빌린 돈을 다 써 버렸다. 그는 동급생인 술친구들에게 허풍을 떨며 주저 없이 술을 권했고 아침이 되면 더 많은 돈이 생길 거라고 했던 것이다. 그것도 금화, 순금으로 된 돈, 그것도 남한테 꾼 금화가 아니라 자신의 금화가. 그는 여태까지 자신에게 봉사해 온 유령에게 싸구려 탈러가 아니라 두카텐(과거 유럽 여러 국가들에서 사용한 금화)을 달라고 강요할 작정이었다.

저녁 늦게 그는 파우스트의 집으로 돌아왔다. 만취한 술꾼 몇 명이 따라 들어오려 했지만 그는 허락하지 않았다. 오늘은 혼자서 중요한 일을 해야 한다고 말했다. 그의 뒤에서 무거운 대문에 난 작은 문이 닫힐 때 동료들은 그의 뒷모습을 돌아보았다. 그리고 그날 이후 다시는 그를 보지 못했다. 그들도 그리고 그 누구도. 그는 대학에도 더 이상 나타나지 않았고 친구들 모임에도 결코 모습을 드러내지 않았다.

전에 한번 파우스트 박사의 집을 방문했던 사람 몇이 그를 찾아갔으나 그를 만나지 못했다. 그 집은 비어 있었고, 적막했고, 버려져 있었다. 그 학생의 흔적은 찾을 수 없었다. 단지 침실에서 팽개쳐진 채 엉망이 된 침대를 발견했다. 베개는 바닥에 떨어져 있었고 옷가지들이 온통 여기저기 널려 있었다.

외투는 발기발기 찢겨져 있었다. 의자들이 넘어져 있었고 바닥에는 마법책이 펼쳐진 채 놓여 있었다. 그 옆에는 다 탄 양초와 함께 내동댕이쳐진 촛대가 있었다……

모든 것이 마치 한바탕 싸움을 벌인 것 같은 모습이었다. 그리고 천장! 양탄자는 아래로 끌어내려져 찢긴 채 바닥에 나뒹굴고 그 검은 구멍은 크게 입을 벌리고 있었다. 그들은 그 구멍의 가장자리에서 마치 피가 튄 것 같은 빨간 반점을 발견했다. 그것은 거무스름한 색이 아니고 선명한 빛깔을 띠고 있었다. 바로 금방 흘린 것처럼.

모두가 놀라 성호를 긋고 두려움에 박사의 집에서 도망쳤다. 그들은 자신들의 친구가 얼마나 잔혹하게 죽음을 당했는지 상상하며 몸을 떨었다. 그가 악마를 불러낸 것은 확실했다. 그는 교만하게 악마를 불러냈으며 악마는 그를 데리고 사악하게 함께 놀았던 것이다. 악마는 그를 데리고 천장의 구멍으로 사라져 버렸다. 그 옛날 악마가 파우스트 박사를 잡아갔었던 것처럼.

요세프 이르지 콜라르_ Josef Jiří Kolár

붉은 용
―하트리안이 들려준 어느 가난한 화가의 이야기
U červeného draka

1

때는 서기 1780년, 명성이 자자했던 마리아 테레지아 여제가 막 세상을 뜨고 어질고 총명한 아들 요제프가 대관식도 하지 않은 채, 귀족들의 충성 맹세도 마다하고 체코 왕위에 오른 11월 하순, 화풍의 예술적 완성을 위하여 나는 프라하로 왔다.

떼 지어 보헤미아 지방으로 옮겨 온 너절하고 더러운 독일 교회 쥐처럼 가난한 나도 먹고 살기 위하여 이곳에서 남이 빌린 싸구려 방을 다시 빌리지 않을 수 없었다. 이 방은 성 카스툴로 교회에서 시작해 체코 왕 프르셰미슬 오타카르 1세의 유명한 딸 아네슈카가 설립한 클라리사 수녀 수도원으로 곧바로 통하는 성 아그네스가에 있는 허름한 집의 지붕밑 방이었다. 이 지역은 프라하 구시가지에 속해 있는 아주 홍미로운 곳이었다. 가난한 사람들의 거주지였음은 두말할 것도 없고 특히 도처에 역사적인 유물들과 시적인 꿈과 종교적 열광에 알맞은 낭만적인 장소가 널려 있었다.

나는 높은 지붕 아래 작은 다락방에 둥지를 틀었다. 초라한 나의 집 벽은 나란히 끼워 넣은 슬레이트로 되어 있었고 지붕의 대들보는 이미 벌레가 파먹은 구멍으로 숭숭 뚫려 있었다. 비교적 넓은 공간에 초라한 침대가 놓여 있었고, 원래 유리가 끼워진 채광창이었던 창문 옆에는 그림도구가 놓여진 작은 책상과 이젤이 있었다. 그 옆에는 속옷상자라고도 부르는 노란색의 궤와 작은 옷장이 있었다. 옷장 위에는 부러진 칼, 물항아리, 그리고 체코의 저명한 조각가 크비린 얀이 쓴 미술서적이 두 권 있었다. 창문은 합각머리의 정중앙에 붙어 있었고 창문을 통해 보면 몰다우 강 너머 레트나 산과 파이츠 대성당을 아우르는 전망이 아주 근사했다.

이 전망대에서 보면 위엄 있게 처마의 빗물 홈통을 산책하는 암수 고양이, 때로는 배고픈 새끼의 먹이로 개구리를 날라오는 황새들, 펼쳐진 부채처럼 원을 그리며 집들 사이로 날아다니는 비둘기들을 볼 수 있었다. 근처의 아그네스 교회나 요하니스 광장의 프란체스코 수도회 수사들이 울리는 종소리가 믿음이 두터운 신자들에게 기도를 알리는 밤이면 나는 지붕 모서리에 팔꿈치를 괴고 슬픈 종소리에 귀를 기울였다. 그

리고 시간이 지날수록 집들의 창문들이 불을 밝히고, 동네사
람들이 집 문 앞에 앉아서 파이프 담배 연기로 폐를 혹사시키
면서 살림살이와 전쟁 결과에 대하여 욕설을 퍼부어 대고, 튼
실한 처녀들이 치마를 반쯤 걷어붙이고 우물가에 앉아서 잡
담에 깔깔대는 폭소를 터트리면서 시간을 보내고, 이따금씩
악동들이 처녀들을 지분대고 심지어는 물항아리를 쳐 깨뜨
리는 것을 보았다. 밤이 깊어질수록 어두움이 짙어지고 그늘
이 사라졌다. 나방과 박쥐들이 윤무를 추기 시작하고 거리가
조용해져 가면 나도 언제나처럼 내 몸을 침상에 뉘였고 더 나
은 미래를 기대하는 꿈속으로 빠져들었다.

모세스 멘델레스는 오래전부터 알고 지내는 고물상 주인이
었는데 우리 집으로 오는 길을 나만큼 잘 알고 있어서 올 때
마다 사다리를 타고 능숙하게 내 다락방으로 올라왔다. 적어
도 일주일에 한 번, 안식일 예배를 끝낸 후, 조각으로 덧대 꿰
맨 실타래 가발을 쓰고 염소처럼 긴 머리로 내 방으로 통하는
마루 뚜껑을 들어 올리고 뼈가 툭툭 불거져 나온 손으로 사다
리를 움켜잡은 채 콧소리를 섞어 쩌렁쩌렁 울리는 목소리로
외쳐 댔다. "플로리안 씨, 플로리안 씨, 뭐 좀 새로운 게 있
소?"

"세상에나! 들어오세요, 귀신 같군요. 지금 막 풍경화를 끝
낸 참이에요. 전처럼 같은 가격에 팔겠어요."

그러면 그는 홀쭉 마른 몸을 지붕에 닿을 정도로 한껏 편

채, 수염이 짤막하고 꺼칠꺼칠하게 자란 얼굴에 조용하고 넓은 미소를 짓곤 했다.

그는 내 그림 가격을 깎거나 트집을 잡은 적이 한 번도 없었다. 풍경화건 풍속화건 간에 그는 그림 하나에 항상 그렇게 15굴덴을 지불했다. 그는 실로 정직한 유태인임을 밝혀 두고 싶다.

이렇듯 걱정 없는 생활에 아주 흡족했고 앞으로 사정이 점점 나아져서 나의 재능을 마음껏 발휘할 수 있을 거라는 희망이 매일매일 커져 갔다. 그러나 이러한 희망은 얼마 안 가 일어난 이상한 사건에 그 발목을 잡히고 말았다. 그것은 프라하 전체를 떠들썩하게 한 그야말로 아주 수수께끼 같은 불가사의한 사건이었다.

우리 집의 왼쪽에는 '로텐 드라헨' (붉은 용)이라는 이름의 커다란 여관이 있었는데 영험으로 가득 찬 성 아그네스 교회와 성 프란체스코 교회에서 기도를 드리려는 시골 사람들이 이 여관에 자주 드나들었다. 뿐만 아니라 이곳에서 대량의 곡물과 파넨스카 티니체로 가는 성 아그네스 교회 옆 클라리사 수도원 의 화물을 프라하 시장으로 운반하는 농부들도 이 여관에 자주 드나들었다.

부대 자루와 통들을 가득 실은 몇 대의 짐마차가 항상 이 여관 문 앞에 서 있었으며 시골 사람들과 물건 주인들은 구시가지나 신시가지의 시장으로 가기 전에 항상 이곳에서 몇 잔의 맥주와 체코 전통 포도주를 마시면서 몸을 추스르곤 했다.

이 여관의 합각머리는 특이한 모양이었다. 뾰족한 모서리를 가진 삼각 합각머리가 우람하고 꼿꼿하게 위로 뻗어 있었고 양 옆은 톱날처럼 날이 서 있었다. 아치 형의 부벽(벽체를 강화하기 위하여 외벽 면에서 바깥쪽으로 돌출시킨 짧은 벽체) 아래 있는 두 개 층의 창문도 고딕식의 덩굴장식 모양으로 아름답게 꾸며져 있었다. 가운데 큰 창 위에 처마 박공 아래 튀어나온 창은 울퉁불퉁한 벽받침으로 고정되어 있었고, 창 위 아치 쐐기돌에 있는 두 개의 기사 머리 사이에는 쇠철봉이 꽂혀 있는데, 거기에 붉은색으로 채색된 무시무시한 용이 그려진 나무 간판이 걸려 있었다.

그런데 이 여관의 정면 건너편에는 기이하게도 떡갈나무 문턱부터 가장 높은 굴뚝까지 여관 건물과 똑같은 낡은 집이 한 채 서 있었는데, 옛날 노래책 속 그림을 그대로 판에 박은 것처럼 집의 겉모습 전체가 음울한 분위기를 띠고 있었다. 고딕양식으로 장식한 작은 부분 하나하나까지 모두 똑같았고 단 하나 다른 점이라고는 2층의 가운데 창문 위 쇠철봉에 붉은색 용이 그려진 간판 대신 검은색의 성모 마리아 상이 걸려 있는 것이었다.

'로텐 드라헨'의 뒷부분은 벽돌 벽으로 둘려져 있었고 '슈바르첸 무터고테스'(검은 성모 마리아)의 벽도 역시 같은 벽돌로 둘러져 있었다. 그러나 여관 마당에는 밤나무 한 그루가 우뚝 서서 많은 가지로 짙은 그늘을 드리우고 있었고 나무 꼭대기는 빗물받이 홈통까지 닿아 있어서 마당이 잘 보이지 않았다. 반면에 맞은편에 서 있는 집의 마당은 위에서 보면 모든 것이 훤히 보여서 옆집에서도 어느 정도의 높이에서 마당 안을 볼 수 있었다.

'로텐 드라헨' 여관은 생동감이 흘러넘치며 흥겨움에 북적거렸다면 맞은편 '슈바르첸 무터고테스'에는 죽음 같은 고요만이 흘렀다. '로텐 드라헨'에는 온갖 종류의 사람들로 붐볐고, 많은 사람들이 술에 취해 비틀거렸다. 어떤 사람들은 손뼉을 치며 노래 부르고, 또 다른 사람들은 자신들의 말에 채찍질을 하고, 혹은 휘파람을 불며 말을 재촉했다. '무터고테스'에는 쥐 죽은 듯한 정막이 감돌았다. 낮 동안 고작 한 번이나 두 번 정도 큰 소리를 내며 문이 열렸고 허리가 구부러진 키 작은 여자가 나왔다. 그녀의 뾰족한 턱에는 커다란 사마귀가 달려 있었고, 꽃 문양이 그려진 외투를 허리까지 걷어 올려 입고, 항상 왼쪽 팔에 커다란 바구니를 건 채 주먹으로 자신의 바싹 마른 가슴을 쳤다.

이 노파의 불쾌할 정도로 표독한 인상을 볼 때마다 나는 크게 놀랐다. 노파는 쐐기풀에 닿아 타는 듯한 눈, 올빼미 부리 같이 굽은 코, 곰팡이가 슬어 썩은 양피지 같은 노란색의 주름진 뺨을 가지고 있었다. 레이스 달린 회색 모자의 레이스 끝이 아래로 흘러내려 이마의 반을 덮고 있었고, 그 모자에는

170

또한 당나귀의 귀처럼 두 개의 리본이 달려 있었다. 이미 100년 전에 터키에서 버려진 듯한 기다란 빨간색 목도리의 끝자락이 어깨 아래로 늘어져 있었다.

얼마나 소름 끼치는 끔찍한 모습이었는지 내가 먹과 물감으로 스케치북에 담아 기록할 정도였다. 나는 호기심에 이끌려 노파의 사생활에 대해, 그리고 왜 그녀 외에 아무도 살지 않을 듯한 이 오래된 집, '슈바르첸 무터고테스'에서 외톨이로 살게 되었는지 알고 싶었다.

처음에 나는 그녀가 선행을 일삼고, 염주의 구슬을 세며 주기도문을 읊조리는 신앙심이 두터운 노파인 줄 알았다. 터무니없는 추측이었다! 어느 날 저녁 나는 우리 집 근처 길거리에서 그녀를 만났다. 나는 멈추어 서서 호기심 어린 눈으로 그녀를 보았다. 그러나 그녀는 적개심을 품고 돌아서서는 차마 말로 표현 할 수 없을 정도의 독살스러운 눈길로 나를 노려보았다. 그 다음 그녀는 혀를 내밀어 섬뜩하게 두세 번 얼굴을 찌푸린 후 다시 제빨리 고개를 숙이고 땅에 닿아 끌리는 목도리 끝자락을 턱 아래까지 끌어올렸다. 이어서 그녀는 문을 열고 '슈바르첸 무터고테스' 안으로 사라졌다.

아주 이상한 여자로구먼! 나는 혼잣말로 중얼댔다. 전혀 사람들에게 친절하지 않은 사악하고 괴팍스러운 여잘세. 쓸데없는 일에 관심을 기울였네. 이제 그녀를 모델로 그림이나 그려서 유대인 친구 멘델레스에게 15굴덴이나 벌어야지.

이러한 생각으로 마음을 달래며 위안을 했지만 그 기분은 오래 가지 않았다. 노파의 위협적인 시선이 나의 목덜미를 짓눌렀고 공포감이 엄습했다. 가파른 사다리를 타고 방으로 올라가면서 몇 번이나 다리가 못에 걸렸을 때 그 노파가 코트 뒷자락에 매달려 나를 끌어내리고 있지 않나 하는 생각에 갑자기 머리부터 발끝까지 오싹 소름이 끼쳤다.

내가 멘델레스를 만나 노파에 관한 얘기를 하자 그는 아주 정색을 하며 심각하게 말했다. "플로리안 선생, 그 노파가 선생을 홀리지 않게 조심하시오. 작지만 나이에 어울리지 않게 눈부시게 하얗고 아주 뾰족한 이빨을 가지고 있는 노파라오. 그녀가 길거리에 나타날 때마다 아이들이 전부 줄행랑을 친다오. 프란티셰크 강변의 모든 주민들이 그녀에게 박쥐라는 별명을 붙여 주었다오."

나는 이 유대인 친구의 독설에 놀랐고 그의 충고를 깊이 새겨 자주 생각하게 되었다. 그러나 '박쥐' 와의 만남 때문에 이렇다 할 나쁜 일이 일어나지 않은 채 몇 주가 지나자 점점 불안감이 사라졌다. 나는 다시 쾌활한 기분을 되찾았고, 그 기이한 노파의 일을 잊어버렸다.

그러나 어느 날 밤, 나는 아주 깊은 잠에 빠져 있다가 이상한 소리에 눈을 떴다. 숲 속에서 나뭇잎들이 스치듯, 사랑스럽고 아름다운 곡조의 선율이 부드러운 밤공기를 어루만지며 이상야릇하게 가냘픈 소리로 울려 퍼지고 있었다. 나는 의

아해 하며 눈을 크게 뜬 채 한참 동안 귀를 기울였다. 자세히 들으려고 숨을 죽이고 있다가 급기야 창문을 보았고, 거기에서 펼쳐진 두 개의 날개가 창문 유리를 가볍게 때리고 있는 것을 보았다. 처음에는 내 방에서 길을 잃은 박쥐새끼라고 생각했으나 건너편 지붕 위에 떠 있는 달의 밝은 빛으로 보니 커다란 나방의 날개였다. 그것은 그림처럼, 빛나는 유리창에 투명한 레이스처럼 거기에 붙어 있었다. 나방은 가끔 눈이 거의 따라갈 수 없을 정도로 아주 빨리 날개를 파닥거렸다. 얼마 후 나방은 움직임을 멈추고 날개를 크게 펼친 채 창유리에 붙어 있었고 여러 갈래로 퍼진 핏줄이 보였다.

이 조용한 밤에 나타난 이 연약한 존재가 내 가슴에 평온한 감정을 선사했다. 나는 이것이 대기의 요정이고 나의 외로움에 마음이 아파서 내게 온 것이라고 상상했고 눈물이 날 정도로 감동을 느꼈다. "안심해. 걱정하지 마, 너, 갇힌 이여. 너의 생각은 고맙지만, 너를 오랫동안 이곳에 붙들어 두고 싶진 않아 하늘로 돌아가. 자유스러운 곳으로 다시 돌아가!" 이렇게 말하며 나는 창문을 열었고 나방은 날아가 버렸다.

밤은 조용했다. 수십억 개의 별들이 휘황찬란하게 빛나고 있었다. 이 현란한 풍경이 나를 사로잡았고 나도 모르게 진실된 기도가 입술을 타고 흘러나왔다. 그러나 눈을 아래로 향했을 때 나는 표현할 수 없을 정도로 깜짝 놀랐다. 붉은 용 그림 바로 아래 쇠철봉에 목을 맨 사람이 보였다. 머리카락은 곤두서고, 두 팔은 구부러져 있었고, 발은 발가락까지 축 늘어뜨린 채, 기다란 거리 한가운데 커다란 그림자를 드리우고 있었다.

창백한 달빛 아래 미동도 하지 않는 이 모습은 무언가 소름 끼치는 광경이었다. 눈이 마르고, 오한이 온몸을 덮친 것처럼 이빨이 덜덜 떨리는 것을 느꼈다. 비명을 지르려는 그 순간, 어떤 불가사의한 충동으로 그랬는지 모르겠으나 건너편 '성모 마리아' 쪽으로 시선이 쏠렸고 아주 희미하지만 그 사악한 노파의 모습을 보았다. 그녀는 깊은 그늘에 둘러싸인 채 열린 창가에 앉아서 미소를 지으면서 악마처럼 흡족한 표정으로 목매달아 죽은 사람을 자세히 관찰하고 있는 것 같았다. 그 모습에 엄청난 공포가 밀려왔고, 몸에 힘이 쭉 빠지면서 시야가 흐려졌으며, 비틀대며 벽 쪽으로 뒷걸음질치다가 기절해 침대 위에 쓰러져 버렸다.

얼마나 오랫동안 죽음과도 같은 잠을 잤는지 나는 모른다. 눈을 뜨고 제정신이 들었을 때는 이미 해가 뜬 지 꽤 오래된 후였다. 내 방 안으로 밀려 들어온 밤공기의 축축한 안개가 내 머리를 아침 이슬로 서늘하게 적셨고 격앙된 목소리들이 거리에 울려 퍼지고 있었다. 무슨 일이 벌어지고 있는지 보려고 창가로 다가갔다. 프라하 구시가지의 시장과 시 법원에서 나온 몇 명의 공무원이 여관문에 서 있다가 안으로 들어가더니 그 안에서 오랫동안 머물렀다. 길거리 여기저기에서 사람들이 달려오고, 또 뿔뿔이 흩어졌다. 다른 사람들은 길가에서서 쇠철봉과 합각머리 쪽으로 시선을 고정시켰다가 머리를 흔들며 다시 바삐 길을 재촉해 갔다. 문과 상점 앞에서 비질을 하던 이웃집 여자들과 하녀들은 멀리서 이곳을 보면서서로서로 귓속말을 주고받고 있었다. 드디어 공무원들이 여관에서 나왔고, 이어서 법원 관리인들이 목매달아 죽은 사람의 시체가 실린 들것을 운반해 나왔다. 보잘것없는 담요가 시체를 덮고 있었다. 그들은 거리의 왼쪽 아래로 내려가 병자를돌보는 가톨릭 수사들이 일하는 병원으로 향했다. 한 떼의 아이들이 행렬을 따라 뛰어갔다.

거리의 소음이 내려앉았다. '로텐 드라헨' 삼 층 간판 아래창문은 여전히 열려 있었고 쇠철봉 아래로 매달린 밧줄 끝이바람에 이리저리 흔들리고 있었다. 내가 간밤에 본 것이 꿈이아니었던 것이다. 내가 커다란 나방, 그 다음 목매단 사람, 그다음 그 사악한 노파를 본 것은 사실이었다!

그날 아침 멘델레스가 나를 찾아왔다. 밀어 올려진 마루덮개 위로 흐늘흐늘한 순대처럼 흔들리는 큰 코를 내밀었다.

"플로리안 선생." 코를 그렁거리며 외쳤다. "뭐 팔 만한 것없어요?"

나는 단 하나밖에 없는 의자에 앉아 다리를 꼬아 두 손으로깍지 껴 감싼 채 깊은 생각에 잠겨 있느라 대답하지 못했다.나의 무관심에 화가 난 그가 큰 소리로 외쳤다. "플로리안 선생! 플로리안 선생!" 이어서 그는 마루 덮개를 위로 젖혀버리고 기어 올라와서는 덮개를 다시 닫고 내게 다가와 등을 두들겼다.

"아이구 세상에! 도대체 무슨 일이오?"

"아! 당신, 멘델레스 선생이죠?"

"아이구, 아이구! 이거야 원! 또 다른 멘델레스가 있소? 어디 아파요?"

"아니요, 전혀. 생각 좀 하고 있었어요."

"얼씨구, 세상에! 도대체 무슨 생각을 하고 있었소?"

"목매 죽은 사람이요!"

"아하! 아하!" 고물상이 그르렁대며 말했다. "당신도 그 사람을 봤군. 불쌍한 젊은 친구! 이해할 수 없는 기이한 일이야! 똑같은 장소에서 벌써 세 번씩이나."

"뭐라고요? 벌써 세 번째라고요?"

"네, 네, 그래요. 진작 말하고 주의를 줬으면 좋았을 텐데. 이제 끝날 때가 됐으련만. 그렇지 않으면 아마 이미 네 번째 사람이 줄을 서서 앞선 세 사람을 따라가려고 하고 있을 거요. 함정에 한 발이라도 들여놓는다면—그때는 이미 늦는 거지!"

이렇게 말하며 트렁크 위에 앉은 멘델레스는 파이프 속 담배에 불을 붙인 후 내 얼굴에 서너 번 짙은 연기를 내뿜었다.

"정말이지, 선생" 그가 말을 이었다. "나는 겁쟁이는 아니오. 그렇지만 누군가가 '로텐 드라헨'의 돌출 창문 아래 그 방에서 살면 많은 돈을 준다고 해도 나는 차라리 다른 곳으로 가서 목을 매겠소. 듣고 한번 판단해 보시오, 플로리안 선생.

벌써 약 아홉 달 전의 일인데, 어느 날 쾨니히그래츠 출신의 어떤 부유한 곡물상인이 이곳에 와서 '로텐 드라헨'에서 숙박을 하게 되었소. 뚱뚱하고 근엄한 사람이었지요. 넉넉한 저녁 식사를 주문해서 배가 찰 때까지 먹고 마신 다음 초록 방이라 이름 붙여진 3호실로 안내를 받아 잠을 자러 올라갔소. 그런데 이게 웬일이야! 다음 날 꼭두새벽에 붉은 용 간판 쇠철봉에 그가 목매달아 죽어 있는 것을 사람들이 발견한 거요. 기왕 벌어진 일이야 어쩔 수 없으니 기적을 바랄 수는 없는 일이었지. 구시가지의 검사가 사건을 조사하고, 자살한 사람이기에 하느님의 축복을 받는 장례식을 거쳐 땅에 묻힐 수 없는 관계로 그 시골사람을 멀리 떨어진 변두리에 매장했소. 그런데 말이지, 세상에! 정말 또 믿을 수 없는 일들이 발생한 거야! 그 후 약 6주쯤 지나서 헝가리 출신의 퇴역 군인이 이곳을 들렀소. 제대 증명서를 주머니에 꽂고 다니면서 고향을 다시 볼 수 있다는 생각에 아주 신이 나 있었지. 와인 몇 잔을 곁들여 가며 그날 저녁을 즐겁게 먹으면서 그는 라우돈 장군의 지휘 하에 터키군과의 전쟁에서 어떻게 싸웠는지에 대해 많은 얘기를 했고, 이제는 파넨스카티니체로 돌아가 거기서 자리를 잡고 곧 결혼하게 될 조카딸을 돌볼 거라고 했소. 저녁 식사가 끝나자 그는 얼마 전에 쾨니히그래츠 출신의 그 뚱뚱한 곡물상이 묵었던 그 방으로 안내를 받았소. 그런데 아니, 글쎄, 이게 무슨 끔찍한 일인지. 그날 밤, 야경꾼이 ‘로텐 드라헨’ 거리를 세 번째 순찰하고 나팔을 불려고 위를 보았을 때 무엇인가 검은 물체가 쇠철봉에 걸려서 흔들흔들 하더라는 거요. 등불을 높이 들고 보니 그 장교가 흔들거리고 있었지. 제대증명서가 든 지갑을 허리에 꽂고, 무슨 열병식에서 있기라도 하듯 양팔을 넓적다리에 붙인 채 말이오. 그 역시 자살한 사람의 신분으로 매장되었고 육군 사무국에 그의 사망증명서를 보냈다오.

이 불행한 사건들은 프라하 전체를 엄청나게 동요시켰소. 당국은 범죄의 단서를 잡으려고 수사했으나 소용이 없었고 죄악스러운 자살로 결론지었을 뿐이지.” 많은 사람들이 ‘로텐 드라헨’을 사람을 잡아먹는 괴물이라고 불렀고 간판이 달린 쇠철봉을 뽑아서 고철 더미 속에 던져버리라고 야단이었지. 하지만 여관 주인 미쿨라슈 보우다 노인은 분노했고 그러한 요구에 귀를 막았다오. 보우다는 이렇게 말했지.

‘저 쇠철봉은 내 할아버지가 붙인 거야. 저기 걸린 ‘로텐 드라헨’ 간판은 여태껏 백오십 년 동안 아버지와 아들을 지켜보며 걸려 있었어. 저 쇠철봉은 아무에게도 해를 끼친 적이 없어. 심지어는 건초 더미를 가득 실은 마차가 길을 덜컹대며 지날 때도 저 쇠철봉의 높이가 삼십 피트이기 때문에 한 번도 건초 더미를 건드린 적이 없어. 저 간판이 맘에 들지 않거나, 보고 싶지 않은 사람은 돌아서거나 보지 않으면 돼.' 한참 시간이 흐르자 모든 소문이 잦아들었고 이 불쾌한 사건도 기억에서 사라지기 시작했지. 몇 달이 흐르도록 아무 사건도 더 이상 일어나지 않았으니까.

그러나 어제 불행하게도 크루딤 출신의 한 학생이 요하니스 광장의 프란체스코 수도회 수도원의 수사가 되려고 승합마차로 '로텐 드라헨'으로 왔고 돌출 창문 아래 3층의 그 끔찍한 방에 묵게 된 것이오. 신부나 수사가 되려 결심한 그 독실한 젊은이가 그 뚱뚱보 곡물상과 퇴역 장교가 그랬던 것처럼 여관 간판 쇠철봉에 목을 매려고 생각한다는 것을 누가 짐작이나 할 수 있었겠소, 플로리안 선생. 세 사람의 자살사건에서 그 세 사람은 모두 아마 거역할 수 없는 어떤 우연한 힘에 이끌려 밧줄을 잡았다는 아주 불가사의한 단서가 분명히 있을 거라고 나는 짐작하는 바이오―이렇다 할 만한 증거는 아직 발견하시 못했지만."

"이제 됐어요. 됐단 말이에요!" 내가 소리 질렀다. "끔찍한 우연이군요. 나는 본의 아니게 이 사건에서 인간의 죄악이 개입 되었다는 걸 예감하고 있어요. 쇠철봉도 그 초록색 방도 이 사건과는 아무 관련이 없단 말입니다."

"설마 프란티셰크 강변의 모든 주민들, 심지어는 전 프라하 시민들이 정직한 사람이라고 칭송하는 여관집 주인을 의심

하는 것은 아니겠지?'

"하느님, 맙소사. 당치도 않아요, 멘델레스." 내가 대답했다. "그는 그러한 행위를 할 사람이 아니에요. 그러나 사람들이 위험을 무릅쓰고 조사하여야 할 무언가 어두운 사연이 있을 거예요."

"옳은 말이오." 멘델레스가 내 흥분된 어조에 놀라며 대꾸했다. "우리 다른 얘기합시다. 자, 선생, 전번에 약속한 요하니스 풍경화는 어떻게 돼 가는 거요?'

나는 얼마 안 있으면 완성하게 될 그림을 그에게 보여주었다. 필요한 약속의 말들이 오갔고, 멘델레스는 그 프란체스코 수도원에 귀의하려 했던 젊은이 생각을 더 이상 하지 말라고 경고한 후 아주 만족해서 작별을 고하고 사다리를 타고 내려갔다. 나는 기꺼이 그의 경고를 들어줄 생각이었다. 그러나 악마가 인간의 갈등과 만사에 끼어들어 우리 등에 한번 올라타게 되면 절대 떨어지려 하지 않는 법이다.

2

외롭다 보니 이 모든 사건들이 무섭게 나를 재촉하기 시작했다. 나는 건너편의 '슈바르첸 무터고테스' 의 여자가 이 불행한 사건의 원인이라고 추측했다. 그녀밖에 없었기 때문에 나는 집요하게 이렇게 결론을 내렸다―이렇게 끔찍한 범죄를 계획할 만한 사람은 그녀밖에 없어. 범죄를 저지른 것도 그녀야. 그런데 어떤 방법으로? 교활한 술수를 사용하는 걸까, 아니면 눈에 보이지 않는 어떤 힘이 그녀를 돕고 있는 걸까?

깊은 생각에 잠겨서 나는 방 안을 이리저리 왔다 갔다 했다. 내면의 목소리가 말했다. 자신이 죽인 사람의 마지막 고통을 좋아 죽겠다는 표정으로 조소하며 올려다보는 박쥐를 목격한 것은 우연이 아니고 하늘이 너를 선택한 거야. 그 가없은 젊은이의 영혼이 나방의 몸을 빌려 네 방에서 길을 잃고 너를 깨웠던 거야! 분명히 우연이 아니야, 플로리안! 하느님이 너를 골라 선택해서 무언가 두려운 일을 하도록 요구하고 있는 거야. 만약 네가 하지 않으면 그 사악한 노파의 함정에 걸릴까 봐 걱정이 돼. 아마 이 순간 그 노파가 너를 생각하고 있을지도 몰라. 그래서 그 은밀한 처소에서 준비를 하고 있을지도 모르지.

이렇게 두려운 생각이 온종일 끊임없이 나를 괴롭혔다. 잠을 잘 수도 없고 일을 할 수도 없을 정도였다. 종일토록 붓이 손에 잡히지 않았고, 그리고 아주 이상야릇하게도 마치 당연하다는 듯 자연스럽게 '로텐 드라헨'의 쇠철봉으로 자꾸 눈이 갔다. 어느 날 밤 드디어 나는 떨쳐낼 수 없는 호기심에 이끌려 방을 나와 박쥐노파의 집 문 뒤에 숨어서 비밀을 캐내려

했다.

하루도 빠지지 않고 나는 탐색하러 나갔고 그 노파의 발걸음을 쫓아다니면서 그녀의 행동 하나하나에서 눈을 떼지 않았다. 그러나 그 노파의 행동이 얼마나 교활하고 조심성이 있었는지 내가 자신의 뒤를 미행하고 있다는 것을 고개를 돌려 보지 않고도 쉽게 눈치챘다. 나중에는 나의 존재를 전혀 모른다는 듯이 가사에 아주 충실한 얌전한 가정주부처럼 숯, 닭, 혹은 고기를 사러 시장에 다녔다. 그러나 때때로 그녀는 바쁘게 빠른 걸음으로 걸으면서 이해할 수 없는 말들을 중얼거릴 때도 있었다.

한 달 내내 그녀의 뒤를 미행했으나 이렇다 할 만한 아무런 소득이 없었고 나의 불만족은 이제 극에 달할 지경이었다.

이제 어떻게 해야 하나? 화를 내며 나 자신에게 물었다. 저 노파가 나의 의도를 알아채 조심스럽게 행동하는데 나는 인내심을 완전히 잃어버리고 혼란에 빠져 있잖아. 아마 노파는 벌써 내가 자신이 쳐놓은 거미줄에 걸렸다고 믿고 있겠지.

이러한 걱정과 앞으로 어떤 일이 닥칠지, 화를 안 당하기 위하여 이제 어떻게 해야 할지 등의 불안이 나를 짓누르고 있는 찰나에 갑자기 좋은 생각이 내 머리를 스쳤다. 내 다락방은 박쥐가 살고 있는 건너편에 있는 집보다 높았으나 그쪽으로 향한 창문이 없었다. 나는 커다란 벽돌 하나를 칼로 천천히 긁어 흔들어 완전히 뽑아내었다. 아, 아, 마치 개방된 구유가 내 눈앞에 있는 것처럼 그 오래된 집, 모든 베란다 회랑들을 포함해 안마당 전체가 눈에 들어왔을 때, 나는 그 기쁨에 찬 경이를 표현할 수 없을 지경이었다. 이제 됐다, 너, 마녀 노파야! 흥분에 휩싸여 생각했다. 드디어 이제 네가 무슨 짓을 하는지 알아낼 수 있다. 이제 너는 나에게서 빠져나갈 수 없어. 이 구멍으로 모든 것을 볼 수 있거든. 누가 너희집에 들락날락하는지 볼 수 있고 네가 꾸미고 있는 술책과 음모를 알아낼 수 있어. 둥지 속에서 담비가 뭘 하고 있는지 알 수 있단 말이야. 이 구멍으로 몰래 감시하면서, 네가 저지르는 범죄의 덫을 알아내고 부숴 버리려는 이 시선을 알 리가 없을걸!

마음이 내킬 때 언제라도 나는 그 벽돌을 뗐다 붙였다 할 수 있었다. 이렇게 나는 그녀를 열심히 감시했는데, 온 관심을 기울여 관찰하고 있는 그녀의 집은 그야말로 끔찍한 장소였다. 이끼로 무성하게 덮인 포석 마당 여기저기에는 진흙투성이의 불결한 구덩이들이 보였고, 한쪽 구석에는 질퍽질퍽한 물웅덩이가 있었는데 이 썩어 가는 물속에서 작은 두꺼비들이 이리저리 뛰어다녔다. 정말 메스꺼운 광경이었다. 또 다른 구석에는 나선형 계단이 나무지붕으로 된 베란다 회랑으로 이어져 있었고, 회랑의 난간에는 닳아 해어진 빨래와 짚으로 만든 매트를 덮는 낡은 시트가 널려 있었다. 이층 왼쪽에는 옆집 부엌으로 통하는 돌로 만들어진 개숫물용 하수구가 있었다. 오른쪽 위 길가를 향하고 있는 창에는 깨어져 여기저기 홈이 있는 몇 개의 화분이 있었고 그 안에는 시들어 빠진 꽃들이 꽂혀 있었다. 모든 것이 완전히 혐오스러웠고, 곰팡이로 뒤덮여 있었고 썩어 문드러져 가고 있었다.

이따금씩 태양이 잠시 길을 잃고 이 우리에 들어왔다가 혐오감을 느끼며 다시 등을 돌렸다. 축축한 그늘이 넓게 퍼져 있었고 낮에는 담장의 틈새를 통하여 겨우 들어온 빛이 벌레 먹은 베란다 회랑과 불결하게 때가 낀 창문을 약하게 비출 뿐이었다. 저기가 정말 박쥐 우리로구나, 저기가 그녀가 편안하게 사는 곳이로구나.

어느 날 내가 이런저런 깊은 생각을 끝낸 순간 그 노파가 나타났다. 시장에서 오는 길이었다. 육중한 문이 삐걱대는 소리가 들렸다. 팔에 커다란 바구니를 들고 있었다. 거친 숨을 몰아쉬며 기진맥진해 있는 것 같았다. 모자의 레이스 장식 끝이 코 위에까지 내려와 걸려 있었다. 한 손은 난간을 잡고 지친 걸음으로 계단을 힘겹게 올라갔다.

아주 덥고 습기 찬 날이었다. 온갖 곤충들이 기뻐서 수많은 구멍에서 날아오르며 기어 나왔고 마치 먼지구름처럼 셀 수 없을 정도로 많은 모기와 파리들이 주위를 빙빙 날아다녔다. 귀뚜라미가 찌륵찌륵 울었고, 말벌이 응응대고, 거미가 그물 위에서 몸을 흔들거나 어딘가 숨어 들어가 먹이를 노리고 있었다. 이 낡은 집 전체가 생명으로 충만해 있었다. 그러나 그것은 공동묘지가 벌레들의 생명으로 가득 찬 모습과 같은 것이었다.

노파는 천천히 베란다 회랑으로 올라갔고 오물 속에서 편안함을 느끼는 돼지처럼 즐거운 얼굴을 하고 있는 것 같았다. 15분 정도 부엌에 머무르다 다시 나와서 걸레 몇 개를 난간에 널더니 계단을 쓸고 한 묶음의 짚을 마당에 던졌다. 그러더니 갑자기 얼굴을 들고 날카로운 눈초리로 모든 이웃집을 올려다보면서 조심스럽게 사방을 살폈다.

확실하지는 않지만 불가사의한 본능이 누군가 그녀를 감시하고 있다는 의심을 자극한 것 같았다. 너무 놀라서 나는 재빨리 벽돌로 구멍을 막았고 그날은 감시관찰을 포기했다.

그러나 다음 날 그녀는 평온을 되찾은 듯했다. 햇빛이 베란다 회랑까지 넓게 뻗쳐 비추고 그녀의 얼굴을 어루만지고 있었다. 그녀는 아주 우연히 파리를 잡더니 사랑스런 표정을 지으며 지붕 구석에 웅크리고 숨어 있던 거미의 그물에 파리를 매달았다.

통통한 배를 가진 커다란 거미였다. 그놈이 천장의 나무판을 하나하나 타고 내려오더니 줄 하나에 매달려 메가이라 (Megaera, 그리스 신화에서 복수의 세 여신 에리니에스 중 하나) 손으로 먹이를 낚아채고 다시 숨어 있던 곳으로 재빨리 사라지는 것이 내가 있는 곳에서도 자세히 보였다. 노파는 길게 찢어진 눈으로 아주 주의 깊게 이 모습을 쳐다보았다. 그러더니 기침을 하면서 기쁨에 찬 큰 목소리로 미친 듯이 외쳤다. "하느님의 축복이 너에게 있을지어다, 뚱보야. 하느님의 축복이 너에게 있을지어다!"

6주가 지나도록 나는 그녀의 음모를 밝혀 낼 수 있는 단서가 될 만한 아무것도 알아내지 못했다. 어떤 때는 의자에 앉아서 감자를 깎았고, 어떤 때는 다시 난간에 빨래를 널었으며, 양말을 뜨거나 바느질을 하기도 했다. 그러나 흔히 마리아를 칭송하는 노래를 하면서 노동의 고됨을 잊는 신앙심이 깊은 여자들과는 다르게 그녀는 일할 때 결코 노래를 부르는 일이 없었다. 그녀의 주위에는 깊은 고요만이 흐르고 있을 뿐이었다.

그녀에게는 늙은 여자에게 친구가 되어 줄 수 있는 흔한 고양이 한 마리도 없었다. 사람들은 참새가 그녀의 지붕 빗물 홈통에 앉아 있는 것을 본 적이 없었다. 그녀의 마당 위에서 맴돌던 비둘기들도 그 자리를 피해 날개를 활짝 펴서 더 높이 날아갔다. 말 못 하는 모든 생물들도 그녀의 모습에 깜짝 놀라 무서워하는 것 같았다. 거미만이 그녀 앞에서 행복을 느꼈다.

내가 얼마나 엄청난 인내심을 가지고 오랫동안 끊임없이 그녀를 감시해 왔는지 나도 놀랄 지경이었다. 아무것도 나를 피곤하게 하지 못했고 모든 것에 신경을 곤두세웠다. 나는 정체를 알 수 없는 공포감에 이끌려 약간의 소음에도 벽돌을 끄집어 뺐고 호기심은 하루하루 커져만 갔다.

멘델레스가 나를 찾아와서 물었다. "플로리안 선생, 도대체 종일 무엇을 하고 있는 거요? 전에는 거의 일주일에 그림 하나를 건네주더니 이제는 한달 내내 새 그림 한 장 볼 수 없으니. 아이고, 당신들 화가들이란! 옛말이 하나도 틀린 데가 없소이다. 화가처럼 게으르다! 주머니 속에 몇 푼의 그로셴이 들어오자마자 손가락 하나 까딱 않고 안락의자에 앉아서 졸기나 하고!"

나는 점점 인내심을 잃어 갔다. 모든 감시와 염탐 행위는 아무 소득이 없었다. 혹시 노파는 내가 짐작했던 것만큼 사악하지도 않고 위험한 사람이 아니고 나의 의심에는 근거가 없는 것이 아닐까라는 생각마저 들었다. 간단히 말해 내가 그녀에게 몹쓸 짓을 한 것 같은 기분이 들었다. 그러나 어느 날 밤 다락방에 서서 그러한 호의적인 생각을 하면서 건너편 마당을 보고 있을 때 갑자기 이상한 발걸음에 깜짝 놀랐다.

나는 그 노파가 전에 없이 서두르며 베란다 회랑으로 급히 올라가는 것을 보았다. 전혀 다른 모습이었다. 몸을 꼿꼿이 펴고, 목을 곧게 세우고, 턱을 바짝 당기고, 눈을 크게 뜨고, 발걸음은 경쾌해서 목덜미에 걸린 엉클어진 회색머리가 생쥐의 꼬리처럼 떨리고 있었다. 잘 봐, 내가 중얼거렸다. 무엇인가 이상한 일이 일어나고 있어. 잘 봐, 잘 봐! 곧 밤의 그늘이 집 전체를 감쌌다. 거리의 소음이 금방 사그라들었고 무덤 같은 고요가 근처 일대를 감쌌다.

두려워하며 우려했던 공포심이 다시 머리를 들었다. 박쥐 노파가 갑자기 왜 바빠졌는지 알 것 같았다. 새로운 먹잇감의 냄새를 맡은 것이었다.

이날 밤, 나는 잠을 잘 수 없었다. 짚으로 만든 매트가 아주 불편했고 내 몸을 자극했다. 생쥐들이 대들보 아래를 갉는 소리가 들렸다. 오한이 일었다. 나는 침대에서 일어났고 지붕 창으로 다가가 귀를 기울었다. 건너편 불이 꺼졌다. 그 순간 소스라치게 놀랐다. 착각인지 현실인지 알 수가 없었고 마치 늙은 메가이라가 창가에 서서 길거리의 소음에 귀를 기울이는 것 같았다.

밤이 지나 아침이 밝아 왔고 아침 이슬이 창문을 적셨다. 마을 전체가 다시 활기를 띠기 시작했고 상인과 수공업자들의 거래 소리가 커지기 시작했다. 심신의 쇠약과 흥분 때문에 나는 다시 잠에 빠져들었으나 잠시뿐이었다. 여덟 시쯤 나는 다시 일어났고 다락방의 감시구멍으로 갔다.

사실이었다. 내가 확신한 대로, 박쥐도 마찬가지로 불안한 밤을 보냈다. 베란다 회랑으로 나온 그녀의 얼굴이 목까지 온통 끔찍하게 창백한 것을 보았다. 셔츠 하나만 걸친 채 짧은 모직 저고리를 입고 있었다. 꼬아서 땋은 회색 머리에서 삐져나온 가닥들이 어깨까지 흘러내렸다. 꿈을 꾸는 듯이 깊은 생각에 빠져서 내 다락방 쪽을 올려다보았으나 그녀는 나를 보지 못했다. 그녀는 다른 생각에 빠져 있었다. 갑자기 슬리퍼를 층계 위에 세워 둔 채 그녀가 아래로 내려갔다. 의심할 바 없이 대문이 잘 잠겨 있는지 확인하려는 것이었다. 그러나 그녀가 극도로 흥분한 상태로 걸을 때마다 두 세 개의 계단을 한꺼번에 오르내리다 다시 돌아왔을 때는 두려운 표정을 짓고 있었다. 위에서 옆방으로 사라지더니 마치 커다란 궤짝을 열었다 다시 뚜껑을 내리닫는 듯한 소리가 났다. 잠시 후 그녀는 사람 키만 한 인형을 끌면서 베란다 회랑에 나타났는데, 그 인형은 프란체스코 수도원에 들어가려고 했던 크루딤 출신 학생의 옷을 입고 있었다.

노파는 그 소름 끼치는 인형을 베란다 회랑 위에 있는 대들보의 못에 걸더니 마당으로 내려가 아주 흡족한 표정으로 그 목맨 인형을 자세히 보았다. 목을 그르렁대며 껄껄 웃을 때 가슴이 흔들렸다. 그녀는 다시 한번 뛰어 올라가더니 다시 마당으로 뛰어 내려왔다. 그때마다 미친 사람처럼 메아리쳐 퍼지는 웃음을 터트렸다.

문에서 이떤 소리가 들렸다. 노파는 깜짝 놀라 뛰어 올라가더니 그 인형을 못에서 떼어 가지고 들어갔다. 곧이어 다시 나오더니, 목을 길게 뽑고 날카로운 눈초리로 난간에 몸을 숙이고 귀를 기울였다. 소음이 멀어졌다. 그녀의 얼굴에서 겁먹은 표정이 사라졌다. 그녀는 이제 안심하며 안도의 숨을 쉬었다. 집 앞을 지나는 한 대의 마차에 불과했던 것이다. 분명히 그녀는 겁을 먹고 있었다.

그녀는 다시 옆방으로 들어갔고 궤짝을 열었다 다시 닫는 소리가 또렷하게 들려왔다. 이 괴상한 장면이 내 온전한 판단력에 온통 혼란을 주었다. 이 인형은 도대체 뭐지? 가끔 화가들이 주름살 모양을 제대로 공부하기 위하여 직물이나 옷감을 달아 사용하는 인형에 불과하잖아. 단지 밀랍 얼굴을 가진 인형, 손발이 달린 인형 말이야. 나는 이제 전보다 더 주의 깊게 감시를 하게 되었다.

다음 날 박쥐는 아침 일찍 커다란 바구니를 들고 집을 나갔다. 나는 그녀가 모퉁이를 돌아 사라질 때까지 지켜보았다. 그녀는 이제 다시 다리를 저는 노파의 모습이었다. 질질 끌듯 힘겨운 발걸음으로 움직였고, 가끔 누가 자신을 미행하고 있는지 곁눈질로 살피기 위하여 머리를 반쯤 돌리곤 했다.

그녀는 다섯 시간 동안, 아주 오래, 집 밖에서 머물렀다. 나는 조급해졌고, 신경이 곤두섰고, 이 오랜 시간을 참을 수 없었다. 태양이 내 머리 위 슬레이트 지붕을 달구었고 열기가 내 머리를 짓눌렀다. 감시구멍으로 가서 박쥐의 집을 보다가 채광창으로 가서 건너편 저 너머 여관을 보았다.

세 사람이 목을 맨 그 방의 창가에 어떤 사람이 서 있는 것을 보았다. 나중에 들은 바에 의하면 그는 시골 멋쟁이였다. 부드바이스 출신의 양조업자로 머리 위에 커다란 삼각모자를 쓰고 있었고 몸에는 빨간색 우단 조끼와 금단추가 달린 파란 저고리를 입고 있었다. 명랑한 웃는 얼굴에 살찐 남자였다. 그는 아주 조용히 울름산 파이프를 피우고 있었고 자신에게 재앙이 닥치리라고는 전혀 생각하지 않았다. 순진한 사람이여, 건너편 노파가 당신을 홀리지 않게 조심하시오! 조심해! 나는 그렇게 외쳐 알려주고 싶었다. 그러나 그런다 해도 그는 내 말을 믿지 않았을 것이다.

오후 두 시쯤 되어서야 노파가 돌아왔다. 문이 끼익 하는 소리를 내며 열리는 소리를 들었다. 조용히, 아주 조용히 그녀는 마당으로 들어와서 계단 맨 밑에 앉았다. 커다란 바구니를 앞에 놓고 몇 다발의 채소를 꺼낸 다음 빨간 조끼, 커다란 삼각모자, 금단추가 달린 파란 저고리, 갈색 바지, 몇 개의 모직 양말을 꺼내 놓았다. 그러니까 간단히 말해 지금 '로텐 드라헨'에서 숙박하고 있는 부드바이스 출신의 양조업자의 옷과 아주 똑같았다.

나는 마비된 것처럼 그 자리에 서서 보고 있었다. 눈앞이 아득해지고 캄캄해졌다. 고민하지 말고 안으로 뛰어들라고 사람을 유혹하는 우물을 흙으로 메워 버린 이야기며, 자살하려는 사람에게 가지들을 내밀어 충동질하는 나무들을 잘라 버린 이야기 등, 거역할 수 없는 마력으로 사람을 유혹하는 끔찍한 이야기들이 떠올랐다.

한동안 근원도 없이 사회 현상으로 나타났던 자살하고 싶은 충동, 잔인하게 사람을 죽이고 싶은 충동, 끔찍한 강도짓을 하고 싶은 충동을 일으키게 하는 힘에 관한 이야기들이 생각났다. 어떤 사람이 하품하는 것을 보면 나도 하품하고 싶고, 누군가가 몹시 괴로워하고 고민하면 나도 몹시 괴로워하고 고민하고 싶고, 누군가가 자살하면 나도 자살하고 싶은 모방충동이 있다는 것이 생각났다……. 이런 생각을 하자 섬뜩하게 무서워지면서 머리카락이 곤두섰다.

그러나 저 박쥐노파가, 저 혐오스럽게 못된 여자가 이렇게 심오한 자연의 법칙을 알 수 있었을까? 자신의 피비린내 나는 충동과 강렬한 욕망을 해소할 수 있는 이 법칙을 어떻게 알아냈을까? 이 수수께끼 같은 의문에 나는 대답할 수 없었다. 그것은 나의 이성과 사고의 한계를 훨씬 뛰어넘는 것이었다. 그 질문에 대한 대답에 더 이상 신경을 쓰지 않기로 마음을 고쳐먹은 그 순간 노파의 함정에 노파 자신이 걸려들도록 이 치명적인 법칙을 내가 이용하기로 마음먹었다. 죄 없이 죽은 많은 희생자들이 복수를 외치고 있었던 것이다!

망설임 없이 계획을 짠 후, 나는 내 생각을 실행하기 위하여 필요한 물품을 사려고 집을 나섰다. 나는 성 갈루스와 유대인 마을에 있는 유대인 중고시장을 찾아갔다. 그리고 필요한 모든 물건을 구입해서 저녁때쯤 커다란 꾸러미를 팔에 끼고 '로텐 드라헨' 여관으로 돌아왔다.

여관 주인 미쿨라슈 보우다 노인은 오래전부터 나를 잘 알고 있었다. 튼실하고 수다쟁이여서 동네 전체가 잘 알고 있는 부인의 초상화를 내가 그려 준 적이 있었다.

"어이구, 놀래라. 여기는 웬일이슈, 플로리안 선생!" 보우다가 깜짝 놀라 악수를 하면서 인사를 했다. "정말 반갑소, 반가워요!"

"존경하는 보우다 씨, 나는 저 방에서 꼭 하룻밤을 묵고 싶은데요." 우리는 이제 막 여관의 복도에 서 있었고 나는 그 초록색 방을 가리켰다.

사람 좋은 보우다 씨는 못 믿겠다는 표정으로 나를 보더니 화를 내며 헛기침을 해댔다.

"걱정 마세요. 저기서 목맬 생각은 없으니까요." 나는 쾌활하게 말했다.

"아, 그렇다면, 좋소이다. 아주 좋아요!" 보우다가 큰소리로 말했다. "솔직히 말해, 선생님이 부탁했을 때 약간 놀랐소, 플로리안 선생. 선생님 같은 유명한 예술가가 혹시…… 그런데 언제 방을 쓰실 거요?"

"오늘 밤이요." 내가 말했다.

"그건 안 돼요. 방이 찼어요." 보우다가 대답했다.

"그분, 지금 곧바로 그 방 사용하라고 하세요." 깊고 낮은 음성이 뒤에서 들려왔다. "난 더 이상 이 방에 머물고 싶지 않소."

우리는 깜짝 놀라 당황하며 뒤돌아보았다. 삼각모자를 쓰고, 금단추가 달린 파란 저고리를 입은 부드바이스 출신의 양조업자가 거기 서 있었고, 어깨 위 지팡이에는 보따리가 걸려 있었다. 그는 여관에서 세 명이 목매달아 죽었다는 끔찍한 이야기를 방금 전에 들었고 분노와 흥분으로 어쩔 줄 몰라 하며 온몸을 떨고 있었다.

"당신이 여기서 영업하는 이런 방들," 그가 흥분으로 떨리는 목소리로 소리쳤다. "이런 방들은 벌써 태워 없앴어야죠. 여기서 손님들을 묵게 하는 것은 살인이오. 그것도 고의적 살인행위란 말이오! 당신, 교수형에 끌려가도 할 말 없어!"

"진정해요, 선생." 보우다가 소리 질렀다. "내가 아는 바로는 선생은 그 방에서 푹 잘 잤고 편안하게 잘 일어났지 않았소."

"뭐, 그렇기는 하지만." 상대방이 말했다. "그건 내가 잠들기 전에 기도를 했기 때문이오. 만약에 그렇게 하지 않았더라면, 이 방의 악마가 아마 나를 목매달아 죽게 했을 거요." 말을 끝낸 그는 '로텐 드라헨' 간판 앞에서 가슴에 성호를 긋고 사라졌다.

"좋소, 당신과는 끝이오." 보우다가 성질을 내며 말하고는 나를 바라보았다. "방이 비었소. 그러나 부탁하는데, 제발 그 방에서 끔찍한 짓은 하지 마시오!"

"안심하고 내려가세요, 보우다 씨. 그런 일은 없을 거예요." 나는 조용히 대답하면서 그의 손을 잡았다. "반대로 내가 그 악마를 물리칠 거예요."

나는 하녀에게 꾸러미를 넘겼고 여관 아래 술집에서 잠시 쉬면서 한 모금의 와인으로 원기를 돋우었다. 나는 아주 평온한 기분을 느꼈으며, 그것은 오랫동안 느껴 보지 못했던 즐거움이었다. 그렇게나 오랫동안 편안하지 못했고, 불안, 절망, 불확실한 추측으로 인한 격심한 중압감이 사라진 지금, 모든 것이 확실해졌고, 이제야 정해진 목표에 가까이 다가왔고 비밀스런 힘이 손을 내밀어 나를 도울 거라는 상당한 자신이 있었다.

나는 파이프에 불을 붙이고 팔꿈치를 탁자 위에 올려놓았다. 내 눈앞에 와인 한 병을 놓고 반쯤 감긴 눈으로 유랑 악사들이 그 당시 유명했던 희가극 '류트(14-17세기에 유행했던 기타와 유사한 일종의 현악기) 장인과 유쾌한 매력'을 반주하며 노래하는 소리에 귀를 기울였다. 이 노래는 이미 '보우다' 라고 부르는 말시장에 있는 체코 목조극장에서 수없이 많이 상연되었던 곡이었다. 그래서 여관 주인도 이 이름에 호의를 보이고 그 극장을 방문하는 시혜를 베풀었다. 지나간 일들에 대한 생각에 잠겨 내 앞에 놓인 과제를 잠시 잊었고 자주 머리를 들어 뻐꾸기 시계를 보며 의혹 해결에 종지부를 찍을 시간이 되었는지를 확인했다. 시의 경관이 와서 폐점시간을 알리면서 하느님의 이름으로 예의 바른 시민답게 집에 돌아가라고 손님들에게 요구했다. 모두 그렇게 했고 나도 일어났다. 그리고 바루슈카를 불러 나를 초록방으로 데려다 달라고 했고, 그녀는 내 앞에서 타오르는 촛불을 들고 성큼성큼 걸으면서 나를 그리로 안내했다.

3

우리는 3층으로 올라갔다. 바루슈카가 문을 가리키면서 겁먹은 목소리로 속삭였다. "여기 이 방이에요!" 그리고 자신 앞에 나타난 유령이 무서워 피하듯 계단을 뛰어 내려갔다.

나는 문을 열고 안으로 들어섰다. 다른 여관들의 여느 방들과 다름없는 똑같은 방이었다. 낮은 천장, 높은 침대, 얼마 안 되는 가구, 거울 하나가 전부였다. 방 전체를 이리저리 살펴본 다음 창문으로 다가갔다. 건너편 박쥐의 집은 아무것도 보이지 않았고 방의 뒤쪽 구석에 작은 불꽃이 흔들리고 있었다. 침실용 작은 등불이 틀림없었다.

좋아. 나는 결의에 차서 말했다. 시간은 충분하니 이 기회를 확실히 잘 이용해야지. 나는 커튼을 내렸다.

나는 유대인 가게에서 산 옷가지가 들어 있는 꾸러미를 풀어서 하나하나 끄집어냈다. 먼저 넓은 레이스 장식이 달린 모자, 당나귀 귀나 박쥐 날개 모양을 한 리본을 꺼내 그 모자를 내 머리에 썼다. 그런 다음 작은 화장 케이스를 꺼내고 거울 앞에 촛대를 놓은 다음 기억 속에 잘 남아 있는 건너편 집 노파의 얼굴과 똑같이 창백하고 주름이 가득한 화장을 하기 시작했다. 이 일에 나는 약 한 시간을 소비했다. 옷을 입고 어깨 위에 기다란 빨간 목도리를 둘렀을 때, 나는 거울 앞에서 소스라치게 놀랐다. 박쥐노파가 나를 향해 얼굴을 찡그리며 이를 드러낸 채 웃고 있었다.

그 순간 야경꾼이 열한 시를 외쳤다. 나는 가져온 인형에 급하게 옷을 입혔다. 노파가 입고 다녔던 옷을 인형에 입혔고 그녀의 얼굴 모습과 비슷한 가면을 나무막대에 단 후 창의 커튼을 올렸다.

그 노파의 사악한 술책, 간계, 그리고 노련함을 전부 잘 알고 있었기 때문에, 두려워할 것이 더 이상 아무것도 없을 거라고 생각했음에도 불구하고 공포심이 엄습했다. 내가 관찰했던 건너편 노파 방의 불빛은 그 자리에서 꼼짝하지 않았고 단지 침대 옆에 무릎을 꿇고 있는 부드바이스 출신의 양조업자 인형 위에 노란 빛을 비추고 있었다. 삼각모자를 쓴 머리를 가슴에 닿을 정도로 숙이고 양손을 아래로 축 늘어뜨리고 있었다. 마치 설망 속에 빠져 있는 것처럼.

악마의 술책이 불러낸 어두운 그늘로 인해 인형의 겉모습은 더 이상 알아볼 수 없었다. 어스름 속에서 빨간 조끼의 윤곽과 반짝반짝 빛을 내고 있는 단추만이 두드러졌다. 그러나 무덤 속처럼 고요한 밤의 침묵과 공포 앞에 마비되어 전혀 미동도 하지 못하고 있는 듯한 인형의 모습, 간단히 말해 이 모든 장면이 풍기는 소름 끼치는 분위기가 거역할 수 없는 몽환

속으로 빠지게 했다. 그리고 나는, 노파의 계획을 꿰뚫어보고 있음에도 불구하고, 나는 오싹한 기운을 느끼며 마치 사시나무 떨듯이 떨고 있었다. 부드바이스 양조업자가 재수 없게 이 시간에 갑자기 이 인형을 보고 깜짝 놀랐다면, 그 다음 무슨 일이 벌어졌을까? 아마 순식간에 자신의 의지를 상실한 채 모방충동에 빠져 그 짓을 했겠지.

커튼을 완전히 올리자 박쥐노파가 창문 뒤에 숨어 있는 것이 보였다. 그녀는 나를 볼 수 없었다. 나는 천천히 창문을 열었다. 마찬가지로 반대편 창문도 천천히 열리고 있었다. 잘 차려 입은 인형이 건너편에서 서서히 나타나 내 쪽으로 천천히 다가왔다. 나도 등불을 손에 들고 그 인형에 다가갔으며 다른 손으로 창문을 활짝 열었다.

그 노파와 나는 서로 얼굴을 마주한 채 서 있었다. 갑자기 너무나 놀란 나머지 그녀는 손에서 인형을 떨어뜨려 버렸고 우리의 눈이 마주쳤고 둘 다 서로 경악하며 깜짝 놀랐다.

그녀가 손가락 하나를 들었다. 나도 손가락 하나를 들었다. 그녀가 턱을 흔들었다. 나도 턱을 흔들었다. 그녀가 그렁거리는 신음을 내며 바싹 창 앞으로 다가왔다. 나도 바싹 창 앞으로 다가갔다.

전율과 함께 소스라치는 이 광경을 나는 말로 다 설명할 수 없다. 무의식적 광란, 분노스러운 당황, 곧 발광의 모습이었다. 서로 상대방을 쓰러뜨리려는 두 사람의 격렬한 의지, 두 사람의 두뇌, 두 사람의 영혼의 싸움이었다. 그러나 희생자 세 명의 영혼이 나와 함께 싸우고 있었기 때문에 내가 유리한 싸움이었다.

나는 한동안 노파의 모든 몸동작을 흉내 내며 따라하다가 옷 속에서 밧줄 하나를 꺼내 쇠철봉의 한쪽 끝에 묶었다.

노파는 턱을 덜덜 떨면서 나를 쳐다보았다. 나는 밧줄의 다른 쪽 끝을 목에 걸었다. 그녀는 표독한 눈을 크게 뜨더니 온몸을 떨었다.

"아니야! 절대! 아니야!" 그렁거리며 노파가 소리를 질렀다.

망나니처럼 무덤덤하게 나는 사형집행을 계속했다.

"이 미친년아!" 그녀가 다시 실성한 듯이 소리 지르면서 창문 위로 훌쩍 올라가더니 창문 위에 있는 쇠철봉을 움켜잡았다.

나는 그녀에게 정신 차릴 틈을 조금도 주지 않았다. 나는 촛불을 끈 후에 창문에서 뛰어내리려는 사람처럼 허리를 구부리고 노파로 분장시킨 인형을 휘어잡은 다음 내 목에 걸렸던 밧줄을 인형의 목에 걸어 쇠철봉 아래로 던졌다.

끔찍한 비명이 거리에 크게 울려 퍼졌다.

그 비명이 멎자 다시 깊은 침묵이 찾아왔다.

이마에서 땀이 흘렀다……. 나는 귀를 기울였다. 약 15분이 흘렀다. 저 멀리, 아마 프란체스코 수도원쯤의 거리에서 야경꾼의 나팔 부는 소리와 희미한 노랫소리가 들렸다. "들어 봐.

너희들, 내 말 들어. 시계가 이제 막 열두 시를 쳤어!"

"봐, 정의가 이겼어!" 나는 거칠게 숨을 몰아쉬며 외쳤다. "희생된 세 사람의 죽음을 갚았어! 용서하세요, 하느님!"

야경꾼이 자정을 알리고 약 5분이 지나서 나는 그 늙은 메가이라를 쳐다보았다. 너무나 유사한 가짜에 현혹되어 창문에서 뛰어내린 그녀는 목에 밧줄을 걸고 '슈바르첸 무터고테스'의 쇠철봉 아래 흔들흔들 흔들리고 있었다. 고요한 달이 구름을 뚫고 지붕 위로 나타나서 그 끔찍한 시체 위에 창백하고 차가운 빛을 비추고 있을 때, 나는 작아져 사그라든 그녀의 몸에서 일어나는 마지막 경련, 끔찍한 사투를 보았다.

이렇게 나는 크루딤에서 온 학생의 죽음을 목격했고, 또 이렇게 '박쥐'라고 불린 노파의 죽음을 보았다.

다음 날 프라하 전체가 떠들썩했다. 프란티셰크 강변의 '슈바르첸 무터고테스' 집의 주인, 그 경건한 노파가 성모 마리아 간판 아래에서 성모 마리아의 영광을 위하여 목매달아 죽었기 때문이었다.

악령

Zlý duch

페트르진의 성모 마리아 교회는 페트르진 산 기슭에 있다. 교회의 뒤에는 아름다운 산등성이가 근사한 배경을 이루고 있다. 사계절 내내 그 어떤 유명한 화가의 그림보다 더 아름다운 배경이다. 봄에는 푸릇푸릇한 초원이 빛나고, 초목의 하얀 꽃이 보송보송한 머리를 내민다. 모든 것이 환호하며 노래를 부른다. 초여름에 싱모 미리아 교회는 우단 같은 연초록의 배경색을 띠고 여름이 깊어질수록 짙은 초록색이 된다. 교회의 날씬한 탑이 초록색을 꿰뚫고 항상 당당하고 힘차게 솟아 있다. 그러나 그 탑의 원형 지붕은 물오른 초록 속에서 길을 잃고 있다.

가을의 모습은 색깔이 하도 다양해 감탄이 절로 나오게 된다. 온갖 꽃들이 노랑, 황금, 핏빛 루비 색깔을 띤다. 교회 탑의 회색 지붕은 금 빛깔의 배경에서 다시 한층 당당하게 모습을 드러낸다. 페트르진 산의 금 빛깔이 점점 희박해지다가 완전히 사라지면 눈이 내린다. 언덕이 은색으로 변하면, 이 은색의 산 전면으로 승리에 빛나는 성모 마리아 교회 탑의 불룩한 회색 지붕이 당당하고 아름다운 표정을 지으면서 사계절 중 가장 아름다운 자태를 뽐내게 된다.

50년 전 그 당시, 종지기가 아침마다 다섯 시에 이 탑에서 종을 쳤을 때, 길게 쳤을 때, 평소와 다르게 이상하게 길게 쳤을 때, 그때도 하얀 겨울이었다.

어린 시절의 기억 속에서 나는 아버지가 어떻게 내 앞에서 초롱 속의 수지양초에 불을 붙이고 종을 치기 위해 어둠 속에서 조용히 교회로 가는지 아직도 생생하게 볼 수 있다. 그 당시 아버지가 어두운 밤과 어슴푸레한 겨울 아침의 문턱에서 길게 종을 치기 전, 아버지가 불을 밝힐 때, 그 초롱불이 나를 깨웠을 것이다. 우리 모두는 교회 옆에 단 하나밖에 없는 습기 찬 작은 방에서 잠을 자고 있었다. 성모 마리아 교회의 교회지기는 큰 집이 없었다.

기다란 통로를 거쳐 아버지는 커다란 제단 뒤에 있는 벽으로 갔고, 거기 어두운 구석에서부터 높은 종까지 계단이 뻗어 있었다. 겨울에, 그리고 밤의 암흑 속에서 가파른 계단을 오르기란 아주 괴로운 일이었다. 초롱불이 두 개나 세 개의 목재 발판, 난간 일부, 그리고 거미줄로 뒤덮인 벽을 비추고 있었을 뿐, 주위는 온통 칠흑 같은 어둠뿐이었다. 흐릿한 수지 양초 빛은 매우 약했고, 벽 위로 떨어져 잦아든 그림자가 불빛을 흩어지게 했다. 속 빈 탑의 구석마다 그림자가 불쑥 솟아오르는가 하면 곧 사라지곤 했다. 그러나 잠시 후 그림자는 또 다시 기어 나와 다가왔다. 마치 계단을 오르는 사람을 계단에서 밀어 떨어뜨리거나 꿀꺽 삼켜 버릴 듯이.

모든 것이 어두움 속에 가라앉아 있을 때 교회 탑에 있으면 얼마나 등골이 오싹한지 나는 어린 시절의 기억으로 잘 알고 있다.

물론 종지기는 두려워하지 않았다. 교회 안과 교회 옆에 묻혀 잠들고 있는 사람들이 산 사람보다 더 얌전하다고 아버지는 말했다. 그는 죽은 사람들을 무서워하지 않았고 그들 모두와 신비한 친교를 맺고 있었다. 교회 아래 열린 관 속에 누워 있는 카르멜파 수녀와 수사들 모두를 잘 알고 있었고, 그들을 지켜 주려는 듯 옆에 조용히 누워 있는 기사들도 잘 알고 있었다. 그는 그들 모두를 잘 대해 주었다. 호기심이 강한 방문객을 지하묘로 안내해야 할 때마다 그는 우울해졌다. 죽은 이들은 경건한 영면을 원하기 때문이라고 했다.

50년 전 어느 어두운 겨울날 새벽 아버지는 종을 길게 쳤다. 너무 길게. 로한스의 마부는 첫 번째 종소리에 일어나 그의 커다란 빨간 코를 닦고 옷을 입었으며, 두 개의 작은 통에 물을 담아 마당에서 마구간으로 날랐다―나의 아버지는 아직도 종을 치고 있었다.

영주의 하인은 더 자고 싶었으나 종소리가 도대체 멈추려 하지 않자 극도로 화를 내면서, 그리고 웬일인가 하면서 잠자리에서 기어 나와 역시 옷을 입었다. 하인과 마부는 이구동성으로 종지기가 미쳤다고 말했다.

영지 옆, 평지에 살고 있는 구두장이도 같은 의견이었다. 그는 벌써 한참 전부터 무두질을 멈추고 빛나는 교회 지붕을 보며 저 성실한 남자가 정신이 나간 것은 아닐까 하고 생각했다.

독일 중고등학교의 관리인과 하녀들은 벌써 여덟 시에 난로에 불을 때고 있었고, 이제 비록 소리가 한층 약해졌고, 타종 소리가 좀 전처럼 우렁차고 빠르지는 않았으나, 탑의 종은 여전히 몸을 흔들며 소리를 울리고 있었다.

이 기다란 종소리에 놀라지 않은 것은 오직 우리 집, 교회지기 집뿐이었다. 아버지와 함께 일어났던 어머니는 급히 어제 남은 아침 커피를 데웠고 어떤 귀족의 집에서 빨래일을 하기 위해 꼭두새벽에 집을 나갔다. 그리고 우리, 아이들은 종소리에는 신경도 안 쓰고 잠을 자고 있었다.

그 사이 탑 위의 종지기, 나의 아버지에게는 안 좋은 일이 일어나고 있었다. 종을 치기 시작해 무쇠추에 최초 타격이 가해졌을 때 그는 누군가 자기 머리를 때리는 것을 느꼈고 그 순간 초롱불이 치지직 소리를 내며 꺼졌다. 수지양초의 짙은 연기가 잠시 탑을 채웠다.

누가 나를 때렸지, 누가 초롱을 껐지 하고 생각하기도 전에 아버지는 두 번째, 세 번째 비껴가듯 윗머리를 가격당했다.

가격은 세지도 않았고 아프지도 않았으나 어둠 속에서 보이지 않는 손에 맞는 것이어서 오싹하고 섬뜩했다. 소스라칠 공포가 그를 단단히 사로잡았다. 아버지는 손에서 줄을 놓아서는 안 되고, 쉴 새 없이 종을 쳐 대는 것이 유일한 방어수단이라고 생각했다. 종은 신성한 물건이야, 종은 성스러워, 이 종은 악령이 인간에게 해를 끼치지 못하도록 할 거야, 악령은 종 앞에서 물러날 거야, 종이 어둠 속으로 악령을 몰아낼 거야, 그가 온 곳으로.

그런데 그가 왜 나타난 거야?

이 가난한 종지기가 그 유령에게 무엇을 했다고, 악마를 부추겨 오게 할 무슨 이유가 있다고. 무슨 짓을 하려고?

종지기가 지금 공포에 떨고, 벌을 받고, 심지어 목 졸려 죽을지도 모를 정도로 죄를 지었나?

아, 맞다. 종지기가 욕설을 했었다. 어제 그는 심하게 욕설을 했다. 교회에서 신랑이 신부 아버지더러 모든 비용을 내라고 했고, 그 부자 신사는 종지기에게 다섯 개의 젝서(Sechser, 프로이센의 동전. 5페니의 가치가 있었던 동전)를 주었으나 그중 하나는 위조된 것이었고, 하나에는 구멍이 뚫려 있었다. 그때 그 종지기는 욕설을 퍼부었다. 물론 교회에서가 아니라 집에서 그랬다. 종지기는 욕설을 하면 안 된다. 하지만 사실 그 악령은 사기당한 이 종지기에게 오지 말고 그 신사에게 가야 하는 것 아닌가?

그때 다시 한 번 등에 일격이 가해졌고 두 번째 가격이 목에 가해졌다. 뼛속까지 한기가 관통했고 이어서 달구어지듯 뜨거워졌다.

그는 밧줄을 두 손으로 움켜잡고 종을 치고, 또 쳤다.

아마 이 귀신은 사악하지 않은 것 같군. 아주 나쁜 귀신은 아닌 듯해. 그의 구타가 죽을 정도는 아니잖아. 이런 생각이 아버지의 머리를 스쳤다. 그러나 곧바로 그는 그 생각을 떨쳐 버렸다. 종소리가 없으면 악령이 그를 치명적으로 구타할 것이라고 믿는 듯. 종이 사람을 보호한다. 종은 영혼을 가지고 있다. 종은 말을 하고 외친다. 종 속에는 하느님의 음성이 깃들어 있다. 아버지는 아주 빨리 필사적으로 종을 쳤다. 이전에는 어둡고 끔찍한 이 순간만큼, 이렇게 종소리를 잘 이해해 본 적이 한 번도 없었다고 생각했다.

그리고 보이지 않는 손이 다시 일격을 가했다. 따귀를 때렸다.

하, 어쩌면 이것은 불쌍한 영혼이 아닐까. 때리는 것이 아니고 열렬히 구원을 비는 것이 아닐까?

그러나 하필이면 왜 지금 종을 치는 사람에게 의뢰하는 거지?

아버지는 골똘히 생각했다. 누구의 죄 지은 영혼인가. 그리고 한기가 다시 그를 엄습했고 통증을 가했다. 누구일까?

의심할 바 없이 자기 아들을 성직자가 되도록 강제해서 불운한 사람으로 만든 리슈카겠지.

그때 갑자기 거대한 몸체가 종지기를 종에서 밀어내려고 하는 것 같았다. 이제 구타는 뒤에서, 옆에서 날아왔다. 첫 번째 가격이 턱에 가해졌고 아버지는 가슴 위에 육중한 압박을 느꼈다. 그러나 단지 짧은 순간만 그랬을 뿐, 압박은 불가사의하게 다시 사라져 버렸다.

아버지는 다시 성스러운 종의 줄을 더욱 힘주어 잡았다. 거의 동공이 눈에서 빠져나올 것처럼 눈을 크게 뜨고 앞을 응시하며 어둠을 뚫어지게 보았다. 수많은 땀방울이 이마에서 떨어졌고, 모자를 쓰지 않은 머리의 머리카락은 곤두서 있었다. 물론 무엇보다도 비어 있는 탑 위의 바람 탓이기도 했지만 역시 공포 때문이기도 했다.

아아, 내가 뭘 어쨌길래. 내 처와 아이들은 앞으로 어떻게 될까. 아냐, 아무 일도 없을 거야. 귀신은 죄 없는 사람의 목숨을 빼앗을 능력이 없어. 빨리 사라져 버려. 너희들 손 치워. 종소리가 약해지지 않도록. 종은 성스러운 영혼을 지니고 있어.

그 순간 양 미간으로 일격이 가해졌다.

가장 강력한 일격이었다. 눈은 다치지 않았으나, 눈 아래가 축축했다.

아마 피겠지.

아버지의 무릎이 꺾어지려 했고 다리가 떨리고 몸이 무너지려 했다. 아마 그러한 강력한 일격이 한 번 더 가해졌다면 아버지는 종의 줄을 놓아 버렸을지도 몰랐다. 그러나 더 이상의 가격은 없었다. 아무 일도 일어나지 않았다. 전혀 아무 일도 일어나지 않았다.

아버지는 그러나 쉬지 않고 종을 울렸다. 그의 손은 기진맥진했고, 종의 추도 그랬다. 필사적인 마음에서 치기 시작한 타종이 점점 느려졌다. 그러나 한참 동안이나 더 이상 아무 일도 일어나지 않았음에도, 아버지는 종을 치고 또 쳤다.

아버지는 반 걸음 옆으로 물러났다. 그의 발이 어떤 물체를 스쳤다. 그는 몸을 움츠렸다. 발 치워. 그러나 그가 발로 디뎠던 그 자리에서는 아무런 움직임이 없었다.

얼마 지나지 않아 그는 다시 발로 더듬어 보았다. 그는 어떤 몸체를 느꼈다. 부드러운 몸체였다. 종의 추는 이제 종의 한쪽 면에만 부딪치고 있었고 종은 이제 더 이상 울리고 싶지 않은 듯 덩그렁대고 있었다.

짙은 어둠은 그 사이 페트르진 산 위로 물러가 있었고 탑 안에는 희미한 어스름만이 남아 있었다. 얼마 지나지 않아 날이 밝았다. 아버지는 반쯤 남은 어스름 속에서 부숴져 나뒹구는 초롱과 그 옆에 죽어 있는 커다란 육식조, 매를 발견했다.

매는 머리가 깨져 터진 채로 거기 누워 있었다.

멍청한 놈. 그 새는 자주 탑 위에서 잠을 잤던 모양이었다. 잠을 자기에 안전한 장소였던 것이다. 오늘 첫 번째 타종이 그를 놀래 깨웠고, 두려움에 날아올랐고, 종의 추가 그의 머리를 깨뜨려 버렸다.

그곳에 그놈이 쓰러져 있었다.

긴, 그 가장 길었던 아침 타종이 끝났다. 아버지는 깨진 초롱을 들고 습기 찬 방으로 돌아왔고, 한참이 지나서야 왜 오늘, 이 겨울 아침에 캄캄한 새벽부터 동이 틀 때까지 종을 쳤는지를 고백했다.

스바토플루크 체흐_ Svatopluk Čech

외투 논쟁

Beseda kabatů

"쉿! 무넬레스 교부가 시나고그(유대교 회당)에 간다!"

"벌써 상점을 나갔어!"

"쇠문고리가 덜커덩, 열쇠가 철컥! 오, 하느님 감사합니다. 드디어 마음껏 떠들 수 있겠네."

고물상 매장 안에 걸린 외투들과 저고리들이 이렇게 속삭였다. 실 잃은 햇빛이 이웃집들의 높은 담장을 넘어 먼지로 뒤덮인 고물상 격자 창문으로 조심스럽게 뚫고 들어와 갖가지 잡동사니 더미를 비추었다. 모양, 상태, 그리고 수명이 제각각인 외투들과 저고리들이 거미줄로 덮인 어두운 천장 아래 못과 옷걸이에 매달려 있었다.

"때가 때이니만큼 마침 한 시간 동안 나가 있을 시간이 된 거야." 다 낡아빠진 노숙자 저고리가 안도의 숨을 쉬며 시커

멓고 너덜너덜한 소매를 흔들었다. "적어도 피곤한 사지를 약간이나마 뻗을 수 있겠구먼. 귀신은 뭐 하느라고 이 망할 놈의 털이개는 잡아가지 않는 거야!"

"피 동크!('냄새나! 라는 말을 불어로 한 것이다.)" 그럭저럭 아직 쓸 만한 귀족 저고리가 혐오의 감정을 드러내며 걱정스러운 표정으로 다 떨어진 이 이웃과 거리를 두려 했다. "이놈이 아직도 몸을 심하게 떨고 있어! 무넬레스는 정말이지 감수성과 분별력이 없어. 어떻게 이런 놈을 이웃으로 만들어서 우리 같은 사람을 괴롭히고 모욕하는 거야!"

"지당하신 말씀입니다, 나리!" 치장한 하인 유니폼이 상당한 예를 갖추어 동의하면서 허리를 깊이 숙였다. "비록 무넬레스가 그다지 가리는 성격은 아니라고 해도 그가 자기 손을 더럽히며 이 부랑자를 여기 두는 게 이상해. 아마 누더기 모으는 여자도 이놈을 바닥에서 집어 가지는 않을 거야. 이 뜨내기의 마지막 종착지는 틀림없이 밀밭 어딘가에 있는 참새 잡는 허수아비 중 하나가 될 테니까!"

"쯧쯧 가진 것 없이 배만 고픈 아가리 양반들!" 입이 상스러운 프롤레타리아가 비웃었다. "한 놈은 틀림없이 재수 옴 붙은 빚쟁이가 망해 버린 주식중개인 몸뚱어리에서 벗겨 낸 놈이고, 요란하게 치장한 어릿광대 같은 다른 놈은 상전 나리가 저녁밥을 드실 수 있도록 고매한 척하며 자신을 바쳐 고물상에게 팔아 넘긴 놈이겠지!"

“아이고, 이 뻔뻔스럽게 버릇 없는 놈!” 하인 유니폼이 호통을 쳤다. “너! 비천하고 하찮은 부랑자가 어디 감히 쓰레기 더미에서 무례한 눈을 들고 고매한 나리를 쳐다보고 있어…….”

“이 뜨내기와 상대해서 자신을 더럽히지 마시오!” 귀족 저고리가 타일렀다. “그냥 내버려 두시오. 비천한 영혼 속을 다 드러내고 싶은 모양인데……. 미친 개가 달에게 짖으며 덤빈다고 해서 달이 그 빛을 잃지는 않는 법이오. 한 번도 손에 옷솔을 들어 본 적이 없는 천민에게 무엇을 기대하겠소!”

”하물며 털이개를 스쳐 본 적도 없겠지!” 배가 불룩하게 나와 있는 낡은 잠옷이 어깨를 으쓱하며 옷에 달린 비단 장식술을 세우면서 낮은 목소리로 귀족 저고리의 말에 맞장구쳤다. “심지어 그 옛날 아직 쓸 만했던 시절에도 말이지. 지금 고물상 털이개는 이 건달 주위에서 아무 보람 없이 흔들어 대고 있잖아. 고물상 멍청이가 이 천으로 이렇게나 대단하신 저고리를 만드는 것보다 차라리 너덜너덜하게 갈기갈기 찢어 버렸더라면 좋았을 텐데 말이야. 그리고 보니까 최근의 청소년 교육이 어찌될지 걱정스러운 생각이 드네. 빌어먹을 개혁 나부랭이 같은 것은 다 뭔지. 회초리와 벌이 학교에서 금지되고 젊은이들은 도덕심도 없고 버릇도 없고, 하느님을 믿지 않고, 권위를 무시하면서 자라면서 타락에 빠지고 있으니…… 정말 어이가 없다, 어이가 없어! 끝내주는 미래를 겪을 거야. 전

에는 감옥 가는 것을 무서워했지만 이제는 범죄자들을 위해 욕실과 오락실과 극장이 있는 궁전들을 만들고 있고 우리같이 정직하고, 우리같이 착실한 시민, 우리 같은 유산자 계급은 우리는 누릴 수 없는 천민 나리들의 편안한 생활을 위해 돈을 내야 하고!"

"아이고, 진짜, 아무것도 아닌 것을 가지고 서로 싸우는 꼬락서니 하고는." 구석에 있는 볼품없고 값싼 노동자 작업복이 말참견을 했다. "너, 다 찢어져 너덜너덜한 노숙자 양반, 너, 교만한 애송이 백작 나리, 너, 유니폼 걸친 식객 각하, 그리고, 너, 아침부터 저녁까지 아버지가 남긴 오 층 집 창문에 기대서 빈둥대며 멍청히 골목길을 바라보며 쿠폰을 자르고, 집세를 올리고, 일에 지친 노동자의 마지막 모포를 담보로 압류하는 배불뚝이 집주인 씨. 너희들이 한번 가 봐야 할 시설이 있는데 말이야, 거기서 일하는 법을 배우고 인간 사회에 쓸모 있는 몸뚱어리 좀 만들어 보는 게 어떨까 하는데."

"오호, 석유 냄새가 진동하는구먼!" 귀족 저고리가 비웃으며 외쳤다. "나는 술 냄새가 나는데!" 잠옷이 한마디 거들었다. "이 초라한 공산주의자 가슴에 달려 누덕누덕 기워진 이 달변의 무수한 땜빵들 좀 보시오! 성실한 노동의 훈장, 응? 땀과 눈물, 그렇지? 오, 그 사악한 현대식 개혁의 똥거름 구덩이 위에 핀 독버섯 같은 허황된 사회주의 구호들이 어디서 만들어졌는지 우리는 알고 있지."

"새로운 시대 사상, 무엇보다도 숭고한 휴머니즘 사상 편에 서라고 나의 의무감이 명령하고 있어." 주름이면 주름, 단추면 단추 전체에서 질서와 오랜 세월 동안 꼼꼼하게 손질한 기색이 역력하게 묻어나는 아직 상태가 좋은 저고리가 끼어들었다. "나는 새로운 개혁의 움직이는 모양새가 추한 기형이라는 것을 인정하고 고백해. 태양조차도 흑점과 홍염이 있잖아. 하지만 그럼에도 불구하고 수많은 분야에서 일어나고 있는 이 시대의 개혁정신이 특히 아이들 교육에 중요하다고 주저 없이 확실하게 말하겠어……."

"우리는 그 상투어를 알고 있소, 선생. 알고 있단 말이오." 검은 소매를 급하게 흔들며 닳아 해진 기다란 신부 저고리가 말참견을 했다. "무엇을 말하고 싶은지 요점을 말해 보시오. 현재의 사기 학문은 페스트 같아서 사람들을 무신앙으로 내몰고 신앙심을 나태하게 하고 타락한 인간 사회 대부분을 오염시키고 있소. 속죄하고 원래로 돌아가는 것 이외에는 그 무엇도 인간을 노울 수 없는 게 분명하오. 성스러운 교회의 사랑 가득 찬 자애로운 품으로 말이오. 교회만이 신분의 불평등을 없애고 사회적 타락의 벼랑에 다리를 놓을 것이고, 속죄한 국민이 한 사람은 양이 되고 한 사람은 목자가 되는 지극히 행복한 미래로 나아갈 것이오."

"아아아멘!" 그 옆에 있는 옷걸이에서 훈장으로 빛나는 장교 저고리가 태연하게 몸을 흔들며 노골적으로 하품을 하면서 말했다. "또 설교야! 제일 듣기 싫은 소릴세. 민간인 사이에 끼는 게 이런 것이로구먼. 이 고물상 무넬레스는 군대와는 사이가 아주 나쁜 관계로구먼. 진작 따로 칸막이를 해서 장교 카지노를 만들었더라면 좋았을 텐데 말이지. 여태껏 이 고상한 옷들 틈에서 견장을 찾아보았으나 메스꺼운 속물 저고리, 멍청한 양복 저고리, 봉두난발의 보풀 모포밖에 없어. 아함! 뿐만 아니라 한술 더 떠 노동과 교육, 그리고 발전과 종교에 관한 설명을 들어야 하고. 아아아! 계속 이런 식이라면 하품을 참을 수 없을 것 같소. 어때요, 신부님. 차라리 신부님이 겪으신 재미있는 이야기 중 하나를 해보시는 게. 그 뭐, 몇 가지 있지 않소! 감추지 마시고, 신부님이 높으신 수도사들과 유쾌한 술잔치를 할 때 써먹으려고 모아 둔 이야기들에 관해서 나는 잘 알고 있으니까."

"꺼져!" 신부 저고리가 화를 내며 중얼거렸다.

"장교 분들은 농담도 아주 쉽게 잘 하셔. 에, 에, 흠, 흠." 수줍어하면서 소심하게 아주 더러운 외투가 끼어들었다. 밑단 안쪽에 얇고 구겨진 모피 안감이 튀어나와 있었다. "오른 월급 때문에 더 그런 모양이야. 헤헤! 군인생활은 유쾌한 생활이지! 그러나 아무 말도 하지 않은 척해야지…… 나는 그냥 그저…… 그냥 그저……, 그런데 말야, 그거 돈이 너무 많이 들어. 시대가 점점 힘들어져 가는데 말이지……."

"불평불만을 타고나셨구먼, 자네." 낡아 해진 퇴직 공무원

216

저고리가 미소를 지으며 말했다. "불평하고 탄식하는 것이 아주 몸에 배었네. 무시해 버리면 될 걸 왜 그래. 그런데 사실 군대 말이 나왔으니 말이지, 돈이 많이 들어. 맞기는 해. 그게 무슨 쓸모가 있기나 한 건지! 군대는 필요하기는 해. 유럽 전체가 속속들이 무장하고 있잖아……."

"아마 벌써 내일이면 엄청난 전쟁터로 변할지도 모르지!" 근처에 걸려 있는 끈 달린 바지인 챠마라(체코, 폴란드의 민속 의상. 끈 장식과 가죽으로 되어 있어서 전시에는 갑옷으로도 사용한다.)가 외쳤다. "오, 파렴치한 인간들이여! 쇠채찍이 민중들을 피비린내 나는 전투로 내몰겠지. 순박한 농부들이 조국을 지키기 위하여, 숭고한 이념을 지키기 위하여 쇠를 두른 도리깨, 이 세상 아무것도 당해 내지 못했던 그 유명한 후스 도리깨(체코의 종교개혁자였던 얀 후스가 성직자들의 세속화와 보헤미아의 독일화 정책에 저항하다 처형당하자 그를 지지하는 파가 후스전쟁을 일으켰다. 이때 후스파는 농기구를 전쟁 무기로 개조해 사용했다.)를 손에 움켜쥐었던 것 같은 내면의 성스러운 열정도 없건만!"

"집어치워. 듣고 싶지 않아. 열변의 달인 애국자 나셨네!" 훈장 달린 장교 저고리가 중얼거렸다.

"저길 봐. 저 우스꽝스러운 연미복이 무슨 짓을 하는지!" 챠마라 옆에 있는 소매 없는 낡아 빠진 짧은 외투가 팔꿈치로 찔렀다. "신들린 것처럼 버둥대고 있어. 아마 자네 입에서 후스라는 단어가 나오자 화가 나서 잽싸게 입으로 낚아채 물고

질겅질겅 씹어 처먹는 게지.”

“당신 지금 그 사람에게 너무 심한 말을 하고 있는 것 같소.” 다른쪽에 있는 같은 연미복인 소매 없는 짧은 외투가 반색을 하며 말했다. “연미복은 독일을 나타내는 표시가 아니오. 그것은 프랑스 옷이거나 아니면 전 세계가 입는 옷일 거요. 나도 제비꼬리 옷자락을 가지고 있지만 나는 진짜 애국자요. 나는 조용히 일하면서 국가에 커다란 공로를 세웠다고 자신 있게 말할 수 있소. 자신의 애국심을 리본으로, 끈 장식으로, 유치한 값싼 물건으로 포장해 경탄할 만한 쇼로 세상에 과시하는 많은 허풍쟁이들보다 많은 공로를 말이오.”

“아, 나는 그 유치함을 경멸하는 애국심에 대해 잘 알고 있소.” 챠마라가 빈정대며 대답했다. “국민 모두가 자기들이 과거에 아주 유치했다고 생각하고 있지. 이제는 자신들이 한층 현명해졌다고 생각하며 과거에 했던 어리석은 짓을 부끄러워하는 거야. 자신들의 옷에 유치한 끈 장식을 달고 다녔다고 생각하는 거지. 사회 지도층들과, 존경 받는 학자들과 정치가들이 이 유치한 끈 장식을 달고 다녔지? 그래놓고 이제 와서는 그것이 정말 유치하고 이상한 옷이라는 걸 갑자기 깨달은 척하는 거야. 게다가 이 옷이 진정 체코다운 옷도 아니고 불편할 뿐만 아니라, 비실용적이라고 온갖 말을 다 갖다 붙이고 있지. 사실 누가 봐도 불편한 옷이지. 끈 장식 있는 옷이 편안한 옷은 아니니까. 그러나 이 옷은 우리가 투쟁하고 쟁취해야 할 일을 제대로 드러내고 있는 일종의 상징적 갑옷이지. 다만 이 갑옷이 모든 사람의 취향에 맞는 옷은 아니야. 국가적으로 중요한 성명이 있을 때마다, 매번 이를 악의적으로 조롱하거나 경멸하며 비웃는 무리들이 있듯이 말이지. 그리고 이 옷은 비판가들에게는 한층 더 편안한 옷일 수도 있어. 그 유치한 끈 장식을 떼 버리고 급한 대로 옷자락을 뾰족하게 잘 맞게 손질하고 재단할 수 있으니까 말야. 자, 그러면 이제 당신은 완벽한 신사이고, 이제 당신은 우쭐대며 어느 사교계에라도 들락거릴 수 있고, 어디서든 보호를 받고, 어디서든 경력이 보장되고, 고상한 사교계에서 아무 거리낌 없이 독일어로 잡담을 나누고, 외국교육기관에서 공부한 부유한 처녀와 결혼하자며 사귀고, 신문 ‘가르텐 라우베’ 에……”

“허튼소리! 지금 무슨 허튼소리를 지껄이는 거요?” 좀 전에 분노로 격렬하게 입을 실룩거려서 소매 없는 짧은 외투가 핀잔을 주었던 처음의 연미복이 독일어로 말을 막았다.

“뭔 소린지 이해할 수 없소.” 끈 달린 바지가 타이르듯 말했다.

“용서하십시오, 선생님.” 소매가 짧은 애국적 연미복이 원수이자 동료인 그를 공손하게 위로하면서 끈 달린 바지에게 비난의 눈초리를 보냈다. “당신 독일어 할 수 있잖소. 독일어로 말할 수 있어야 해. 당신은 배웠잖소. 체코 말을 모르는 이가 질문을 하는데 왜 대답을 안 하는 거요. 예의의 첫 번째 법칙은……."

그러나 분노한 독일 연미복이 그의 말을 막았다. "그가 독일어를 할 수 없다고 한다면 이제부터 배워야 할 것이오!" 아주 정확한 체코어로 그가 미친 듯이 말했다. "모두 독일어를 배워야 해. 만일 너희들이 제대로 적응하지 못한다면 우리가 피와 쇠로 우리 문명언어의 행복을 느끼도록 강요할 수밖에 없지. 독일의 종이 곧 벨트해협에서 아드리아, 아니, 분명 에게해까지 장엄한 합창으로 울려 퍼질 거야. 선택된 우리 민족의 이 역사적인 사명에 아무도 거역할 권리가 없어. 만일 너희의 수천 개의 성스런 규칙과 법들이 반대를 해도 우리는 모든 것을 철권으로 때려 부수고 조소하며 파멸시켜 버릴 거야. 이 비천한 야만인들, 이 가련하고 고집 센 미개인들아, 너희들은 무적의 독일인들의 손을 감히 잡아 보지도 못할 거야." 욕설 섞인 분노의 고함소리가 크게 울려 퍼졌다.

"취소해! 사과해! 그를 쫓아내! 따끔하게 맛을 보여줘!" 온갖 욕설이 잡다하게 섞인 채 분노한 음성이 울려 퍼졌다.

소란으로 가득 찬 아우성 속에서 애국적 연미복만이 소매를 들어 흔들며 이들을 진정시키려 했다. "간청합니다, 여러분들, 무례한 행동은 거두시오. 무력은 안 됩니다! 제발 우리의 국가적 명예를 망나니 짓으로 더럽히지 맙시다! 이 사람의 선동적 발언에는 침묵하며 경멸하는 것이 상책입니다!"

"법의 이름으로 체포한다!" 이 소동의 와중에 위엄 있는 목소리가 울려 퍼지고 어두운 구석에서 경찰 유니폼이 소매를 들었다.

그러나 그 모든 것이 소용없었다. 분노하며 타오르는 끈 달린 바지, 소매 없는 짧은 외투, 보풀 모포, 간단히 말해 모든 종류의 저고리들과 외투들이 오만한 적에게 소매를 내밀어 뻗었다…….

갑자기, 기적처럼, 모든 옷들이 소매들을 내리고, 모든 옷걸이들이 걸쇠와 옷걸이로 되돌아가고, 꾸겨졌던 주름들이 펴지고 그 작은 가게 안에 또 다시 무덤 같은 적막이 흘렀다.

열쇠 흔들리는 소리와 가게 문이 삐걱 대는 소리가 들렸기 때문이다…….

무넬레스 교부가 시나고그에서 돌아왔다.

잠시 후, 저고리, 소매 없는 짧은 외투, 보풀 모포, 유니폼들, 끈 달린 바지, 그리고 연미복들이 잔뜩 옷걸이와, 벽에 조용히 걸려 있는 매장 안으로 그가 들어왔다.

그는 흡족해서 주위를 둘러보았고 만족한 미소를 지었다. 그의 약아빠진 작은 눈이 마치 이렇게 말하는 것 같았다. 봐, 모두 내 거야, 내 거지! 이것들로 굉장한 돈 뭉텅이를 만들 거야…….

블라디슬라프 반추라_ Vladislav Vančura

끝이 좋으면 모든 게 좋다

Konec vše napraví

작은 마을 라시흐카는 오타바(프라하 남쪽으로 130km 떨어진 강) 강 줄기 중앙에 있는 작은 마을이다. 이 마을은 이 세상에서 가장 아름다운 마을이 아닐 수도 있겠지만, 쿠비체크 카페에서 광장의 남쪽 모퉁이를 보면, 그리고 다행히 약간의 상상력이 있다면 아마 이탈리아 북쪽에 있는 어떤 마을과 비슷하다는 생각을 할 것이다. 그 구석진 모퉁이는 오래된 구역이었지만, 그러면서도 산뜻한 분위기를 주는 구역이었다. 그곳의 전경은 한산했고, 초입의 길목은 넓었으며, 멋있는 지붕들을 볼 수 있다. 나머지는 눈을 감고 상상해 보기 바란다. 그래도 동의할 수 없다면, 또 이렇다 할 닮은 점을 명확하게 찾지 못한다면, 밤이 내려앉고 나이팅게일이 정원에서 노래 부르기 시작하면, 피렌체의 모습을 쉽게 떠올릴 수 있을 것이다.

사람들의 기억에 따르면 이 동네의 춤추는 곰 모습이 새겨진 작은 집에 빅토르 브란트라는 사람이 살고 있었다. 그는 그 집을 좀처럼 떠나지 않고 책 속에만 파묻혀 산 사람이었다. 우리의 친애하는 브란트 씨는 엄청난 부자인 것도 모자라 땅까지 물려받았고, 우리 모두가 겪었던 어려운 시대에도 먹고 살기 위해 아무것도 하지 않아도 될 만큼 많은 재산을 모았다. 과거에 그는 프라하나 여기저기의 학교에서 그리스어를 가르쳤었지만 엄청나게 많은 돈이 주머니 속에서 짤랑거리자 모든 일을 그만두었고, 아주 마음에 들어했던 라시흐카로 와서 살게 되었다.

그 당시 브란트의 나이는 마흔 살쯤이었다. 아아―, 이 나이라면, 얼빠진 행동을 일삼는 때가 아니겠는가? 어떤 취미나 소득도 없이 그는 어떤 것은 해도 되고, 어떤 것은 하면 안 되는지도 전혀 모르는 상태에서 미스 베아트리체와 사랑에 빠졌고 그녀와 결혼했다. 베아트리체는 스무 살이었다. 그녀가 남편을 사랑했다고는 확신할 수 없으나 성실했고, 시키는 대로 순종했으면서도 남편에게 불만이 없었다. 가끔 방의 한쪽 구석에서 책을 읽고 있는 브란트를 볼 때마다 그녀는 브란트에게 존경심을 느끼기도 했었다. 그럴 때면 그녀는 아주 감격해서 커다란 2절판 책을 만지면서 내용을 훔쳐보기까지 했다.

"이런 일이 어떻게 가능한 거죠?" 그녀는 빅토르의 어깨 너머로 내용을 훔쳐 읽고는 서늘한 전율로 등골이 오싹해져 오는 것을 느꼈다. 그 변변치 못한 철학자가 그저 적당히 둘러대며 설명했더라면 차라리 그녀에게 키스를 받을 수 있었을 것이다. 그러나 브란트는 안경을 고쳐 쓴 후 책에 손가락을 짚어 가며 자신이 방금 읽은 것을 이야기하기 시작했는데, 그 때문에 오히려 그가 그 내용이 무엇인지 전혀 이해하지 못하면서 계속 같은 문장에서 열심히 제자리걸음을 했다는 것을 쉽게 알 수 있었다.

춤추는 곰 모습이 그려진 이 집은 꽤 오랫동안 브란트 가족의 소유였으며, 집안일을 하는 어머니의 모습과 아버지가 알코올을 팔아 번 돈을 하나하나 세는 모습이 아직도 빅토르의 추억에 생생했다. 주류상의 아들은 임마누엘 칸트와 플라톤 때문에 회계장부 관리를 포기했다. 그런데다 그는 손가락 하나 까딱 하지 않았다. 그래도 그는 자신이 아버지의 대를 이었듯이 베아트리체가 어머니의 자취를 열심히 따라가 주기를 기대하고 있었다.

무엇인가를 두 번 듣던가, 두 번 경험해야만 그 속에 숨어 있는 의미를 발견하게 되는 경우가 있다. 베아트리체처럼 혈관 속에 피가 끓는 사람들은 일탈을 더 좋아하고 주부의 운명에 만족하기보다는 차라리 어떻게든 야생의 숲에서 살기를 원한다.

브란트의 아내는 피렌체를 연상시킨다는 라시흐카의 이 그늘진 외딴 동네에 지긋지긋하게 싫증을 내고 있었고 정원의 나이팅게일을 불속에 던져 버리고 싶은 심정이었다. 어쩌면 그녀는 남편에게도 똑같은 짓을 할 수도 있었으나 아직 머릿속에 그런 생각이 들지는 않았다. 결혼한 지 이제 겨우 일 년이 지났으므로…….

6월 초순의 어느 금요일, 성당의 종이 울리고 있을 때, 빅토르는 분쟁이 좋은 결과로 마무리되었다고 씌어진 편지를 손에 들고 정원을 이리저리 걷고 있었다. 그것은 어느 학회에서 브란트가 주장한 견해가 승리했다는 소식이었고, 이 그리스어 선생은 담당자인 자신의 친구가 이 중요한 사건에 관하여 자신에게 보고한 내용을 단어 하나하나를 되풀이하여 음미하면서 읊조리고 있었다.

"칼러, 그리고 노자르는 엄청난 수치심에 사로잡혀서 떠났다네."

'제기랄!' 빅토르를 생각했다. '그것들은 더 혼이 나야 하는데.'

빅토르는 이 뻔뻔스러운 작자들이 모자를 찾아 들고 기가 죽어 떠나는 모습을 생각하니까 고소해 미칠 지경이었다. 생각할수록 너무 신이 나서 그는 손바닥을 치면서 큰 소리로 웃기 시작했다. 가슴속에 응어리져 있던 작은 불꽃들을 이제야 활활 타오르게 하듯, 그는 가슴 밑바닥까지 후련하게 웃고 있었다. 기쁨으로 온몸이 달아올랐고, 얼굴이 일그러지면서 움

226

푹 꺼진 눈가에 눈물이 배어 나왔다. 유치한 행동이었다.

브란트의 정원은 모피상 발렌타의 소유지와 맞닿아 있었다. 그에게는 조셉이라는 아들이 있었는데 아주 잘생긴 데다 여자들이 좋아할 모든 조건을 갖춘 소년이었다. 그는 그래머 스쿨(Grammar school, 11세부터 18살까지의 학생이 다니는 대학 진학을 위한 교육기관) 8학년생이었는데 공부에는 별 관심이 없었다. 대신 그는 여자아이들에 더 관심이 많았고, 생각지도 않게 찾아온 기회이건, 부모의 집 창문 아래서건 기회가 될 때마다 소녀들의 어깨에 입을 맞추었다.

그날, 시험과 심판의 시간이 다가오고 있었던 그 금요일에 그는 담에 등을 기대고 그늘 속에 앉아 타키투스(고대 로마의 역사가, 정치가)를 읽고 있었다. 그는 공부하고 싶은 마음이 전혀 없었으므로 때때로 하품을 하면서 눈을 들어 하늘을 쳐다보거나 손톱이나 소매단의 붉은색 실을 자세히 들여다보곤 했다.

브란트의 웃음소리가 들리자 그는 책을 탁 하고 덮어 버리고 빠른 걸음으로 맞은편 담장으로 다가가 무슨 일인지 궁금한 눈으로 넘겨다보았다.

빅토르는 막 일어나 안으로 들어가고 있었는데 두 팔로 배를 움켜잡고 산사나무 울타리를 지나가고 있었다. 크게 웃는 바람에 그의 몸은 옆으로 기울었고 등이 흔들리고 있었다.

즐거움이란 전염성이 강한 법이고 스무 살의 나이라면 더더욱 민감하게 전염되기 쉽다. 턱밑으로 겹쳐 포갠 두 손을

담장 너머로 내민 조셉은 처음에는 그저 활짝 소리 없이 웃다
가 급기야 큰 소리로 박장대소를 하고 말았다. 잠깐 동안이지
만 마치 둘이 내기라도 하는 것처럼 웃어 댔다. 조셉의 웃음
은 젊음이 가득한 소리였으나 브란트의 웃음은 쉰 목소리가
내는 웃음소리였다. 그 웃음소리의 부조화에 자극을 받아 조
셉은 더 크게 웃었으나 브란트는 곧 심각하게 불쾌한 감정을
느꼈고, 그의 밋밋한 얼굴에 격노한 주름이 나타났다.

"너는 무슨 일인지도 모르면서 멍청이같이 웃고 있구나!"
아무에게도 자신의 비밀을 가르쳐 주지 않겠다는 듯한 어조
로 그가 말했다. 그리고 말을 마치자마자 빅토르는 집 안으로
사라졌다.

그러나 빅토르의 뒤에서 문이 닫히자마자 조셉은 담장 위
로 몸을 날려 단숨에 그리스어 선생의 정원으로 뛰어내렸다.

"아이구, 설마 그럴 리가!" 빅토르의 뒤에다 대고 우스꽝스
러운 표정을 지으며 조셉이 말했다. "아니 여기가 여태 내가
생각해 냈던 장소들보다 훨씬 좋은 데이트 장소잖아!"

작은 마을에서는 숲 속이나 들길이 연인들이 만나기 쉬운
장소이지만 거기까지 가는 데는 시간이 많이 필요하고 연인
들에게는 항상 시간이 많지 않은 법이다. 조셉이 브란트의 정
원에 눈독을 들이면서 머리에 떠올린 엘리스는 바로 곁에 살
고 있었다. 그러나 그녀의 어머니는 매우 소중한 보물처럼 엘
리스를 감시하고 있었다. 그녀가 조금이라고 바깥에서 어슬

렁댄다 싶으면 "지금 몇 신데 뭘 하고 있느냐"고 따져 묻는 통에 데이트하자고 제의하는 것조차 전혀 불가능할 지경이었다.

브란트의 정원을 삼 등분 했을 때, 첫 번째 정원은 엘리스네 땅의 넓이만큼이 더 넓었다. 마당이 좁은 엘리스의 집은 브란트의 과수원 안으로 끼워 넣어진 모양이었고, 그 좁은 마당에는 온갖 종류의 잡동사니가 방치된 상태였고 작업장도 있었다. 당연히 브란트의 과수원 양쪽은 각각 다른 두 담장으로 둘러싸인 모습이었다.

조셉은 그리스어 선생의 정원을 가로질러 수리공의 마당으로 쉽게 가보려는 생각을 자주 했으나 회초리만 맞을 것이라고 생각했다.

"자, 그러면." 그 결의에 찬 연인은 혼잣말을 했다. "브란트의 정원에서 만나는 방법밖에는 다른 방법이 없네. 어떻게 해서든 엘리스를 설득해서 작업장 안에 있는 사다리를 찾아보라고 해야겠구나."

그 사이에 브란트 선생은 집 안으로 들어갔다. 더 이상 웃고 싶은 심정이 아니었다. 그는 웃고 있던 조셉의 턱주가리를 생각하면서 얼굴을 찡그렸다. 그의 검은 테 안경은 마흔과 쉰 사이의 황금기는 오로지 장식에 불과하다는 걸 확인시켜 주는 얼굴 표정에 더욱 불을 지피는 듯했다.

"정원의 담장을 더 높이든가," 브란트가 말했다. "가시철

망을 담장 위에다 설치할 필요가 있을 것 같은데.”

“말도 안되는 소리예요.” 베아트리체가 말했다. “어떻게 하든 여기 있는 우리 두 사람에게 감옥 같을 거예요. 뭔가 좀 더 신선한 공기를 쐴 수 있게 하는 것이 더 좋을 것 같아요.”

브란트 선생은 놀란 나머지 반쯤 입을 벌리고 있었다. 여태 껏 살아 오면서 한 번도 베아트리체가 원하는 것과 그가 원하는 것이 달랐던 적이 없었던 것이다. 그런데 지금, 그녀가 그런 식으로 말하고 결연히 두 입술을 다문 것을 보니 누군가가 그것을 사주했고 그녀는 단지 시켜서 그렇게 말한 것이라고 생각됐다.

“지루해 죽겠어요.” 그녀가 말을 이었다. “무엇을 해야 할 지 모르겠어요. 당신은 그저 앉아서 책만 보면서 책의 여백에 좋아하는 것과 싫어하는 것을 적는 것 외에는 하는 일이 없잖 아요. 만일 당신이 나와 다투기라도 한다든지 어느 사교모임 에 가서 카드놀이를 한다든지 하면 훨씬 행복할 거예요.”

이러한 대화가 오간 후, 흔히 다른 남자들이 그런 것처럼, 브란트도 자신의 아내에 대해 더 이상 확신을 가질 수 없다는 생각이 뚜렷해졌다. 그래서 그 두 가지 사건이, 즉 모피상 아 들과의 대화와 베아트리체의 발끈한 언사가 거의 동시에 발 생했으므로 무언가 연관이 있지 않은가 의심하기 시작했다.

그러더니 그의 눈에 조셉의 얼굴이 자꾸 떠오르기 시작했 다. 청소년들에게 그리스어를 가르치곤 했던 바로 그때부터 그는 이러한 부류의 소년들에게 원한을 품어 왔고, 지금도 여전히 그런 소년들을 멍청이라고 생각하고 있었다. 그러나, 그럼에도 불구하고, 소녀들과 스무 살 정도의 아내들은 그런 소년들에게 더욱 호감을 느낄지도 모른다는 것을 인정하지 않을 수 없었다. 마음속으로 이런 생각들을 하는 동안, 그의 이마는 선홍색으로 변했고, 굴욕감에 치미는 분노와 불안한 수치심이 온 몸으로 엄습하는 것을 느꼈다.

"아." 그는 혼자 중얼거렸다. "베아트리체나 그런 소년들에게 하나같이 호의를 가진 사람들이, 반쯤 벌린 아가리로 시건방을 떠는 그들의 모습을 본다면 생각이 달라질 텐데! 만일 그들이 정강이를 긁어 대며 연습문제를 풀면서 결국은 어떻게 풀어야 할지 몰라 당황하는 모습을 보면 베아트리체의 생각이 달라질 텐데!"

베아트리체는 정절을 자부심으로 삼고 사는 부류였기 때문에 브란트의 이러한 불안과 한탄은 무의미한 것이었다. 그녀는 사랑이라는 것을 생각한 적도 없었으며 안달하지도 않았고, 계획 같은 것을 꾸며 본 적도 없었다. 그러나 만약 그녀가 잠자리에 드는 순간 갑자기 어떤 녀석이 그녀를 자기 품으로 낚아챈다면, 그녀가 확고한 신념과 용기로 대처하면서 남편의 명예에 먹칠을 하지 않을 것이라고 누가 장담할 수 있겠는가?

정조를 함부로 버리는 자신에 관한 이야기는 하지 않으면

서 바람 피우는 남편에 대한 이야기는 하기 좋아하는 여성들
이 있는가 하면, 그런 것에 대하여 한 마디도 하지 않을 뿐 아
니라 집안일을 훌륭하게 처리하는 여주인도 있는 법이다. 베
아트리체는 후자였다.

밤이 다가오자, 집안일에 바쁜 것을 보여주기라도 하려는
듯, 따분함을 몰아내기 위해 무엇인가 하고 있다는 것을 분명
히 보여주기라도 하려는 듯, 브란트 부인은 바늘과 털실 다발
을 들었다. 그녀는 정자에 앉아서 라시흐카에서의 이 비참한
생활은 분명히 브란트와 자신이 생각하고 있는 것보다 더 심
각하다고 생각하고 있었다. 부르주아가 된다는 것은 자신에
게는 진저리나는 것이라고 느낄 바로 그 무렵, 그녀는 은빛
여우 가죽으로 안감을 댄 모피 코트를 요리사의 앞치마로 바
꿀 준비를 하고 있었다.

그것이 그녀에게 이로운 일인지, 아니면 어리석은 짓을 하
고 있는 것인지는 아무도 모르는 일이었다. 요리사라는 직업
이 아무리 비참하다고 할지라도, 적어도 열 시부터 다음 날
다섯 시까지는 침대에서 오로지 혼자서만 잘 수 있기 때문에
좋다고 생각했다. 그 일이 모욕을 당하고 고되다 할지라도 어
쨌든 옆에 누운 남편의 맥박을 더 이상 느낄 필요가 없을 테
고, 검은 담비 모피를 주는 대신 세상 전부를 빼앗는 남편이
없어지기 때문에 좋다고 생각했다.

아홉 시쯤 되어 날이 어두워지기 시작하자, 베아트리체는

하던 일을 치우고 집 안으로 들어가 우유 한 잔을 마셨다. 그
날 브란트가 몸이 불편했기 때문에 늘상 해 오던 저녁 식사가
생략되었다. 그는 화가 나서 방 안을 왔다 갔다 했다. 누군가
가 그의 멋지고 화려한 수컷 깃털을 잡아 뜯는 느낌이었고 그
런 생각이 그를 슬프게 했지만, 동시에 그는 우울한 생각에
몰입하고 약간의 고민을 하는 것이야말로 교양의 소금이라
고 생각하자 의기양양해졌다.

누군가의 입술이 베아트리체의 입술에 다가가고 있고, 더
나아가 아주 아름답고 부드러운 그녀의 가슴을 만지고 싶어
하며, 둘도 없이 아름답다고 유혹하면서 결국 점점 더 심한
짓을 원하고 있다고 생생하게 상상한다면, 이 얼마나 끔찍한
모습이겠는가?

베아트리체는 그리스어 선생이 자신의 목덜미를 응시하고
있다는 느낌이 들어 고개를 홱 돌렸다. 그녀는 거울 앞에 서
서 웨이브진 머리를 아주 돋보이게 하는 하얀 베레모를 쓰고
있는 중이었다.

"쉬고 계세요." 몸을 반쯤 돌린 채 그녀가 말했다. "강변에
서 산책 좀 하고 올게요."

그 말은 남편을 몹시 놀라게 했을 뿐만 아니라 커다란 불안
감까지 안겨 주었다.

"어디로 가고 싶은 거요? 늦었는데." 그는 달래는 듯한 투
로 물었다. 베아트리체는 대답하지 않았고, 그녀가 나가기를

주저하기 때문에 말이 없는 것이라고 생각한 브란트는 용기를 내서 아내가 전에 언젠가 물어보았던 어떤 책에 대해 말하기 시작했다.

"시간을 내서, 그 책을 처음부터 끝까지 자세히 읽는다면 틀림없이 맘에 들 거요."

"뭔가 좀 더 즐거운 걸 제안할 수는 없나요?" 그녀가 대답했다. 대화를 잘 하는 편이 아니었기에, 또 항상 말을 많이 하지 않고 살았기에 그녀는 산책을 하러 나갔다.

브란트는 창문을 통해 그녀가 나가는 모습을 똑똑히 지켜보려 했으나 그의 시력이 약했는지 아니면 제정신이 아니었는지 베아트리체가 대문 바깥으로 나가는 모습을 보지 못했다. 안절부절못하며 조바심이 이는 것이 느껴졌다.

베아트리체가 나간 지 약 십오 분쯤 지나 밖이 아주 어두워졌을 때, 빅토르는 무슨 소리를 들었다. 학교에서조차도 브란트는 항상 귀를 곤두세우곤 했었지만 이번에는 두려움과 의심으로 인해 신경이 더욱 날카로워져 귀를 바짝 세운 상태였다. 곧 숨죽이며 부르는 소리가 어렴풋이 들려왔고 그는 그 소리가 정원 쪽에서 들려온다고 판단했다. 동시에 나무들 사이를 휙 스치며 재빨리 지나가는 남자의 모습을 보았다. 어떻게 해야 할 것인지 오래 망설이지 않고 그는 밖으로 나갔다.

브란트는 직업을 수행할 때는 아주 점잖은 신사처럼 체면을 중요시해 왔다. 그러나 돌발상황이 발생하자마자, 그리고 무엇인가가 그에게 적대적으로 다가오고 있음을 예감하자마자 그는 정신없이 찾아 헤매고 있었고 과거에 지켜 왔던 그 고귀한 원칙은 전혀 신경 쓰지 않았으며, 심지어 이제는 주저 없이 문 뒤에서도 엿들을 기세였다.

무엇인가 곧 들려오겠지 하는 기대감으로 빅토르는 오리 나무 관목 뒤에 숨어 쭈그리고 앉아 있었다. 그는 거의 혼이 나간 상태였고 너무나 고통스러운 나머지 잔가지들을 부러 뜨리면서 여기저기 곳곳에 광분의 흔적을 남겼다. 이 순간 그 야말로 그의 피가 혈관 속에서 용솟음치고 있었다.

그 사이에 모피상의 아들 조셉은 (과수원과 수리공의 작업 장을 나누고 있는 브란트의 정원을 가로질러 담장으로 가고 있는 사람이 바로 그라는 것을 우리는 쉽게 짐작할 수 있다.) 우리가 흔히 가까이 다가오는 사람을 부를 때처럼 작은 목소 리로 애인의 이름을 부르고 있었다.

"베아트리체! 베아트리체!"

동시에 브란트의 팔이 축 쳐지니 사지에 힘이 쭉 빠지고 머 리가 빙빙 돌았다. 기절이라도 할 듯이 그는 과수원과 창문 아래 있는 작은 정원을 차단하고 있는 철문으로 손을 뻗어 간 신히 자물쇠를 찾아 열쇠를 돌렸다. 그는 나무 사이에서 황급 히 움직이고 있는 두 사람을 보았다. 그들은 서로 꼭 껴안고 붙어 있었다. 두 사람이 환한 장소를 가로질러 그늘로 들어가 자 브란트는 큰 슬픔으로 목이 메일 지경이었다. 그는 다시 집으로 돌아왔다. 어찌나 마음의 고뇌가 컸는지, 어찌나 몰골이 엉망이었고 고통에 지쳐 있었는지, 거울을 보았더라면 자신의 모습에 대경실색해 그 자리에서 당장 죽었을 것이다. 그러나 지금은 맥박도, 갈증으로 마른 헛바닥도 염두에 두지 않은 채, 한 번에 두 개씩 계단을 밟으며 올라가고 있었다.

그는 등불이 밝게 타오르는 방 안으로 뛰어들었다. 베아트리체가 책을 손에 든 채 테이블에 앉아 있었다. 그가 들어왔을 때, 그녀는 책이 진짜 재미있는지 살펴보는 데 골똘해져서 그를 전혀 올려다보지 않았고 책은 십 페이지를 넘긴 상태였다.

"흥, 정말 꽤나 재미있군요." 거의 한 줄도 읽지 않으면서 그녀는 말했다. "당신이 가지고 있는 책들 중에는 제대로 된 책이 하나도 없는 것 같네요. 책에 있는 내용들이 반드시 진실이 아닌데도 그것을 그대로 믿어 버리는 사람이 있다면, 나처럼 바보 얼간이 같은 사람도 그런 인간을 조롱할 거라는 걸 아셔야 할 거예요."

빅토르는 아내 앞에서 너무 당황한 나머지 그녀가 한 말을 거의 이해할 수가 없었다. 그의 놀라움은 말을 타고 다마스커스로 가는 사도 바울(바울은 예수를 메시아로 믿는 그리스도인들을 박해하던 사람이었으나 다마스커스로 가던 도중 눈앞에 나타난 예수를 보고 그리스도교 사도가 된다.)을 덮친 망연자실함 같은 것이었다.

"언제 돌아왔소?" 그가 말했다. 모든 불안감이 이 질문 속에 녹아들어 있었다.

"당신이 정원에서 산책하고 있는 사이에요." 추호도 의심할 수 없이 당당하게 그녀가 대답했다. 그리고 그녀가 한쪽 무릎 위에 올려놓았던 다리를 흔들기 시작했을 때, 그녀가 신발도 실내에서 신는 신으로 갈아 신었고 옷도 집에서 입는 옷으로 갈아입었다는 걸 알았다.

그 사이 연인들의 데이트 장소인 브란트의 정원에서는 불길한 종소리가 울려 퍼지고 있었다. 낯선 과수원에서 만나자는 제의를 승낙한 젊은 아가씨라면 불장난을 할 각오가 되어 있겠지 하고 조셉은 생각했으나 그것은 오산이었다. 그는 그야말로 선생들과 여자친구들을 괴롭히는 학생 가운데서도 가장 나쁜 소년이었다. 그 어린 소녀가 울음을 터트리자 그는 웃으며 줄곧 말도 안 되는 객쩍은 소리를 하면서 그녀의 허리끈을 풀었고 손을 겨드랑이까지 슬쩍 밀어 넣었다. 그러는 사이에 소녀는 그의 끊임없는 수다를 들어가면서 단호하고 결연한 태도로 반항을 하는 수밖에 다른 도리가 없었다. 반항이란 그녀 같은 성격의 소녀들이 가지고 있는 특권이 아닌가.

욕정의 순간에 서로 마주 보기를 부끄러워하는 연인들이 있는가 하면, 그 순간 부끄러워 말조차 못 꺼내는 연인들도 있다. 눈보라로 인한 추위와 서리에 굴복당할 때까지 숱한 말을 내뱉은 뒤, 이제 이들이 할 수 있는 일이라고는 고색창연한 경구를 찾아 말은 많이 하지만 정작 자신들이 믿지는 않은 덕목의 처마 밑에 기대고 앉는 것이었다.

"네가 무슨 짓을 할 것인지," 엘리스가 말했다. "알았더라면, 여기 오지 않았을 거야. 기억해, 알았어?"

그날 밤, 온갖 수작을 다해 충족시키려했던 욕구가 좌절되어 멍청이가 되어 버린 조셉은 세계연대기와 관련된 무엇인가를 미약한 목소리로 헐떡이며 말해 보았으나, 엘리스는 그를 어둠 속에 내버려 둔 채 부리나케 달아나 버렸다.

"엘리스, 엘리스." 그녀가 막 담장을 올라가기 시작했을 때 그가 소리쳤다. "내일 여기서 만나! 여기서! 열 시에!" 그러자 그녀는 손가락을 입술에 붙이면서 그에게 화난 표정을 지어 보였다.

그 무렵 브란트 선생은 창문 앞에 서서 자신을 그렇게 놀라게 했던 수수께끼를 풀려고 애쓰고 있었다. 아내가 정원에 없었다는 증거를 확보한 순간부터 그는 안도감을 느꼈지만 그것은 잠시뿐이었다. 베아트리체가 책들에 관해 말한 것은 자신과 관련된 것인 것 같았고 그 말들을 약간 달리 해석하면 자신에게 향한 말일 수도 있었다.

"사람들이," 그는 교활하게 더 깊이 생각했다. "슈테트카 소령의 아내가 한 짓에 대하여 뭐라고 말하는지 들은 적이 있어. 거참, 그녀가 어느 바보놈이랑 공원에 있다가 들킨 걸 알고 있어? 이상할 것도 없잖아? 그 여자는 천박하고 변덕스러운 여자의 성격을 모두 가지고 있잖아?" 그렇게 말하면서 그는 아내의 어떤 점이 걱정스러운지 상세히 따져보기 시작했다. 그것은 이런 걱정이었다. '남편의 일, 직업, 그리고 나이를 멸시하고 있음.' 결코 있어서는 안 되는 일이었고 가장 이해할 수 없는 사항들이었다. 이러한 사항들 외에도 그는 아내의 의무 중 아주 중요한 사랑이라는 사항을 쏙 빼놓은 채, 공경과 미덕만을 강조하며 온갖 터무니없고 어이없는 사항들을 쓸어 모았다.

베아트리체는 반쯤 감긴 눈으로 남편을 바라보면서 그가 이제 6년산 수사슴의 뿔을 쓰고 다녀도 될 만큼 노회해졌음을 깨달았다.

춤추는 곰 모습이 새겨진 집의 모든 것들이 변화 없는 하루를 그럭저럭 지내고 있는 것처럼 라시흐카에서의 하루가 평상시처럼 저물고 있었다. 브란트는 연구에 몰두하고 있었다. 얼빠지고 쓸데없는 연구였다. 그는 자신이 좋아하는 책이라면 무엇이든 닥치는 대로 머릿속에 채워 넣었다. 그러나 그의 능력으로 할 수 있는 것이란 본문의 어법을 비교하며 공책에 써 넣는 것 정도였다. "저자가 마음먹고 단호하게 인생의 의미를 파악하는 일이 나를 기억……."

이런 식으로 채운 공책 한 권이 베아트리체에게 넘겨지면, 그녀는 고개를 흔들 대단한 자격을 갖게 되고 곧이어 "맞아요. 나라도 이런 식으로 쓰겠어요!" 라고 말했다.

모든 것이 공허한 것이었다. 이기심, 편안함, 배부른 만족

감이 크면 클수록 사람의 정신은 더 큰 공허감으로 채워지게
마련이다. 오전에 브란트는 베아트리체가 순결하지 않다고
믿으면서 증오의 눈으로 그녀를 바라보았다. 저녁때가 다가
오자 하품을 하면서, 화해의 준비를 했다. 아무도 그를 속이
고 배신할 수 있는 마음을 가진 사람은 없을 거라고 생각하고
있음에 틀림없었다.

매주 수요일과 토요일에 라시흐카 광장에서는 음악회가 열
린다. 연주가들이 대단한 실력을 뽐내며 연주하는 것도 아니
고 실수도 가볍게 보아 넘기지만 성공적인 음악회였다. 이들
이 무릎에 낀 드럼을 좌우로 흔드는 기술과 뺨을 부풀리며 악
기를 부는 것을 보는 건 즐거운 일이었다. 음악은 늘 대단한
것이 아니었으나 마을 곳곳에서 길을 걷고 있는 행인들을 끌
어 모으기에는 충분했다.

요즈음, 사람들이 노동자들조차도 게으르다고 비난을 하고
있지만 그들의 일자리도 이제는 거의 폐업 상태에 이르고 있
었다. 그럼에도 울적한 실업자들과 온 세상을 떠돌았어도 손
에 쥔 것 없는 백전노장들이 이곳으로 모여들었다. 남들이 가
지고 있지 않은 우수한 자질을 아직 가지고 있어서 현역이라
고 부를 만한 이들은 가난한 소시민이라는 점만 빼면 어떤 의
미에서는 빅토르 같은 사람들이었다. 할말이 많아 하느님의
시간을 허비하고 있는 사람들이지만 즐거움과 우정이 그들
사이를 가득 채우고 있다!

"찍소리 못하게 해! 그놈에게 달려들어! 한 방 먹여!" 한 귀로만 말을 들으면 몹시 겁나는 소리지만, 사정을 잘 아는 사람들은 그 우스갯소리를 들으면서 군중들이 폭소를 터뜨리고 이어 여기저기서 다른 우스갯소리가 이어진다는 사실을 알게 된다. 이 사람들 외에도 학생들, 재봉사들, 그리고 마지막으로 바순 연주를 하는 곳이면 호기심에 가득 차 어디든지 찾아가려는 사람들이 이 광장에 모인다.

두말할 것도 없이 조셉도 이들 가운데 한 사람이었다. 드럼 연주자가 드럼채를 올리자마자 마치 악마가 그에게 책을 내려놓을 때라고 속삭였던 것 같았다.

베아트리체는 모자를 겨드랑이에 끼고 서둘러 오는 조셉을 보았고 남편이 얘기한 것처럼 그가 정말 멍청이인지 알아보는 것도 좋겠다는 생각이 떠올랐다. 물론 우아한 사람들은 야외에서의 오락을 피한다는 것을 그녀도 알고 있었다. 그러나 그녀는 그것은 근거 없는 바보 같은 행동이라는 말을 수없이 들이 왔디. 그리고 왠지 흥미롭게 들리는 '가지 말라' 는 경고를 기억하면서 이미 광장으로 가려고 마음먹었는데 마침 조셉과 얘기할 적당한 기회가 생긴 것이다.

조셉은 뭔가 양심에 걸리는 게 있는 사람처럼 주위를 살피면서 우물 옆에 있는 한 무리의 젊은이들 사이에 서 있었다. 가련한 녀석! 전날의 데이트가 아직도 그의 마음에 걸렸고 누군가가 자신과 엘리스를 보지 않았을까 의심하고 있었다.

‘제기랄.’ 그는 생각했다. ‘만약 저 부인이 어제 자기네 정원에서 무슨 짓을 한 거냐고 물으면 어떻게 얘기해야 하나?’

그의 머리엔 아무 생각도 떠오르지 않았다. 그건 정말 딱한 상황이었다. 베아트리체가 막 걸음을 멈추는 것이 무엇인가 말을 시키려는 의도가 분명했던 것이다. 조셉은 자신이 먼저 그 부인에게 가는 것이 더 낫겠다고 생각했다. 그의 옆에 친구가 서 있었기 때문에 그녀가 그에게 말을 걸어오면 곤란할지도 모른다는 생각에 당황스러웠던 것이다. 그는 베아트리체에게 먼저 말을 걸었고 그녀는 미소를 지으며 대답했다.

그녀의 눈은 푸른색이었고 베레모를 쓰지 않아서 검은 곱슬머리가 이마에 드리워져 있었다. 이날은 약간의 바람이 불고 있었다.

“선생님한테 들었는데 그리스어를 아주 열심히 공부한다면서요.” 브란트 부인이 말했다. “맞지요? 제 남편이 그리스어 선생이랍니다.”

‘하느님 맙소사! 그리스어라니! 끝내 주는 첫대화로군!’ 조셉은 그렇게 생각했지만 그 부인의 미소가 짓궂은 것은 아니었기에 전반적으로 마음이 놓였다.

“내 잘못은 아니죠!” 계속 말을 해야 할지 그만두어야 할지 망설이며 조셉이 말했다.

이런 곤경에 처할 때 여자들은 당황하게 마련이다. 그녀는 몸을 반쯤 돌리며 발걸음을 떼었고 상대방을 따라오도록 만들었다. 처음에는 그의 무뚝뚝함이나 고집 때문에 그가 싫었다. 그는 그녀의 얼굴을 똑바로 보지 못했고, 그의 팔은 거추장스러웠고, 그의 발걸음은 힘이 없었다. 그러나 베아트리체는 그가 부끄러움 때문에 그런다는 것을 곧 알게 되었다. 허리를 숙이고 걷는 이 소년에게 그녀는 동정심을 느꼈고, 그가 귀를 쫑긋 세울 정도로 부드러운 말투로 이야기하기 시작했다. 그에게 실망해 그를 숙맥으로 생각하는 그 순간에 그는 다시 영리해지는 것 같았다.

"분명 라시흐카에서 슬픔 속에 인생을 보내고 있는 건 아니겠죠." 그녀가 말했다.

"이 음악이 일주일에 두 번 우리에게 기분 전환을 시켜 주죠. 그나마 밤이 없다면 하루하루가 지루하고 싫증 나는 날들이 되겠죠." 그리고 그는 자신에게 말했다. '자, 이제 있는 대로 솔직하게 말하자.' 그는 베아트리체에게 윙크를 했다.

"전혀 못 믿겠는데요."

"제가 너무 자신감이 없기 때문이에요." 그가 대답했다. 이제 그들은 벌써 광장의 끝을 지나 공원 쪽으로 걸어가고 있었다. 그 어린 신사의 입에서 봇물이 터지듯 이야기가 흘러나왔다. 그는 체격이 좋고 키가 컸으며 옆에 있는 베아트리체는 7학년 소녀 같았다.

"맞아요." 브란트 부인이 말했다. "그야말로 우리는 여기서 살면서 세상으로부터 고립되어 있어요. 진짜 숨조차 마음

놓고 쉴 수가 없어요.”

“맞아요, 맞아! 정말 그래요!” 대답도 동의도 아니었음에도 그는 개의치 않고 큰 소리로 힘주어 외쳤다. 브란트 부인은 잠시 거의 관자놀이까지 이어진 눈썹을 모으더니 소년이 당황하지 않도록 학교에 관한 이야기를 멈췄다.

모퉁이에 이르자 라시흐카의 상류사회에서는 예의가 아닐 정도로 베아트리체는 약간 길게 자신의 손을 조셉의 손에 맡기며 작별인사를 했다.

모피상 아들은 걸어가면서 머릿속이 온통 베아트리체에 대한 생각으로 열중해 있었고, 베아트리체 역시 조셉과의 만남을 못 잊는 것 같았다. 기혼 여성들이란 소녀들이나 젊은 청년들만큼 더 이상 순결하지 않은 탓이었을 것이다. 소녀들이나 젊은 청년들은 모두 어느 날 분명히 정조에 관하여 그렇게 걱정할 이유가 없다는 것을 알게 될 것이고, 결국 젊은 남녀, 그리고 소녀들은 모두 탐험의 항해를 시작할 것이며, 지극히 작은 마음속에 무한한 시간과 끝없는 여정이 펼쳐지는 사랑이란 우주 속을 거닐게 될 것이다.

베아트리체와 조셉은 걸어가면서 꿈을 꾸는 것 같았다. 그들은 마치 입 속에서만 맴돌 뿐 말할 수가 없었던 단어들을 생각해 내려는 것처럼 걷고 있었다. 수천 개의 핑계를 궁리하고 지워 가면서 그들은 다시 만나고 싶어 했다. 두 사람은 얼이 빠진 듯했으며 모든 일에 열의를 잃었다. 순간만 즐기던 조셉의 풋내기 바람기가 사라져 버렸고 여자들에게 추파를 던지는 버릇도 없어졌다. 엘리스는 이제 그에게 눈에 들지 않는 존재가 되고 말았다.

어느 날 저녁, 누군가가 정원에서 아내의 이름을 불렀던 그 사건 이후 늘 습관처럼 그래 왔던 대로, 브란트는 반쯤 열린 창가에 서서 오솔길을 살펴보고 있었다. 그의 관심은 과수원 안에서 일어나고 있는 데이트에 관한 것이었고 더 이상 불안하지도 않았다. 오히려 그는 차분했다. 조금도 떨리지 않았다. 이틀 전에 나무들 사이에 숨어서, 모피상 아들과 엘리스 사이에 오가는 대화를 훔쳐 들으면서 그렇게나 그의 마음을 짓누르고 있었던 비밀을 풀 수가 있었다. 베아트리체는 안전했으며 이제 그 일에 관하여 더 이상 걱정할 필요가 없어졌던 것이다. 그럼에도 불구하고 창문이 그를 유혹했다. 엄지손가락 아래 맥박이 조용히 뛰고 있는 것을 느끼면서, 그리고 라시흐카의 평화로운 밤을 눈여겨보면서 그렇게 바깥을 향해 서 있다가 이제 막 자러 가려고 마음먹은 그 순간, 조셉이 담장을 넘어 올라왔다.

"어이구, 어이구!" 브란트가 중얼거렸다. "아직 연인들의 데이트가 끝나지 않았구먼." 바로 그때, 그의 머릿속은 상상도 할 수 없을 정도의 충만한 행복과 희열에 사로잡혔다.

"베아트리체." 창문 쪽으로 그녀를 데리고 오면서 브란트는 말했다. "저기, 저 그늘 보이지? 조셉이오. 발렌타의 아들

말이오. 그 모피상 있잖소." 이어서 그는 중간 중간 웃어 가면서 조셉이 엘리스를 자주 만났던 사실이며, 그 연인들이 헤어질 때 그 자신의 귀로 무엇을 들었는지를 얘기하기 시작했다.

"전번 마지막 데이트 때 조셉이 이제 다시는 만나지 않겠다고 여자친구에게 맹세했지. 다른 연인이 생겼다나 뭐래나 하면서. 자기들의 데이트는 뭐, 유치한 게임이라고 하던가."

"그러나," 브란트가 덧붙였다. "그애는 분명 마음이 약해서 그 맹세를 오래 지킬 수 없었던 모양이오."

그러면서 그는 잠시 말 없이 서 있었고 베아트리체는 몸을 기울여 창밖을 쳐다보고 있었다.

"어머나, 세상에!" 브란트 부인이 소리 질렀다. "그가 내 이름을 부르고 있어요!"

"바로 그거요." 그녀의 남편이 대답했다. "저 어린 신사 분께서 얼간이치고는 괜찮은 속임수를 생각해 낸 거지. 의심을 받지 않기 위해 엘리스라는 이름을 베아트리체라고 바꾼 거요."

모든 얘기를 끝냈을 때 친애하는 브란트는 엄청난 기운이 솟으면서 자신감이 생기는 것을 느꼈다. 그 이유는 그가 자신이 품고 있던 은밀한 생각을 표현했고 이제 앞으로는 자신을 괴롭히고 성가시게 할 것이 아무것도 없을 거라고 믿었기 때문이었다.

'내가 어리석었어.' 그는 생각했다. '정말 바르고 정숙한

생각만 하는 베아트리체를 의심했다니.'

그리고는 이 그리스어 선생은 아주 열을 내면서 온갖 부류의 무뢰한, 부랑아, 건달들의 간교한 속임수에 무방비 상태였던 정직한 아버지의 딸들의 정조에 관한 예를 들어가면서 이번 일에 대해 자세히 설명하기 시작했다. 그는 다음과 같은 말로 자신의 긴 연설을 끝냈다. "내가, 아니, 더 좋기는 당신이 내일 엘리스의 어머니에게 수치심도 모르는 저 애가 딸을 유혹하기 위해 어떤 올가미를 치고 있는지 말해야 하오. 그가 지난 마지막 데이트 때 제정신이 든 남자처럼 얘기하기에 용서할 용의가 있었지만, 또다시 이렇게 어슬렁대며 돌아다닌다면 그녀의 부모가 모르게 놔 둘 수는 없는 일이오."

"내가 조셉에게 말하겠어요." 베아트리체는 이렇게 말했고, 바로 오늘 그렇게 하겠다고 마음먹었다.

모든 것이 완벽했다. 저녁 식사가 끝난 후 벌써 두 시간이 지났고 이제는 항상 하던 습관대로 그 그리스어 선생이 목욕탕에서 즐겁게 첨벙대며 씻은 후 거기서 곧장 침대로 갈 시간이 되었다. 테이블을 무겁게 짓누르는 그 거룩한 책 외에 더 나은 것을 이 가련한 사람은 모르고 있었다.

독서하는 것과 자는 것, 그리고 가끔 과도한 양의 와인을 마시는 것은 그 자체가 나쁠 것은 없으나 누가 그렇게 하느냐에 따라 결과는 다른 것이다. 누군가 그렇게 저주 받을 책벌레가 있다면, 가장 큰 책이 그의 손가락에 떨어질 것이며, 가장 좋은 침대는 짐승의 보금자리가 될 것이며, 가장 알싸하게 맛있는 와인은 혀 위에서 쓰디 쓴 와인으로 변할 것이며, 결국 그가 얻게 될 것은 두통일 것이다. 그러므로 누군가가 그가 지옥에나 떨어지길 바라고, 취미나 기호가 있는 척하지 말았으면, 게으르면서 일을 하고 있는 척하지 말았으면, 또 자신만을 사랑하면서 남을 사랑하고 있는 척하지 말았으면 하고 바라는 것은 당연한 일이다.

빅토르의 등 뒤에서 문이 닫히자마자, 베아트리체는 정원으로 달려 들어갔다. 그녀는 작은 마당을 가로질러 가서 철문의 빗장을 열어 둔 후, 눈으로 봐서는 잘 안 보이는 가장 멀고 은밀한 구석으로 달려갔다.

그것은 젊은이들의 습성과 완전히 맞아떨어지는 것이었다. 그녀가 올지도 모른다고 희망하면서 조셉은 그녀를 막연히 기다리고 있었다. 그러나 베아트리체가 가까이 오는 것을 보자 그의 무릎은 후들거렸고 거의 혼자 힘으로는 서 있지 못할 정도로 사랑의 감정이 온몸을 휘감았고, 그래서 넘어지지 않으려고 베아트리체를 포옹했다. 열정과 행복감이 그의 손을 이끌어 연인답게 행동할 수 있도록 큰 용기를 주었다. 그가 입술을 베아트리체의 입술에 대었고 연인들은 한층 힘을 주어 껴안았다. 급기야는 팔 다리가 뒤엉킨 채 열정적으로, 그리고 결연히 사랑에 몸을 맡기고 있었다.

교훈

　사람들이 어리석은 짓과 쓸데없는 일을 쫓아다니도록 놔두시오. 어느 날 그들은 결국 제정신을 차리게 될 것이오. 그러나 그들의 의도와는 무관하게, 노력과는 상관없이 그런 변화가 일어날 거라고는 기대하지 마시오. 절대 그렇지는 않을 것이오. 어느 날 갑자기 쿵하고 머리를 때리는 듯한 충격이 올 것이오. 모든 체면이 사라질 것이고, 젊은 여자, 젊은 사고, 젊은 국가, 또한 노인이나, 혹은 다 죽어가는 사람들 집단 중 그 어느 쪽에도 예속되지 않을 권리를 주장하며 바보 같은 짓을 해 왔다는 것을 알게 될 것이오. 어느 날 아침 그들이 잠을 깨는 순간, 자신이 하찮고 보잘것없이 여겨 왔던 소유물이 사라졌다는 것을 알게 될 것이오. 그 소유물은 배신을 했고, 도망을 쳤으며, 자신이 원하는 인생을 꾸려 나갈 거요. 늙은 신사가 코흘리개라고 믿어 왔던 젊은이들이 하룻밤 사이에 턱수염이 자라 사랑에 빠졌으며, 그들은 무엇이든 할 각오가 되어 있었고, 모든 것을 단 하나의 카드에 걸었소. 당신들이 귀담아 듣지 않는 한 환자가 된 당신들을 절대 보살피지 않을 것이오. 물론, 빅토르, 베아트리체가 달아난 것을 알고 당신의 심장이 무너지리라는 것을 우리는 알고 있소. 아마 누군가는 당신이 당한 일 때문에 몰래 눈물을 흘릴지도 모르겠소. 그러나 자신의 힘을 시험해 보시오! 당신은 아직 무언가를 해

낼 수도 있을 거요. 어쩌면 그리스어는 예상과 달리 완전히 죽지는 않을지도 모르겠소.

그 두 사람의 얘기를 하자면, 이런 경우 다 그렇듯이, 사람들은 그들이 어딘가에 잘 정착했을 것이라 믿고 있소.

확실하냐고?

그렇다면 그들이 행복해질지 아닐지 내기 한번 해 보지 않겠소?

카렐 차페크_ Karel Čapek

발자국들

Šlépěje

그날 밤 리브카 씨는 아주 유쾌한 기분으로 귀가하고 있었다. 첫 번째 이유는 체스를 이겼기 때문이고―나이트로 멋진 장군을 불렀지, 리브카 씨는 길을 가며 자신에게 축하했다. 두 번째 이유는 눈이 내려와 온 세상이 고요한 가운데 뽀드득 소리를 내며 밟혔기 때문이었다. 정말 아름답군, 하고 리브카 씨는 생각했다. 눈 내린 도시는 갑자기 야경꾼이나 마차가 다닐 것 같은 구식의 작은 마을이 된다. 신기하게도 눈은 모든 것을 고풍스런 시골처럼 보이게 만드는 것이다!

뽀드득 뽀드득, 리브카 씨는 순전히 눈 밟는 소리를 듣는 재미를 위해 사람들이 밟지 않은 길을 찾아 다녔다. 그가 사는 곳은 조용한 뒷골목이었기 때문에 갈수록 발자국은 줄어들었다. 저 봐, 장화를 신은 남자와 구두를 신은 여자가 이 문에서 방향을 틀었군. 아마도 부부였겠지. 그네들이 젊은 사람들이었는지 어쨌는지 궁금하구먼, 리브카 씨는 그들에게 축복이라도 해 주고 싶은 양 조용히 중얼거렸다. 저기 고양이가 길을 건너며 눈 위에 꽃잎 같은 발자국을 남겼군. 잘 자라, 야옹아. 정말 발이 시리겠구나. 이제 발자국은 한 가닥밖에 남아 있지 않았다. 혼자 걷는 사람이 남겨놓은, 남자의 깊고 또렷한 발자국이었다. 어디 사는 이웃이기에 이 길을 지나갔을까? 리브카 씨는 다정한 관심을 가지고 자신에게 물어보았다. 이리로 오는 사람은 거의 없어서 눈 위에 바퀴 자국 하나 없군. 우리는 삶의 변두리에 산단 말이지. 집에 도착할 때쯤이면 거리는 하얀 깃털 이불을 코밑까지 푹 덮어쓰고, 이게 단지 아이들의 장난감일 뿐이라고 꿈꾸겠지. 아침에 신문 돌리는 할머니가 온 사방에 눈을 밟고 돌아다닐 걸 생각하니 참 안 됐군. 할머니의 발자국은 토끼의 발자국처럼 어지러울 게야.

갑자기 리브카 씨는 발걸음을 멈추었다. 그가 막 눈이 반짝이는 도로를 건너 자기 집에 가려고 할 때였다. 그는 자기 앞에 가고 있던 발자국이 인도에서 방향을 틀어 자기 집 문을 향해 이어지는 것을 보았다. 나를 보러 올 사람이 누가 있지? 그는 놀라서 자신에게 물어보았다. 리브카 씨의 시선은 선명하고 뚜렷한 발자국을 따라갔다. 다섯 개의 발자국이 있었고, 도로 한복판에서 날카로운 왼발 자국을 남기며 끝이

났다. 그 앞에는 티 없이 깨끗한, 아무도 건드리지 않은 눈밖에 없었다.

내가 미친 게 분명해, 리브카 씨는 혼잣말을 했다. 그 남자는 인도로 돌아간 게 틀림없어. 하지만 그가 볼 수 있는 한 인도에는 매끄럽고 보송보송한 눈밖에 아무것도 없었다. 사람의 발자국이라고는 단 하나도 보이지 않았다. 허참, 어떻게 된 일이람, 리브카 씨는 깜짝 놀랐다. 나머지 발자국들은 건너편 인도 위에 있겠지! 그래서 그는 중간에 끊긴 발자국을 크게 돌아 길을 건너가 보았지만 다른 쪽 인도에도 발자국은 단 한 개도 없었다. 도로 전체는 아무도 건드리지 않은 부드러운 눈으로 빛나고 있었다. 너무 순수해서 숨이 멎을 정도였다. 눈이 내리기 시작한 뒤로는 아무도 이 도로를 지나가지 않았다. 정말 이상한 일이야, 리브카 씨가 중얼거렸다. 그 남자는 인도까지 자기 발자국을 밟고 뒤로 걸어간 게 틀림없어. 하지만 그는 저 모퉁이까지 줄곧 자기 발자국을 밟으며 뒤로 걸어가야 했을 거야. 왜냐하면 내 앞엔 계속 단 한 사람의 발자국 밖에는 없었거든. 그것들은 내가 가는 방향과 같은 방향으로 가고 있었어. 하지만 그 친구는 대체 왜 이런 짓을 한 거지? 리브카 씨는 당혹감에 젖어 자문해 보았다. 만약 뒤로 걸어간 거라면 어찌 저렇게도 꼭 맞게 발자국을 맞출 수 있었을까?

리브카 씨는 몸을 돌려 문을 따고 자기 집안으로 들어갔다.

말도 안 되는 일인 줄 알지만 혹시라도 눈 발자국이 집안에 있지 않을까하는 생각이 들었다. 당연히 그럴 리가 없었다. 그냥 착각이었을지도 몰라. 리브카 씨는 뒤숭숭한 마음으로 중얼거리며 창밖을 내다보았다. 가로등 불빛에 도로 한복판에서 끊겨 버린 다섯 개의 깊고 뚜렷한 발자국이 선명하게 보였다. 젠장, 리브카 씨가 눈을 비비며 생각했다. 눈 위에 한 개만 남은 발자국 이야기는 읽은 적이 있지만, 이렇게 계속 이어지다가 갑자기 사라진 것은—이 친구는 대체 어디로 가 버린 거지!

리브카 씨는 고개를 흔들고 옷을 벗기 시작했다. 하지만 불현듯 동작을 멈추고 전화기 쪽으로 걸어갔다. 그는 약간 긴장한 목소리로 경찰서에 전화를 걸었다. "여보세요? 바르토세크 경감님? 저기, 여기서 이상한 일이 벌어지고 있습니다. 정말 이상한 일이에요.—이리로 누굴 좀 보내 주실 수 있다면, 아니면 직접 오시면 더 좋습니다.—네, 좋아요. 제가 모퉁이에서 기다리고 있겠습니다.—무슨 일이 벌어지고 있는 건지 도통 모르겠어요.—아니요, 위험하다고 생각지는 않습니다. 딱 한 가지 주의할 점은 절대 발자국을 흐트러트려서는 안 된다는 겁니다.—누구의 발자국인지도 모르겠고요! 좋습니다. 기다리고 있겠습니다."

리브카 씨는 다시 옷을 차려 입고 밖으로 나갔다. 그는 조심스럽게 발자국을 돌아서 인도 위에 남겨진 발자국들도 건

드리지 않도록 주의했다. 추위와 흥분된 기분에 몸을 떨면서 리브카 씨는 모퉁이에서 바르토세크 경감을 기다렸다. 주위는 조용했고, 사람들이 사는 지구는 우주에서 평화롭게 빛나고 있었다.

"적어도 여긴 조용하네요." 바르토세크 경감이 씁쓸하게 불평했다. "지금까지 우린 패싸움과 취객을 처리하고 있었습니다. 휴우!―그래, 여긴 무슨 일입니까?"

"저 발자국들을 봐 주십시오, 반장님." 리브카 씨가 떨리는 목소리로 말했다. "여기서 발자국이 시작되지요."

경감은 손전등을 켰다. "꽤나 키가 큰 친구로군요. 한 6피트는 되겠는데요." 경감이 말했다. "발자국의 크기와 보폭으로 봐서 말이지요. 상당히 좋은 장화로군요. 내 생각에는 수제품 같습니다. 이 사람은 술에 취하지 않았고, 똑바로 걷고 있었습니다. 대체 이 발자국에 무슨 문제가 있는지 저로서는 알 수 없군요."

"저깁니디." 리브카 씨가 짤막하게 말하며, 도로 한복판에서 발자국이 끊어진 곳을 가리켰다.

"아하," 바르토세크 경감이 말했다. 경감은 그 이상 별다른 반응을 보이지 않고 마지막 발자국이 있는 곳으로 곧장 다가가서 쪼그리고 앉아 손전등을 비추었다. "아무것도 잘못된 게 없군요." 그가 만족스럽게 말했다. "훌륭하고 단단한, 완벽하게 정상적인 발자국입니다. 발꿈치에 무게가 쏠려 있군요. 만약 이 남자가 한 걸음 더 나아가거나 펄쩍 뛰려 했다면, 무게가 발가락 쪽으로 옮겨졌을 겁니다, 아시겠죠? 이건 명약관화한 일이죠."

"그럼 그건?" 리브카 씨가 강한 기대감을 가지고 물었다.

"이게 의미하는 바는," 경감이 침착하게 말했다. "그가 더 걷지 않았다는 거지요."

"그럼 이 친구는 대체 어디로 사라진 거죠?" 리브카 씨가 열띤 목소리로 소리쳤다.

경감은 어깨를 으쓱했다. "모르겠습니다. 뭔가 이 남자에게 의심스러운 점이 있나요?"

"의심스러운 점이라고요?" 리브카 씨가 깜짝 놀라서 말했다. "저는 단지 그 사람이 어디로 가 버린 건지 알고 싶을 뿐입니다. 보세요, 만약 그 남자가 여기서 마지막 걸음을 디뎠다면, 그 다음에는 대체 어디로 간 걸까요? 제 말은, 이곳에는 다른 발자국이 전혀 없다는 겁니다!"

"저도 압니다." 경감이 건조한 목소리로 말했다. "그래서 이 사람이 어디로 갔는지 선생님과 무슨 관계가 있습니까? 가족입니까? 찾고 있는 사람입니까? 아니라면 이 사람이 어디 갔는지 대체 무슨 상관이란 말입니까?"

"하지만 설명은 해야 하지 않습니까." 리브카 씨의 목소리가 흔들렸다. "경감님은 그 사람이 자기 발자국을 밟으면서 뒤로 걸어갔을 거라고 생각하시나요?"

"웃기는 소리!" 경감이 버럭 외쳤다. "뒤로 걸어갔다면 균형을 잡기 위해 보폭을 짧게 하면서도 다리를 더 많이 벌려야 했을 겁니다. 게다가, 발을 많이 들지도 못해요. 그래서 눈 위에 발꿈치로 질질 끄는 자국이 남았겠지요. 선생님, 이 발자국들은 한 번에 찍힌 겁니다. 이 발자국들이 얼마나 선명한지 보세요."

"그럼 이 사람이 뒤로 걸어가지 않았다면," 리브카 씨가 고집스럽게 말했다. "이 남자는 대관절 어디로 사라진 겁니까?"

"그건 그 사람 일이지요." 경감이 투덜거렸다. "이보세요. 만약 이 친구가 아무 잘못도 저지르지 않았다면, 우리는 이 사람의 일에 끼어들 권리가 없습니다. 우리는 이 남자에 대한 고발을 받아야 합니다. 그렇다면 당연히 수사를 시작하겠지요."

"하지만 사람이 어떻게 길 한복판에서 갑자기 사라질 수 있는 거시요?" 리브키 씨는 생각만 해도 오싹함을 느끼며 소리쳤다.

"그냥 기다려 보세요, 선생." 경감이 인내심을 갖고 그에게 충고했다. "만약 누군가가 사라졌다면, 그 사람의 가족이나 누군가가 하루 이틀 내로 우리에게 연락할 겁니다. 그럼 우리가 수색을 시작하겠지요. 아무도 이 사람을 찾지 않는 한, 우리가 할 수 있는 일은 아무것도 없습니다. 도움을 줄 수도 없고요."

리브카 씨의 안에서 어두운 분노가 일어나기 시작했다. "무척 죄송합니다만," 그가 날카롭게 말했다. "나는 평화롭게 길을 걷고 있던 보통 사람이 아무 이유 없이 길 한복판에서 사라졌다면 경찰이 적어도 조금의 관심은 가져야 한다고 생각하는데요!"

"보세요, 이 사람한테는 아무 일도 일어나지 않았습니다." 바르토세크 경감이 리브카 씨를 달랬다. "싸운 흔적도 전혀 없고.—누군가가 그 사람을 공격하거나 납치해 갔다면, 발자국은 엉망이 되었을 겁니다.—선생님, 죄송하지만 제가 끼어들 이유가 전혀 없는 사건입니다."

"하지만 경감님." 리브카 씨가 두 손을 들며 말했다. "적어도 설명을 좀 해 주십시오. 여전히 이건 미스터리이지 않습니까……."

"그렇지요." 경감이 배려심을 보이며 동의해 주었다. "선생님은 이 세상에 얼마나 많은 미스터리들이 있는지 전혀 모르실 겁니다. 모든 집, 모든 가정이 미스터리예요. 제가 이리로 오는 도중에 저는 젊은 여인이 저쪽의 작은 집에서 울고 있는 소리를 들었습니다. 선생님, 미스터리는 우리의 일이 아닙니다. 우리는 법과 질서를 지키라고 돈을 받는 사람들입니다. 선생님은 정말 우리가 호기심 때문에 범죄자들을 쫓아다닌다고 생각하십니까? 선생님, 우리는 그 자들을 잡아 가두

려고 범죄자들을 쫓는 것입니다. 법과 질서를 지켜야 하니까
요."

"맞습니다!" 리브카 씨가 외쳤다. "하지만 경감님은 길 한
복판에서 누군가? 그래, 이렇게 얘기합시다, 갑자기 하늘로
솟아오른다면, 그게 법과 질서에 맞는 일은 아니라고 인정해
야 할 겁니다!"

"그건 전적으로 해석의 문제겠지요." 반장이 말했다. "누
군가 아주 높은 곳에서 떨어질 위험에 처한다면, 그 사람을
묶어 놓아야 한다는 취지의 경찰 규칙이 있습니다. 경고를 받
아야 벌금을 무는 법이지요.─만약 이 신사가 자신의 자유의
지로 하늘로 솟아올랐다면 경찰관은 당연히 안전벨트를 하
라고 경고했어야 합니다. 하지만 여기에는 경찰관이 없었던
것 같군요." 그가 송구스럽다는 듯이 말했다. "그랬다면 그
사람도 발자국을 좀 남겨 놓았을 텐데요. 게다가 이 신사 분
은 다른 방법으로 떠났을 수도 있고요."

"대체 어떻게?" 리브카 씨가 물었다.

바르토세크 경감을 고개를 저으며 말했다. "말씀드리기 어
렵군요. 승천이나 야곱의 사다리(창세기에 등장하는 이삭의 아들 야곱
이 꿈에서 보았다는 하늘에 닿는 사다리) 같은 것일 수도 있지요." 경감
이 애매모호하게 말했다. "승천은 납치로 간주할 수 있습니
다. 특히 폭력의 흔적이 있을 경우에 그렇죠. 하지만 저는 그
것이 대개 당사자의 동의에 의해 이루어지는 일이라고 생각

합니다. 하지만 아마도 그 남자는 나는 법을 알았을 수도 있지요. 혹시 꿈속에서 날아 본 적이 계십니까? 발로 조금만 밀어주기만 하면 하늘로 올라가지요. 어떤 사람은 풍선처럼 난다지만, 제 경우엔 꿈에서 날 때 매번 발로 땅을 굴러야 했습니다. 이놈의 무거운 제복과 칼 때문이 아닐까 합니다만. 아마 그 남자는 잠이 들어서 꿈에서 날기 시작했나 봅니다. 하지만 선생님, 그건 법에 어긋나는 일이 아닙니다. 물론, 붐비는 거리에서라면 경찰관이 그 사람에게 경고를 했어야 했을 겁니다. 잠깐만요. 이건 공중부양일 수도 있겠군요. 아시다시피 심령주의자(죽은 사람의 영혼이 영매를 통해 산 사람과 의사소통을 할 수 있다는 신앙으로 19세기말 프랑스, 영국, 미국 등지에서 크게 유행했다.)들은 공중부양을 믿거든요. 하지만 심령주의 역시 법에 어긋나는 일은 아닙니다. 바우디스 씨라는 양반은 내게 영매가 공중에 떠 있는 걸 자기 눈으로 직접 봤다고 말했었지요. 누가 알겠습니까, 거기 뭔가 있을지."

"하지만 경감님," 리브카 씨가 나무라듯이 말했다. "경감님이 그런 걸 진짜로 믿을 리가 없어요! 그건 자연법칙에 위배되는 일이잖아요!"

바르토세크 경감은 어쩔 수 없다는 듯 어깨를 으쓱했다. "저도 압니다, 선생님. 하지만 사람들은 모든 종류의 법과 규칙을 위반하지요. 만약 선생님께서 경찰에 있다면 그런 일들을 항상 보게 될 겁니다." 경감은 손을 내저었다. "사람들이 자연법칙을 어긴다 해도 저는 놀라지 않을 겁니다. 인간이란 꽤 형편없는 족속들이니까요. 그럼, 안녕히 주무십시오. 여기는 정말 춥군요."

"들어와서 차를 드시지 않겠습니까? 아니면 술이라도 한 잔." 리브카 씨가 경감에게 권했다.

"거 좋죠." 경감이 맥없는 소리로 말했다. "아시다시피 이 옷을 입고서는 술집에도 들어갈 수 없답니다. 그게 바로 경찰관들이 술을 많이 안 마시는 이유지요."

"미스터리라……." 경감이 안락의자에 앉아 생각에 잠긴 채 장화 발끝에서 녹는 눈을 바라보며 말을 이어나갔다. "백 중 아흔아홉 명의 사람들이 저 발자국들을 눈여겨보지 않고 그냥 지나치겠죠. 그리고 선생님은 진짜 미스터리한 일 백 가지 중에서 아흔아홉 개는 보지 못합니다. 우리 경찰은 이 세상사에 대해 아주 무지합니다. 하지만 몇 가지 일은 전혀 미스터리한 일이 아닙니다. 법과 질서는 미스터리한 것이 아닙니다. 경찰 역시 미스터리하지 않지요. 하지만 거리를 걷는 사람들은 모두 미스터리한 존재들입니다. 선생님, 왜냐하면 우리가 그들을 건드릴 수 없으니까요. 어떤 사람이 뭔가를 훔친다면, 그는 미스터리한 존재이기를 멈출 겁니다. 왜냐하면 우리가 그 사람을 붙잡아 가둘 테니까요. 그걸로 끝인 거죠. 적어도 우리는 그가 뭘 하고 있는지 압니다. 우리가 원하면 언제나 감방 창문으로 그를 감시할 수 있으니까요. 그렇잖습니까? 하지만 선생님께 물어보겠습니다. 왜 신문은 ‘미스터리한 시신의 발견’ 같은 헤드라인을 뽑아내는 걸까요? 시신에 무슨 미스터리한 점이 있는 걸까요? 시체를 발견하면, 우리는 그것을 측정하고 사진을 찍고, 해부를 해서 그 겉과 속에 있는 모든 섬유조직을 조사합니다. 우리는 그가 마지막으로 무엇을 먹었는지, 어떻게 죽었는지, 이름이 무엇인지 알아냅니다. 게다가 우리는 누군가 돈을 위해 그 사람을 죽였을 것이라는 사실을 알아냅니다. 모든 것이 명약관화한 일입니다……. 홍차를 좀 더 주시겠습니까, 선생님? 모든 범죄는 명약관화한 일입니다, 선생님. 선생님께서도 적어도 동기나 그런 류의 일들에 대해 아실 겁니다. 하지만 선생님의 고양이가 무슨 생각을 하는지, 선생님의 하녀가 무슨 꿈을 꾸었는지, 선생님의 부인이 창문 밖을 내다볼 때 무슨 생각을 하는 건지, 그런 게 미스터리한 겁니다. 범죄 사건을 빼면 모든 것이 미스터리한 거지요. 범죄 사건이란 엄격하게 정의된 현실의 구체적인 단면입니다. 우리가 빛에 비추어 자세히 볼 수 있는 얇은 조각입니다. 만약 제가 여기서 제 주위를 돌아본다면, 선생님, 저는 선생님에 대해 모든 것을 알게 될 겁니다. 하지만 내가 지금 하고 있는 일은 장화 끝을 보는 거지요. 왜냐하면 저는 선생님에게 공적인 관심이 없기 때문입니다. 제 말뜻은 아무도 선생님을 고발하지 않았다는 거지요.” 경감이 뜨거운 차를 홀짝거리며 덧붙였다.

"참 이상한 고정관념이 있습니다." 잠시 뜸을 들이다 경감이 다시 말을 시작했다. "경찰, 특히 형사들은 미스터리에 관심이 있을 거라는 고정관념 말입니다. 우리는 미스터리 같은 것에 전혀 신경을 쓰지 않습니다. 우리가 관심을 가지는 것은 질서를 어지럽히는 행동입니다. 선생님, 우리는 범죄가 미스터리하기 때문에 관심을 가지는 것이 아니라 법에 어긋나기 때문에 관심을 가지는 것입니다. 우리는 지적인 호기심으로 악당들을 쫓지 않습니다. 우리는 법의 이름으로 그 자들을 체포하기 위해 그들을 추적합니다. 보세요, 길거리의 청소부들은 먼지 속에서 사람들의 흔적을 찾으려는 게 아니라 삶이 남겨놓은 더러운 것들을 치우고 정리하기 위해 빗자루를 들고 다닙니다. 법과 질서는 조금도 미스터리하지 않은 것입니다. 질서를 유지하는 것은 지저분한 일입니다. 선생님, 사물을 깨끗하고 단정하게 유지하려고 하는 사람은 온갖 더러운 물건들에 손가락을 쑤셔 넣어야만 합니다. 글쎄, 누군가는 반드시 해야 하는 일이죠." 경감이 의기소침하게 말했다. "그건 누군가 송아지들을 도살하는 일을 하지 않으면 안 되는 것과 똑같은 겁니다. 하지만 호기심으로 송아지를 죽인다면 그건 야만적인 일일 겁니다. 그런 일은 오로지 숙련된 직업으로 실행되어야 할 일입니다. 어떤 일을 하는 것이 누군가의 의무일 때, 적어도 그는 자신에게 그 일을 할 자격이 부여되어 있다는 것을 압니다. 자, 정의란 구구단처럼 명확한 것이어야 합니다. 선생님은 도둑질이 무조건 나쁜 짓이라는 걸 증명할 수 없을지도 모릅니다. 하지만 저는 절도는 항상 법을 어기는 일이라는 걸 선생님에게 증명할 수 있습니다. 그 때마다 선생님을 체포할 수 있으니까요. 만약 선생님이 거리에 진주를 뿌려놓는다면, 경찰은 거리를 어지럽힌 죄로 딱지를 끊을 겁니다. 하지만 선생이 기적을 행하기 시작한다면, 그것이 불법 행위나 불법 집회로 규정되지 않는 한 우리는 선생님을 막을 수 없습니다. 우리가 개입하기 위해서는 어떤 종류의 법률 위반 행위가 있어야 하는 겁니다."

"하지만 경감님," 리브카 씨는 불만 가득하게 반론을 제기했다. "경감님은 정말 그걸로 충분한가요? 여기서 무슨 일이 벌어졌는지……. 그런 이상한 일이, 너무나 미스터리한 일이……. 그럼 경감님은……."

바르토세크 경감은 어깨를 으쓱했다. "나는 단지 무시했을 뿐입니다. 괜찮으시다면, 선생님이 편안한 밤잠을 이루도록 그 발자국 문제를 처리해 드리지요. 지금 무슨 소리가 들렸지요? 발자국 소리? 저건 우리 야간 순찰대원입니다. 그리고 지금이 두 시 칠 분이라는 뜻이지요. 그럼, 안녕히 주무십시오."

리브카 씨는 경감을 따라 문으로 나갔다. 도로 한복판에는 여전히 중간에 끊겨진 알 수 없는 발자국이 남아 있었다.—한 경관이 건너편 인도를 걸어오고 있었다.

"미므라," 바르토세크 경감이 불렀다. "뭐 새로운 일이 있었나?"

미므라 순경이 인사했다. "별 일 없었습니다, 경감님." 순경이 보고했다. "17번지 앞에서 고양이 한 마리가 울고 있어서 초인종을 눌렀더니 그 집 사람들이 데리고 들어갔습니다. 9번지 집은 문을 열어두고 있더군요. 사람들이 길 모퉁이에 땅을 파놓고는 경고등을 놓고 가는 걸 잊었습니다. 마르시크 식료품 가게의 간판 한 쪽 끝은 헐거워져 있더군요. 그게 누군가의 머리 위로 떨어지지 않게 하려면 아침에 그걸 끌어내려야 할 겁니다."

"그게 단가?"

"그렇습니다." 미므라 순경이 말했다. "행인들의 다리를 부러뜨리지 않으려면 아침에 인도에 모래를 뿌려야 할 겁니다. 여섯 시에 모든 집들의 초인종을 울려야 할 것 같습니다."

"그럼 모든 게 정상이군." 바르토세크 경감이 말했다. "잘 가게!"

리브카 씨는 미궁에 빠져버린 발자국들에 마지막으로 눈길을 던졌다. 하지만 마지막 발자국이 있던 곳에 이제 미므라 순경의 장화가 만든 넓고 튼튼한 발자국이 찍혀 있었다. 그리고 거기서부터 터벅터벅 걸어가는 그의 넓은 발자국이 또렷하게 이어지고 있었다.

"하느님, 감사합니다." 리바크 씨는 한숨을 내쉬고 침실로
향했다.

카렐 차페크_ Karel Čapek

배우 벤다의 실종

Zmizení herce Bendy

9월 2일, 배우 벤다가 실종됐다. 단 한 번의 도약으로 배우로서 정상의 명예를 얻었다고 알려진 명배우 얀 벤다가 실종된 것이다. 그런데 실은, 이 9월 2일에는 아무 일도 일어나지 않았다. 9시에 벤다의 아파트를 살피러 온 파출부는 침대가 흐트러져 있고 모든 게 엉망진창인 것을 발견했다. 그건 벤다의 성격을 보여주는 것이었고, 다만 벤다 씨가 집에 없을 뿐이었다. 그렇지만 이 또한 그리 특별한 일이 아니어서 그녀는 기계적으로 아파트를 정돈하고서는 다시 자기 볼일을 보러 돌아갔다. 모든 것이 괜찮았다. 그러나 그때부터 배우 벤다의 흔적은 찾을 수 없었다.

마레쇼바 아줌마(바로 그 파출부)는 그것조차도 의아해하지 않았다. 아시다시피 배우들이란 집시와 같아서 다음번에는 어디에서 연기를 할지, 혹은 어딘가에서 실컷 마셔댈지 아무도 모르기 때문이다. 그러다 9월 10일, 벤다를 찾는 소동이 일어났다. 그는 그날 극장에서 '리어왕' 리허설에 참석하기로 되어 있었다. 세 번째 리허설에도 벤다가 나타나지 않자 불안해진 극단은, 벤다의 친구인 닥터 골드베르크한테 전화를 걸어 벤다에게 무슨 일이 있는지 물었다.

닥터 골드베르크는 맹장수술로 꽤 많은 돈을 긁어모은 외과의사였다. 이게 바로 유대인의 전문분야다. 그는 살찐 사람이었는데, 굵은 금테 안경에 마음이 견고하고 순수한 사람이었다. 예술에 심취한 그의 집은 마룻바닥에서 천장까지 그림으로 가득 차 있었고, 그는 우정 어린 거드름으로 자신을 대하는 배우 벤다를 좋아했다. 벤다는 겸손히 그에게 술값을 내도록 만들고는 했다. 우리로서는 적은 금액이 아니었다. 벤다의 슬픈 표정과 닥터 골드베르크(그는 물만 마신다)의 희색이 만면한 얼굴은 요란하게 흥청대며 벌이는 그들의 난폭한 탈선행위에 더 커다란 효과를 불러일으켰다. 바로 그런 모습들이 명배우가 가진 명성의 이면을 보여주는 것이었다.

그리하여 극장에서는 이 닥터 골드베르크에게 전화를 걸어 벤다에게 무슨 일이 일어났는지 물어보기에 이르렀다. 그는 전혀 아는 바가 없지만 벤다를 찾아보겠다고 대답했다. 지난 일주일 내내 점점 커지는 불안을 안고 밤마다 벤다를 찾기 위해 모든 살롱과 호텔을 헤매고 다녔다는 사실은 전혀 언급하지 않았다. 그는 벤다에게 무슨 일인가 벌어졌다는 불길한 예감에 사로잡혔다. 그것은 바로 이러했다. 지금까지 확실한 것은 닥터 골드베르크가 얀 벤다를 본 마지막 사람이라는 것이다. 8월말 어느 날, 그는 벤다와 함께 프라하에서 술자리를 가지며 환희로 가득한 밤을 보냈다. 그 이후, 벤다는 어떤 자리에도 모습을 드러내지 않았다. '아마도 아픈가 보군.' 혼자 중얼거린 골드베르크는 어느 날 오후, 마침내 벤다의 아파트에 찾아갔다. 그날이 9월 1일이었다. 초인종을 눌렀지만 아무도 문을 열지 않았다. 하지만 안에서는 인기척이 들렸다. 닥터는 족히 5분간이나 벨을 울렸다. 갑자기 발자국 소리가 들렸고, 문이 열렸다. 잠옷을 걸친 벤다가 문 앞에 서 있었다. 닥터 골드베르크는 벤다의 모습을 보고 아연실색했다. 이리저리 엉키고 헝클어진 머리에 마치 야만인 같은, 유명 배우로서는 당치도 않는 모습이었다. 족히 일주일은 깎지 않은 듯한 수염에, 초췌하고 더러워 보였다.

"당신이군. 원하는 게 뭐요?" 벤다는 퉁명스럽게 말했다.

"맙소사, 도대체 무슨 일이 있는 거요?" 닥터는 놀라서 소리쳐 물었다.

"아무 일도!" 벤다는 으르렁댔다. "아무 데도 안 갈 거요, 알겠소? 날 좀 내버려 두시오!" 그는 골드베르크 코앞에서 문을 쾅 닫아 버렸다. 그리고 다음날, 사라져 버렸다.

닥터 골드베르크는 자신의 굵은 안경 너머를 침울하게 응시했다. 무언가 잘못된 게 분명했다.

벤다가 살던 건물의 수위는 9월 2일 새벽 3시경, 집 앞에 차 한 대가 멈춰 서서 경적을 울렸다고 알려 주었다. 그때 누군가 집을 나와서 문을 쾅 닫는 소리가 들렸고, 차는 곧바로 집 앞을 떠났다. 수위는 밖으로 보러 나가지 않았기 때문에 그것이 어떤 차인지는 몰랐다. 사람들은 반드시 해야만 하는 일이 아니라면 새벽 3시에 침대에서 빠져나오지 않는 법이다. 하지만 급하게 경적을 울렸던 것으로 봐서 그들이 지체할 새 없이 몹시 서둘렀다는 것은 알 수 있었다.

마레쇼바 아줌마는 벤다 씨의 모습으로 보아 그가 일주일 내내 외출하지 않았고(밤에 나가지 않았다면), 수염을 깎지도 세수를 하지도 않았을 거라고 말해 주었다. 음식은 주문해 먹었고, 브랜디를 마시며 소파에 큰 대자로 드러누워 있고는 했다고 언급했다.

대략 이 정도가 전부였다. 이제는 다른 사람들도 벤다의 실종에 대해 걱정하기 시작했다. 닥터 골드베르크는 마레쇼바 아줌마를 다시 찾아갔다.

"아주머니, 제 말 좀 들어 보세요." 그는 말했다. "혹시, 벤다 씨가 무슨 옷을 입고 집을 나갔는지 모르세요?"

"아무것도 걸치지 않았어요." 마레쇼바 부인이 말했다. "그게 바로 제가 걱정하고 있는 점이에요. 아무 옷도 입지 않았다고요. 저는 벤다 씨가 가진 옷을 전부 알고 있어요. 그 옷들은 전부 아파트 안에 걸려 있어요. 심지어 바지 하나도 없어지지 않았단 말이에요.”

“그럼 내의 차림으로 나갔단 말인가요?” 닥터 골드베르크는 매우 놀라서 물었다.

“그는 속옷조차도 입지 않았어요.” 마레쇼바 부인이 단언했다. “신발도 신지 않았다고요. 바로 그 점이 이상하다는 거예요, 선생님. 벤다 씨의 모든 빨래를 세탁소에 가져가기 전에 기록해 두거든요. 세탁해 오면 제가 정돈을 하면서, 다시 한 번 세탁물을 헤아려 봐요. 그는 셔츠가 열여덟 벌이 있는데, 전부 옷장 안에 있어요. 손수건 하나도 없어지지 않았다고요. 없어진 것이라고는 그가 늘 가지고 다니는 손가방 하나뿐이에요. 그가 정말 사라진 거라면, 그 고귀한 영혼 외에는 아무것도 걸치지 않은 알몸 상태로 간 거라고요.”

닥터 골드베르크는 심상치 않은 표정을 지었다. “아주머니, 9월 2일 아침에 벤다 씨의 집에 갔을 때 뭔가 눈에 띄게 어질러진 것은 없었나요? 그런 거 있잖아요, 물건이 뒤죽박죽 흩어져 있거나 문이 부서졌다거나?”

“어질러진 것이라고요?” 마레쇼바 부인은 말했다. “완전히 엉망이었지요. 평소와 똑같이 말이에요. 선생님, 벤다 씨는 그리 깔끔한 분이 아니었어요. 그게 아니라 평소보다 더 심하게 어질러져 있냐고 묻는 것이라면, 말씀드려야 할 만큼 딱히 눈에 띄는 건 없었어요. 그렇지만, 실오라기 하나도 걸치지 않고 도대체 어디를 갈 수 있단 말이에요?"

닥터 골드베르크는 그녀만큼이나 아는 게 거의 없었다. 그럼에도 극도로 비관적인 생각이 들자 경찰에 신고하기로 했다.

"네, 좋습니다." 닥터 골드베르크가 알고 있는 것을 모두 털어놓자 경찰 수사관이 말했다. "조사해 보겠습니다. 그렇지만 말씀하신 것처럼 세수도 면도도 하지 않은 채 일주일 내내 집에 틀어박혀서 소파에 누워 브랜디나 마시다가, 옷 하나 걸치지 않고 사라졌다면, 선생님, 음, 제게는 그분이 좀—"

"딱 미친 거죠." 닥터 골드베르크가 불쑥 말을 꺼냈다.

"네, 그렇죠." 수사관이 대꾸했다. "정신 이상으로 인한 자살이라고 말하고 싶군요. 아시다시피 그가 자살했다 하더라도 그리 놀라운 일도 아닐 겁니다."

"그러면 그의 시체라도 발견됐겠지요." 닥터 골드베르크는 의심스러운 듯 넌지시 말했다. "게다가 나신으로 그가 얼마나 갈 수 있겠습니까? 그리고 손가방은 왜 가지고 갔을까요? 또 집 앞에서 기다리던 자동차는요? 경관님, 마치 그가 도망친 것처럼 보이는군요."

수사관의 머리에 무언가 떠올랐다. "그가 혹시 빚을 진 게 아닙니까?"

"아니오." 닥터는 급히 대답했다. 사실 얀 벤다는 빚이 많았지만 결코 신경을 쓰지 않았다.

"또는, 음, 말하자면 어떤 스캔들이라도, 불행한 사랑이나 전염병, 아니면 특별한 고민이라도?"

"제가 아는 한 아무것도……." 닥터 골드베르크는 머뭇거리며 말했다. 한두 가지 떠오르는 게 있었지만 입 밖에 내지 않았다. 어쨌든 그것들은, 설명할 수 없는 벤다의 실종과는 아무 상관이 없었다. 경찰서에서 집으로 돌아왔으나 아무것도 달라진 게 없었다. 물론, 경찰은 할 수 있는 일은 뭐든 할 것이다. 그는 그런 면으로 벤다에 대해 알고 있던 모든 것을 상기해 보았다. 하지만 별로 많지는 않았다.

1. 벤다는 외국 어딘가 아내가 있었으나 별로 신경 쓰지 않았다.

2. 그는 프라하 근교 흘레쇼지쩨에 한 소녀를 양육하고 있었다.

3. 그는 소위 불륜 관계의 애인이 있었다. 커다란 공장을 가진 꼬르벨 씨의 아내, 그레따 부인이었다. 그레따 부인은 무대에 서기를 열렬히 원했고, 꼬르벨 씨는 자연스럽게 아내가 주역을 맡을 영화의 재정을 담당했다. 벤다가 그레따 부인의 애인이라는 점은 다들 알고 있었다. 그녀는 공공연히 벤다를 따라다녔고, 전혀 개의치 않았다. 사실은 벤다는 이런 일들에 대해 한 마디도 언급한 적이 없었다. 어떤 면에서는 고상한 기품을 가지고, 또 어떤 면에서는 냉소적으로 이런 일들

을 부정했다. 바로 이 점이 골드베르크를 전율시켰다. 아니야, 닥터는 절망적으로 자기 자신에게 말했다. 아무도 벤다의 사생활을 상세히 아는 사람이 없었다. 여기에 뭔가 비열한 음모가 있는 게 아니라면, 내 스스로 목을 매달 거야. 하지만 이제는 경찰이 처리해야 할 문제다.

물론, 닥터 골드베르크는 경찰이 무엇을 하는지, 그들이 일을 어떻게 진행하고 있는지 알지 못했다. 그는 무슨 소식이라도 들을까 안절부절못하며 기다렸다. 그러는 사이, 벤다의 실종 이후 한 달이 지났고 사람들은 벤다에 대해서 과거시제로 이야기하기 시작했다.

어느 날 저녁, 닥터 골드베르크는 나이 많은 배우 레브두쉬까를 우연히 만났다. 둘이 이런 저런 이야기를 나누는 도중에 벤다가 자연스럽게 화제에 올랐다. "선생님, 그는 진짜 배우였습니다." 늙은 레브두쉬까가 말했다. "그가 스물다섯 살쯤이었을 때가 기억나는군요. 벼락 맞을 녀석, 그는 오스왈드(입센의 희곡 '유령'의 주인공) 역을 연기했어요! 젊은 의학도들이 마비 상태가 어떤 건지 보려고 극장에 몰려들고는 했던 것을 아시겠지요? 그러고 나서는 리어왕 역할을 처음 맡았답니다. 들어보세요, 그가 어떻게 연기했는지는 모르겠어요. 저는 줄곧 그의 손만 바라보았거든요. 그의 손은 팔십 먹은 노인같이 피골이 상접하고 말라빠져 가련할 지경이었어요. 그가 어떻게 그런 손을 할 수 있었는지 아직도 이해할 수가 없습니다. 저도 분장은 꽤나 하는 편이라고요. 하지만 선생님, 어느 누구도 벤다처럼은 흉내도 내지 못했어요. 그는 진정한 배우였지요."

닥터 골드베르크는 동료 배우로부터 얀 벤다의 사망자 약력을 들으며 우울한 환희에 젖었다.

"그건 진정한 연기였습니다, 의사 선생님." 레브두쉬까는 숨을 몰아쉬었다. "그가 의상 책임자를 어찌나 몰아붙이던지! 그는 고함을 쳤어요. '당신이 내 코트에 그런 가짜 레이스를 붙인다면 난 왕 역할을 하지 않겠어!' 그는 어떤 가짜도 허락하지 않았거든요. 오셀로 역을 맡았을 때, 그는 골동품 상점을 전부 뒤져서 결국 르네상스 시대의 팔찌를 찾아냈지요. 그는 그것을 차고 오셀로를 연기했어요. 진짜를 차고 할 때 연기가 더 잘 된다고 하면서 말입니다. 그건 연기라 아니라 아마도…… 육체적 실현이었어요." 올바른 표현인지 아닌지도 모른 체 레브두쉬까는 머뭇거리며 말했다. "공연 도중 막간의 휴식시간이 되면 그는 십장처럼 심술궂게 굴었어요. 누구든 자신의 기분을 깨트리지 못하도록 아예 탈의실에 들어가 문을 잠가 버렸답니다. 그는 술을 너무 많이 마셔서 신경이 날카로워졌어요." 레브두쉬까는 생각에 잠긴 듯 말했다. "전 이 극장에 들어갑니다, 선생님." 그는 작별을 고했다.

"저도 함께 가겠어요. 저녁 시간을 어떻게 보내야 할지 몰

라서요." 닥터 골드베르크가 말했다. 극장에서는 해양 영화
가 상영되고 있었으나 닥터 골드베르크는 무엇에 관한 영화
인지 별 생각이 없었다. 그는 거의 눈물을 흘리다시피 하며,
얀 벤다에 대한 노배우 레브두쉬까의 중얼거림에 귀를 기울
였기 때문이었다.

"그는 배우가 아니었습니다." 레브두쉬까는 말했다. "그는
바로 악마였어요. 한 번의 인생으로는 만족하지 않았지요.
그게 바로 진짜 문제였어요. 인생에서 그는 별 볼일 없었답니
다, 의사 선생님. 하지만 무대 위에서 그는 진짜 왕이거나 진
짜 거지였지요. 선생님, 그는 마치 일생동안 명령만 한 듯이
손을 흔들고는 했어요. 하지만 그의 아버지는 그저 떠돌이 칼
가는 자였을 뿐이었습지요. 저 친구 좀 보세요. 난파당해서
무인도에 닿은 조난자인데 손톱이 깔끔하게 다듬어져 있군
요. 저런 바보 녀석 같으니. 분장용 수염을 대충 갖다 붙인 꼴
이 보이시죠? 만일 벤다가 저 친구 역을 맡았다면 진짜 수염
을 기르고 손톱도 진짜로 더럽게 했을 거예요. 그런데, 의사
선생님, 갑자기 무슨 일이세요?"

"실례합니다." 닥터 골드베르크는 머뭇거리며 자리에서 일
어났다. "갑자기 무언가 떠올랐어요. 감사합니다." 벌써 그
는 극장을 나서고 있었다. 벤다는 틀림없이 진짜 수염을 길렀
을 거야. 그는 반복해서 중얼거렸다. 벤다는 진짜 수염을 길
렀을 거야! 어째서 진작 이 생각을 못했을까! "경찰서로!" 그

는 가장 가까운 택시에 뛰어들며 외쳤다. 경찰서에 도착한 그는 야간 근무를 하고 있는 경찰관에게 다가서자마자 '하느님 맙소사! 9월 2일이나 그 무렵쯤 이름 없는 방랑자의 시체가 발견되었는지 즉시, 그게 어디든 바로 즉시 확인해 주시오!' 라고 외치며 간청했다. 예상했던 바와 달리 당직 경찰관은 순순히 자리에서 일어나 어딘가로 알아보러 갔다. 아마도 실질적인 성의나 관심이 있어서라기보다는 당직을 서는 긴 시간이 지루해서였는지 모른다. 그 사이 닥터 골드베르크는 뭔가 공포에 사로잡혀 흥분 상태에 빠져 있었다.

"저, 선생님." 돌아온 당직 경찰관이 말을 꺼냈다. "9월 2일 아침에 한 사냥꾼이 끄르지보끌라트 숲 속에서 사십대 가량의 이름 모를 방랑자의 시체를 한 구 발견했습니다. 9월 3일에는 삼십대 가량의 이름 모를 거지가 리메르지쯔 옆 라베 강에서 죽은 채 약 십사 일간 물속에 있었답니다. 그리고 9월 10일에는 네메츠끼 브로드 근방에서 육십대 가량의 목매 죽은 사람이 발견됐습니다……"

"방랑사에 대해 뭐 특별한 것이 없었습니까?" 숨을 가쁘게 쉬며 닥터 골드베르크가 물었다.

"살인입니다." 흥분한 의사를 바라보며 당직 경찰관이 말했다. "지역 파출소 보고에 의하면 뭔가 둔탁한 무기에 의해서 두개골이 박살이 났군요. 부검 결과는 이렇습니다. 알코올 중독자. 사망 원인은 뇌 손상, 여기 사진이 있습니다." 그러면서 전문가답게 덧붙였다. "이런 제기랄, 박살을 냈군!"

사진에는 사나이의 몸이 허리까지만 보였다. 앞이 터진 옥양목 셔츠에 지독하게 더러운 누더기를 걸친 모습이었다. 이마와 눈이 있는 곳은 피부인지 뼈인지, 무언가와 머리카락이 무서울 정도로 헝클어져 있었다. 오직 텁수룩한 수염이 있는 턱과 반쯤 열린 입만이 인간의 모습을 띠고 있었다. 닥터 골드베르크는 이파리처럼 부르르 몸을 떨었다. 이게 과연…… 벤다일 수가 있을까?

"이 사람에 대한 특이점이 더 없었습니까?" 그는 간신히 용기를 내어 물었다.

당직 경찰관은 서류철을 살펴보았다. "흠, 신장은 백칠십. 머리카락은 회색이고, 이빨은 지독히 벌레가 먹었고……."

닥터 골드베르크는 깊은 안도의 숨을 내쉬었다. "이건 그가 아니야. 벤다는 짐승처럼 건강한 치아를 가졌어. 이건 그가 아니야." 기쁨에 젖어 그는 중얼거렸다. "용서하시오, 성가시게 하여 미안하오. 그렇지만 그건 그일 수가 없어요. 전혀 불가능한 일이요."

불가능한 일이다. 그는 집으로 돌아오는 내내 안도감을 느끼며 중얼거렸다. 맙소사, 어쩌면 그는 살아 있는지 모른다. 아마도 올림포스 술집이나 검은 케이트 클럽에 앉아 있는지도 모른다…….

그날 밤 닥터 골드베르크는 또다시 프라하의 밤을 휘젓고 다녔다. 그는 한때 벤다가 왕 노릇을 하던 모든 술집에서 물을 한 잔씩 마시며 자신의 금테 안경을 통해 구석구석 살폈으나 벤다의 그림자도 찾아 볼 수 없었다. 아침 무렵, 닥터 골드베르크는 얼굴이 새파랗게 질려 자신이 멍청이라고 중얼거리며 차고로 달려갔다.

그날 아침, 그는 이미 어떤 지역 파출소에 도착해 한 경찰관을 깨웠다. 다행히도 골드베르크는 언젠가 직접 이 사나이의 복부를 열었다가 꿰매었고, 기념으로 그에게 알코올에 담은 맹장을 준 적이 있었다. 이런 피상적인 안면의 결과로 그는 두 시간 만에 시체 발굴 허가를 얻어냈고, 유명한 지역 의사와 나란히 서서 이름 없는 방랑자의 묘지가 파헤쳐지는 것을 보았다.

"의사 동지, 감히 말하건대." 지역 의사가 투덜거렸다. "이 시체에 대해 프라하 경찰이 물었었는데, 이게 벤다라는 것은 있을 수 없는 일이에요. 왜냐하면 이 자는 더러운 거지였어요."

"그에게 이나 빈대가 있었나요?" 닥터 골드베르크는 흥미롭게 물었다.

"그건 모르오." 역겨움을 느끼며 의사가 대답했다. "의사 동지, 실례지만 아무것도 알아 볼 수 없을 겁니다. 이 자는 벌써 한 달이나 땅속에 있었고─"

묘지를 다 파헤쳤을 때, 닥터 골드베르크는 브랜디를 사오도록 했다. 그렇게 하지 않으면, 인부들로 하여금 포대에 싼 채 묘지 바닥에 놓여있는 시체를 들어 올려서 영안실로 운반하도록 설득할 수 없었기 때문이다.

"자, 직접 가서 보세요." 지역 의사는 닥터 골드베르크에게 소리치고는 영안실 앞에서 독한 잎담배를 피웠다.

잠시 후, 닥터 골드베르크는 죽은 듯이 하얀 낯빛으로 영안실을 나왔다. "이리 와 보세요." 그는 숨을 몰아쉬며 말했다. 그리고 다시 시체로 돌아가서 머리 부분을 가리켰다. 닥터 골드베르크가 핀셋으로 입술이었던 부분을 집어 올리자 욕지기가 치미는 썩은 이빨, 까만 충치가 있는 누런 이빨 부스러기가 보였다. "자세히 보세요." 골드베르크가 말했다. 그리고 그는 핀셋을 이빨 사이에 넣어 그 사이에서 까만 충치 부스러기를 제거했다. 그러자 그 아래에서 빛나는 두 개의 어금니가 단단한 모습을 드러냈다. 닥터 골드베르크는 더 이상 견딜 수 없어서 영안실을 나와 두 손으로 머리를 움켜잡았다.

잠시 후, 지역 의사에게 돌아온 닥터 골드베르크는 창백했고 슬픔에 젖어 있었다. "그 지독한 충치는 그렇다 치고, 의사 동지." 그는 조용히 말했다. "그것은 배우들이 노인 역이나 거지 역을 할 때 이빨에 붙이는 까만 혼합물일 뿐이에요. 저 더러운 거지는 배우였습니다, 의사 동지." 골드베르크는 절망적으로 손을 흔들며 한마디를 더했다. "그는 또한 위대한 배우였지요."

같은 날 닥터 골드베르크는 공장주 꼬르벨을 찾아갔다. 꼬르벨은 키가 크고 고무 덧신 같은 턱에 버팀목 같은 육체를 가진 강인한 사람이었다.

"꼬르벨 씨." 닥터 골드베르크는 굵은 금테 안경을 통해 뚫어지듯 바라보며 그에게 말을 꺼냈다. "배우 벤다 문제로 찾아왔습니다."

"아, 그러시오?" 공장주가 대답했다. 그리고 머리에 손을 얹으며 덧붙였다. "그가 다시 나타났습니까?"

"부분적으로." 닥터 골드베르크는 말을 이었다. "내 생각엔 이게 당신의 흥미를 자아낼 겁니다. 당신이 재정을 맡으려던 영화 말입니다."

"어떤 영화 말이오?" 덩치 큰 사나이는 무관심한 듯 물었다. "무슨 말을 하는 건지 모르겠소."

"그 영화 말입니다." 골드베르크는 고집스레 말을 이었다. "벤다가 거지 역을 하고 그레따 부인이 여주인공을 하는 영화⋯⋯. 사실 그 영화는 당신의 아내인 그레따 부인을 위해서 제작하려던 거였지요." 닥터는 솔직히 말했다.

"그건 당신이 상관할 바가 아니오." 꼬르벨이 소리쳤다. "벤다가 당신에게 뭔가 이야기했는가 보군⋯⋯. 하지만, 그건 그저 때 이른 이야기였을 뿐이오. 그런 계획이 있었던 모양이지⋯⋯. 벤다가 그걸 당신에게 이야기한 거로군. 그렇지 않소?"

"천만에요! 당신이 그에게 그 영화에 대해서는 어느 누구에게도 입 밖에 내지 말라고 명령했지요. 바로 당신이 그런 비밀스런 일을 만들었어요. 그렇지만 당신은 벤다가 생애의 마지막 시간에 수염과 머리카락을 길러서 거지처럼 보이게 한 것은 알고 있지요. 벤다는 그처럼 세세한 것까지 아주 철저하게 준비했어요, 그렇지요?"

"난 모르는 일이오." 공장주는 날카롭게 대답했다. "뭐 다른 것, 더 원하는 게 있소?"

"그래서 그 영화는 9월 2일에 촬영하기로 되어 있었지요. 그렇지 않습니까? 첫 장면은 끄르지보끌라트 숲 속에서 여명에 시작하기로 되어 있었고, 공터 가장자리에서 깨어난 거지가 누더기에 붙은 나뭇잎과 솔방울을 털어 내지요……. 저는 벤다가 그 역할을 어떻게 해 냈을지 상상할 수 있어요. 그가 다 낡은 누더기와 신발을 걸쳤다는 것을 알고 있습니다. 그의 다락에는 그런 누더기들을 가득 채운 가방이 있었지요. 그래서 실종 후 그의 옷이 한 벌도 없어지지 않았어요. 하느님 맙소사, 아무도 이것을 생각하지 못했군! 당신은 그가 소매가 다 떨어진 옷에 진짜 거지처럼 끈으로 허리를 묶으리라는 것을 예상했겠지요. 그렇게 철저하게 복장을 차려 입는 것이 그의 장기였으니."

"그래서 어떻다는 거요?" 거대한 사나이는 그늘의 어둠 속으로 몸을 기울이며 말했다. "이 모든 이야기를 왜 나한테 하는지 이해할 수 없군요."

"왜냐하면, 9월 2일 새벽 3시경." 닥터 골드베르크는 고집스레 말을 이었다. "당신들은 그를 데리러 왔지요……. 틀림없이 빌린 차로, 그리고 틀림없이 밀폐된 자동차로, 당신의 동생이 운전하고요. 당신의 동생은 그는 사냥꾼이고 말이 적으니까. 잠시 후 벤다가 왔지요……. 또는 정확히 말해 더럽고 초라한 거지가 나왔지요. '자, 빨리.' 당신은 벤다에게 말했어요. '촬영 기사는 벌써 앞에 갔소.' 그리고 당신들은 끄르지보끌라트 숲으로 차를 몰았지요."

"차번호는 모르는 모양이군." 사나이는 어둠 속에서 비아냥거리며 말했다.

"내가 알고 있었다면 벌써 당신을 체포하도록 했을 겁니다." 닥터 골드베르크는 분명하게 말했다. "여명에 당신은 거기에 있었어요. 그곳은 숲 속 공한지거나 백년 묵은 참나무들이 있는 빈터였지요. 아름다운 풍경이지요, 꼬르벨 씨! 당신 동생은 고속도로에 있는 자에 남아서 엔진을 점검하는 척했겠지요. 당신은 도로에서 사백 보쯤 떨어진 곳으로 벤다를 데리고 갔어요. 그리고 거기서 이렇게 말했지요. '자, 바로 여기로군.' 그제야 벤다는 이런 생각을 떠올렸어요. '그런데 촬영 기사는 어디 있는 거야?' 그 순간 당신은 일격으로 그를 내리쳤지요."

"무엇으로 말이오?" 어둠 속에서 사나이가 외쳤다.

"납으로 만든 치명적 무기로." 닥터 골드베르크가 말했다. "벤다의 두개골을 내려치기에 프랑스제 열쇠 따위는 너무 가벼웠을 테니. 게다가 당신은 얼굴이 박살나서 알아 볼 수 없게 되길 원했지요. 당신은 그를 살해하고는 차로 돌아왔어요. '준비됐어?' 당신의 동생에게 묻는 것을 마지막으로 더이상 한마디도 안 했겠지요. 사람을 죽인다는 것은 사소한 일이 아니었을 테니까."

"당신은 미친 게 틀림없소." 어둠 속의 사나이가 중얼거렸다.

"나는 미치지 않았소. 난 다만 그것이 어떻게 일어났는지 당신에게 상기시켰을 뿐이오. 당신은 그레따 부인과의 스캔들 때문에 벤다를 제거하길 원했어요. 그레따 부인은 공공연히 외도를 하고 있었고……."

"당신은 더러운 유대인이로군!" 사나이는 안락의자에서 고함을 쳤다. "감히 어떻게 그런—"

"난 당신이 두렵지 않아요." 닥터 골드베르크는 좀 더 엄하게 보이고자 안경을 고쳐 쓰면서 말했다. "꼬르벨 씨, 당신이 아무리 부유하다고 한들 나를 어떻게 할 순 없을 겁니다. 무엇으로 날 해치겠소? 당신의 맹장 제거 수술을 나한테 맡기지 않을 순 있겠죠. 저도 그러라고 충고하고 싶진 않군요."

어둠 속에서 사나이가 웃음을 터뜨렸다. "이봐요, 친구. 내

말 좀 들어 봐요." 그는 확실히 즐거워하며 말을 꺼냈다. "만일 당신이 내게 지껄인 것의 십분의 일이라도 명확히 알고 있다면 내게 오는 대신 경찰서를 찾아 갔을 거요. 그렇지 않소?"

"그렇소." 닥터 골드베르크는 매우 심각하게 말했다. "꼬르벨 씨, 내가 만일 십분의 일만이라도 증명할 수 있었다면 난 이곳에 오지 않았을 거요. 그것은 결코 증명할 수 없는 것들이니, 그래서 이곳을 찾아온 거요."

"그럼 위협하려고?" 사나이는 안락의자에서 내뱉듯이 말하고는 초인종으로 손을 뻗쳤다.

"아니오, 그렇지만 두려움을 선사할 순 있지. 꼬르벨 씨, 당신은 동정심을 갖기에는 너무나 부유하지요. 하지만 누군가 그 무서운 사건을 알고 있소. 당신이 살인자, 당신 동생도 살인자, 당신들 둘이서 배우 벤다, 칼 가는 자의 아들, 그 희극 배우를 죽인 것을 알고 있단 말이오. 꼬르벨 씨, 당신 둘은 죽을 때까지 마음의 평정을 도도하게 유지하지 못할 거요. 신이 살아있는 한 당신 둘은 마음의 평화를 찾지 못할 것이오. 꼬르벨 씨, 나는 당신이 교수대에 오르는 걸 보고 싶소. 적어도 내가 살아있는 한 당신을 괴롭힐 것이오. 벤다는 못된 야수였지요. 꼬르벨 씨, 나는 그가 얼마나 악하고, 자부심이 강하고, 건방지고 시니컬한지 누구보다도 잘 알고 있소. 당신이야 어떻든 그는 예술가였다오. 당신의 수백만의 그 모든 재산으로도 그 술 취한 광대를 보상하진 못할 거요. 당신의 그 수백만의 돈으로도 손의 제왕과 같은 동작, 그 허위, 그렇지만 무시무시할 정도의 위대함을—"

닥터 골드베르크는 자포자기로 망연자실했다.

"어떻게 그럴 수 있단 말이오? 꼬르벨 씨, 당신은 결코 평정을 얻지 못할 거요. 나는 당신이 잊어버리도록 절대 내버려두지 않을 것이오! 당신이 죽을 때까지 상기시킬 거요. 배우 벤다를 기억하시겠지요? 꼬르벨 씨, 그는 예술가였다오. 아시겠소?"

얀 와이스_ Jan Weiss

사도

Apoštol

어느 가을날, 한 남자가 포로수용소에 나타났다. 그가 누구
인지, 어디서 왔는지 아는 사람은 아무도 없었다. 그는 수용
소 막사들 주변을 어슬렁거렸다. 그러다 문지방에 올라서거
나 갑자기 화를 내며 벽을 두드렸다. 창문으로 막사 안을 들
여다보다가는 안에 들어가게 해 달라고 요구했다. 사람들은
그가 가까이 오기 전에 문을 닫아 버렸다. 그러자 남자는 수
용소 한가운데 서서 포로들을 불러 모았다. 그는 포로들에게
지팡이를 흔들어 대며 돌이 가득 든 깡통을 달그락거렸다.

누리끼리한 피부에 키가 껑충한 말라빠진 몸이 외투 속에
서 앞뒤로 흔들거렸다. 외투를 위아래로 가른 가느다란 허리
띠에는 캔버스 가방이 하나 매달려 있었는데, 그 속에 든 양
철통과 숟가락이 쉼 없이 달그락거렸다. 머리에 쓴 오스트리

아 군모의 튀어나온 끝에서, 빛바랜 갈색 표식이 광대의 종처럼 덜렁거리고 있었다. 누르스름 지저분한 턱수염이 아랫배까지 길게 드리워졌고, 파란 눈은 격한 악몽을 꾸고 있는 듯 열렬히 빛났다.

목에 생긴 갈라진 상처에는 이가 버글대고 있었다. 그놈들은 외투 위에 하얀 얼룩을 남기며 옷의 주름과 주름 사이를 천천히 옮겨 다니고 있었다. 긴 수염과 머리칼, 눈썹에까지 이가 끓고 있었다.

남자를 처음 본 사람들은 동정심보다 혐오감을 먼저 느꼈다. 그들은 어쨌든 그 남자만큼 이가 들끓지는 않았던 것이다. 포로들은 그에게 진흙과 돌을 던졌고, 끔찍한 욕설과 낙서를 쓴 종이를 그의 등에 붙였다.

하지만 그 남자가 말을 하기 시작하자, 모두들 조용해지며 경이와 두려움에 젖어 입을 벌렸다. 그의 입술에서 흘러나오는 기이한 말 속에는 힘과 진실이, 그리고 더 깊은 무언가 무시무시한 것이 담겨 있었기 때문이었다. 그것은 그들이 결코 원하지 않아도 매순간 그들에게 쉼 없이 다가오고 있는 것이었다.

"나는 너희들이 죽음을 두려워함을 아노라!"

그가 말했다.

"나는 너희 눈과 너희 입에서 두려움을 보고, 너희 얼굴에서 죽음을 읽는다! 나는 너희들에게 죽음의 길을 알려 주기 위해 여기에 왔다. 이제 더 이상 죽음을 두려워하지 않도록, 대신 그 속에서 기쁨을 느끼도록, 너희들의 근심을 덜어주기 위해 이곳에 왔다. 너희들은, 결국 공동묘지에 버려져 구더기에게 먹혀 버릴 살과 내장 따위를 애지중지하고 있을 뿐이다. 이승과 다른 종류의 삶이 존재한다고는 상상도 하지 못하고 있다. 그리하여 너희에게 올랄리유 성(星)에 관한 소식을 전하기 위하여 내가 왔도다. 그 별은 이 세상에서 속박의 삶을 사는 이들을 위한 별이다. 이 지구에서 너희들의 영혼은 무언가에 감싸여 있다. 그것은 너희들이 이 별에게서 받은 운명이며, 그러기에 너희들은 이 지구로 다시 돌아오게 되어 있다. 너희가 새로운 껍데기를 받아들일 것이기에 역시 다시 속박당할 것이다. 이제 내가 너희들에게 올랄리유 성에 있는 새로운 안식처에 대해 이야기해 줄 터이니, 너희들은 이 해악으로 가득한 별을 보다 쉽게 떠날 수 있을 것이다.

그런 연유로 나는 너희에게 존재가 주는 고통에서 벗어나라고 충고한다. 여전히 이 세계에 너를 겁박하고 있는 네 육신의 낡은 껍데기를 던져 버려라. 너희 영혼을 해방시켜라! 밤에 그 별들을 향해 기도하라! 이 별들은 불멸하는 영혼이 무한히 계속하는 순례 여행의 정거장이다."

남자의 외침과 약속과 초대는 모여든 군중 속에서, 그에게 달려와 마음을 열 풍부한 감수성의 소유자들을 찾아냈다. 작은 무리의 추종자들이 생겨났다. 그들은 남자가 수용소를 거닐 때 그 뒤를 따르며 그에게 반감을 가진 무리로부터 그를 보호했다.

어떤 사람들은 그를 예언자라고 불렀다. 어떤 사람들은 그를 미치광이라고 욕했다.

"그분은 우리에게 새로운 생명을 가져다주신다."

몇 사람이 그렇게 찬양의 말을 외치면, 다른 사람들은 이렇게 말했다.

"그자는 우리에게 죽음을 몰고 온다."

그중 일부는 남자를 향해 소리쳐 물었다. "당신은 누구요? 어디서 왔기에 우리에게 그런 말을 하는 거요?"

그가 대답했다. "나는 자유의 별인 알리오발리 성에서 왔노라. 그 별은 혜성인데, 어떤 회귀의 법칙에도 구애받지 않고 공간을 영원히 질주하고 있다. 그러므로 불타는 꼬리를 끌고 우주 곳곳을 마음대로 누비며 많은 세계를 거친다. 알리오발리 성은 오랜 옛날에 중력의 속박에서 벗어난 강력한 별들 중 하나이다. 그 별은 끝없는 모험을 겪은 뒤 홀로 광대한 공간으로 나아갔다. 알리오발리 성에는 상상할 수 있는 가장 완벽한 형태의 존재들이 산다. 왜냐하면 그들의 영혼은 마음먹기에 따라 별들의 모습으로 육화될 수도 있기 때문이다. 우주를 여행하며 알리오발리 성의 주민들은 영원의 신비와 무한의 비밀을 풀었다. 그들은 신이기 때문에 전능하다. 알리오발리 성은 신들의 별인 것이다.

나 역시 알리오발리 성의 주민이다. 내가 이 혐오스러운 물질적 형상의 속박에서 벗어나면 나는 그곳으로 다시 돌아갈 것이다. 지금의 내 모습은 내가 우주의 이 후미진 곳을 탐험하기 위해 자진해서 취한 모습이다.”

이 부분에서 그는 말을 멈추었다. 모두들 그의 말을 믿든 믿지 않든, 그가 한 말들에 대해 잠시 생각에 잠겼다. 잠시 뒤 여러 목소리들이 외치기 시작했다.

“우리가 죽은 뒤에 가게 될 별은 어떤 별입니까?”

“그 별에는 어떤 종류의 생명체가 존재합니까?”

“그곳은 올랄리유 성이다.” 그가 대답했다. “그 별은 불타는 태양으로 너희는 불 속에서 살게 될 것이다.”

그러자 그들이 울부짖었다. “당신은 우리가 타 버리지 않고 불 속에서 사는 것이 가능하다고 생각하십니까? 아니면 우리가 가는 그곳이 우리가 지은 죄 때문에 몸이 태워지는 벌을 받는 지옥이라는 말씀입니까?”

그는 기다렸다는 듯이 그 질문에 대답했다.

“어리석은 자들아! 너희들 중에 누가 공기를 마시고 숨이 막힌 자가 있더냐? 물고기가 바다에 빠져 죽더냐? 그래서 너희 역시 불 속에서 살게 될 것이다. 불이 바로 너희 영혼을 감싸는 너희 육신이 될 것이다. 나도 한때 올랄리유 성에 살던 불의 사람이었다. 나는 너희에게 불꽃이 주는 환희에 대해 증언해 줄 수 있다.”

하지만 그들은 남자가 채 말을 마치기 전에 불만을 토했다.
"어떻게 우리가 죽은 뒤에 삶이 있다는 당신의 말을 믿을 수 있습니까? 이승의 삶과 다른 종류의 삶이 전혀 존재하지 않는 것이면 어떡합니까? 기적을 보여 주십시오. 그럼 우리는 당신을 믿겠습니다."

하느님을 믿는 자들은 주먹으로 그를 위협하며 소리쳤다.

"저자는 천국에 맞서 신성모독을 하고 있다!"

"거짓 예언자를 죽여라!"

다른 자들이 외쳤다.

"저 작자는 열에 들떠 헛소리를 하고 있는 거다!"

"저자를 병원에 데려가라!"

"저 사람은 정신병원에서 도망친 사람이다."

"저 사람 앞에서 자신을 보호하라. 저자는 죽음을 불러오는 사람이다."

하지만 남자의 발밑에 누워 그의 외투 자락에 키스를 하고 있던 그의 신봉자들이 부르짖었다.

"주인이시여, 우리에게 죽음을 주소서! 우리가 그 별들에서 살 수 있도록 지금 죽을 방법을 가르쳐 주소서."

그는 그들의 머리를 어루만지며 말했다.

"너희 모두가 죽을 날이 이미 가까이 왔다. 가장 먼저 내가 죽을 것이다. 내가 수용소 뒤에 흐르는 강물을 마셨기 때문이다. 그 강물을 마셔라. 그럼 너희 역시 곧 이 세상일을 다 잊게 될 것이다. 그것은 망각의 강이기 때문이다."

하지만 죽고 싶지 않은 사람들은 그에 맞서 두려움과 공포로 가득 찬 목소리를 높였다.

"강물을 마시지 마라. 강물은 장티푸스균에 오염돼 있다. 저자가 수용소를 몽땅 다 전염시키기 전에 저 죄인을 죽여라! 저 사람은 벌써 병이 옮았다. 저자의 눈에서 죽음의 빛이 비치고 있다."

남자의 머리를 향해 돌이 날아왔다. 하지만 그의 제자들이 남자를 보호하기 위해 그의 몸을 둘러쌌다. 그러고 나서 그들은 남자가 또 무슨 말을 하는지 보기 위해 그의 입술에 시선을 고정시켰다. 하지만 그는 이미 너무 쇠약해져서 자기 힘으로 설 수도 없었다. 남자는 마른 잔디에 누운 채 눈을 감았다. 그러자 추종자들은 자신들의 외투를 남자의 몸에 덮어 주고 그를 계속 지켜보기 위해 그 주위에 앉았다. 이리하여 남자는 오랫동안 꼼짝도 않고 누워 있었다. 그의 얼굴은 가장 먼저 나타나는 별들이 막 반짝이기 시작한 어두워져 가는 하늘을 향하고 있었다. 가장 가까이 있던 사람들이 남자가 잠든 것이 아닌지 보기 위해 그의 눈을 보았다. 남자는 푸른 눈을 크게 뜨고 있었다. 하늘처럼 어두워지고 있는 그의 눈은 별들로 가득 차 있었다. 남자는 입술을 달싹이며 나지막하게 뭔가를 중얼대고 있었다. 모든 사람들이 그의 주위에 모여들었다. 그들은 남자의 얼굴 옆에 자신의 머리를 뉘이고 그의 말을 듣기 위해 귀를 기울였다. 남자가 속삭였다.

"콜로랄라 성에서 나는 나비였다. 우리 날개는 배의 돛만큼 거대했지. 우리에겐 인간들이 말로 대화하는 것과 똑같이 색깔로 대화하는 능력이 있었다. 우리가 만든 무지개는 천 개의 색깔을 갖고 있었지. 너희는 그 중 일곱 개밖에 알아보지 못한다. 너희 세계는 겨우 일곱 개의 색깔로 이루어져 있다. 너희들의 세계가 우주에서 가장 빈곤한 세계이기 때문이다. 잘랄라바 성에는 변화무쌍한 구름 같은 존재들이 살고 있다. 그들은 향기로 의사소통을 하지.

붉게 빛났다 푸르게 빛났다 어두워졌다 다시 밝게 빛나는 별들이 보이는가? 저건 말릴랄리 성이 도움을 요청하는 신호이지. 옛날 저 별은 해적별 마발라욜라의 주민들에게 포위를 당했었지. 그들은 총알처럼 빠르게 돌아다니는데, 그건 그들의 손발이 거대한 소용돌이를 만들기 때문이지. 그리고 그 옆에 저 초록색 별은 롤라코얄라 성……. 저 별에서 나는 노래하는 꽃이었었지. 아주 가벼운 산들바람도 졸졸 소리를 내며 흐르는 시냇물 위로 꽃들을 날라 주었지. 그곳의 꽃들은 그 무엇보다 가볍기 때문이야……. 랄라야카 성에서 나는 다른 것들과 조화를 이루어 소리를 내며 우주의 비밀에 대한 열망으로 신음하는 피 흘리는 수정이었지. 비콜라얄라 행성의 주민들은 꼭대기가 만년설로 덮인 산들보다 더 거대하지. 그 세계의 시작부터 그들은 우주에서 가장 큰 자기들의 태양에 가

닿기 위해 탑을 건설하고 있었어. 나 역시 태양에 대한 커다란 열망을 가진 탑을 짓는 사람이었지…… 달콤한 에테르의 바다로 덮여 있는 카발라얄라 성의 해저에서 나는 우주에 대해 아무것도 모른 채 투명한 껍질에 싸여 유영하며 살았어…… 볼랄리얄라 성에서는 가느다란 줄기가 하늘 높이 자라지. 그 줄기 하나에서 두 개의 생물이 갈라져 나오는데, 그 생물의 평생은 하나의 긴 사랑의 외침으로 이루어져 있지. 나는 이보다 훨씬 많은 것들을 설명해 줄 수도 있어. 하지만 더 얘기를 계속할 수 없군…… 이제 내 별로 돌아갈 시간이다…… 나는 이 행성과 이곳에 사는 서로 잡아먹지 못해 안달 난 주민들에 대한 소식을 그들에게 가져갈 거야. 인간, 우주에서 가장 탐욕스러운 존재, 육식동물 중의 육식동물에 대해…… 왜냐하면 나 역시…… 인간이었으니까……."

노인의 속삭임은 여전히 계속되고 있었다. 하지만 그가 속삭이는 것은 더 이상 말이 아니라 단지 죽어가는 입술의 작고 흐릿한 웅얼거림일 뿐이었나. 노인의 눈에 반짝이던 별들도 천천히 사라져 갔다. 마지막 순간 그의 입이 경련을 일으켰다. 마침내 그들의 팔에는 단지 속까지 썩은, 고름으로 가득 차 고약한 냄새를 풍기는 시체만이 남아 있을 뿐이었다. 그들은 조용하고 신비로운 얼굴을 경이롭게 바라보았다. 노인의 눈은 별 아래에서 활짝 뜨여 있었다.

"이 분은 별로 떠나셨습니다." 그의 추종자들이 말했다. 하지만 불신자들 중 한 사람이 시신에 다가와 외투를 젖히고 그의 셔츠를 찢어 열었다. 시체의 가슴은 작은 주홍색 발진으로 온통 뒤덮여 있었다. 그것은 인간의 육체에 티푸스가 번창한 흔적이었다.

"이 사람은 티푸스 열 때문에 헛소리를 했던 거요." 불신자가 말했다. 하지만 신자들은 고개를 저었다.

"그분의 육체는 죽었을지 모르지만, 영혼은 별들을 향해 날아가고 있습니다."

"그분은 우리에게 어떻게 죽어야 하는지를 보여 주신 겁니다."

그들은 별빛에 의지해 노인이 죽은 바로 그 장소에 그를 묻었다. 그러고 나서 자신들의 막사로 흩어졌다. 그래서 이제 그들은 늪에서 솟아나 수용소 둘레의 갈대밭 사이를 얕게 흐르는 강을 두려워할 필요가 없었다.

"물을 마시는 자는 죽을 것이다!"

모든 사람들이 그것을 이해했다. 하지만 이제 그것은 금지가 아니라 초대였다. 달콤한 죽음의 약속이었다.

전염병의 씨앗은 빠르게 피의 흐름을 장악해서 포로들의 가슴에 새빨간 꽃으로 터져 나오기 시작했다. 그들의 두뇌로부터 미친 환상의 불꽃이 너울거렸다. 불타는 별의 악몽이 격렬하게 경쟁하며 서로 충돌했다. 그들의 육신이 이 세계에서 최후를 불사르는 동안, 그들의 영혼은 올랄리유 성으로 날아

가고 있었다. 새로운 삶의 준비를 갖추고 자신을 불로 휘감을

수 있도록…….

율리우스 제이에르_ Julius Zeyer

복사꽃 정원의 행복
—어느 기이한 이야기
Blaho v zahradě kvetoucích broskví

그 당시 나는 아주 재미있고 흥미 있는 사람들을 많이 알고 있었는데 움브리아니도 그중 한 사람이었다. 그는 첫눈에 주변의 시선을 사로잡았고, 석류석처럼 빛나고 음악처럼 은근한 대화로 사람들을 매혹시켰다. 그는 로마의 유서 깊은 가문 출신으로 무언가 불분명한 이유로 익명을 사용하여 자신을 숨기고 있는 것이 분명하다는 소문의 장본인이었다. 그러나 그를 싫어하는 사람들은 그 모든 것이 새빨간 거짓말이고 그는 절대 이탈리아 인이 아니라고 주장했다. 무엇이 사실인지 나는 모른다. 어쩌면 움브리아니가 속이고 있을지도 모른다는 것도 인정하고 싶지 않다. 그는 그저 사람들이 이야기하는 모든 것을 항상 솔직하게 믿는 그러한 사람들 중 하나였다. 적어도 아름다운 머리 모양으로 미루어 보건대 움브리아니는 의심할 바 없이 이탈리아 인이었다. 뿐만 아니라 그는 토스카나(이탈리아의 중부에 위치한 지방) 억양과는 상대가 안될 정도로 낭랑하고 정확한 로마 억양을 구사했다. 그러나 오데사(우크라이나 남부 흑해에 있는 항구도시)에서 사귄 아테네 사람들은 움브리아니가 마치 자신들의 고향사람처럼 말한다고 주장했다. 언젠가 움브리아니와 함께 크림반도(우크라이나 남부 흑해로 돌출되어 나온 반도) 중심부를 돌아다닌 적이 있었는데 해안가 작은 마을에 살고 있는 가난한 어부들 역시 그를 고향사람이라며 환영했다. 그 정도로 대단한 말솜씨로 거리낌없이 그들과 대화를 나누어서 어부들도 그가 분명히 그리스 사람일 거라고 여길 지경이었다. 그 밖에도 페오도시아와 바크치사레 시장에서 만난 타타르 사람들과 터키 사람들도 움브리아니가 자기네 나라 말을 하는 걸 보자 그를 자신들의 동족이라고 주장했다.

그가 어디 출신인지는 나에게 중요하지 않았고 그를 알고 사귀는 것이 나는 아주 기뻤다. 우리는 금방 친해졌다. 우리를 묶고 있는 끈은 사실 우정이 아니었다. 우리를 싫어하는 주위 사람들에 대항하여 아무 말 없이 침묵으로 맺은 일종의 동맹이라고 하는 편이 옳았다. 우리는 적어도 한 가지 일에 있어서 마음이 통했다. 즉, 방랑을 아주 좋아한다는 것이었다. 우리는 둘 다 한곳에 묶인 채 의무와 직업과 인생의 목표를 가지고 매일 성실하고 근엄하게 살고 있는 사람들 사이에 있는 것이 불편했다. 이렇게 훌륭하고 고상한 것은 우리 두 사람에게 별 의미가 없었고, 떠돌이 광대 같은 우리를 향한 동시대인들의 부르주아적 기준의 신랄한 풍자를 이해하지 못할 정도로 그렇게 무감각했다. 그들은 우리를 경멸했다. 그런 것은 우리에게 하나도 중요하지 않았다! 현실 생활에 든든한 뿌리를 내리고 있는 자신들을 우리가 질투하고 있다고도 말했는데, 그들이 그렇게 생각하는 것은 분명 당연한 일이었을 것이다. 나는 내게 없는 것을 움브리아니와 사귀면서 얼마나 많이 보충했던가! 그는 이 세상에서 아무도 해보지 못한 모험을 다 해 보았다. 안 들을래야 안 들을 수 없을 정도로 마음을 사로잡으며 그 모험들에 관하여 매혹적으로 얘기할 수 있는 사람은 움브리아니 외에는 아무도 없었다. 심지어 한번은 그를 싫어하는 이들 중 한 사람이 움브리아니의 이야기를 들은 적이 있었는데, 배가 난파되어 익사의 문턱에서 시칠리아 해변에 표류된 일을 묘사하는데 어찌나 실감이 나는지 숨이 막힐 정도로 감동에 사로잡힌 것은 물론, 막 디저트로 먹고 있었던 배가 입 속에서 굴로 변한 것이 아닌가 할 정도로 바다의 생생한 냄새를 느꼈다고 주장했다! 누구나 그의 이야기를 들으면 "그 속물, 허풍 떨지 말라고 해!"라고 할 정도였다. 예를 들면 움브리아니가 소싯적에 콘스탄티노플의 터키 황제 궁전에서 경험했던 일종의 시종 생활에 대해 얘기하면 사람들은 엄청난 열광에 사로잡혔다! 그가 오데사 오페라단의 테너 가수로 데뷔해 처음 불렀던 오페라 '아이다' 중에서 아리아 한 곡을 부르면 사람들은 황홀경에 빠졌다! 그가 사파이어처럼 맑은 눈자위와 짙은 불꽃 같은 눈동자를 가진 수많은 이국 공주들의 발치에서 경험한 희열을 얘기할 때마다, 그를 사랑한 시리아의 무희들이 단 한 번 그와 잠자리를 하려고 푸른빛 머리카락으로 비둘기처럼 부드럽게, 술라미트(햇볕에 그을린 검은 피부를 가지고 있는 성경 〈아가〉서 속의 인물. 솔로몬이 가장 사랑하는 여인으로 술람미라고도 한다.)처럼 꿈꾸듯이 그를 자신들의 육체에 묶어 도망가지 못하게 했었다고 회상할 때마다, 나는 매번 질투심에 사로잡혀 얼굴이 새하얘질 정도였다!

이 움브리아니가 못하는 일이 도대체 뭐지? 세상 어디 안 가 본 곳이 있기나 한 거야? 그는 나일 강도, 도나우 강도, 양쯔 강도, 볼가 강도 가 보았다. 다른 강들은 말해 무엇하겠는가! 움브리아니는 그저 안 해 본 것이 없는, 안 되어 본 것이 없는 팔방미인이었을 뿐이었다. 내가 그를 알게 된 심페로폴(우크라이나 남부에 있는 크림반도 남부 도시)에서 그는 아침에 우유를 팔았고, 고등학교에서 체육을 가르친 후 러시아 대성당 예배에서 노래를 불렀고, 그 다음에는 정원사로 일했고, 이어 아르메니아 교회의 저녁예배에서 찬송가를 불렀으며, 밤에는 댄스 수업을 가르쳤다. 그 외에도 보트와 자전거를 제작했고 초상화를 그렸다. 우리는 늘 우리 집에서 만났으나, 한번은 타타르 인들이 많이 사는 구역에 있는 그의 작은 집을 방문했다. 그의 집은 단순미가 있어 보였다. 커다란 엉겅퀴 덤불이 창문까지 자라 있는, 오래되어 반쯤 무너진 이슬람 사원이 집 건너편에 자리 잡고 있었다. 안락의자에서 물라(회교의 율법학자)가 이슬람 사원의 높은 첨탑 아래로 신자들에게 기도를 재촉하는 소리가 들렸다. 방은 좁고, 서늘했고, 우리가 앉은 키 작은 안락의자와 뜻하지 않게 크림반도에서 길을 잃었을 때, 움브리아니가 루블 몇 푼만 지불하고 산 스피넷(옛날에 유럽에서 유행했던 쳄발로)을 제외하면 완전히 텅 빈 상태였다. 움브리아니는 그날 혼자가 아니었다. 손님이 있었는데, 막 도시 순회공연을 마치고 온 줄 타는 광대였다. 그 역시 이탈리아 인으로 고향사람에게 돈을 얻으려고 온 것이었다. 움브리아니는 그가 가진 전부를 털어 주었는데 얼마 안 되는 돈이었다. 이어 그는 터키 풍으로 준비한 커피를 우리 둘에게 대접했다. 차림새로 보아 쿠르스크(중앙러시아의 고지대, 쿠르스크의 주도) 지역의 촌부로 보이는 작고 뚱뚱한, 예쁘지 않은 여자가 우리에게 커피를 따랐다.

"내 아내예요." 움브리아니가 그녀를 우리에게 소개했다.

나는 너무 놀라서 손에 쥐고 있던 커피잔을 떨어뜨릴 뻔했다. 그녀가 내 반응을 그냥 넘겨 버리지 못하고 모욕당한 기분이나 아닐까 잠시 걱정했으나 그녀가 우둔하고 둔감해서 아무것도 눈치채지 못했다는 걸 곧바로 알았다.

대화 중에 움브리아니는 자신의 아내가 읽지도 못하고 쓸 줄도 모른다고 했다. 그런 것은 눈감아 줄 수 있는 일 아니겠는가? 그러나 그녀는 너무나 우둔했고 예쁜 곳이라고는 전혀 없었다. 그녀의 무엇이 그를 사로잡았을까? 금으로 된 펜으로 자신들의 영원한 명성을 불멸의 돌 위에 새겨 놓은 단테와 플라톤을 완전히 꿰뚫고 있을 뿐만 아니라, 영혼의 깊은 내면까지 이들의 사상으로 철저하게 무장하고, 관철하고, 열망하고 있는 그를, 이 멋지고 총명한 남자를! 아스파시아(아테네의 장군이며 정치가인 페리클레스의 애인)를 사랑했고, 베아트리체(단테가 사랑했던 여인)를 사모했던 그 움브리아니가 이런 여자와 살고 있다고! 야자수와 석류나무 아래서 마법의 사랑의 샘물에 흠뻑 취했던 그 움브리아니가? 스페인의 후작 부인을 유혹했고 그에게서 버림받자 수도원으로 들어가게 만들었던 그 움브리아니가! 영국의 어느 여류시인이 너무나 숭배한 나머지 처음에는 그를 위해 찬가를 지었고, 나중에는 복수의 일념으로 독기 어린 시를 쓰게 만들었던 그 움브리아니가! 아냐, 그것은 불가능한 일이야! 나는 갖가지 생각들로 혼란스러워져 집으로 돌아오고 말았다.

　다음 날 나는 스위스 인 노 교수와 함께 시외로 산책을 나갔다. 그 역시 움브리아니를 알고 지냈지만 그를 친구로 생각하지는 않는 사람이었다. 전설에 따르면 미트리다테(흑해 주변의 폰투스 왕국을 다스렸던 왕. 적이 독살시킬까 두려워 매일 독을 마셔 면역력을 키웠으나. 아들의 배신으로 자살했다.)의 병영으로 보호되었으나 지금은 잡초로 뒤덮인 낡은 성곽을 산책했다. 당연히 그 비운의 왕에 대하여 잠시 얘기를 나누었으나 내가 움브리아니의 일에 더욱 흥미를 갖고 있었기 때문에 곧 화제를 돌려 그의 얘기를 꺼냈다. 나는 움브리아니의 부인을 아느냐고 물었다.

"부인이라니!" 그가 소리쳤다. "그 사람은 그의 부인이 아닌 게 확실해요. 그 우스꽝스런 이탈리아 인이 말하는 모든 것이 거짓말인 것처럼 그 결혼도 거짓말이지."

"나는 그가 하는 말을 모두 믿어요. 단지 어째서 그 우둔한 여자를 아내로 삼은 건지 의아해 하고 있을 뿐이죠." 내가 대꾸했다. "첫째, 내가 얘기한 대로 그 여자는 그의 아내가 아니오." 그가 내 말에 항변했다. "그리고 두 번째, 움브리아니는 마치 자기가 위대한 몰리에르(17세기 프랑스의 극작가)나 된 것처럼 행동하지. 그리고 세 번째, 일 프랑 송 비양 우 일 르 투르브.(Il prend son bien ou il le trouve. 아무거나 그저 다 좋다고 한다.) 그는 이 말에 딱 맞는 전형적인 사람 같소. 왜냐고? 그런 짓은 분명 바보들이나 할 수 있는 짓이니까. 그리고 당신이 찬미하는 움브리아니는 사람들이 흔히 말하는 것처럼 반 멍청이일 뿐만 아니라 몇 년 전에 진짜 미치광이였다고 하더군. 병리학적인 의미에서 완전한 미치광이 말이오. 그는 아주 특이한 종류의 강박관념으로 고생을 했고 지금도 괴로워하고 있다오."

스위스 교수가 말을 마치자 마자 갑자기 움브리아니가 우리 앞에 불쑥 나타났다. 그는 고대 유물을 자주 출토하고 발굴한 탓에 성곽 곁에 생긴 여러 구덩이 중 한 구덩이에서 올라왔다. 그는 거기서 우리 말을 다 들었음에 틀림이 없었지만 전혀 불쾌한 기색이 아니었고, 단지 약간 상기되어 있었다. 한마디 말도 없이 그는 내 옆 무성하게 자란 풀 위에 앉았다. 우리 셋은 당황한 나머지 아무 말 없이 침묵만 지켰다. 휘이익 하며 바람이 우리 곁을 스쳐 지나 아래쪽으로 향하더니 살기르 강변에 서 있는 고송들 사이를 거세게 휩쓸며 지나갔다. 물살이 반짝거렸고 바람에 세차게 흔들리는 은사시나무와 올리브나무 꼭대기를 통과해 떨어지는 햇살이 수면 위에 반사되고 있었다.

얼마 후 교수는 일어나서 작별인사를 했다. 그가 떠나자 나는 움브리아니 쪽으로 몸을 돌렸다. 그러나 어떻게 대화를 시작하여야 할지 난감했다. 움브리아니가 손을 들더니 짧게 말했다. "내가 뭘 발견했는지 한번 봐요!" 박물관에서 대개 눈물단지라고 부르는 종류의 투명한 작은 단지였다. 단지는 무척 예뻤다. 나는 그것을 손에 들고 햇빛에 비추어 보았다. 그것은 지극히 아름다운 오팔처럼, 아주 값나가는 진주처럼 반짝였다.

"오, 당신, 행운아요!" 나는 고고학자에게 존경을 표하듯 감격해서 외쳤다. "미트리다테 왕이 살해당할지도 모른다는 걱정에서 해방되기 위하여 이 작은 병에다 그 유명한 독을 보관했을지 누가 알겠어요! 기분 좋게 요람에 누운 파르카이(그리스 신화 속 운명의 여신. 인간의 수명을 주관한다.)가 이 단지의 이마에 입맞춤을 했겠지! 몇 년 동안 미트리다테 왕의 병영 주변 전체를 파고 또 파도 아마 나는 아무것도 발견할 수 없었을 거요. 그런데 당신이 지팡이로 약간의 모래를 파헤치니 값진 물건이 우르르 쏟아지는군요. 그야말로 발굴하러 길을 나선 후, 마음만 먹으면 모든 것을 발견해 낸 슐리만(트로이 유적지를 발굴한 사람) 같소!"

"그렇습니다." 그는 아주 괴로운 표정을 지으며 대답했다. "마음 먹으면 모든 것을 찾아낼 수 있지요. 그녀, 그녀, 그녀만 제외하고……."

"그녀? 어떤 그녀?"

"밍에."

"무슨 말인지 모르겠소."

"밍에." 그는 다시 중얼거리면서 생각에 잠겨 이제 막 장엄한 초저녁 풍경이 내려앉기 시작한 대지를 바라보았다. 언덕은 푸른색으로 변했다가 점점 어두워져 갔고 수평선은 아직 밝았으며, 멀리 보이는 챠티르 닥(심페로폴 남쪽의 산맥)은 아직도 장밋빛으로 젖어 있었고 산맥의 꼭대기에는 차가운 금색 구름이 머물고 있었다. 움브리아니가 말한 이름 밍에가 신비로운 정취의 저녁 풍경과 더불어 녹아 들어가는 것 같았다. 그 이름에서 구슬픈, 초연한, 신비한 무엇인가가 은은하게 울려 퍼졌다. 아마 그의 목소리가 음악처럼 들려서였을 것이다.

"밍에." 그는 다시 한번 중얼거렸고, 이어서 조용히 덧붙였다. "이것이 아까 교수가 언급했던 강박관념, 그리고 망상이 겠지요. 박식한 사람들과 합리적인 사람들은 우리 같은 어리석은 사람들에게 이렇게 말하죠. '너희들이 믿고 있는 모든 것은 하나의 꿈에 지나지 않는다.' 그러나 우리 같은 어리석은 사람들이 그 이성을 가진 사람들에게 무엇이 진정 깨어 있는 것이고 무엇이 진정 꿈이냐고 물으면 그 사람들은 확실한 대답을 못하죠. 그래서 우리 같은 어리석은 사람들은 언제 우리가 살아 있는 것인지, 지금 우리가 깨어 있는 것인지, 꿈을 꾸고 있는 것인지 모릅니다. 우리는 또한 무엇이 진정 진실인지 모릅니다. 즉, 꿈이 진실인지 아니면 이성을 가진 사람들이 현실이라고 부르는 것이 진실인지 알 수가 없습니다. 만일 그 둘 다 진실이라면?'

나는 그의 눈에 철학자로 비치고 싶었기 때문에 침묵을 지켰다. 그 유명한 명언이 생각났기 때문이었다.

움브리아니도 대답을 기다리지 않았다. 그는 일어섰고 나 역시 일어났다. 우리는 아무 말 없이 언덕을 내려왔다.

우리가 마을에 가까워졌을 때 나는 그에게 조심스레 말했다. "밍에에 대해 얘기해 좀 봐요." 움브리아니는 미소를 지었다.

"내 이야기를 소설에 사용하고 싶으세요?"

나는 동요된 양심 때문에 거짓말을 할 수 없었다.

"논리적으로 쓸 생각입니까, 허황되게 쓸 작정입니까?"

"그건 잘 모르겠지만 많은 보헤미아 사람들은 두 번째라고 믿고 있지요."

"그럼 잘 됐네요." 그가 대답했다. "내가 말한 것을 당신이 글로 쓰건 안 쓰건 난 상관없어요. 내가 약속을 잊지 않도록 상기시켜 주세요. 적당한 시간에 이야기 해 드리지요."

이후 강한 호기심 때문에 밍에에 대해 얘기해 달라고 움브리아니를 부추겼으나 그는 늘 나의 요구를 무시했다. 아무리 해도 그의 입을 열게 하는 그럴듯한 분위기를 만들 수 없을 것 같았다. 그는 자주 짜증을 냈고 나 역시 그랬다. 그도 나도 억눌린 감정을 느끼고 있었다. 우리는 오랫동안 같은 장소에 살고 있었고 이러한 얽매이고 억압된 상태를 해결하지 못한 채 지속되는 생활은 부담이 되었다. 우리는 그것에 대해 말은 안 했지만 서로 눈치를 채고 있었다. 그리고 새들이 지저귀기 시작하고, 나무들이 새순을 피우는 봄이 되자 우리 눈앞에서 육중한 문이 활짝 열리고, 모든 자연, 하천, 나무들, 구름들이 우리에게 외치고 있는 것처럼 느껴졌다. 이 좁은 감옥에서 도망가라!

어느 날 저녁 무렵 우리가 살기르 강변에서 우연히 만났을 때, 둘 다 마치 내면에 억눌려 있던 충동이 폭발하듯 동시에 외쳤다. "우리 도보 여행 떠납시다!"

이렇게 우리는 발의 먼지를 털듯 우리의 일상을 훌훌 털어 버리고 발 닿는 데까지 길을 떠났다. 우리는 초원을 걸어 방랑하면서 거의 크림반도 전역을 횡단했다. 오, 아름다운 추억이여, 희열로 가득한 시간이여, 너희들은 내 영혼을 그리움으로 가득 채우고 있구나! 새봄의 옷으로 단장한 채, 깊은 그늘에서 붉은 꽃망울을 터트리는 제비꽃, 야생 작약의 향기를 발산하고 있는 떡갈나무 숲, 너도밤나무 수풀, 내 너희들을 한 번이라도 잊은 적이 있었던가? 너희들은 졸졸거리며 흐르는 시냇물 위로 몸을 숙이기도 하고, 바다까지 뻗쳐 나가서 때로는 찰싹대고 때로는 출렁대는 거센 물결에 발을 담그고 있었고 너희들의 머리 위를 독수리가 날고, 가파른 산들이 하늘까지 높이 솟구쳐 있었지. 너희들은 아침 노을 속에서는 장미색으로, 한낮에는 푸른색으로, 태양이 서쪽으로 기울면 보라색이 되었었지. 너희들이 때로 우리 눈앞에서 길을 활짝 열어 조용한 계곡을 보여주면, 우리는 그곳에서 마을과 작은 도시들이 달빛에 졸고 있는 것을 볼 수 있었고, 장엄한 첨탑이 솟아 있는 이슬람 사원이 어두운 사이프러스 나무로 둘러싸여 별빛 아래 졸고 있는 것도 볼 수 있었으며, 목련, 석류 그리고 금속처럼 희미하게 빛나는 월계수 나무 그늘 속에 서 있는 하얀 별장들이 바다에 제 모습을 비추고 있는 모습도 볼 수 있었지.

내가 이런 모습들에 취해 있는 동안, 움브리아니가 부르는 시칠리아 노래가 달콤하게 귀에 울려 퍼졌고, 나의 상상력은 궁전, 이슬람 사원, 정원과 야생의 황무지들을 움브리아니가 아침부터 밤까지 들려주었던 모험담 속의 주인공들로 꽉 채우고 있었다. 그야말로 나는 천일야화 같은 환상 속에 살고 있었다.

한번은 우리가 완전히 길을 잃었는데 아마 아침부터 같은 지역을 뱅뱅 돌았던 것 같다. 그래서 우리는 산 꼭대기에서 방향을 살펴보려고 계속 위를 향해 올라가다 얼마 지나지 않아 벼랑을 깎아 만든 좁은 길을 발견하였다. 그 길이 우리를 숲 바깥으로 인도하자마자 드디어 우리 발밑에 수많은 언덕과 떡갈나무로 덮인 산들과 함께 저 멀리 바다까지 펼쳐져 있는 탁 트인 경치가 나타났다. 달은 하늘에 촉촉히 잠겨 있었고 그 달빛 속에서 우리는 길에서 계곡 아래쪽으로 향한 초원 위에서 풀을 뜯고 있는 양 떼들을 보았다. 계곡 아래에서 가벼운 안개가 피어 오르고 있었고 고요한 숲에서 때때로 새 울음소리가 울려 퍼졌다. 마치 거인의 것인 양 거대한 그림자가 길 위에 드리워져 있었고 그림자 사이에 빨간 불꽃이 번득였다.

우리는 멀지 않은 곳에서 커다란 동굴을 발견했는데, 그 안에서는 타타르 사람들이 모닥불 가에 모여 몸을 녹이고 있었다. 날씨는 추웠고 우리는 피곤했으며 모닥불이 우리를 유혹했다. 벼랑의 돌덩어리들을 조립해 쌓아 올린 듯한 그 큰 동굴은 진짜 싸이클롭스(그리스 신화에 나오는 외눈박이 거인) 동굴 같았다. 움브리아니가 그들에게 말을 걸었고, 처음에는 의혹의 눈초리를 보내던 그들의 눈도 금방 기쁨으로 넘쳐났다. 그들은 우리한테 앉으라고 권했다. 그들은 바크치사레에서 만든 다양한 값싼 양탄자를 가지고 있었고 우리에게 진심 어린 접대를 해 주었다. 그들은 또한 우리에게 목이 길고 볼록한 초록색 잔을 건넸는데 그 안에는 기장으로 발효시켜 빚은 맥주인 부사로 가득 차 있었다. 그들이 동굴 깊숙한 곳에서 마치 항상 준비되어 있다는 듯이 산 제물인 숫양을 끌고 나왔을 때, 움브리아니는 약간의 고기를 샀고 자기가 그들과 우리의 저녁식사를 준비하겠다고 했다. 알렉산드르 뒤마(19세기 프랑스의 소설가이며 극작가. 미식가로도 유명하다.)조차도 손님을 위하여 그렇게 고상하고 우아하게 식사를 준비하지는 못했으리라. 움브리아니는 고기를 작은 조각으로 썰어서 기다란 나뭇가지에 꿰어 내가 여태껏 즐겨 보지 못한 최고의 샤실릭(양꼬치 비슷한 러시아 음식)을 조리했다.

타타르 사람들은 그가 자신들의 전통음식을 그렇게 완벽하게 조리해서 대접하는 것에 열광했다. 너무 기쁜 나머지 그들은 코란의 율법을 무시하고 우리가 가지고 있었던 크림와인을 마시자는 제안에 동의했다. 그러더니 누워서 이내 잠이 들었다. 내가 보기엔 함께 눈을 뜨고 자는 것 같았다. 아마 기도를 하고 있거나, 혹은 율법을 어긴 음주에 대해 이리저리 무엇인가 생각을 하고 있었을 것이다.

우리 둘은 한참 동안 불속을 들여다보고 있었다. 피곤했지만 잠이 오지 않았다. 방향(芳香)에 휩싸인 경치가 달빛을 받아 은빛으로 희미하게 빛나고 있는 모습이 우리에게 강렬한 인상을 주었다. 나는 기회가 있을 때마다 일어나 동굴 입구에 서서 백색의 땅거미가 지는 먼 곳을 바라보았다. 그리고는 새로운 감동에 가득 차 생각에 잠겨 있는 움브리아니가 있는 모닥불로 되돌아왔다. 그날 밤처럼 그가 사랑스럽게 보인 적이 없었다. 내 친형제에게 하듯 나는 그에게 매달렸다. 슬픈 그의 모습을 보았을 때, 그 슬픈 기억에서 그를 구해내야겠다는 일념으로 그의 모험을 듣고 싶을 때면 늘 하던 방식대로 말했다. "움브리아니 세헤라자데(『아라비안 나이트』에서 매일 밤 얘기를 들려주는 여주인공), 자네가 알고 있는 동화 한 편 들려줘요!"

그러면서 나는 그의 어깨에 내 머리를 기댔다.

"어떤 이야기를 듣고 싶어요?" 그가 질문했다.

"밍에에 관한 얘기는 어때요?" 내가 나지막이 대답했다. 그 이름을 듣자 나는 그가 떨기 시작하는 것을 느꼈고, 이어 짤막하게 그가 말했다. "그러죠."

나는 기울였던 윗몸을 일으키고는 그의 눈을 보기 위해 그의 맞은편에 앉았다. 그의 이야기는 늘 너무나 강한 인상을 주기 때문에 나는 늘 이렇게 하지 않을 수 없었다. 나는 잔뜩 긴장한 채 그의 이야기를 기다렸다.

"이야기를 시작하기 전에 미리 몇 마디 해두죠." 움브리아니가 말했다. "선생은 내가 미치광이였다는 것, 아니 지금도 미치광이라는 말을 들어본 적이 있을 겁니다. 그 얘길 좀 해야겠군요. 나는 이미 어릴 때부터 극도로 예민하고 조숙했고 글자 그대로 병적인 공상에 빠지곤 했습니다. 그런데다 제대로 이해도 못하면서 내 방식대로 해석해 가며 온갖 종류의 책을 탐독했고 방황을 즐겼습니다. 한번은 선교사가 쓴 문서 하나를 손에 넣게 되었습니다. 그 선교사는 내 할아버지의 형이었고 중국여행을 하는 도중에 이 문서를 완성했습니다. 이유는 모르지만 이 문서는 한 번도 활자로 출판된 적이 없었죠. 간단히 말하자면 이 회상 형식의 기록문 속에서 나는 호앙티(Hoang-ti, 황제라는 뜻. 기원전 2700년 경의 반은 역사적, 반은 전설적인 중국 황제로 마차, 배, 옷을 발명했고 최초의 중국문자를 만들게 했다.)라는 청년의 이야기를 발견했습니다. 그리고 그 이야기가 내 영혼을 혼란에 빠뜨렸습니다.ㅡ그 청년과 나를 동일시하게 된 거죠. 나를 할아버지가 태어나기 백 년 이상 과거에 살았던 호앙티라고 주장했던 겁니다……. 자, 어때요. 내가 지금까지는 이성적으로 제대로 얘기했지요? 마치 내가 이방인에 관해 말하듯 선생에게 냉정하게 사실을 열거했습니다. 그러나 이제부터 진짜, 단 하나 진실인 내 믿음을 얘기하겠습니다. 나는 전생에 정말 호앙티였습니다. 난 단지 그 이름만 읽었는데도, 중국에서 그 아름다운 밍에와 함께 살았던 모든 것이 기억나기 시작했습니다. 윤회를 믿으면서 자신을 미치광이가 아니고 단지 몽상가로 간주하는 사람은 많습니다. 하지만 나는 그 불가사의한 운명적 사건 때문에 윤회를 믿을 뿐만 아니라 아주 정확하게 내 전생을 기억하고 있습니다. 이것은 아마 여태껏 없었던 이례적인 일일 겁니다. 그래서 정신이 말짱한 사람의 눈에는 내가 미치광이인 것이죠. 그러나 내가 누구인지 아닌지에 대해서는 선생하고도, 다른 사람하고도 다투지 않을 것이고, 단지 내가 호앙티이고 따라서 나를 두 사람으로 분리해 따로따로 떼어 놓을 수 없다는 것만 얘기하고 싶습니다. 자, 이래도 내 얘기를 계속 듣고 싶습니까? 그렇다면 이 이야기는 나 자신에 관한 이야기가 되는 겁니다. 어느 병든 뇌의 허구적 산물이라고 간주해도 나는 상관없습니다."

이 서론을 듣고 나니 머리가 약간 혼란스러워졌다. 나는 호앙티-움브리아니를 날카롭게 쳐다보았다. 그는 당당하고 차분했다. 내가 깨어 있는 것인지 꿈을 꾸고 있는지 확인하기 위해 나는 주위를 둘러보았다. 내 머리 위에는 아치형의 어두운 싸이클롭스 동굴 천장이 있었고 바닥에는 불꽃이 번득이며 동굴 입구를 지나 달밤 속으로 튀어나갔다. 그 달밤의 품에서 산과 숲과 바다가 졸고 있었다. 부정할 수 없는 이 완전한 현실이 가장 완전무결하게 비신빙성을 웅변하고 있었다. "인생은 꿈이고, 꿈은 인생이다." 난 중얼거렸다. "환상과 현실 사이의 경계는 어디 있는가?"

나는 움브리아니에게 얘기를 해 달라고 부탁했다. 그는 내 청을 들어주었다. 흡사 어루만지듯, 이따금씩 그와 나 사이로

높게 일렁이는 불꽃을 통해 순화되듯 그의 목소리가 나지막하게, 달콤하게 내 귀로 흘러 들어왔다. 그의 눈은 별처럼 꿈을 꾸고 있었고, 별들은 동굴의 눈 같았다. 그가 이야기를 하는 내내 도저히 설명할 수 없는 마법이 나를 사로잡았다. 이야기의 내용은 이런 것이었다.

　나는 품질 좋은 와인으로 유명한 키앙지구에 속한 소도시에서 태어났다. 아버지는 가난했지만 우리 형편에도 불구하고 나는 아주 좋은 교육을 받았다. 아버지는 칼라찬에서 생산된 흰 낙타털로 짠 옷감 장사를 했다. 이 직물은 솜털처럼 부드럽고 섬세했으며 눈처럼 아주 희었다.

　칼라찬에서 온 사람 하나가 우리에게 그 직물을 가지고 와서 백조처럼 하얀 색깔과 루비 같은 눈을 가진 이 특별한 낙타 품종에 대하여 이야기를 해 주었다. 그 외에도 아버지는 자신이 채색을 하고 수를 놓은 부채, 양탄자, 그리고 안팎이 내비치는 커튼도 팔았다. 아버지는 내게 이 기술들을 가르쳤고 얼마 안 가서 나는 붓솜씨가 아주 좋아져서 사람들이 어린 호앙티가 학자처럼 글씨를 쓸 줄 알고, 예술가처럼 그림을 그릴 줄 안다고 칭찬을 아끼지 않을 정도가 되었다. 뿐만 아니라, 내가 귀부인처럼 노래할 줄 알고 류트(16세기 유럽에서 유행했던 현악기)를 연주한다고도 말했다. 하얀 아카시아 나무로 된 내 류트는 어머니가 물려준 유품이었다. 어머니의 이름은 라오친이었는데 아카시아로 만든 류트라는 의미였다. 마을에서 어머니를 알고 있는 사람은 아무도 없었다. 내 자신도 어머니를 기억하지 못했고 아버지도 한 번도 언급한 적이 없었다. 나는 자주 어머니 꿈을 꾸었고 아버지와 어머니 사이에 어떤 비밀이 숨겨져 있다고 추측했다. 혹시 나는 황제 딸의 아들이 아닐까? 그런 식으로 생각을 하니까 머리가 빙빙 돌 지경이었다. 때로는 아주 행복에 찬 미래가 내 눈앞에 펼쳐지는 것이 아닐까 하는 믿음이 생기곤 했다. 나는 내 생활이 찬란한 빛을 발할 것이고 범상치 않을 거라고 확신했다. 두 번째 확신은 그대로 이루어졌다. 그러나 행복은? 행복에 관하여는 나는 할 말이 없다. 나는 행복과 친해본 적이 없다. 더 이상 바랄 수 없을 정도로 환희에 가득 찬 완벽한 행복을 느꼈던 몇 번의 순간을 제외하고!

한때 나는 아버지의 집에서 조용한 생활을 했다. 우리는 가난했으나 만족하며 살았다. 방 가운데에 커다란 휘장을 치고 한쪽은 가게, 한쪽은 방으로 분리했다. 그 방에는 사랑스러운 노래를 부르는 매미집이 걸려 있었고, 먹과 물감이 나란히 놓여 있는 작은 내 책상이 있었는데, 나는 그 위에서 그림을 그렸고 시를 지었다. 구석에 있는 하얀 단지 속에는 시심을 자극한다는—나도 그렇게 믿고 있다—나무가 꽃을 피우고 있었고, 소위 달의 향기를 뿜는다는 작은 계피 다발도 있었다. 밤이 되면 우리는 집 앞 길가에 앉아서 사람들이 우리에게 세상에서 무슨 일이 일어나고 있는지 이야기하는 동안 쌀밥과 찐 백합뿌리로 차린 초라한 식사를 했다. 그런 다음 우리는 잠자리에 들었고 해가 뜨는 것과 동시에 일상의 일을 시작했다. 내가 열일곱 살이 될 때까지 이런 식으로 단조롭지만 편안하게 우리의 일상이 흘러갔다. 그때 갑작스럽게 내 남은 인생 여정에 결정적인 영향을 끼치는 커다란 변화가 일어났다.

그날 어떤 부유한 만다린(중국 청나라 때의 고급 관리)이 우리 마을에 왔다. 그의 아내도 같이 왔는데 바람에 그녀의 부채가 강으로 날아가 버렸고, 이 고관은 새 부채를 사려고 아버지의 가게로 들어왔다. 나는 아직도 잠이 덜 깬 채 그가 아버지와 얘기하는 것을 들었다. 그날 나는 아주 피곤했는데, 그 이유는 공부 때문이 아니고 얼마 전부터 내 마음속에서 요동치며 들끓고 있는 어떤 알 수 없는 느낌 때문이었다. 나는 내 안에서 무언가 알 수 없는 사랑의 갈증 같은 것을 느꼈고 무엇이 사랑인지 확실히 알 수가 없었다. 종종 나는 안개에 휩싸인 아름다운 여인의 모습을 보았고, 그 모습은 늘 내 눈앞에서 연기가 되어 사라졌다. 가끔 가벼운 열이 났고 이 날은 다른 날보다 특히 피곤을 느꼈다. 나는 휘장 아래 바닥에 누워 있었고, 이미 말한 대로, 그 만다린이 부채 하나를 고르면서 아버지와 어떤 대화를 나누는지 아주 몽롱한 상태에서 듣고 있었다. 그때 갑자기 거센 바람이 불어 휘장을 걷어 올렸고 가게 앞 길가에 가마가 한 대 있는 것과 그 안에 그 손님의 부인이 비스듬히 앉아 있는 것을 보았다. 방금 불었던 그 바람에 가마의 휘장이 그녀의 머리 위에서 작은 황금구름처럼 가볍게 흔들리고 있었다. 나는 달처럼 하얀 그녀의 얼굴을 보았다. 검은 머리에 찔러 넣은 은비녀가 그녀의 머리 둘레에 광채를 발하고 있었다. 그녀의 아름다움은 이소(離騷, 기원전 320년경의 굴원의 장편 서사시)의 시에서 말하는 모든 덕의 상징인 난초 향처럼 황홀했다. 그녀는 정말 손에 담홍색과 하얀색의 희귀한 꽃다발을 들고 있었다. 그녀는 마치 저녁 별처럼 나를 응시했다. 이 시선 속에 우리를 매혹시키는 모든 것이 들어 있었다. 존엄, 환상, 슬픔, 우수, 황홀! 나는 압도당한 채 다시 양탄자 위에 몸을 뉘였다. 여태껏 몽롱한 상상 속에서만 희미하게 맴돌던 이상적 여인상이 갑자기 그 모습을 나타낸 것이었다. 나는 눈을 감았다. 다시 눈을 떴을 때, 휘장은 바람에 다시 내려와 나와 그 행복한 공간 사이에 무겁게 드리워져 있었다. 나는 조용히 거기에 누워서 아버지가 말하는 것을 들었다. "나리, 이 부채들 중 마음에 드는 것이 없으면 오늘 만든 이것은 아마 마음에 드실 겁니다." 나는 아버지가 어떤 부채를 말하는지 알았다. 내가 오늘 아침 일찍 완성한 부채였다. 그 부채는 하얀 양모로 만든 것이었는데, 나는 그 위에 옛날 불로주를 찾아내려 했던 부티(한무제. 승로반(承露盤)에 이슬을 받아 마시고 영원히 살려 했다.)의 정원을 그려 넣었다. 한 무제는 그 불로주 때문에 아침 여명의 이슬이 필요해서 신성한 나무들과 신

기한 꽃들 사이에 청동으로 도색한 기둥을 구름까지 닿을 수
있게 세웠다. 그 기둥의 섬세함과 날씬함 때문에 사람들은 이
기둥을 황금줄기라고 불렀다. 그 위에는 이슬을 모으기 위해
지극히 아름다운 하얀 비취 잔 하나가 놓여 있었다. 나는 그
모든 것을 하얀 비단 위에 금색과 진홍색으로 그렸고 작은 진
주로 이슬을 암시했다. 부채의 반대쪽에는 내 괴로운 마음을
달래기 위해 보라색 선 위에 은색으로 시를 적었다.

　"황금줄기 위, 저 귀한 잔이 하늘까지 뻗어 올라,

　구름의 이슬을 모아 부티를 영원히 살게 하듯,

　알 수 없는 달콤한 예감의 안개 속에서 화사한 그대 얼굴을
내밀면,

　내 마음의 루비 잔도 까마득히 어지러운 저 높은 곳까지 떨
쳐 올라가리!

　오, 내 여주인의 눈빛이여,

　떨리는 마음의 루비 잔 안으로 떨어져라!

　내 너를 마시리니 그리고 영원히 살리니!"

　만다린은 그 부채를 관찰하더니 놀라움에 가득 찬 목소리
로 그 시를 읽었다. 그 시의 아름다움은 단어가 만들어 내는
음악성과 정교한 리듬에 있었다. 따라서 중국어가 아니면 다
른 어떤 언어로도 흉내 낼 수 없는 아름다움이었다.

　"당신이 직접 그렸소? 그리고 시도 당신이 지었소?" 만다
린이 아버지에게 물었다.

320

"모두 내 아들의 작품입니다."

"이 시도요? 이 시는 어디서 난 거요?"

"아들이 직접 지은 것입니다."

"이 부채를 사겠소." 만다린이 말했다. 그리고 얼마인지 묻지도 않고 그는 아버지에게 한 손 가득히 동전을 내밀었다. 이어서 그가 가게를 나가는 소리가 들렸다. 나는 휘장을 약간, 약 두 손가락 넓이만큼 젖히고 그를 쳐다보았다. 그는 가마의 옆에 서서 그 부채를 아내에게 주었고 그녀에게 그 시를 읽어 주었다.

"감동했어요." 그렇게 말하면서 그녀는 찬탄하는 눈길로 나를 환하게 쳐다보았다. 음악과도 같은 그녀의 목소리와 그녀가 들고 있는 꽃다발의 향기가 공기를 가볍게 흔들며 내게 다가왔다. 그 사이 아버지는 돈을 세더니 그 부채 값만큼 돈을 탁자 위에 내려놓고 나머지는 만다린에게 돌려주기 위해 밖으로 나갔다.

"너무 많이 내셨습니다." 아버지가 무뚝뚝하게 말했다.

"하지만 이 시는 내가 지불한 것 이상으로 더 가치가 있는 시요."

"나는 부채 장사지 시 장사가 아닙니다."

"그러면 나머지는 당신 아들에게 주시오."

"그 아이는 장사꾼이 아니에요. 그림을 그릴 때 나를 도와주는 것뿐이지요."

그 여인은 들고 있던 꽃다발로 만다린의 머리를 살짝 스쳤고, 마치 그 향기 나는 꽃들이 그 아름다운 여인의 의지를 남편에게 속삭이는 것 같더니, 그가 아버지와 함께 가게로 돌아와 말했다. "노인장, 들어보시오. 당신 아들은 교육을 잘 받은 것 같소. 그런 시를 쓴다는 것이 쉽고 흔한 일이 아니오. 글씨도 대단히 우아하고 그림 솜씨는 섬세함과 풍미가 돋보이오. 그 젊은이에게 관심이 가는데, 그는 몇 살이오?"

"오늘로 열일곱이 되었지요."

"내가 데려가면 어떻겠소? 내가 당신과 아들을 갈라놓으면 슬플 것 같소?"

"이런 속담이 있지요. 사람들이란 아이 때는 새와 같아서 떼를 지어 숲 속에서 지내고, 어른이 되었다 싶으면 이리저리 뿔뿔이 도망가 버린다."

"당신의 그 의견을 높이 사는 바요. 그러면 내일 아침 그 애를 내게 보내시오. 나는 태수 판주요. 당신의 아들이 내가 믿는 그대로고, 그 애가 원하면 내 집에서 살아도 좋소. 나는 아이들이 있는데 그 애가 내 아이들과 놀아 주면 아이들도 많이 배울 것이오. 또 그 아이도 우리 집에서 더 많은 것을 배울 수 있을 것이오. 우리 집에는 유명한 사람들이 많이 오니까. 나도 그 애가 올바른 생활을 하도록 이끌겠소. 무엇보다 내가 그 애를 멀리 데려가는 것이 아니고 가까운 곳이니까 그 애가 원하기만 하면 언제라도 당신을 찾을 수 있을 거요."

"오, 감사합니다. 오, 나리, 항상 행복하길." 허리를 깊이 숙이며 아버지가 대답했다. 만다린과 그의 아내는 돌아갔고 그녀가 있던 자리에는 난초의 은은한 향기가, 내 가슴속 깊은 곳에는 희미한 빛이 남아 있을 뿐이었다.

다음 날 나는 집을 나섰고 태양에 반사되어 반짝이는 만다린의 집 지붕을 보았을 때 내 가슴은 미칠 듯한 기쁨으로 뛰었다. 대문 지붕의 천장 색은 금색이었고, 그 아래에는 종들이 달려 있었는데 때마침 봄의 천둥소리가 울려 퍼지듯 종소리가 울려 퍼졌다. 나는 이 우람한 하얀 대리석 담 너머에 살고 있는 사랑하는 여인을 생각했고, 그녀의 아름다움에 비해서 단지 집을 지키는 임무를 다 하고 있는 이 담은 초라하게만 느껴졌다.

만다린 판주는 친절하게 나를 맞아 주었다. 그가 나에게 같이 식사하자고 한 것을 보면 확실히 나는 그에게 좋은 인상을 준 것 같았다. 식사 후에 그는 아이들을 불렀고 그들과 즐겁게 놀아 주리고 말했다. 우리는 나비처럼 정원을 법석대며 돌아다녔다. 아이들의 엄마 때문인지 나는 그들을 곧바로 사랑하게 되었다. 나는 그들에게 동화를 들려주고, 함께 보트를 타고 놀아 주고, 여러 가지의 신기한 화환들을 엮어 주었으며, 그들은 그것을 아주 좋아했다. 아이들은 아버지가 무기들과 화려한 예복, 그리고 많은 오래된 도자기들을 보관하고 있는 탑으로 나를 데려갔다. 유럽에서는 이러한 도자기의 아름다움과 귀함에 대해 전혀 모르고 있는 때였다. 중국인들은 외국인에게 도자기를 감춘다. 야만인들의 눈이 도자기의 아름다움을 더럽힌다고 생각하기 때문이다. 이 고귀한 장식품을 외국인에게 판매한다거나 다른 나라로 밀반출하는 짓을 하는 배신자에게는 법에 의해 사형이 내려진다. 그런 수집품들의 대단함에 나는 눈이 부셨다.

첫날은 이렇게 흘러가고 있었다. 노래를 불러 달라고 판주가 나를 정원으로 불렀다. 아카시아 류트를 들고 떨리는 걸음으로 나는 그가 기다리고 있는 정자로 갔다. 몇 백 년이나 묵은 호두나무가 그곳에 그늘을 드리우고 쓴 향기를 뿜어 내고 있었다. 수련으로 뒤덮인 인공호수의 검푸른 물이 정자 창문 아래서 나지막하게 찰싹대고 있었고, 건너편 작은 섬에는 반짝거리는 성기고 얇은 천으로 된 휘장이 달린 흑단(열대 아프리카나 인도 등지에 자라는 단단하고 무거운 검은색을 띤 나무) 기둥 천막이 서 있었다. 정자 뒤, 푸른 작약나무 숲에서 이제 막 해가 지고 있었고, 태양의 붉은 빛살은 천막의 성긴 휘장에 한 여인의 모습을 비추며 무어라고 표현할 수 없이 아름다운 실루엣을 그리고 있었다. 나는 그녀가 만다린의 부인임을 곧 알아차렸다.

나는 감히 올려다볼 용기가 나지 않았다. 떨리는 손가락으로 현을 잡고 불멸의 시인 이태백의 시 몇 구절을 불렀다.

"밤은 벌써 대지를 감싸고, 나는 푸른색이 감도는 산을 내려가네. 보름달은 느릿한 내 발걸음을 조용히 따라오고 있네. 주위를 살피며 시선은 내가 지나온 길을 올려다보지만 밤안개가 이미 대지를 베일로 감싸고 있네…… 여기 가지 울창한 대나무 한 그루 살랑거리네. 키 작은 초막을 어두운 그늘로 신비하게 뒤덮은 채. 저기 친구가 기다리고 있네. 나는 좁은 오솔길을 서둘러 가고, 빛나는 풀들이 바스락대며 내 비단 옷깃을 부드럽게 스치고 있네. 오, 잘 왔소, 내 친구여! 별빛이 창백해질 때까지 자네와 함께 술잔을 비우고 싶네! 자네와 함께 새하얀 불꽃으로 타오르는 은하수 아래서 노래하고 싶네. 나는 소나무 숲을 불며 지나는 바람의 노래를 부르고 싶네.”

나도 모르게 눈을 들었고 그 얇고 성긴 휘장뒤에서 만다린의 부인이 그리움에 가득 차서 두 팔을 활짝 펴고 나를 마주보고 있는 것을 보았다. 노래를 멈추었다. 갑자기 그 위대한 시인의 시구들이 생각나지 않았다. 내 자신의 감정에 압도당해 불 같은 정열로 류트의 화음에 맞추어 시구를 읊었다.

“밤바람이 소나무 숲에 잦아드는데, 푸른 하늘의 미풍이 얼굴에 살랑거리네. 사파이어 같은 둥근 하늘은 인간에게 감추고 있는 비밀을 내게 속삭이네. 대지에는 수많은 여인들이 활기차게 살아 움직이고, 하늘에는 수많은 호화로운 꽃병들이 있다네. 모든 꽃병 속에서 마법의 꽃이 피어나고 있다네. 둥근 달은 오팔로 만든 큰 집인데 오래전부터 그 안에 한 현자가 살고 있다네. 그는 미래의 혼인의 끈을 묶으며, 꽃 하나하나를 누구에게 엮어야 할지 고민하고 있다네……. 지금 여기 눈처럼 하얀 꽃병이 천막처럼 치솟아 내 눈앞에 있다네. 투명한 베일의 담장이 내게 예정된 꽃을 갈증에 시들게 하고 비탄에 잠기게 한다네. 당신은 내게 정해진 사람이오. 오, 당신은 달콤한 기적이오. 끔찍한 망나니에게서 당신을 구해 내겠소."

내 노래의 여운이 채 가시기도 전에 나는 제정신이 들면서 나의 무모한 짓을 깨달았다. 온몸이 떨렸다. 나의 엄청난 대담성과 뻔뻔스러움에 판주가 나를 사형에 처할 것이라는 생각밖에 들지 않았다. 그러나 너무나 놀랍게도 판주는 조용하고 다정하게 말했다. "이태백을 제대로 이해하면서 사랑스러운 목소리로 노래 부르는구나. 그 다음 소절을 잊어버린 것에 너무 슬퍼하지 말아라. 부끄러워하는 네 성격 때문이겠지. 네 겸손함을 칭찬하고 싶구나. 나는 젊은 사람들이 뻔뻔한 것은 참을 수가 없어."

설마! 무모한 내 노래 가사를 못 들은 걸까? 아니면 관대한 마음에서일까? 어린애 같은 내가 측은하게 느껴져서 가볍게 야단치는 것일까? 나는 바로 그렇다고 믿고 몹시 감격해서 그의 발 아래 엎드렸고 솟구치는 눈물을 참을 수 없었다. 판주는 자비롭게 나를 일으켜 세운 후 말했다. "이제, 우리 집에 있는 게 마음에 드느냐? 우리 집에 있을 거지?"

이렇게 해서 나는 그 집에 머물게 되었다. 같은 날 나는 아버지에게 소식을 전했고 판주가 마련해 준 상당한 선물을 보냈다. 나는 만다린의 자비로운 행동 때문에 더 이상 하얀 천막을 보지 않았다. 나를 돌보는 후견인의 부인은 조금도 생각하지 않고 열심히 일해서 내 의무를 다하겠다고 맘 먹었다. 그것은 거짓 맹세가 아니었고 나는 계획대로 실천해 나갔으며 한동안 나의 생활은 아무 일 없이 지나갔다. 학문은 진전했고, 시를 썼으며, 그림을 그렸고, 아이들을 가르치고 함께 놀아 주었다. 부인을 전혀 생각 안 한 것은 아니지만 적어도 냉정하고 분별 있게 생각하는 정도였다. 그녀가 나를 애타게 그리며 보고 있었고, 나를 열망하며 원하는 동작을 했다고 믿었던 것은 착각이었을 뿐이라고 강하게 확신하고 있었다. 더구나 그 이후 나는 그녀를 더 이상 보지 못했다. 집에 살고 있는 누구도 그녀에 관해 얘기한 적이 없었고 아이들도 언급한 적이 없었다. 나 자신도 그녀에 대해 물어볼 용기가 나지 않았다.

몇 달 후, 판주가 내게 말했다. "아버지 보고 싶지? 그동안 수고했으니 이제 좀 쉬게나. 꽃축제가 다가오니 그날 실컷 놀다 오게."

나는 감사하며 그 제의를 받아들였다. 집으로 떠나기 전 나는 정원을 산책하다가 호숫가로 발걸음을 옮겼다. 호수 앞에는 초록색의 무성한 풀들이 넓게 펼쳐져 있었다. 태양이 막 떨어졌고, 하늘 전체가 어두운 노란색으로 불타고 있었다. 나는 그 현란한 풍경에 넋을 잃었다. 그때 마치 새들이 우는 듯한 소녀들의 웃음소리가 나를 방해했다. 나는 어리둥절해서 멈추어 섰고 내 앞에는 만다린의 부인이 앉아 있었다. 입고 있는 짙은 푸른 색깔의 옷은 그녀의 하얀 얼굴을 더욱 돋보이게 하고 있었다. 손에는 부채를 들고 있었고 눈은 하늘을 향하고 있었다. 그녀와 함께 놀고 있는 소녀들은 빨갛고 파란 공단으로 만든 연들을 금색 실에 묶어 날리고 있었다. 가볍게 소리를 내는 은색의 고리가 용모양의 연에 달려 있었고, 그것은 마치 용이 별을 토해내는 모습 같았다. 만다린의 부인은 기쁘게 노는 소녀들과 어울리지 않고 슬픈 눈으로 밤안개에 싸여 잘 보이지 않는 공단 연들을 쳐다보며 속삭였다. "빨갛고 파란 청춘의 꿈은 실망이라는 안개 속에서 저렇게 사라지는 것이로구나." 그녀가 일어났고 시녀들에게 연날리기를 그만두자는 신호를 보냈다. 그들이 천천히 내게 걸어왔다. 내가 나무 그림자 속에 서 있는 것을 아무도 못 본 것 같았다. 긴 옷자락이 내 발치 앞을 사그락대며 스쳐 지나갈 정도로 가까이 왔지만 아무도 나를 알아보지 못했다. 다만 만다린 부인의 시선이 잠시 내 얼굴에 고정되었지만, 우연일 뿐이었다. 역시 그녀도 나를 보지 않는 것 같았다. 그 순간 무엇인가가 내 발밑에 떨어졌다. 만다린이 아버지에게 산 부채였다. 가슴을 창으로 찌르는 듯한 느낌이었다. 부인이 나를 무시한다고 생각했다. 그녀는 마치 내가 보고 있는 것을 알기라도 한 것처럼 일부러 내 눈앞에서 내가 만든 그 부채를 버려 버린 것이다. 나는 너무나 슬펐다. 그녀가 소녀들과 함께 사라질 때까지 나는 움직이지 않았다. 그녀들이 사라지고 나서야 나는 부채를 집어 올렸다. 그녀의 손이 닿을 때마다 묻어 난 향기를 맡으니 즐거워져서 입술에 대 보려 했다. 그 순간 내가 쓴 시를 가로질러 무엇인가가 쓰여져 있는 것을 발견했다. 글씨는 우아했으나 지금은 아무도 사용하지 않는 오래된 글씨체였다. 내가 최근에 우연히 고문서를 공부하지 않았더라면 읽을 수 없었을 것이다. 나는 그 글귀를 읽었다.

"오, 부드럽고 눈처럼 하얀 비단이여, 연한 솜털처럼 매끄럽고 장미처럼 향기를 발하는구나! 부채를 만드는 친구의 손길이 너에게 보름달 모양을 선사했구나. 내 손이 너를 갈망할 때마다, 너는 감미로운 향기로 나를 매료시키는구나. 내가 집 안에 머물 때건, 정원을 산책할 때건 이제 너는 나의 반려자가 되었구나. 시원함이 필요치 않은 겨울에 너를 어딘가에 던져 놓는 나의 배신을 용서해다오. 그러나 불행한 나도, 그러한 운명을 타고났다네. 그 친구가 혼자서 넓은 세계에서 고민하며 괴로워할 때, 나는 그에게 부드러운 향기였으나, 나의 운명이 그러하듯, 지금은 나를 잊고 있다네! 밍에."

이 글귀를 읽자 눈에서 눈물이 솟구쳤다. 이 시구들은 황제 젱티로부터 버림받은 탄식처럼 들렸다. 그것은 그러나 시적

유희가 아니라 나를 향한 밍에의 비난이었다. 그 시구들은 그녀의 한숨 소리였다! 그렇다면 내가 착각한 것이 아니었구나. 그녀는 나를 사랑하고 있구나! 그녀의 이름이 밍에로구나. 모든 것을 알 것만 같은 느낌이었다. 그러나 그 행복은 동시에 가슴이 철렁 내려앉는 거대한 부담으로 다가왔다. 이제 어떻게 해야 하지?

작은 발소리가 나의 고민을 중단시켰다. 한 시녀가 저택에서 되돌아와 풀 속에서 무엇인가를 찾고 있었다. 여주인의 부채가 틀림없었다. 이제야 모든 것을 알 것 같았다. 왜 밍에가 오래되어 전문가가 아니면 읽을 수 없는 글씨체를 사용했는지를. 내 부채는 그녀에게 소중한 물건이었다. 그녀는 나에게 부채의 시구를 읽을 시간을 주었고 이제 그것을 돌려달라고 요구하고 있는 것이었다. 나는 부채를 나무 아래 놓고 숲속에 숨었다. 시녀는 그것을 찾았고 나는 날이 샐 때까지 정원에 머물러 있었다. 깨어 있는 상태로 밍에의 꿈을 꾸었다. 아침이 되자 아버지를 만나기 위해 길을 나섰다.

아버지는 나를 보자 아주 기뻐했다. 여러 방면으로 시험해 보고 질문을 해 가면서 그동안 성숙한 판단력을 키웠는지, 올바른 생각을 하고 있는지를 확인했다. 이어서 아버지는 만족감을 표시했고 내가 한 남자가 되었으며 이제 더 이상 아이가 아니라고 말했다.

"내 생각에 너는 이제 사리분별이 생겼고 욕정이 없어진 것 같구나. 너는 이제 지혜의 길에 들어섰다."

나는 얼굴을 붉혔다. 속으로 내 자신을 책망하고 있었지만 아무 말도 하지 않았다.

"이제 네 엄마에 대해 말해야겠다." 아버지가 말을 이었다. "이제 부모에 관해 알아야 할 때가 된 것 같다. 이 이야기는 동시에 너에게 하나의 교훈이 될 수 있을 것이다."

나는 호기심에 이끌려 아버지의 얘기를 듣고 있었다.

아버지는 나를 가게의 어두운 뒤쪽 벽에 걸려 있는 융단 앞으로 데려갔다. 아주 어릴 적부터 보아 왔던 융단이었다. 많은 사람들이 이 융단을 팔라고 했으나 아버지는 단호하고 고집스럽게 거부했다. 융단은 아주 정교하게 만든 것이었다. 융단의 그림은 자그마한 호수를 끼고 있는 정원을 표현하고 있었는데, 정원에는 온갖 종류의 꽃들이 형형색색의 빛깔을 자랑하며 피어 있었다. 작약나무 아래에는 아름다운 소녀가 공작과 놀고 있었다. 아버지는 그 소녀를 가리키며 짧게 말했다. "이 사람이 네 엄마다."

"뭐라고요?" 내가 외쳤다. "이렇게 예뻤어요? 엄마는 일찍 죽었나요? 그리고 아버지가 이 융단 위에 엄마의 초상화를 그린 거예요?"

"내가 그린 게 아니란다. 어느 외딴집에서 노인 한 분이 죽었는데, 그 노인은 내게 돈을 빚졌고 상속인이 없었단다. 그래서 그곳에서 가지고 온 거란다. 관청의 승인을 받고 빚 대신 융단을 가지고 온 거지. 그리고 나는 네 엄마가 죽었다고 말한 적이 없다."

"그러면 어디 있지요?" 나는 놀라움과 기쁨에 넘쳐 외쳤다.

"여기." 아버지가 그림을 가리켰다.

"이건 초상화잖아요. 진짜 엄마는 도대체 어디 있어요?"

"왜 계속 초상화라고 하면서 헛소리를 하는 거야! 이 사람이 진짜 네 엄마지 초상화가 아니라니까. 들어 봐라. 오래전 나는 자주 아주 낙담한 채로 어스름 속에서 이 낮은 걸상에 앉아 있곤 했단다. 가게를 닫은 후 여기에 앉으면 이 세상이 나를 버린 것 같은 기분이 들어 마음이 무거웠지. 나는 절망했고 어떤 어리석은 짓이라도 저지를 것 같은 마음이었단다. 나는 내 인생에 처음이자 마지막으로 시 한 편을 지어 보려고 했단다. 그 당시 내 영혼의 상태가 나를 그렇게 만들었지. 처음에 쓴 시는 너무 유치했고, 두 번째 시도에서 나는 제대로 끝맺음을 할 수 있었지. 나는 내가 쓴 시를 크게 낭송해 보았고 내 자신도 눈물이 나올 정도로 감동했지. 그런데 그 순간 내 시선이 융단에 고정되었단다. 거기 그림 속에 그려진, 내가 아는 유일한 소녀가 내 시를 낭송하고 있는 거야. 그러다가 그 그림이 갑자기 움직이더니 그 소녀가 큰 소리로 깔깔대고 웃는 거야.

나는 그 기적에 놀랐다기보다 당황했지. 소녀가 일어나 공작을 쫓아보내더니 내게 손을 내밀고는 달콤한 목소리로 말했지. '당신, 참 안됐네요! 그 기분 나도 알아요. 나도 당신처럼 지루해 죽겠어요. 나는 늘, 그리고 영원히 이 아둔한 공작과 놀아야 해요. 당신이 나를 아주 즐겁게 만들어 주었어요. 자, 이리 내게로 와요!'

나는 모욕당했다는 생각은 완전히 잊어버리고 공작 깃털처럼 하얀 그녀의 손을 잡았지. 나는 신비한 힘에 이끌려 바닥에서 뛰어올라 순식간에 꽃이 무성한 작약나무 아래 소녀 옆에 서게 되었지. 그려 놓은 수평선이 끝없이 펼쳐졌고 마치 나는 나락으로 떨어지는 듯한 느낌이었지. 어지러웠지만 금방 좋아졌단다. 나는 이제 새가 노래하는 소리를 들을 수 있었고 호수의 물이 잔물결을 만들고 있는 걸 보았지. 모든 사물이 생생한 삶을 만끽하고 있었단다. 소녀는 나를 저택으로 데리고 가면서 말을 걸었고 자신의 이름이 라오친이라고 말해 주었단다. 나는 왜 그녀가 묻지도 않았는데 곧바로 자신의 이름을 말했는지 영문을 몰랐지. 라오친은 류트를 연주하면서 내게 아주 아름나운 노래를 불러 주었단다, 지금 네 류트가 바로 그것이란다. 그러더니 자기 곁에서 머물고 싶냐고 물었지. 지금이 그녀가 내 시를 비웃은 걸 복수할 때라고 생각한 난 말했지. 내가 방금 들은 노래들보다 훨씬 좋은 즐거움을 보장한다면 더 오래 머물고 싶다고. 그녀는 화가 나서 얼굴이 빨개졌으나 곧 드러내 놓고 큰 소리로 웃었지. '당신에게 더 좋은 즐거움을 선사하겠어요, 무례한 사람.' 그녀는 나

를 다른 방으로 데리고 갔고 창문을 열더니 와서 한번 보라고
했지. 그때, 나는 놀라서 억제하지 못하고 큰 소리를 지를 수
밖에 없었단다. 마치 하나의 지도처럼 내 눈앞에 온 세상이
펼쳐져 있었거든. 경치만 보이는 것이 아니라 도시들, 집들의
내부, 그리고 더 재미있었던 것은 사람들의 내부까지도 보였
단다. 그들이 이야기하는 것이 들리는 동시에 그들이 무엇을
생각하는지 볼 수 있었지. 나는 도저히 더 이상 보고, 들을 수
가 없었단다. 모든 것이 머릿속에서 빙빙 돌고 있었거든.

'자, 여기 있고 싶어요? 라오친이 물었다.

'나는 영원히 당신 것이오!' 내가 외쳤지.

'좋아요!' 그녀가 즐거워하며 말했다. 그리고 덧붙였다.
'그러나 당신에게 경고하고 싶은 것이 하나 있어요. 당신이
창문에서 밖을 바라볼 때, 사람들은 당신을 볼 수 없어요. 그
러나 당신이 누군가의 말을 듣고 말대답을 하게 되면 모든 것
이 끝장이죠. 그저 지나가는 사람에게 단 한 마디라도 하면
일장춘몽이 되는 거예요. 우리 둘은 영원히 서로 헤어지는 거
죠.'

나는 그깟 간단한 조건만 지킨다면 행복해질 수 있는 나의
운명에 감사했단다. 우리는 곧바로 결혼식을 올렸고 삼 일이
지나자 서로 사랑에 빠졌지. 나는 지금도 그리운 그때를 생각
하면 한숨이 나온단다. 즐겁고 유쾌한 환상으로 가득 찬 꿈처
럼 시간이 흘러갔지. 내가 아름다운 라오친 곁, 동화의 나라

에서 얼마나 오래 있었는지 정확히 알 수는 없다. 나는 하루 하루를 세어 볼 생각도 안 했지. 날을 센다는 것 자체가 불가 능했으니까. 끝없는 낮의 연속이었으니까. 그곳의 태양은 결 코 떨어지는 일이 없었거든. 그러나 라오친이 너를 낳았고 네 가 주위를 둘러보며 사물을 분간하기 시작했으니까 분명히 일 년 이상은 지났었을 무렵, 운명의 사건, 아니 정확히 말해 내 자신의 우둔함이 순식간에 내 행복을 앗아가 버렸지.

내가 스스로를 마치 위대한 현자인 것처럼 생각하기 시작 했었다고 고백하지 않을 수가 없구나. 마술의 창에서 인간 세 상을 관찰할 때마다, 나는 내가 인간들과 비교가 안될 정도로 훨씬 위대한 것 같았다. 나는 인간사회의 그 악착 같은 삶, 그 분주함, 그 끊임없는 위선과 거짓을 경멸하며 바라보았다. 나 는 그들과는 근본적으로 다르다는 느낌을 가졌다. 모든 것에 서 무관심해지는 것이 내게 얼마나 쉬운 일인지 나는 인간세 상에 흥미가 없었고 내 자아는 다른 인간들과 친분을 맺지 않 았다. 그런 나의 사만은 그에 합당한 벌을 받고 말았다. 나는 다른 사람들의 허영심을 끊임없이 비웃었으나, 이제는 내 자 신의 허영심이 내 발목을 잡고 말았다. 어느 날 내가 살았던 거리를 네게 보여주려는 생각으로 한 팔로 너를 안고 창밖을 바라보고 있었지. 그때 막 우리 집 옆에서 어느 젊은이와 이 야기 하고 있는 소녀를 보았단다. 그 젊은이는 그녀의 환심을 사려고 하는 중이었지. 나는 그녀의 마음이 기쁨과 승리감으로 두근대는 것을 알았지만, 동시에 또한 아무것도 아닌 것처럼 싸늘한 태도로 속이고 말하는 것을 들었다.

'그렇게 말한 사람이 네가 처음이 아니야.' 그녀가 퉁명스럽게 말했다. '가는 곳마다 그런 말 하도 많이 들어서……' 그 젊은이는 고개를 떨구었고 나는 그녀가 내심으로 어떻게 생각하는지 보았다. 다른 사람들도 나를 사모한다고 들으면 나를 더 사랑하지 않고는 못 배길걸. 내게 안달이 나서 더욱 더 매달리게끔 해야지. 이렇게 생각한 그녀의 시선이 아무도 살고 있지 않은 내 집을 향했다.

'저기 문과 창문이 닫혀 있는 빈 집 보여?' 그녀가 말했다. '거기 살았던 사람이 미치도록 나를 사랑했어. 그런데 나는 그를 퇴짜 놓았지. 그 후 어디론가 사라져 버렸어. 아마 나 때문에 자살했을 거야.'

나는 크게 웃지 않을 수 없었다. 그러나 그 젊은이는 강한 질투에 찬 눈으로 그 소녀를 보았지. '그는 아주 잘생긴 사람이었다고 하던데.' 그가 말했다. '정말 그를 차버린 거야? 아주 깊은 관계였어?'

그러자 그녀는 '내가 너무 심했나.' 라고 생각했다. '그를 달래서 원래대로 돌려 놔야겠네'

'잘생겨? 그녀가 비웃으며 말했다. '그 허수아비가? 차라리 자살하기를 잘 했지. 너보다 못했어. 조금이라도 너 같았더라면 아마 덜 지겨웠을 텐데. 너, 그 사람 질투할 필요 없어! 여자들은 아무도 그를 좋아하지 않았어. 아무도 거들떠 보지 않았기 때문에 분명히 자식도 없어서 죽을 때까지 외롭 게 살았을 거야. 그래서 자살한 거야!'

'거짓말쟁이!' 나는 몹시 화가 나서 온 힘을 다해 큰 목소 리로 외쳤지. '이 세상에서 가장 아름다운 여자가 내 마누라 고 여기, 여기 봐, 이 애가 내 아들이야!'

나는 너를 높이 들어 아주 자랑스럽게 온 세상에 보여줬지. 그리고 그 순간, 나는 여기 이 융단 앞 낮은 걸상에 앉아 있었 어. 융단의 수평선은 다시 원래대로 평평해졌고 새들은 더 이 상 노래를 부르지 않았고, 꽃들도 향기가 없었어. 그리고 네 엄마는 원래대로 그림으로서 공작과 놀고 있었지. 모든 것이 꿈이었다고 생각하려 했지만 내 팔에 너를 안고 있었던 거야. 그림이 아니고 현실이었고, 사실이었던 거야! 마치 아무 일도 없었던 것처럼 너는 웃고 있었고 붉고 작은 손가락으로 서투 르게 류트를 치고 있었지. 금 빛깔의 리본이 달린 그 류트는 우리가 이리로 추락하기 비로 전에 네 엄마가 즐겁게 놀라고 네 목에 걸어 주었던 것이란다. 그것이 내가 추억과 함께 동 화의 나라에서 가져온 유일한 물건이지. 굳이 하나 더 덧붙이 자면 이리로 떨어질 때 이 의자에 부딪히며 생긴 서너 개의 긁힌 상처 외에 말이지. 번민과 후회로 어찌나 큰 울음을 터 뜨렸는지 처음에는 몇 명만이 다가와 멍하니 쳐다보더니 나 중에는 온 동네 사람들이 다 와 볼 정도였단다. 그러면서 사람들이 도대체 그렇게 오랫동안 내가 어디서 지냈고, 어디서 그 아이가 생겼는지, 누가 나에게 그 류트를 주었는지 물었고, 놀라워했지. 나는 다시 평정심을 되찾았고 나의 나약함에 내 자신이 부끄러웠단다. 이제 그 모든 것을 되돌릴 수 없는 현실에 굴복할 정도의 현자가 되었단다. 아무에게도 나의 모험에 대해 이야기하지 않았는데 오늘 처음으로 네게 이야기한 것이다. 나는 네가 이 이야기에서 많은 것을 이해했다고 믿는다. 적어도 흔히 말하는 침묵이 가장 중요한 미덕이라는 깨달음 말이다. 특히나 여인에 관한 일이라면."

이 이야기와 훈계에 대해 나는 아버지께 감사했다. 그러나 그 순간 나는 아버지의 훈계를 심각하게 새길 수가 없었다. 훈계를 듣는 그 순간 귀밑까지 빨개져서 아버지가 혹시 만다린 부인, 그 아름다운 밍에에 대하여 알고 있는지, 남편과의 관계며, 남편이 그녀를 위해 부채를 고르는 동안 우리 집 앞에서 가마를 탄 채 가게 안을 쳐다보았을 때 아버지는 어떤 인상을 받았느냐고 내가 물어보았기 때문이었다. 심장이 목구멍까지 쿵쾅대며 뛰었다. 즉시 아버지가 나의 불행하고 죄악스러운 욕정을 헤아릴 것이라고 확신했고 격노하며 야단치리라고 기대했다.

그러나 아버지는 아주 조용히 대답했다. "너는 지금 살고 있는 집에서 너와 관계없는 일들에 관하여 흥미가 없다는 것을 알겠다. 정말 칭찬하고 싶구나. 판주는 벌써 오래전부터 홀아비란다. 그 부인에 대한 정절을 지키기 위해 결혼을 안 하고 있는 것이란다. 우리 집 앞에 가마가 서 있었던 적은 없었다. 판주는 작은딸을 위해 부채를 샀던 것인데 집으로 가는 도중에 잃어버렸지. 그 다음 날 그는 다시 하나 더 사려고 사람을 보냈고, 내가 내 맘에 드는 것을 골라 주었단다."

"가마가 없었다고요?" 내가 놀라서 외쳤다. 아니, 판주가 가게를 나와, 밍에와 대화를 나누는 것을 분명 보지 않았던가?

"왜 계속 밍에라고 하는 거냐?" 아버지는 화를 냈다. "그런 이름은 들어본 적이 없다. 판주가 가게를 나가 길가에 나선 적은 있으나, 그것은 햇볕 아래서 그림을 더 자세히 보려고 그랬던 거지."

"더 이상 얘기하지 말죠." 나는 아무렇지도 않다는 듯 말했다. "제가 착각한 것이 틀림없어요." 그러나 여전히 혼란스러웠다. 어떻게 이런 일이 있을 수 있지? 나는 쓴웃음을 지었다. 아버지가 별난 사람인가? 나는 혼잣말을 했다. 아버지가 늘 멍한 행동을 하는 것을 동네 사람들이 다 알고 있잖아? 방금 엄마에 관해 얘기한 것은 아버지가 냉정하게 사실을 보는 것이 아니라 망상에 가득 차 있다는 좋은 증거 아닌가? 꾸며낸 얘기를 나는 믿을 수 없어. 아버지가 환상을 보았던가, 아니면 나를 바보로 알고 있는 거야. 이런 생각이 나를 괴롭혔다. 아버지는 어릿광대도 아니고 바보도 아니었잖아. 나는 이런 의심 때문에 자신을 꾸짖었고 내 가슴은 슬픔으로 가득 찼다.

아버지는 내가 골똘히 생각하는 것을 방해했다. "애야, 이제 가려무나." 아버지가 말했다. "가서 즐겁게 지내려무나."

"모든 사람들이 즐길 수 있는 것을 내가 즐길 수 없다면, 무슨 소용이 있지요?" 내가 뼈있게 말했다.

"그런 식으로 얘기하지 마!" 아버지가 화를 냈다. "자신을 특별한 사람이라고 생각하지 마. 나는 그런 사람들을 믿을 수가 없어. '태어난 시대에 순응하라.' 맹자가 한 말을 지키도록 해라."

나는 머뭇거렸다.

"나를 피곤하게 하는구나." 아버지가 말했다. "오늘처럼 많이 얘기한 적이 근래엔 없었구나. 그것도 네 잘못 때문에. 네 맘대로 해라. 네 행동은 교만으로 가득 차 있구나. '별난' 생활을 하고 있는 것이 확실한 것 같구나. 네 맘대로 해라. 하지만 그래도 내가 마지막으로 하는 이 말을 새겨라. 그런 사람은 절대 행복해지지 않을 거라는 내 말을 믿어라."

이 하찮은 일에 많은 말은 필요 없을 것 같았고 아버지는 이 기회를 현자인 체하는 기회로만 사용했다. 나는 재차 그 냉혹한 판단을 비난하다가 순순히 따르기로 했다. 점점 어두워져 가는 가게의 그 양탄자 앞에 아버지를 홀로 놔둔 채 나는 자리를 떠났다.

꽃축제가 이미 절정에 다다르고 있었다.

여기저기 도처에 꽃 장식과 다양한 색깔의 제등이 걸려 있었다. 지붕 위, 창가, 길가 곳곳에 꽃으로 장식한 꽃단지가 세워져 있었다. 대기는 꽃향기와 빛으로 충만했다. 거리와 집 안에서는 온통 떠들썩하고, 유쾌하게 축제를 즐기는 소리가 들려왔다. 노랫소리와 음악이 귀를 유혹했다. 사람들의 마음 속에는 물론 자연에도 봄이 찾아들었다. 내 피도 더욱 생동감 있게 용솟음쳤고 온통 기쁨에 휩싸인 분위기에 마음이 들떠 있었다. 나는 서둘러 행인들의 물결을 따라갔고, 강가로 나왔다. 꽃으로 만발한 정원들 사이에 청회색 물결이 넘실거리고 있었다. 다양한 크기와 모양의 배들이 물결을 헤치며 나아가고 있었다. 황혼 속에서 꽃장식을 하고, 눈부시게 차려입은 사람들을 태운 그 배들의 모습은 마치 바다를 향해 헤엄쳐 나가는 거대한 꽃다발 같았다. 하늘은 회색의 크레이프(씨실을 강연사로 짠 바탕에 요철이 있는 직물)에서 광채가 퍼져 나오는 것처럼 빛나고 있었고, 내가 강가로 나온 순간 강 위에 수천 마리의 선이 불을 뿜는 수천 개의 뱀처럼 흔들거리며 빛을 내고 셀 수 없이 많은 붉은 빛들이 타오르기 시작했다. 방금 점화된 불꽃놀이였다. 천둥소리 같은 함성이 울려 퍼졌다. 다리 위로 몰려든 사람들과 보트 속에서 환호하는 사람들, 그리고 강변에서 박수를 쳐 대는 수천 명의 관중들이 내지르는 소리였다. 이러한 장관 속에는 매혹적이고 사람을 끄는 무엇인가가 있었다. 쉴 새 없이, 그리고 갈수록 촘촘하게 불꽃이 공중으로 올라갔다. 하늘이 대지에 비를 흩뿌리듯 대지가 하늘로 불을 쳐올려 날리고 있었다. 대지는 타오르는 꽃들, 형형색색의 별들, 석류 빛깔의 작은 태양들을 회색의 창공으로 쏘아 올렸다. 그것은 화려한 봄 선물에 감사하며 사람들이 하늘에 보내는 반짝이는 인사였고, 불타는 입맞춤이었고, 봄은 대지가 맞이한 입맞춤에서 소생한 것이었다. 이 멋진 모습을 즐기기 위해 눈을 하늘로 향한 채 정처 없이 계속 강변을 걷던 나는 마침내 마을의 끝자락에 있는 정원에 다다랐다. 그곳은 비교적 인적이 드물었지만 물 위에서 커다란 꽃범선들이 헤엄을 치고 있었고 선상 위의 비단 천막이나 금박으로 빛나는 정자에는 화려한 옷을 차려입고, 금 장신구를 달고, 머리에는 꽃장식을 한 소녀들이 앉아 있었다. 등불빛을 받아 흔들리는 소녀들의 화장한 얼굴에는 미소가 넘쳤고 많은 사람들이 피리와 류트를 연주하고 있었다.

함께 강을 오르내리며 사랑, 와인, 그리고 향수의 향기에 취하자고 남자들을 유혹하는 매음부들이 탄 그 배에서 나는 눈길을 돌렸다. 맞은편 강변으로 가서 마을의 아름다운 모습을 보고 싶은 생각이 들었다.

나는 뱃사공을 불렀다. 바로 그 순간 화려한 꽃으로 만발한 복숭아나무 바다에서 달이 떠오르고 있었고 세상은 온통 은빛의 동화로 변해 버렸다. 그와 동시에 강 위에 지극히 아름다운 배 한 척이 나타났다. 이 배는 상아와 은으로 빛나고 있었고 백합과 여러 꽃들로 온통 치장되어 있었다. 뱃머리에는 커다란 별 모양의 등불이 흔들리고 있었는데 그 불빛은 깜박거리는 연한 솜털 같았다. 그 등불 외에도 갑판 위에는 수많은 줄에 연결된 작고 하얀 연꽃 램프들이 환한 빛으로 타오르고 있었다. 은도금을 한 지붕 아래 기둥들 사이로 밤바람이 아주 고운 비단으로 만든 눈처럼 새하얀 커튼을 희롱하고 있었다. 겉보기에는 타타르 인처럼 키가 크고 힘이 세어 보이는 한 여자가 키를 잡고 있었고 하얀색의 옷을 입은 하녀들이 자개처럼 반짝이는 노를 젓고 있었다.

"뱃사공을 부르셨습니까, 나으리?" 타타르 여인이 외치면서 키를 돌리자 그 날렵한 배가 내가 서 있는 큰 바위 곁에 멈췄다. 강변에서 가까운 강가에 박힌 바위였다.

"타세요, 나으리." 그 타타르 여인이 말했다. "저 맞은편 강변으로 그냥 모셔다 드리겠습니다. 우리 배엔 지금 손님이 없으니까요."

조용히 말하는 그녀의 모습은 단정했다.

거절하면 매정할 것 같아 나는 그녀의 제안을 받아들였고 곧 갑판으로 올라갔다. 그리고 그 순간 비명을 지르지 않을 수 없었다. 은을 섞어 짜 넣은, 눈물 같은 진주로 뒤덮인 지붕 덮개 아래 하얀 비단으로 차려입은 여자의 모습을 보았던 것이다. 연꽃이 그녀의 검은 머리 일부를 덮고 있었고 수놓은 신발을 신고 있는 그녀의 발은 은백합 같았다. 그녀가 마주 보고 있는 쪽으로 커튼이 쳐져 있었고 향기 날리는 비눗방울로 넘쳐나는 반짝이는 비취 그릇이 그녀 옆에 놓여 있었다. 그녀는 계속 은으로 된 대롱을 비취 그릇에 집어넣고 달밤 속으로 비눗방울을 날려 보냈다.

설마 그녀가? 나의 의혹은 오래 가지 않았다. —그녀는 나를 향해 몸을 돌렸다. 밍에였다. 그녀는 슬픔과 애정이 가득한 눈길로 내 눈을 쳐다보았다. 내가 말을 걸어 주기를 고대하는 것 같았다. 나는 그럴 용기가 나지 않았고 거의 쓰러질 것 같았다. 내가 한 마디도 하지 않자 그녀는 몸을 돌리고 한숨을 쉬면서 다시 비눗방울을 공중으로 날려 보냈다.

"강가에 도착했어요." 타타르 여인이 쉰 목소리로 말했다. 내가 움직이지 않자 그녀가 내 손을 잡았는데 나도 모르는 순간에 이미 강가에 서 있었다.

"당신 바보예요!" 타타르 여인이 말했다.

"그녀가 왜 저렇게 슬픈 거죠? 어째서 그녀 주위의 모든 것이 슬픔의 색깔로 온통 하얗죠? 왜 그녀가 불행한 거죠?"

타타르 여인은 천천히 키 쪽으로 돌아가더니 다시 한번 나를 보며 말했다. "아름다운 남자들의 인생은 짧고, 아름다운 여자들은 불행하다. 오랜 속담이죠."

배가 다시 떠났다. 잠시 동안 나는 하얀 거품과 달빛에 싸인 배가 밤 속으로 사라지는 것을 보고 있었다. 이윽고 배가 사라졌다.

"나는 바보다!" 나는 타타르 여인의 말을 되뇌면서 집으로 향했다. 꽃축제에서 즐거움도 의미도 찾을 수 없었다. 나는 잠을 이루지 못했다. 다음 날 나는 아버지와 시간을 보냈고, 더위가 가시자 만다린 판주의 집으로 돌아가기 위해 길을 나섰다.

나는 생각에 잠겨 시선을 아래로 향한 채 천천히 걸었다. 황혼이 아주 짙어지자, 하늘을 배경으로 솟아 있는 저택을 보기 위해 고개를 들었다. 뒤이어 내가 길을 잃어버렸다는 걸 알아차렸다. 나는 무심결에 큰길에서 갈라져 한 번도 가본 적이 없는 오솔길로 접어들었던 것이다. 이제 작은 언덕 하나가 나와 마을 사이에 있었고, 그 길은 계속 나를 인도하고 있었다. 큰길로 돌아가려 했지만 언덕에 난 그 길의 여기저기를 산책하고 싶은 호기심이 생겼다. 나는 그 길이 어디까지 계속되는지 알고 싶었다. 언덕의 뒤편에 다다랐을 때, 꽃으로 만발한 아주 오래된 복숭아나무 한 무리를 보았다. 바람은 조용한 숨결로 나무 꼭대기에서 불고 있었고 여기저기에서 잠든 새들이 나지막한 소리를 내고 있었다.

꽃으로 뒤덮인 가지들이 구슬픈 율동으로 몸을 흔들며 나를 유혹했다. 순백으로 뒤덮이고 붉고 작은 꽃들로 둘러싸인 가장 오래된 나무 아래 앉았다. 나는 잠시 내가 가지고 있던 류트를 연주하면서 벌써 나뭇가지 사이로 희미하게 반짝이는 별들을 올려다보았다. 꿈결 같은 고요가 나를 감쌌다. 나는 나무에 머리를 기대고 여기서 밤을 지새기로 결정했다.

그 순간 뒤에서 문이 끼익하고 열리는 듯한 소리가 들렸다. 주위를 둘러보니 여태껏 내 뒤에 있는 것이 절벽인 있는 줄 알았는데 이제 보니 그것은 높은 담장이었다. 끼익 하며 났던 소리는 정말 반쯤 열린 대문의 돌쩌귀 소리였고 나는 정원 안으로 들어갔다. 정원은 대단히 오래된 나무들로 꽉 차 있었고, 작지만 아주 우아한 초막이 그 가운데 서 있었다. 그 집은 갖가지 색깔로 채색되어 있었다. 금색으로 두텁게 도금된 집의 전면은 아주 정교한 조각품으로 장식되어 있었고 덩굴장미가 자라고 있었다. 집 앞에는 대리석이 박힌 커다란 연못이 있었고 밍에가 그곳에서 금붕어에게 먹이를 주고 있었다. 그녀는 나를 못 본 것 같았다. 나는 피가 끓어올랐다. 밍에가 어떻게 이리로 온 것일까? 어째서 가는 곳마다 그녀를 만나는 것일까? 도망치고 싶은 충동이 일어났다. 그녀가 다시 한번 애타게 그리워하는 시선으로 나를 보면, 이제는 거역할 수 없으리라는 느낌이 들었다. 나는 주저하지 않고 몇 걸음을 걸었다. 적어도 다시 한번, 그녀를 다시 한번 돌아보고 싶은 충동이 일었으나 그렇게 하지 않았다. 얼마 후, 그러나 나는 등 뒤에서 나는 발소리를 들었다. 나도 모르게 발걸음이 멈춰졌다. 내 옆에는 어제 배의 키를 잡고 있었던 타타르 여인이 서 있었다.

"선생님." 그녀가 조용히 말했다. "밍에, 저의 여주인께서 당신에게 저를 보냈어요. 당신이 당황한 나머지 류트를 나무에 걸어 놓고 잊어버렸거든요."

"나는 내 류트를 잊지 않았소." 나는 이렇게 대답하며 손가락에서 반지를 빼 하녀에게 수고비로 주었다. "나는 그 류트를 당신 주인에게 주는 선물로 거기 걸어 둔 거요. 우리는 꽃 축제를 즐기고 있는 중이고, 옛 풍습에 의하면 평소에는 감히 줄 수 없는 선물을 이 축제 기간에는 선물할 수 있으니까."

"당신은 친절하고 관대하군요." 타타르 여인이 말했다. "제 여주인에게 전하겠습니다. 그러나 당신이 직접 전하는 게 예의인 듯싶습니다."

나는 내 친절한 거짓말로 인해 나 자신이 함정에 걸린 것을 알았다. 약간 당황했지만 갑자기 대담해져서 타타르 여인을 따라갔다.

그녀는 나를 작은 방으로 안내했고, 그 방의 벽은 장미색으로 빛을 내는 자개들이 박혀 있어 내가 마치 커다란 조개 속에 있는 것 같았다. 잠시 후 등 뒤에서 열린 문이 저절로 팽팽한 현 같은 소리를 냈다. 그리고 내가 돌아보았을 때, 밍에가 문턱에 서 있었다. 내 류트를 손에 쥐고 있는 그녀의 얼굴은 기쁨의 미소로 활짝 빛났다. 그러나 그 미소조차도 뭐라 말할 수 없는, 꿈결 같고 애타게 그리워하는 슬픔이 스며 있었다.

"선물 고마워요, 호앙티." 가까이 다가오며 그녀가 말했다.

"이제야 당신과 얘기할 수 있게 되었군! 오, 이 순간을 얼마나 열망했던가!"

내 가슴이 거칠게 뛰었다. 나는 열기에 휩싸여 거의 정신을 잃을 지경이었다. 그러나 양심이 나를 꾸짖었다. 어찌 감히 후원자의 부인을 가까이 할 수가 있나?

나는 온 힘을 다해 정신을 차렸고 엄청난 자제심으로 말했다. "주인 마님, 언제 당신의 남편 판주에게 돌아가시렵니까?"

밍에가 미소를 지었다.

"충고를 섬세한 방법으로 할 줄 아시네요." 그녀가 말했다. "그러나 당신은 잘못 알고 있어요. 판주가 내 남편이라고요? 그는 내 아버지뻘이에요. 난 거의 수양딸 같은 그의 친척이고 가끔 그의 집에서 지내죠. 당신은 나를 거기서 한 두 번 봤기 때문에 그런 착각을 한 거예요. 나는 여기서 이렇게 외롭게 살고 있답니다."

"당신이 자유로운 몸이라고? 아무에게도 매어 있지 않다고?" 내가 외쳤다. 기쁨의 눈물이 솟구쳐 흘렸다.

"나는 누구의 것도 아닙니다. 내 영혼이 선택한 당신에게만 속해 있죠." 밍에가 중얼거렸다. "분명히." 잠시 후 그녀가 덧붙었다. "나는 당신 것입니다. 그렇지 않다면 나는 무덤의 것이죠!"

나는 그녀의 발밑에 쓰러졌고 그녀의 옷깃에 입을 맞추었다. 그녀는 몸을 구부리더니 내 머리 위에 부드러운 손을 얹었다.

"아아." 그녀는 아주 부드러운 미풍처럼 작고, 마치 깊이를 알 수 없는 심연에서 들리는 듯한 목소리로 속삭였다. "아아, 내 당신을 너무나 사랑해, 내 당신을 너무나 사랑해!"

그녀는 내 가슴에 쓰러졌다. 나는 제정신이 아니었다. 마치 심장이 터져 숨이 끊어지는 것 같았다. 내가 그녀의 이마에 입을 맞추었을 때 오한이 온몸을 감쌌다. 나의 연인은 무언가 죽음 그 자체와 같았고 이 순간 무엇인가 불가사의하고도 강렬한, 그러면서도 서늘한 기분을 느꼈다. 이 입맞춤과 함께 내 모든 목숨이 그녀의 존재 속으로 흘러 들어가는 것 같았고, 나는 마치 하나의 시체처럼 의지와 영혼이 없는 상태가 되어 버렸다.

밍에는 나와 반대로 그야말로 불타오르고 있었다.

"이제 당신은 영원히 내 것이야!" 그녀가 외쳤다. "내 남편이 되어 주세요!"

생명이 떨고 있는 나의 몸으로 다시 돌아왔다. 나는 단지 거친 외침으로 응락했다.

"오랜 풍습에 따라 모든 것을 준비하고 긴 절차는 생략해요." 밍에가 말했다. "옆방 욕실에 예식에 필요한 옷들이 있어요."

나는 재빨리 방을 나가 욕실로 들어갔고, 거기에 놓여 있던 금실로 짠 예복들을 입고 향수를 뿌렸다. 내가 다시 자개방으로 돌아왔을때, 정원으로 향하는 문이 활짝 열려 있었다. 북과 나팔 소리가 울려 퍼졌고 불을 켠 장미색 밀랍 양초를 들고 있는 소녀합창단이 내 방으로 들어왔다. 그들은 나를 정원으로 안내했다. 거기에는 복사꽃과 은색 천으로 장식된 커다란 가마가 잠긴 채 놓여 있었다. 소녀들 중 하나가 나에게 황금열쇠를 주었다. 또다시 류트가 연주되었고 음악 소리가 울려 퍼졌다. 가마꾼들이 가마를 움직이자 양초를 든 소녀들과 악사들이 가마 뒤를 따랐다. 대부분 호두나무와 실측백나무인 아주 수령이 오래된 나무들이 별빛을 들어오지 못하게 했기 때문에 정원길은 어두웠다. 마치 우리가 숲 속에서 길을 잃은 것 같았다. 앞으로 나아갈수록 음악 소리가 더욱 희미해져 나중에는 완전히 들리지 않게 되었다. 그 소녀들 무리도 점점 작아지더니 한 명씩 사라졌고 그들이 손에 들고 있던 촛불도 사라져 버렸다. 그러나 탁 트인 호두나무 숲으로 들어서자 길은 점점 밝아졌다. 갑자기 우리는 신비로운 별빛이 졸고 있는 커다란 복숭아나무 정원에 들어섰다. 나는 이렇게 아름답게 빛나는 별빛은 결코 본 적이 없었다. 아주 무성하게 꽃이 피어 마치 설화로 둘러싸인 것처럼 보이는 나무에서 이슬이 떨어지고 있었다. 나는 한 번도 이렇게 현란한 광경을 본 적이 없었다. 정원의 한가운데에는 연꽃처럼 하얗고 새 둥지처럼 부드러운 작은 집이 서 있었다. 하늘에서 빛을 내고 있는 성좌가 하얀 담장에 반사되고 있었다. 그 집 앞에 가마꾼들이 가마를 내려놓았다. 드디어 우리만 남았다. 가마꾼, 소녀 그리고 악사들은 어딘가로 사라져 버렸다. 가마에서 밍에의 꿈결처럼 달콤하고 나지막한 목소리가 울렸다. "다 왔어요. 우리는 '복사꽃 정원' 이라 부르는 정자에 도착했어요."

나는 황금열쇠로 가마를 활짝 열었다. 무색의 광선이 섬광을 발하듯 밍에가 내 품으로 뛰어들었다. 면사포를 쓴 채. 나는 그녀를 안고 정자로 갔다. 우리는 복사꽃 수술과 얼어붙은 이슬로 짠 직물 같은 휘장이 쳐진 작은 방으로 들어갔다. 우리는 창백한 푸른 불꽃이 활활 타고 있는 벽난로 앞에서 서로에게 일곱 번 절을 했다. 그 다음 밍에는 면사포를 벗었다. 그녀는 복사꽃으로 뒤덮인 하얀 비단옷을 입고 머리에는 역시 복사꽃 화관을 쓰고 있었다. 작은 탁자 위에는 포도주가 담긴 술잔이 놓여 있었다. 우리는 포도주를 서로 나누어 마셨다.

"자, 이제 나는 당신 거예요." 밍에가 속삭이며 내 앞에 무릎을 꿇었다.

나는 그녀를 내 가슴으로 끌어당기며 외쳤다. "오, 그대, 복사꽃 정원의 행복이여!" 나는 더 이상 말할 수 없었다.

열린 창문을 통해 별들이 우리의 행복을 비추고 있었고 창문을 넘어 방 안까지 뻗은 만개한 복숭아 나뭇가지 하나가 마치 우리를 축복이라도 하는 것처럼 떨고 있었다. 나는 별들의 시선을 피해 밍에를 비단 커튼 뒤로 데리고 갔다. 우리는 심지어 이렇게 영원토록 성스러운 증인마저도 없이 둘만, 둘이서만 있고 싶었던 것이다. 우리는 보여주고 싶지 않았다. 이 엄청난 행복을, 이 엄청난 슬픔을……!

아침이 밝았을 때, 뜨거운 눈물비가 나를 깨웠다. 밍에가 내 얼굴 위로 하염없이 눈물을 흘리고 있었다.

"떠나야 할 시간이에요." 그녀가 흐느껴 울면서 말했다.

"어째서 나를 쫓아내는 거요? 나는 당신 곁에서 살겠소. 아니면 당신이 내게 오시오. 온 세상 사람들에게 우리 행복, 우리의 영원한 행복을 보여주고 싶소."

밍에는 죽은 사람처럼 창백해졌다. 그리고 눈물을 닦더니 엄숙하게 말했다. "내 생명이 당신에게 소중하다면, 당신의 사랑이 거짓이 아니라면, 우리의 행복을 걸고 당신에게 간절히 부탁합니다. 사람들 앞에서 절대 내 이름을 발설하지 마세요! 이 세상 누구도 우리의 행복을 알아채서는 안됩니다. 내가 왜 숨어 있는지 묻지 마세요. 당신은 언젠가 알게 될 거예요. 그러나 당분간은 나를 믿어 주세요. 내 얘기를 해 버린다면, 나는 죽어요. 그러면 당신은 나를 영원히 잃게 되는 거예요."

"당신 없이 내가 어떻게 혼자 살 수 있겠소?"

"집으로 돌아가세요. 밤에 빠져나올 수 있을 때마다 내게 오세요. 나는 밤마다 당신을 기다리고, 아침이면 다시 작별을 하게 될 거예요."

나는 그 말에 따랐다. 밍에는 '복사꽃 정원'을 나서 예복을 갈아입었던 집으로 나를 데려갔고, 그곳에서 나는 다시 옷을 갈아입었으며 어제 그 타타르 여인이 정원 담장 문까지 나를 안내했다. 거기서 그녀는 귀한 금을 조각해 붙이고 진주로 장식한 작은 나무상자를 나에게 주었다.

"복사꽃 정원에서의 첫날밤을 기념하는 것이에요!" 그녀가 말했다.

꿈을 꾸듯이 나는 집으로 발걸음을 옮겼다. 만다린 판주에게는 아침까지 아버지 집에 있었다고 거짓말을 했고, 그는 그 말을 믿었다.

내겐 천상의 행복, 완전한 행복이 가득 찬 새로운 생활이 시작되었다. 거의 매일 밤, 나는 만다린의 집을 몰래 빠져나와 서둘러 복사꽃 정원의 정자로 갔다. 밍에는 항상 문가에서 나를 맞았다. 우리는 아침까지 함께 있었다. 우리는 희열, 음악, 시에 취해 지냈다. 그녀는 내가 일생 동안 들어보지 못한 노래를 불렀다. 그녀의 시는 음악처럼 특별하고도, 여태껏 들어보지 못한 분위기를 담고 있었고, 어떤 숭고함과 동시에 소박함이 깃들어 있었다. 가끔 그녀는 내게 읽어 보라고 필사본을 주었는데, 그것들은 누렇게 바랜데다 오래된 진기한 글씨로 쓰여 있었다. 밍에 조상의 수집품들이었다. 때때로 그녀가 나에게 선사했던 귀중품들은 그 재료의 가치 때문만이 아니라 고풍스러운 특성 때문에 고귀한 것들이었다. 첫날밤에 대한 기념으로 그녀가 내게 준 작은 상자 안에서 가치를 따질 수 없을 정도로 지극히 아름답고 큰 보석을 발견했다. 그것은 구불거리는 길과 동굴들이 있는 산을 조각해 놓은 황수정 소품이었다. 여기저기 동굴들에서 향기로운 수증기가 피어올라 구름이 되었고 그 구름 속에서 수정 광채에 비치는 작은 무지개가 보였다. 산기슭에는 은과 루비로 대단히 아름답게 모사된 복숭아나무들이 꽃을 활짝 피우고 있었다.

밍에에게 갈 수 없을 때는 이 보석으로 만든 인공 복사꽃 정원을 보고 있으면 적어도 그녀의 꿈을 꿀 수가 있었다. 나는 한순간도 잊지 않고 오로지 그녀만을 생각했기 때문에 항상 멍한 상태였고 책임을 등한시하게 된 데다 공부도 지지부진해졌다.

이런 행복이 한 달 이상 지속되고 있을 무렵, 모든 사람들이 성자로 여긴다는 현자가 만다린 판주의 집에 머물게 되었다. 나는 많은 사람들과 함께 그의 강론에 참석하게 되었다. 가장 중요한 인간의 행복과 그 행복에 이르는 방법에 대한 토론이 벌어졌다. 이 철학적인 토론에는 많은 사람들이 참석했고 나는 멍한 상태로 그것을 듣고 있었다. 한참을 강론하던 현자가 나에게 몸을 돌리더니 친근한 어조로 물었다. "자, 그러면 자네, 젊은이는 행복에 관하여 어떻게 판단하고 있는가?"

"저는 단 하나, 최고의 행복만 알고 있을 뿐, 다른 행복은 모릅니다. 그건 바로' 복사꽃 정원의 행복.'"

그것은 미친 사람의 말이었고, 나는 곧 자신을 욕정과 조급함으로 내몰고 있는 내 어리석음의 깊이가 얼마나 깊은지 알 수 있었다. 아무도 내 말을 이해하지 못했으나 그날부터 만다린 판주가 무엇인가를 직감하고 나를 관찰하기 시작했다. 그러나 나는 그것을 눈치채지 못했다. 밍에의 집에서 돌아온 날 판주가 내게 물었다. "밤마다 빈둥거리며 어디를 돌아다니는 것이냐, 건달패처럼! 내가 벌써 열흘 전부터 사람을 시켜 너를 감시했다!"

나는 번개에 맞은 것처럼 꼼짝 않고 서 있었다. 하지만 재빨리 다시 정신을 차리고 태연하게 거짓말을 했다.

"주인님도 아시겠지만, 저는 늘 아버지를 그리워했습니다. 그래서 아버지가 외롭고 병든 것을 알고 밤마다 아버지 집에서 시간을 보냈습니다. 주인님께 부탁을 드리면 제가 주인님의 집이 마음에 안 들어서 그런가 하고 생각할까 봐 걱정이 되어 말씀 안 드린 깃입니다."

"그렇다면 네 행동을 칭찬해야겠구나." 만다린은 친절하게 대답했다. "아버지에 대한 아들의 사랑만큼 값진 것은 없단다."

나는 이 부당한 칭찬에 낯이 붉어졌다. 만다린이 내 거짓말을 알아채고 다시 의심할지도 모른다고 확신했기 때문이다. 그래서 나는 사흘간을 집에만 머물러 있었다. 그러나 나흘째

되던 날, 무슨 일이 있어도 밍에를 만나야겠다는 생각이 너무나 강렬해졌다.

그녀는 불 같은 입맞춤으로 내 얼굴을 덮었고 나를 세차게 자기 가슴에 끌어안았다.

"더 이상 안 오리라 생각했어요!" 그녀는 흐느끼며 무너지듯 의자 위에 쓰러졌다.

나는 그녀에게 모든 것을 얘기했다. 그러자 그녀는 죽는 것이 아닌가 싶을 만큼 마음 아파했다. 그녀는 바위 덩어리처럼 한참을 냉정하게 침묵을 지키고 있었다. 그리고 드디어 마음을 가다듬고 차분하면서도 아주 우울하게 말했다. "이런 일이 일어날 줄 알았어요. 오, 이 내 운명이 암울하리라는 것이 실현되겠구나. 당신을 빼앗아갈 테지! 어둡고 차가운 무덤이 내게 입을 벌리고 있구나."

그리고는 그녀는 깊은 실신에 빠지고 말았다. 나는 눈물로 그녀를 깨웠고 입맞춤으로 그녀의 눈을 뜨게 했다. 그리고 우리는 첫날밤 그때처럼 여태껏 느껴 보지 못한 아주 강렬하고 격정에 찬, 달콤한 동시에 고통에 찬 사랑을 나누었다. 눈물과 애무, 환희와 흐느낌, 황홀과 아픔, 삶과 죽음, 이 모든 것을 우리는 현기증이 날 정도로 단 한 번의 광기 어린 사랑 속에 녹여 버렸다. 다음 날 아침 작별을 할 때, 우리는 둘 다 극도로 지쳐 있었다. 밍에는 아무 말도 하지 않았다. 두려움에 대해서도 더 이상 말하지 않았다. 그러나 그녀의 두 눈은 비통으로 가득 찼고, 그것은 마치 절벽 같은 무게로 나를 짓눌렀다. 나는 무거운 걸음으로 간신히 집으로 돌아왔다.

판주가 내 방에서 나를 기다리고 있었다. 아침이 벌써 빠른 걸음으로 다가오고 있었다.

"오늘도 또 밖에서 잤느냐?" 그가 조용히 물었다.

"네, 아버지 집에서 잤습니다."

이렇게 대답하자마자 문이 열렸고 아버지가 문턱에 서 있었다.

"비열한 놈, 배은망덕한 사기꾼!" 아버지가 호통쳤다.

나는 쓰러지지 않기 위해 벽에 기대야만 했다. 그 정도로 힘이 빠져 있었고, 그 정도로 놀란 것이었다.

"털어놔라, 밤마다 어디를 돌아다녔는지!" 동시에 두 남자가 나를 다그쳤다.

나는 반항하듯 침묵을 지켰다.

"아아—" 아버지가 탄식했다. "이 세상에는 두 부류의 정직한 사람이 있는데, 힌 부류는 죽은 사람이고 다른 한 부류는 아직 태어나지 않은 사람이다라는 속담이 어째서 내 자식한테 맞아떨어진단 말인가. 너는 그 둘 중 하나다!"

나는 계속 침묵했다.

"너, 부인할 수 없겠지." 만다린이 말했다. "어느 간교한 창녀의 함정에 빠진 거?"

그때 나는 몸을 꼿꼿이 일으켜 세웠다.

"내가 사랑하고, 내 아내가 된 그녀를 그런 식으로 말하지 마세요, 만다린 판주. 당신은 지금 자기 친척을 모욕하고 있는 거예요!"

"너 지금, 무슨 헛소리를 하고 있는 거냐? 열병에 들떠 얘기하는 거냐?" 판주가 물었다.

"나는 지금 제정신으로, 진실을 얘기하고 있는 거예요. 그녀는 바로 밍에예요. 내가 그녀를 처음 보았을 때 그녀는 주인님 옆에 있었고, 내가 이 집에 왔을 때 그녀가 내게 친절을 베풀었어요."

"네가 제정신을 잃었구나." 만다린이 말했다. "나는 그 이름을 한 번도 들어본 적이 없을 뿐 아니라 한 번도 내 집 안에 친척을 묵게 한 적이 없다."

"주인님답지 않게 진실을 부인하고 계시네요." 내가 큰소리로 말했다. "밍에의 그 고귀한 행동이 자랑스럽지 않나요? 주인님이 나를 알았던 날, 주인님이 그녀에게 부채를 사 주었던 그날에 그녀가 주인님 곁에 있지 않았나요? 내가 주인님 집에서 처음으로 노래 부른 날, 그때 그녀가 정원의 꽃이 만발한 섬에 세워 둔 투명한 천으로 된 천막에서 내 노래에 귀를 귀울이고 있지 않았나요?"

"내 평생 갑자기 이렇게 많은 헛소리를 들어본 적이 없다. 여태껏 내게 아무도 이렇게 뻔뻔한 거짓말을 한 적이 없어!"

"이것 좀 보세요. 이 값비싼 물건을!" 깜짝 놀란 아버지가 말했다. 내가 말하고 있는 사이에 아버지가 밍에의 선물을 찾아서 가지고 온 것이었다.

"아주 옛날에 만든 이 귀중한 사본들, 이 엄청난 골동품이 어디서 났느냐?" 만다린이 놀란 표정으로 근엄하게 나를 보았다. "이 물건들은 무덤 속에 묻혀 있던 것들이다. 확실히 그런 흔적들이 있어. 어떤 오래된 사원의 비밀스런 장소에서 이 물건들을 훔쳐서 그 사원을 더럽힌 것이 맞느냐? 실로 이러한 범죄는 경솔한 정사보다 더 나쁠 수도 있다."

나는 와락 울음을 터뜨렸다. 나는 그가 나를 괴롭히려 한다고 생각했다.

"오, 밍에. 내 사랑아, 나는 너를 순수한 영혼으로 사랑하건만 사람들은 나를 괴롭히고 있어. 들리지?"

"네가 우는 것을 보니 네 말이 사실인 것 같구나." 이윽고 만다린이 사과했다. "아마도 내가 너에게 잘못한 것 같구나. 그렇다면 진심으로 미안한 일일지도 모르지. 그러니 우리를 그 소녀에게 데려가다오. 네가 지금 하는 헛소리 같은 말이 맞다면, 어째서 그녀는 숨어 지내지? 우린 아무도 너희들이 결혼하는 것을 막지 않을 것이다."

나는 이런 반전에 행복한 환성을 질렀고 만다린을 축복했다. 우리는 말을 타고 밍에의 집을 향해 달렸다. 오솔길에 이르렀고, 언덕을 올라 드디어 바람에 흔들리는 복숭아나무들이 있는 곳으로 왔다. 그러나 공원도, 집도, '복사꽃 정원'도

찾을 수 없었다. 그때의 그 가늠하기 어려운 놀라움을 어떻게 말로 표현할 수 있을까!

주위는 황량했고 텅 비어 있었으며 수령이 아주 오래된 복숭아나무 몇 그루만이 서 있었다. 그리고 그 복숭아나무 그늘 속에 반쯤 허물어진 무덤이 있었다. 나는 한참 동안 거기 서서 의심했다. 그리고 이마에서 피가 터져 나올 때까지 나무둥치에 내 머리를 부딪쳤다. 나는 무서운 악몽이 나를 괴롭히고 있다고 믿었고, 그 꿈에서 깨어나려고 했다. 그러나 아아—, 결과는 정반대였다. 희열과 사랑의 꿈에서 고통스럽고 절망적인 현실로 깨어난 것이다. 나는 의식을 잃고 푹 꺼져 들어간 무덤 위로 쓰러졌다.

나의 의식이 서글픈 현실 속으로 돌아왔을 때, 만다린 판주가 말했다. "나는 이 장소를 알고 있지. 누가 이 무덤 아래서 먼지가 되었는지 알고 있어. 삼백 년 전에 황제의 궁전에서 비길 데 없이 아름다웠던 한 소녀가 사랑에 대한 목마름을 채울 수 없어 근심하다 죽었지. 그녀는 죽어 가면서 사람들에게 사랑과 봄의 상징인 복숭아나무를 자기 무덤 주위에 심어 달라고 유언을 했던 거야. 복숭아나무의 하얀 별 같은 꽃이 매년 자신의 무덤에 내리길 원했던 거지. 사람들은 그녀가 원하던 대로 해 주었고, 그녀를 동정했던 이들이 차가운 잔디 위에 화관을 놓아 주었지. 그녀는 그 아래서 영원한 휴식을 찾았던 거야. 사람들이 말했지. '무덤 속에 휴식이 있고, 휴식은 행복이다.' 그래서 사람들은 이 장소를 '복사꽃 정원'이라고 불렀지……. 오 자네, 불행한 젊은이여, 자네는 유령을 사랑했던 것이라네! 이 사실을 깨달으면 그 유령은 다시 무로 돌아가고, 그 유령과 함께 자네 영혼의 휴식도 점점 사라져 간다네……!"

우리는 만다린의 집으로 돌아왔다. 아버지와 판주는 온 맘을 다해 나를 위로했지만 나는 암벽처럼 굳어 있었다. 판주는 밍에가 복사꽃 정원에서의 첫날밤을 기념하며 주었던 작은 상자 안의 선물을 살펴보고 깜짝 놀라 소리 질렀다. "이것 좀 보게. 여기 어떤 글이 새겨져 있네! 자네 이 오래된 글씨를 읽을 수 있나?"

나는 그에게 가까이 다가갔고 여태까지 보지 못했던 것을 읽었다. "이 귀중한 물건을 나는 일생 잊을 수 없는 불행한 밍에의 무덤 속에 넣는다……." 서명은 아무리 해도 해독할 수 없었다. 아마 황제의 것이리라……. 이후 내게 일어난 일들은 잘 기억하지 못하겠다. 다만 내가 오랫동안 그 실망을 극복할 수 없었다는 것, 절망한 나는 세상 곳곳으로 그녀를 찾아 다녔으나 더 이상 찾지 못해 거의 파멸의 지경까지 갔었다는 사실만 기억할 뿐이다.

움브리아니의 얘기는 이렇게 끝이 났다. 우리 앞에 있는 장작불은 다 타버렸고 오로지 남은 것이라고는 이글거리는 작은 무더기의 숯덩이들이었다. 바깥은 벌써 날이 밝아오고 있었다. 우리 두 사람은 아무 말도 하지 않았다. 움브리아니 자신이 믿는 것처럼 나도 그의 모든 말을 믿었다. 모든 것이 희미한 실루엣으로 보이는, 그래서 모든 것이 낯설게 보이는 이 여명 속에서 그야말로 불가능한 것이 가능한 것으로, 그리고 사실인 듯하게 보이는 것 같았다……

태양이 떠올랐다. 타타르 인들이 일어나 움브리아니와 이야기를 시작했고 모든 것이 일상의 모습을 되찾고 있었다. 사라지는 화음처럼 천천히 사라지는 마법의 주술이 아직 우리 둘을 감싸고 있었다. 내가 완전히 정신이 들었을 때, 나는 길동무에게 말했다. "대답해 봐요, 움브리아니. 유령이건, 진짜건 간에 그런 추억을 가지고 있으면서 어떻게 다른 여인들을 사랑할 수 있습니까?"

"나는 한 번도 사랑해 본 적이 없어요." 그가 대답했다. "과거에도 현재의 삶에서도."

"그러면 그 스페인의 후작부인은? 누비아(이집트 남부의 나일강 유역과 수단 복부에 있는 지역)의 공주들은? 시리아의 무희들과 그 외의 여자들은?"

"당신은 다른 사람들과 똑같은 착각을 하고 있는 거예요. 쉽게 말해 나는 저주를 받았어요. 그것은 바로 오로지 단 한 사람, 유일한 이상의 여성을 찾는 소위 저주 받은 불안이라는 저주죠. 그녀를 잃은 좌절감에 그녀를 찾으려는, 오직 그녀만을, 결코 찾을 수 없는 사람을, 영원히 곁에 있지만 결코 존재하지 않는 사람을 찾으려는 갈증이 새롭게 시작되죠! 아마 겉으로 보기에는 여자만 보면 꽁무니를 쫓는 건달의 경우를 이렇게 설명할 수는 있을 거예요. 나도 그중 한 사람이죠. 나는 오랫동안 모든 여성들 속에서 밍에를 찾고 있었어요. 여자 없이 살 수 없기 때문에 나는 지금 우둔한 아뉴타 바실리예브나와 살고 있는 거예요. 나는 그녀에게서 어느 정도의 안정을 찾았어요. 어떻게? 그녀를 절대로 밍에와 비교할 생각을 하지 않으니까. 그녀에게서 실망을 느낄 일은 없었어요. 여태껏 착각하는 일이 없었으니까. 내 개가 나를 사랑하듯 아뉴타는 그렇게 나를 사랑하고 있고, 거기엔 무언가 감동적인 것이 있지요. 당신 마음대로 판단하세요. 아뉴타는 사슬의 마지막 고리예요. 나는 세상을 초월한 환영으로 시작해서 우둔한 사람으로 끝맺고 있어요. 이렇게 말한다고 해서 내가 아뉴타를 모욕한다고 생각하지 마세요. 나는 이따금씩 신이 많은 사람들보다 한 마리의 개를 더 사랑한다는 것을 알고 있으니까요."

그에 대해 나는 아무 대답도 하지 않았다. 잠시 후 내가 말했다. "오래된 여행책자에서 당신 얘기와 아주 비슷한 전설을 읽은 것 같군요."

그는 미소를 지었다.

"내가 그 이야기를 신비화시켜 꾸며 댔다고 말하고 싶은

겁니까? 그런 전설들은 수없이 많습니다. 내가 작년에 밍에
의 무덤을 찾아 갔으나 발견하지 못한 중국에서도, 길거리 악
사를 만난 홍콩에서도 그와 아주 비슷한 얘기를 많이 들었어
요. 아마 내 얘기가 멀리 퍼져 나갔을 가능성이 크겠죠. 문학
가와 문예 애호가들은 이 이야기를 경멸했죠. 그러나 대중은
감동해서 귀기울여 들었죠. 왜냐고요? 이 이야기 속에는 삶
과 죽음, 사랑과 자연에 대해 소위 교양 있는 세련된 사람이
느끼는 것 이상으로 더 깊은 통찰력이 있기 때문입니다. 대중
들은 잎이 떨어지는 나무, 죽어 가는 나무가 봄이 되면 다시
이파리와 꽃으로 뒤덮여 살아나고 사랑한다는 것을 알고 있
습니다. 그래서 사랑은 죽음보다 더 강한 겁니다."

"오, 움브리아니! 그 복숭아나무가 오늘 당신이 말한 그 얘
기의 핵심인 건 알겠고, 나 역시 꽃으로 만발한 늙은 복숭아
나무의 애수에 찬 숨결을 믿고 있어요. 그러나 내가 이 모든
것을 글로 적으면, 단 한 사람의 독자만이 생길지도 모르겠군
요. 내가 오늘 그랬던 것처럼 그렇게 열심히 당신 말에 귀 기
울이며 읽을 수 있는 독자, 나 같은 사람만이 말이에요. 그러
나 그것은 터무니없는 희망일 뿐이에요. 어떻게 내가 당신 목
소리의 음악을 대신하며, 이탈리아어의 마력이 섞인 언어로
시 같은 동화의 낙원으로 나를 이끌어 갔던 묘사력을 어떻게
흉내 낼 수 있겠어요?"

움브리아니는 짧지만 큰웃음을 지었다. "좋아요. 그것으로

됐어요. 내 얘기가 즐거우셨기를 바랍니다. 내 얘기를 단지 천일야화 중 하나의 동화로만 간주해도 나는 상관없어요."

우리는 크림반도를 가로지르며 조금 더 유랑한 다음, 괴로움과 슬픔이 기다리는 일상으로 돌아왔다. 나는 보헤미아 지방으로 여행을 떠났고 움브리아니와의 연락은 끊어졌다. 나는 그가 어디 머물고 있는지 모른다. 아마 우리는 언젠가 숲 속 오솔길에서, 혹은 산에서, 혹은 초원에서 다시 만날 수도 있을 것이다. 푸른빛을 비추며 싸이클롭스의 동굴을 들여다보는 달밤과, 아직도 무덤 속에서 사랑에 목말라 있을 아름다운 밍에의 백색 환영이 연결되어 그에 대한 추억은 떼어 놓을래야 떼어 놓을 수 없는 것이 되었다. 오, 밍에! 오, 가련한 티끌, 봄 꽃봉오리가 벌어지기 시작할 때면 그대는 아직도 몸을 떨고 있는가. 아니면 드디어 저 '복사꽃 정원의 행복'을, 그 영원한 휴식을 찾았는가?

얀 하블라사_ Jan Havlasa

꿈을 이룬 정원

Zahrada splněné touhy

내가 언제, 어떻게 도쿄의 회사원 구마모토를 알게 되었는지는 중요하지 않다. 우리가 알게 된 계기는 일본에서 살거나 여행을 하고 있는 백인들이 겪는 일상적 경험이 아닌 특별한 것이었다. 나는 외출했다가 요코하마에 있는 내 방으로 돌아올 때마다, 며칠 후면 나의 마지막 여행 중 여러 장소에서 열심히 사귀면서 갸륵한 노력으로 영이를 실습했던 대여섯 명이나 심지어는 열두서너 명의 젊은 일본인들에게서 감동적인 우편엽서와 연민을 자아내는 편지를 받게 될 거라는 상투적인 확신을 가진다. 거의 대부분 이러한 열성팬은 얼마간 적어도 반가운 조언자로서, 통역가로서, 또는 바가지를 씌우려는 어느 시골 여관 같은 곳에서 한결같이 정신적 후원자로서의 능력을 행동으로 보여주었기 때문에, 적어도 첫 번째 편지에는 답장을 해 주는 예의가 필요했다. 늘 오류투성이인 영어로 대단한 상상을 해가면서 마치 편지 하나가 우리 중 한 사람의 사망으로 갑자기 끝장날 수 있는 어떤 것을 알리기라도 하는 듯이. 만일 반년 전에 내가 이런 식으로 해 주기를 열렬하게 바라는 듯한 사람들과 연락을 주고받는 관계를 계속했더라면, 틀림없이 나는 곧바로 죽어 버렸을 것이다. 마찬가지로 그 은인들도 편지 파트너를 잃어버렸으리라.

빈틈없는 논리로 무장한 이러한 생각에 나는 아주 만족했고, 따라서 어느 정도의 시간이 흐르면 여행 중 만난 사람들과의 편지 연락을 완전히 끊어 버렸다. 그러나 구마모토는 사업가였고, 드물게 충직했다. 내가 세 번씩이나 그의 편지와 엽서에 답장을 안 하자 나에게 품은 우정과 영어를 완벽하게 배워야겠다는 욕망 때문에 그는 도쿄에서 요코하마로 와서 사냥하듯 내 셋방으로 찾아왔다. 그는 멋진 선물들을 가져왔고, 자신의 일이 없는 날 도쿄에서 관광 가이드로 봉사하겠다고 말했다. 나는 그가 검은 안경을 쓰고 있었기 때문에 곧 날을 잡겠다고 했고 기꺼이 그의 우정을 받아들였다. 검은 안경 뒤에 숨은 눈을 거역하기란 쉽지 않다. 두 가지 이유 때문이다. 상대방의 눈을 볼 수 없고, 자신의 눈만을 보게 되는 것이 그 두 가지 이유다. 그리하여 우리는 도쿄에서 첫 만남을 갖기로 약속했고 내 친구 구마모토는 만족해서 떠났다.

구마모토가 검은 안경을 끼고 있는 것을 유감스럽게 생각한 적이 한 번도 없었음을 고백하고 싶다. 나는 그에게서 많은 이야기를 재미있게 들었고, 그는 나 혼자라면 아마 감히 한 번도 가볼 수 없는 곳으로 나를 데리고 다녔다. 매번 우리 만남을 위하여 아주 성실하게, 그리고 꼼꼼하게 준비를 했기 때문에, 그는 늘 필요한 말만 재빨리 알기 쉽게 했고, 그래서 나는 내게 중요한 것들에 관하여 여유 있게 질문을 할 시간이 있었다. 첫 번째와 두 번째 만났을 때 그는 내 설명이 끝나면 곧바로 그것을 다시 공들여 외우기를 반복했다. 그런데 그때마다 내가 단호하게 주먹을 꼭 쥐면서 그 검은 안경을 보지 않으려 일부러 시선을 피해서 그의 외우기를 방해하자, 마침내 그가 내 기분을 알아차리고 그러한 상황을 웃음으로 넘겼다.

그때 나는 그의 웃음소리가 독특하며, 적어도 내 생각에는 자신의 쑥스러움을 그런 웃음으로 감추는 버릇이 있는데 자신은 그것을 의식하지 못하고 있다는 걸 처음으로 알았다. 마치 꽉 깨문 이빨을 통해 공기를 빨아들이듯이 그는 빠진 이빨 사이로 휘파람을 불고 있었다…… 그 소리를 대강 비슷하게 묘사하자면, 그것은 휘파람 소리가 전혀 아니었고 다만 일종의, 뭐랄까, '슈슈' 대는 소음이라는 표현이 더 어울렸다. 아주 나지막하고 아주 진지하게, 서서히 고조되었다가, 거품이 일듯 흩어지다가, 마지막에는 갑자기 멈추었다. 그러한 소리의 물리적 원인에 대하여 모두가 납득할 만한 이론은 도저히

도출하기 불가능하다. 이런 현상에 대해서, 나는 분명히 그 소리의 물리적 원인을 알고 있었고 구마모토가 불 붙은 나방처럼 '슈슈' 하기 시작할 때마다, 어떻게든, 그를 방해하는 것과 같은 실수를 하지 않으려 노력했다.

그런데 한번은 그를 당황하게 만들지도 않은 상황에서 구마모토가 무심결에 '슈슈' 거리는 일이 일어났다. 그가 택한 관광장소에 갔었는데 우리가 그곳에 도착했을 때 그가 잘못된 정보를 갖고 있었다는 걸 알았고 우리는 하릴없이 왔던 길을 되돌아가고 있었다. 우리가 헛걸음한 것에 대해 특별히 기분이 좋지는 않았으나 그렇다고 슬플 정도로 실망스러운 것도 아니었다. 도쿄는 넓고 놀랄 만한 구경거리가 많이 있다. 그야말로 모퉁이 하나만 돌면, 감동을 바라는 외국인에게 그 기대에 부응하는 보상을 충분히 해 줄 수 있을 정도였다. 심지어는 작고 초라해서 일본인조차 자신의 백인 동행자가 재미없어 할 게 당연하다고 생각할 만큼 방치된 길거리일지라도 말이다. 나는 구마모토에게 이러한 생각을 설명했고 그는 '슈슈' 대는 소리를 멈췄다. 그럼에도 불구하고 그는 아주 불편해 하는 것 같았다. 그의 미안해 하는 감정을 없애 주려고, 그리고 다른 일에 정신을 집중하게 해 주려고 나는 왜 나에게 신비한 이야기를 하나도 해 주지 않았냐고 농담을 섞어가며 그를 책망하기 시작했다. 좁은 길을 지나가면서 우리 두 사람이 보인 괴상한 행동이 그 동네 사람들에게는 우스꽝스러운 것이 분명했다.

"지금 여기는 시타야 구역이고 여기 사람들은 이 근처 아사쿠사 사람들이에요. 그리고 아사쿠사는 당신이 태어났고 지금도 살고 있는 곳이에요." 나는 웃음을 지으며 말했다. "이 마을 곳곳에 박혀 있는 모든 돌멩이들의 역사까지 분명히 훤하게 다 알고 있을 테니, 하고 싶은 얘기를 해 보세요."

그는 그 검은 안경을 내 쪽으로 돌리며 타조의 진기하고 비밀스러운 행동처럼 아주 짧은 순간 은밀히 내 눈치를 살폈다. "참, 어리석은 사람들." 드디어 그가 말했다. "노인네들의 이야기예요. 우리 현대인들은 그들을 무시하죠. 사람들이 여전히 그런 이야기 속에 그렇게 빠져 있다는 건 아주 안타까운 일이죠."

나는 그에게 왜 그러한 이야기가 내게 아주 중요한지 애를 쓰며 설명해 주었고, 미국과 영국의 그 '어리석은 사람들'이 유명하게 만든 라프카디오 헌(일본에 귀화한 영국인 작가)을 잊어버리지 않고 언급했다. 나는 사람들의 영혼 속으로 뚫고 들어가기 위해 수많은 길을 따라가 보기를 원했다. 그리고 구마모토 같은 젊은 지성인이, 이러한 길 중 일부는 대중의 이미지적 망상 영역을 거쳐 가야 한다는 것을 제대로 이해하길 원했다.

그는 발걸음을 늦추면서 잠깐 동안 생각에 잠겼다. 그러더니 갑자기 결정을 내렸다. "좋소. 그러면 당신을 우리 집으로 데리고 가지요. 우리 집은 여기서 멀지 않아요. 집이 누추해서 손님이 머무르기에 적당하지 않아 지금까지 무례하게도 당신을 초대하지 않았습니다. 오늘은 관광을 망쳤고, 그리고…… 당신을 데리고 갈 마땅한 곳도 없고. 체면을 버리고 우리 집에 오시면 내 정원을 보여드리지요.”

“당신 정원이요!” 내가 놀라서 외쳤다. 그 이유는 동네 전체가 빈민가의 작은 집들과 갖가지 냄새로 둘러싸인 셋방의 불편함에 대해 그가 몇 번이나 불평했던 것을 기억하고 있었기 때문이다.

그가 웃었다. “예. 당신에게 나의 꿈을 이룬 정원을 보여드리고 그 정원에 관련된 시시한 이야기 하나를 해 드리겠습니다. 시시한 이야기죠. 다시 말씀드리지만…… 그 정원을 보러 온 것은 아니지만 내 계획과는 달리 이렇게 되었으니…….”

“정원 이름이 참으로 매력적이네요.” 호기심에 가득 차 내가 말했다. “이것 봐요, 친구, 당신은 아쉬워하지만 나는 이미 아주 만족하고 있어요. 일본 방방곡곡에서 수백 개의 절을 본 적이 있지만 여태껏 아무도 내게 꿈을 이룬 정원을 보여준 사람은 없었어요. 이루어진 꿈은 늘 실망을 주지요. 하지만 당신의 정원도, 그리고 그 정원에 관한 이야기도 재미있을 것 같은 느낌이 드는군요.”

우리는 절뚝거리며 아이들 놀이용으로 만든 이동식 주방놀이 완구를 따라가면서 군용나팔을 불어 사람들의 주의를 끌고 있는 중일전쟁 참전 상이군인의 옆을 지나쳤다. 사방에서 영세민과 극빈자들의 호기심 어린 시선이 우리를 따라다녔고, 매번 짧은 순간이지만 나와 시선이 마주치면 누군가는 꼭 고개 숙여 답해 주었다.

"마마니 나라누와 우키오노 나라이(ままに 成らぬは 浮世の 習い)." 구마모토는 오래된 불교 속담을 인용하며 대답했다 "생각대로 되지 않는 것이 세상일." 구마모토 자신도 그 말뜻을 제대로 이해하지 못하는 것 같았다. 일본어로 중얼거리다가 생각을 떨쳐버리는 듯 머리를 들며 영어로 덧붙였다.

"당신 말이 옳습니다. 이루어진 꿈은 늘 실망을 주기 마련이죠. 그러나 아버지는 자신의 정원에 실망을 느끼지 않았기 때문에 그러한 이름을 붙인 겁니다."

방을 환하게 하기 위하여 미닫이식 장지문을 양옆으로 밀어 열면서 구마모토가 말했다.

"이것이 저의 정원입니다."

숨죽인 탄성이 저설로 나왔다. 그 당시까지만 해도 나는, 정말로, 검은 안경을 끼고 있는 이 젊은 사업가의 정원보다 더 아름다운 정원을 일본에서 한 번도 본 적이 없었다. 그것은 정원이라기보다 차라리 매혹적인 풍경이었다……. 마치 동화 속에서 나온 풍경 같았다. 누군가가 상상으로만 만들어낼 수 있을 뿐이고 현실세계에서는 찾아볼 엄두도 못 낼 그런 풍경이었다. 그 정원이 지금 생생하고 푸른 모습으로 내 눈앞에 펼쳐져 있었다.

가운데쯤에 뾰족한 작은 언덕이 솟아올라 있었고 그 경사면에는 바위들 사이를 헤치면서 구불구불하게 위쪽으로 오솔길이 나 있었다. 일본인이 서양인보다 그 가치를 훨씬 더 잘 알고 있는 자연스러운 정원의 모습이었으며, 뭔가 일종의 신비한 상징을 만들어 내는 듯한 인상을 주는 정원 배치였다. 산꼭대기 위에는 오래되어 하얗게 변한 작은 신사가 있었다. 그 신사의 지붕은 짚으로 덮여 있었고 그 초가지붕 위에는 마치 녹청으로 뒤덮인 것처럼 이끼가 무성하게 자라 있었다. 그렇게 아름답게 조각된 대들보와 기둥은 본 적이 없었다. 박공은 일본 예술의 걸작품이었고 은은한 색으로 그려진 용 몇 마리가 마치 살아 있는 것처럼 햇빛 속에서 몸을 뒤틀며 꿈틀대고 있었다. 신사의 내부도 볼 수 있었는데, 당혹스럽게도 바닥에서 천장으로 이어진 두 개의 선에 고정된 금속거울 하나를 제외하고 내부는 비어 있었다. 이렇게 밝게 빛나는 이 거울에는 어떤 상징이 숨어 있는 것일까? 우리 눈에 보이는 것은 환상에 지나지 않는다는 상징?

그러나 나의 상념은 그 신사 주위를 감싸고 있는 정방형의 정원으로 옮겨 갔다. 언덕의 오른쪽에 있는 작은 연못의 표면이 반짝이고 있었다. 나는 그 언덕 기슭을 보자마자 한눈에 '마음' 이라는 한자와 같은 글씨 모양을 금방 알아볼 수 있었다. 도쿄 사람들이 사월 말쯤 되면 찾아가서 등나무 꽃의 자

줏빛 장관에 경탄하는 카메이도(도쿄의 신사)의 바로 그 정원처럼. "신지노 이케(心字の池), 심자 연못." 내가 조용히 말하자 구마모토는 대놓고 그 박식함을 좋아했다. 연못 한가운데 사각형의 작은 섬이 있었고 섬의 윗부분에서부터 두 개의 작은 다리가 연못 가장자리로 걸쳐져 있었다. 다리가 이어진 연못의 맨 끝은 대문자 U 위에서 빛을 내고 있는 어떤 부호와 닮아 있었다. 연못의 양쪽 물웅덩이는 중국 표의문자(한자 心자를 그대로 본떠 연못을 만들었다는 뜻)의 모습과 아주 똑같았다. 거의 그 작은 섬 전체가 무덤이었고 그 무덤 옆에는 돌조각을 통째로 깎아 세운 키 큰 석등이 있었다. 나는 돌 하나로 완성한 조각품으로 거북이 등딱지 위에 서 있는 이와 비슷한 석등을 본 적이 있었다. 그러나 이 석등은 어쩐지 좀 이상한, 매미나 벌을 연상시키는 곤충 위에 서 있었으며 초록 이끼로 덮인 그대로의 모습이 아주 사실적으로 조각되어 있어서 금방이라도 날아 오르거나 살아 있다는 인상을 줄 정도였다.

일본 정원은 모든 면에 있어서 우리의 정원과는 다르다. 대부분의 경우 멀리서 보는 경치의 인상을 해친다고 생각하기 때문에 일반적으로 일본 정원에는 화단이 없다. 정원이 아무리 크거나 아무리 작다고 해도 이것이 일본 조경의 근본적인 정신이다. 꿈을 이룬 정원 역시 꽃이 없었다. 괴상한 모습을 한 바위와 세심하게 쌓은 황색 모래 더미로 꽃을 대신한 것 같았다. 그 사이로 구불구불하게 흐르는 시냇물처럼 오솔길이 나 있었고 여기저기 납작한 돌멩이가 흩어져 있어서 마치 돌다리 같은 모습이었다. 단지 여기저기 드문드문 담녹색이나 파란 잎의 대나무 숲이 있을 뿐이었다. 그러나 정원과 대나무 숲 사이의 경계색은 하얀 색조나 노란 색조였다. 어떤 대나무 숲은 붉은색을 띤 청색이었고, 또 다른 숲은 유황색이었고 어느 숲은 청동 색조였다. 그림처럼 이리저리 다부지게 비틀린 몸을 언덕의 왼쪽으로 뻗친, 의심할 바 없이 백년은 늙어 보이는 장대하고 울퉁불퉁한 소나무를 제외하면 곳곳에서 잔뜩 돋아 나와 수풀 역할을 하고 있는 이끼와, 대나무 군락과 따로 떨어져 드문드문 무리 지어 자라고 있는 풀이 정원에서 유일한 초록의 생명체였다.

이 모든 것들을 대나무 울타리가 감싸고 있었다. 정확하게 정원의 길쭉한 면을 따라 심어져 있지만 언뜻 보면 삐뚤삐뚤 곡선으로 서 있다는 인상을 주는 대나무 울타리였다. 가장자리가 울퉁불퉁했고 한쪽은 서서히 높아지지만 다른쪽은 갑자기 급격하게 낮아지는 지형이었기 때문이었다. 그리고 이 대나무 울타리는 2인치를 약간 넘는 단순한 장난감 같은 울타리였다. 이 꿈을 이룬 정원에는 이보다 더 높은 울타리가 필요 없었다. 정원의 크기가 한 면은 12인치이고 다른 한 면은 20인치였기 때문이었다. 언덕은 8인치가 솟아올라 있었고 신사는 4인치 정도였으며, 무덤 옆에 있는 석등은 2인치, 대나무 숲은 모두 3인치, 혹은 5인치, 아니면 반 인치였으며 백년 된 그 소나무는 이끼로 무성하게 덮여 있는 신사의 지붕을 거의 넘지 못했다. 그 외 모든 것은 거의 요정 같은 크기였다. 연못과 다리, 오솔길와 바위들, 그리고 여기저기 놓여 있는 여러 가지 아주 작은 수호신들…….

관례에 따라 여러 가지 장식품들 외에도, 족자를 거는 도코노마(일본 객실인 다다미방 정면에, 바닥을 한 층 높여 만들어 놓은 곳)라고 부르는 장소에 만드는 하코니와(저자는 도코니와 라고 적고 있으나 하코니와이다.)라는 실내정원이었다. 문 바깥에 있는 큰 정원과 똑같이 생긴 믿을 수 없을 정도로 작은 정원이었다. 모든 것 즉, 언덕, 신사, 연못, 나무들이 아주 크지만 우리가 멀리서, 높은 곳에서, 혹은 오페라글라스를 통해 보면 그 작아진 모습에서 매력을 느끼듯, 이 작은 정원에서도 매력적인 인상을 느낄 수 있었다. 물론 일본의 정원예술은 분재와 더불어 주로 보는 사람의 넋을 잃게 하는 환상을 불리일으킨다. 완벽하게 자란 가지와 울퉁불퉁하게 비틀린 단풍나무, 소나무, 그리고 심지어는 몇백 년 된 나무가 고령의 몸통을 가지고 있음에도 고작 30센티에 지나지 않아서 처음 볼 때는 나무의 나이에 대해 착각을 일으키는 경우가 많다. 나는 여태까지 일본에서 수많은 분재 소나무를 본 적이 있기 때문에 구마모토의 하코니와 속에 있는 소나무는 처음 보는 기적은 아니었지만, 주위 배경과 조화를 이루고 있는 그 모습은 내가 본 나무들 중 가장 아름다운 소나무였다. 꿈을 이룬 정원 위에 너무나 당당하게 우뚝 솟아 있었기 때문에 나에게는 그 소나무가 자신만의 공간과 시간을 창조해 냈고, 따라서 이 세상의 소나무가 아닌 듯싶었다. 연못 주변의 오솔길을 걷고 있다가 갑자기 입가에 아주 작은 미소를 짓고 있는 기모노의 요정들을 만난다 해도 나는 이렇게까지 놀라지는 않을 것이다.

"구마모토 씨, 여태까지 이보다 더 아름다운 것을 본 적이 없습니다." 나는 정말 극도로 흥분한 목소리로 말했다. "하코니와 속 모든 것들이 그 자체로 예술이에요. 이 정원이 천 배 컸다면, 그 매력이 천 배는 감소되었을 거예요." 나는 창문으로 이런저런 잡다한 소리들이 떠돌고 있는 좁고 다소 더러운 거리를 바라보았다. "이 작은 당신 집에 이런 보물이 있다는 것을 사람들은 꿈에도 모를 거예요. 아주 보잘것없는 것들 뒤에 숨어 이렇게 소박하게 말이에요. 왜 좀 더 일찍 이 꿈을 이룬 정원을 보여주지 않았는지 당신에게 조금 화가 날 지경이에요. 이름도 아름답지만 그 주인이 훨씬 더 아름다워요. 저 나무! 분명히 백 년은 되어 보이네요!"

나를 초대한 집 주인이 고개를 끄덕였다. "그렇게 오래되지 않았습니다."

"아버지가 정원의 이름을 지었다고 했잖아요." 내가 의아하게 여기며 물었다. "나는 그렇게 생각했는데요."

닫힌 장지문이 조용히 열리더니 나이 든 구마모토의 하녀가 차를 가지고 들어왔다. 무릎을 꿇더니 이마를 바닥에 대며 전통방식으로 허리를 굽혀 인사를 했다. 우리는 바닥에 있는 방석에 앉아서 그녀가 주는 찻잔을 받았다.

"그래요. 아버지가 이 정원을 만들었어요. 그러나 하코니와와 나무는 아버지 이전에 벌써 우리 가문의 소유였죠." 구마모토가 설명했다. 그는 예상하지 못한 주제 때문에 영어 단어를 생각하느라 이마에 땀을 흘리고 있었다. "나의 증조부는 유명한 분재 연구가였어요. 그에게 경의를 표하기 위하여 시가 지어질 정도였죠. 호쿠사이(일본 에도시대의 유명한 판화가)의 목판화에서도 그의 모습과 더불어 수많은 분재작품을 볼 수 있죠. 이 소나무는 증조부가 총애하던 작품이었어요. 하지만 할아버지가 이 실내정원 관리를 소홀히 해 폐허가 되다시피 했고 이 소나무만 살아남았죠. 그리고 가족이 아버지를 잘 돌보지 않았기 때문에 자신이 소나무와 같은 운명을 가졌다고 느낀 아버지가 이 나무를 깊이 사랑하게 되었고 친구가 되었답니다. 솔직히 말하면, 존경하는 나의 아버지는 아주 못생긴 사람이었습니다. 이런 것을 말하는 것이 저에게는 가슴 아픈 일입니다. 그의 추한 얼굴 때문에 사람들에게 폐를 끼치는 걸 본다는 건 고통스러운 일이었지만 어쩔 수 없이 그런 일이 자주 벌어졌습니다. 어쨌든 나의 아버지는 그런 운명을 타고났던 것입니다. 나의 증조부인 그 유명한 할아버지가 인공적으

로 부자연스럽게 소형화시킨 창작품 중 하나가 바로 아버지
였습니다. 그와 그 나무 사이에 일종의 형제애 같은 감정이
발생한 것이죠. 자라면서 자신이 아주 못생겼기 때문에 친구
없이 일생을 살아가야 한다는 사실을 자각하게 된 아버지는
지금 이 방에 있는 햇빛에 말라 형체가 없는 흙으로 만든 이
하코니와를 만들게 된 것입니다. 그리고 아버지는 자신의 비
참한 외로움에 자비를 베풀어 달라고 간청하면서 신들에게
이 정원을 바쳤던 것입니다……. 저기 저 구석에 자비의 여신
으로 천 개의 손을 가진 천수관음과 변재천(노래를 맡은 여신. 비파
를 타고 아름다운 소리로 중생을 기쁘게 한다고 한다.), 연못 옆에 행운의 여
신, 그리고 또 다른 여러 신들이 보이시죠. 그런데 왜, 아버지
가 저 신사 안에 오직 금속 거울만을 넣어 두었는지는 모릅니
다. 분명히 이유가 있을 텐데요."

　그 나이 든 하녀는 우리 찻잔에 두 번씩 차를 따라 주고 나
서 뒷걸음으로 종종대며 나가더니 장지문 사이에서 깊이 허리
를 구부리며 인사말을 하더니 사라졌다. 이제 우리뿐이었다.

　"미신적 이유겠지요." 구마모토가 '슈슈' 소리를 내며 웃
었다. "물론 당신은 내가 이 모든 것을 조금 다른 관점에서
보고 있다는 것을 이해하고 계실 테죠!"

　나는 화를 내지 않을 수 없었고 무례하게 그의 말을 잘랐다.

　"이봐요, 구마모토, 아름다운 정원과 거기에 관련된 이야기
에 흥미를 느끼면 됐지 관점이 그렇게 중요한가요? 내 피부

색깔과 오늘 관광 프로그램을 모두 잊어버리고 나에게 모든 것을 이야기해 준다면 대단히 감사하겠습니다."

이렇게 해서 구마모토는 더 이상 미안해하지 않고 나머지 이야기를 했다. 그러나 마치 가슴 밑바닥으로부터 단어 하나 하나를 잡아 찢듯이 혼란스럽게 말을 이어 나갔다.

그가 더 이상 아버지의 추한 용모에 대해 단 한 마디도 꺼내지 않았음에도 불구하고 나는 그를 보면서, 그리고 그 나무를 보면서 구마모토의 아버지를 통절한 외로움에 빠뜨린 괴물 같은 못생긴 용모를 더욱 더 생생하게 상상할 수 있었다. 구마모토의 용모가 못생긴 건 아니었다. 검은 안경 뒤에 이상하게 튀어나온 눈을 제외하면, 그는 깨끗한 피부에 거의 여성스런 섬세함을 느낄 수 있는 입술을 한 아주 멋진 젊은이였다. 작고, 섬세하고, 예쁜 손은 물론, 이마, 코, 턱, 그리고 귀는 품위 있는 가문의 혈통적 특징을 고스란히 보여주고 있었다. 그럼에도 불구하고 의심할 바 없이 아버지의 운명이었던 애처로운 추한 용모를 상상하며 떠올릴 수 있게 하는 그 무엇인가가 그의 얼굴에 스며 있었다.

이십 년 동안 하코니와는 이루지 못한 꿈의 정원으로 남아 있었고 구마모토의 아버지는 고독에 시달리면서 자신만의 생활을 하고 있었다. 그는 늙어감에 따라 이미 이끼가 무성하게 자란 초가지붕 앞에 작은 신들을 위한 제물을 바쳐 왔다.

그는 정성을 다해 정원과 그의 친구 나무를 돌봤다. 그러나 그때까지만 해도 그는 희망을 품고 온힘을 다하면 자신의 꿈을 실현할 수 있다는 생각을 전혀 할 수 없었다. 그는 거의 마흔 살이었고 추하게 생긴 얼굴은 분명히 더욱 기괴할 것임에 틀림이 없었고, 그의 희망은 단지 희망으로만 남아 있었다. 그 희망이 이루어질 수 없다는 사실은 거의 명백했다. "고백하자면," 머뭇거리며 구마모토가 말했다. "이웃집 사람들이 늘 아버지를 좀…… 괴상한 사람으로 생각했죠."

이 은둔자는 해마다 자신의 정원에 있는 신으로 유명한 신사로 순례를 떠났다. 누군가 얌전한 인생의 동반자를 만나 사랑하기를 열망하는 마지막 꿈을 실현해 달라고 빌기 위해서였다. 이러한 순례는 계속 그에게 아주 여린 따뜻함과 행복을 선사해 줬다. 그리고 어느 날 순례의 여정 중에, 신사로 향하는 계단 위에 있는 신성한 작은 수풀 가운데서 죽어 가는 매미 한 마리를 발견했다.

일본 사람들이 '민민제미'라고 부르는, 공양을 드리는 스님의 염불 소리같이 운다는 여름 매미였다. 일본의 자연은 봄부터 가을까지 다양한 종류의 매미들의 귀를 찢는 듯한 울음소리, 때로는 표현할 수 없이 달콤하기도 한 소리로 가득 찬다. 그러나 신사의 뜨거운 계단 위에서 배를 뒤집은 채 빙빙 원을 그리며 울고 있는 이 매미는 슬픔에 잠긴 순례자의 마음을 동정심과 슬픔으로 가득 채웠다. 매미의 높은 울음소리는 고통스럽게, 원하지 않는 죽음을 맞고 있는 누군가의 흐느끼는 울음소리처럼 절망적으로 떨리고 있었다. 가슴속 깊은 곳까지 감동을 느낀 그 은둔자는 그 매미를 집어 들어 상처를 확인하고 그냥 단순히 그늘진 나무 껍질에 올려놓으면 살릴 수 있지 않을까 생각했다. 그러나 매미는 나뭇등걸에 올려놓자마자 매번 땅으로 다시 떨어져 배를 뒤집고 구슬픈 소리로 울어 댔다.

그 외로운 남자는 심한 고통을 받고 있는 곤충에게 연민의 정을 느껴 그 매미를 집으로 가져와서 그때까지도 이루지 못한 꿈의 정원에 부드러운 둥지를 만들어 주었다. 그는 새가 쪼았거나, 혹은 무엇인가 다른 사고로 매미의 눈이 멀었다는 것을 알게 되었다. 매미의 튀어나온 큰 눈은 일종의 흰 막으로 덮여 있었다. 그러나 그것은 이전의 생애에서 저지른 행동의 결과인 인과(불교에서 선악의 업에 따라 그에 따른 과보를 받는 일)인 것 같았다. 그것은 또한 아직 죽어서는 안 되는 운명이기 때문에 새가 매미를 떨어뜨렸다거나, 혹은 다른 방식으로 지금 친구가 된 그가 지나가는 길목에 떨어진 인과이기도했다. 하루하루 지나면서 매미의 신음소리가 작아지더니 발을 움직이다가 힘 없이 멈추기도 했다. 이제 매미는 정원 주변과, 언덕 위 작은 신사를 돌아다니기도 했고 분재된 소나무 등걸은 그가 자주 찾는 장소가 되었다.

며칠 후 그 외로운 남자는 자신이 돌보고 있는 매미도 외롭다는 데 생각이 미쳤고, 만일 그 매미 근처에 사람보다 매미를 더 잘 이해할 수 있는 또 다른 존재가 있다면 그의 울음소리가 조금이나마 덜 슬프고 좀 더 편안해질 거라고 생각했다. 양심의 가책을 받은 그는 산 매미가 들어 있는 작은 대나무 매미집을 급히 사왔다. 그는 흔히 많은 사람들이 하는 것처럼 자유를 갈망하는 노래를 즐기며 감상하려는 목적으로, 또는 자연의 향기를 즐기려는 목적으로 매미나 여치를 잡아 곤충집에 넣어 키워본 적이 한 번도 없었다. 그래서 집으로 돌아오자마자 그는 그 갇힌 매미를 그 작은 정원에 풀어 주었다.

그리고 기적이 일어났다. 자유롭다는 것을 알아차린 암컷 매미는 정원과 불구가 된 동료를 떠나지 않았다. 암컷 매미가 눈먼 매미 곁으로 다가갈 때는 거의 아무 소리도 내지 않고 조용히 분주하게 몸을 움직여 다가갔고 눈먼 매미는 부드럽게 반응했다. 그 둘은 서로에게 할 말이 많아 보였다. 그러더니 새로 온 매미가 그 오래된 소나무 가지 위로 올라가서 기쁨에 찬 매력적인 목소리로 목청을 돋우며 노래를 했고, 그러자 더욱 놀라운 일이 일어났다. 그 목소리에 화답이라도 하는 듯, 신사 안의 금속 거울에 달려 있는 두 줄이 섬세하게, 그리고 몽환적으로, 그러나 선명하게 꿈을 꾸듯이 소리를 울려 내는 것이었다. 마치 신들이 말을 하는 것 같았다. 그리고 그 외로운 남자는 생전 처음으로 사람이 행복하면 어떤 느낌이 되는지 알 것 같았다.

몇 주일 동안 두 마리 매미는 그의 동반자가 되었고 그 오래된 소나무의 친구가 되었다. 그러는 동안 그는 몇 시간이고 그 두 마리 매미의 노래를 들을 때면, 외롭다거나 슬프지 않았다. 아주 다정하게 꼭 붙어 있는 이들을 볼 때마다, 그는 몇 배로 끓어오르는 그 오래된 갈망을 주체할 수 없었다. 그리고 작은 신사 안의 두 줄이 새로 맞아들인 매미의 노래에만 화답하는 것이 아니라 자신의 존재에 관하여 신들만이 알고 있다는 그 가슴속의 비밀스런 목소리에도 화답하는 것 같았다……. 그러나 어느 날 아침, 매미들의 노랫소리는 떠오르는 아침 해에 화답하지 않았다. 그 외로운 남자는 심장의 고동소리가 멈추는 게 아닌가 생각될 정도로 점차 자신의 몸에 한기가 차오름을 느꼈다. 실제로 어떻게 해 볼 수 없는 죽음의 공포에 휩싸였고, 아마 모든 것이 자신의 착각이라고 생각했고, 그래서 그렇게나 많은 시간 동안 그에게 기쁨을 주었던 매력적인 노랫소리가 곧 정원에서 울려 퍼질 것이라는 가망 없는 희망을 기대하고 있었다. 정오가 되어도 죽음 같은 고요가 정원을 감싸고, 길거리에서조차 아무런 소리가 들려오지 않자 그는 거의 자포자기한 심정으로 도코노마로 갔고 거기서 매미의 기척이 없는 하코니와를 보았다.

죽음 같은 고요에서 느낀 그의 공포는 충분한 근거가 있는 것이었지만, 그는 자신의 생각이 틀렸다는 것을 알았다. 매미들은 그를 떠나지 않았다. 어떤 치명적인 공격을 받아 죽은 매미 한 마리의 날개와 다리 조각들이 물결이 일지 않는 작은 연못의 수면 위에 떠 있었고, 작은 신사 안에 있는 금속 거울 뒤에 민민제미 한 마리가 바닥에 등을 대고 누워서 딱딱하게 굳은 채, 꼼짝 않고 있는 것을 보았다. 조심스럽게 죽은 매미를 끄집어낸 그는, 그 매미가 천수보살에게 순례를 가는 도중에 목숨을 구해 집으로 데리고 온 매미라는 것을 즉각 알아보았다. 그의 영혼은 슬픔으로 가득 찼다. 그 두 친구의 유체를 연못에 있는 작은 섬에 묻고 나서 그는 그 무덤을 위해 돌을 깎아 아주 다양한 석등을 많이 만들었다. 그의 할아버지가 조경 걸작품으로 유명해진 것처럼 그도 상아와, 나무, 그리고 돌로 조각한 모형 소품으로 도쿄의 장인들 사이에서 커다란 존경을 받게 되었다.

그가 두 마리 매미의 무덤 위에 석등을 설치한 다음 날 밤 그 외로운 남자는 밤새 이상한 꿈을 꾸었다. 그가 이십 년 동안 조성해 온 정원에 대한 꿈이었다. 그러나 그것은 작은 장난감 같은 정원이 아니라 실제 풍경 속 정원이었고 자신이 그 안을 걷고 있었다. 할아버지가 키웠던 그 소나무는 어마어마한 높이로 솟아 있었다. 이십 년 동안 그가 여기저기 설치한 여러 조각상들이 자신의 키를 능가하고 있었고 심지어는 정원을 두르고 있는 대나무 울타리도 엄청나게 육중하고 높아 보였다. 전에는 그렇게 작았던 창작품들을 이제 그는 새로운 시각으로 볼 수 있었고, 전에는 불가능하다고 생각했지만 이제는 충분히 실제 크기의 예술품을 만들어 볼 만하다고 생각하게 되었다. 멀리서 보니 산 위에 있는 신사의 모습이 아주 매력적으로 보였다. 신성한 니코(일본 토치기현에 있는 관광명소로 사당과 사원은 장식이 화려하면서도 예술적으로 아름답다는 곳이다.)의 장대한 건물도 자신이 만든 작품만큼 대단한 인상을 그에게 주지 못했다. 그러자 갑자기 하코니와가 꿈이고 이곳이 현실로 느껴졌다. 그렇다면 자신은 위대한 예술가일 것이다. 그리고 예술가들은 늘 아름답다. 그들의 눈에서 신들의 창조력이 빛을 발하기 때문이다. 그의 가슴이 넓어지더니 키가 크게 자랐다. 인생을 완전히 바꾸어 놓을 무엇인가가 다가오고 있다는 것을 확실히 느끼면서 그는 그의 작품인 신사로 가는 오솔길을 올라갔다. 신사에 이르자 그는 놀라서 발걸음을 멈추었다. 금속 거울을 마치 보석처럼 빛나게 하는 황혼을 배경으로 기품 있고 덕망 있는 모습의 눈먼 노인이 서 있었다. 그 노인의 모습은 눈에 익은 것이었으며 그의 목소리는 더욱 그랬다. "이 신사는 네 미음이자 내 마음이다." 인자하게 웃으면서 그 노인이 말했다. "네 마음의 소리를 들어라. 헛되지는 않을 것이다." 바로 그 순간 그 외로운 남자는 꿈에서 깨어났다. 그러나 아침이 오려면 아직 멀었고 그는 자신의 기억 속에 그 꿈을 확실히 새겨 넣기 전에 다시 잠이 들었다.

　지리한 날들이 흘러갔다. 과거에 그는 자신의 정원 주변에서 열심히 일했고 매미의 노랫소리를 들으면 한층 일할 기분

이 났고 일하는 손가락은 아주 즐거웠으며 상상력은 더욱 유
연해졌었다. 그런데 이제는 늘 몇 시간씩 하코니와 옆에 앉아
만 있었고 그의 손가락은 무뎌졌으며 그의 머리는 더욱 무거
웠다. 그는 종종 하던 일을 멈추고 물끄러미 빈 공간을 응시
하곤 했다. 멍하니 자신의 인생을 밑바닥부터 변화시킬 수 있
는 무엇인가 아름다운 것을 열심히 기억해 내려는 것 같았다.
그는 결국에는 자신의 꿈이 이루어지리라고 믿고 있었다. 허
황된 환상에 몰두하는 것이 후회하게 될 일일 수도 있겠으나
그렇게 하는 것이 운명이어서 어떻게 달리 해볼 도리가 없었
다. 아마 내세에는 그의 꿈이 더 높고 더 완벽한 수준으로 실
현될 수 있겠지만, 지금 그는 사랑, 즉 아내를 갈망하고 있었
던 것이다.

　그는 창문 아래 있는 작은 거리의 일상적 잡음도 안 들릴
정도로 이러한 생각에 몰두하고 있었다. 그러던 어느 날 갑자
기 그를 이 현실 세상으로 돌아오게 하는 일이 일어났다. 갑
자기 정원 안에 조각해 넣은 신사 안의 줄들이 다시 울리기
시작한 것이다. 최근에 새로 온 매미가 꿈의 정원에서 노래를
하자 그전처럼 줄들이 탄식하듯 소리를 내며 화답을 했던 것
이다. 그 외로운 남자는 깜짝 놀라 의아해 하며 잠깐 동안 꼼
짝하지 않고 있었고, 참을 수 없는 행복감으로 가슴이 터질
것 같았다. 얼마 전의 그 꿈이 불현듯 기억 속에서 되살아났
고 그 노인이 누구였는지, 그리고 불가사의했던 그의 말이 무

엇을 뜻하는지 갑자기 이해가 되었다. 바로 그 순간부터 그는 자신의 정원이 꿈을 이룬 정원임을 알게 되었다. 저 창문 아래 작은 길에 그녀가 지나가고 있었고 그녀의 목소리에 작은 신사의 줄이 화답하고 있었던 것이다. 바깥에서 이 조용한 방으로 밤낮으로 끊임없이 뚫고 들어오는 오만 가지 목소리와 소음에도 침묵을 지키던 줄이었다. 단지 일어나서 그에게 점지된 인과의 그녀를 보기만 하면 되는 일이었다. 왜냐하면 이미 오래전에 먼지와 재로 변해 버린 전생의 행위, 생각, 그리고 갈망의 원인이 없으면 이 세상에서는 아무것도 일어나지 않기 때문이다. 이 평범한 거리에서 울리는 그 목소리가 그의 가슴속으로 들어와 달콤한 메아리가 되었다. 아마 이 두 사람은 자신들이 잘못한 것이 아님에도 아주아주 먼 옛날에 서로에게 그렇게 운명지어져 있어서 그토록 갈망하던 행복을 얻지 못하고 있었던 것이다. 그리고 오랜 동안의 고생 끝에 어느 내세에 다시 만날 권리를 갖게 된 것이다. 이제야 비로소 이들은 자신들의 꿈을 이룰 수기 있었다.

"안마 카미시모 고햐꾸 몽(あんま　かみしも　ごひゃくもん. 안마 위아래 오백 문)." 작은 길에서 이 소리가 세 번째 울려 퍼지고 있었다. 여자 안마사의 아름답고 구슬픈 소리였다. 일본 전역에서 수천 명의 남, 여 안마사들이 오백 문(일본 에도시대의 화폐단위)이나 오 전이라는 적은 액수의 돈으로 안마 봉사를 제공한다며 외칠 때 내는 소리였다. 그리고 그 수천

명의 남, 여 안마사들은 완전히 눈이 먼 사람들이었다. 노래나 휘파람으로 이런 소리를 내면서 이들은 예기치 않은 방해물에 부딪히지 않으려고 지팡이를 두드려 가며 길 한가운데를 조심스럽게 지나간다. 늙은이와 젊은이, 여자와 남자, 좋은 사람과 나쁜 사람, 잘생긴 사람 못생긴 사람, 이 모든 사람들이 다시는 돌아올 수 없는 맹인의 어둠 속으로 빠져들어 가는 것이다.

그는 그녀가 자신의 아내로, 그리고 자신의 추함을 결코 볼 수 없게 운명지어져 있다는 것을 알았다. 그녀에게는 그의 목소리가 그의 얼굴이었다. 그는 일어나서 집 앞을 지나가는 그 젊은 여자 안마사를 불렀다. 떨리지만 아주 기쁜 목소리로 그는 그녀를 불렀고 그녀는 창백하고 처연하게 아름다운 얼굴을 그를 향해 천천히 돌렸다.

내 친구 구마모토는 잠시 침묵했고 나는 그가 꿈을 이룬 정원을 보고 있는 것인지 허공을 응시하고 있는 것인지 정확히 알 수가 없었다.

"어머니는 보기 드물게 아름다웠다고 합니다." 약간 부끄러워하면서, 동시에 자랑스러워하면서 그가 빠르게 말을 이었다. "어머니는 봉건제도가 폐지되면서 가난해진 귀족 가문 출신이었죠. 뼛속까지 사무라이였던 어머니의 아버지는 사업을 시작했지만 실패했고, 치료를 받지 못해 어린 나이에 장님이 되어 버린 막내딸은 안마사 훈련을 받아 부모를 부양했습니다."

　지나가는 여자 안마사의 목소리가 그의 말을 중단시켰다. 그는 마치 그 목소리에는 주의를 기울이지 않고 그 목소리가 하코니와의 작은 신사 안에 있는 줄을 떨게 하지나 않을까 하고 듣고 있는 것처럼 보였다. 다음 순간 그는 몸을 떨더니 피곤한 목소리로 말했다.

　"십 년 동안 나의 존경하는 부모님은 많은 복을 누리며 아주 만족스럽게 살았습니다. 그리고는 첫째아들이자 막내아들인 제가 태어났습니다. 어머니는 나를 낳을 때 돌아가셨습니다……."

　그는 안경을 벗더니 거듭 입김을 불어 가며 열심히 안경알을 닦고 또 닦았다. 나는 안경을 끼지 않은 그를 처음 보았다. 나는 무엇인가 커다란 곤충의 눈을 연상케 하는 튀어나온, 얇은, 핏발이 선 그의 눈을 볼 수밖에 없었다. 그는 엄마로부터 비정상적 약시를 물려받은 것 같았다.

　"아버지는 작년에 돌아가셨습니다." 여전히 나를 보지 않은 채로 안경을 다시 쓰며 구마모토가 덧붙였다. "아버지는 사는 동안 내내 기이한 사람이었지만 임종이 다가오자 어린 애처럼 되었죠. 미친 듯이 매미를 사다가 풀어 주었어요. 그리고 매일 여기 꿈을 이룬 정원 옆에서 오랫동안 시간을 보냈죠. 아버지는 얼굴에 미소를 지으며 돌아가셨어요."

　셀 수 없이 많은 나막신들의 달가닥달가닥거리는 소리, 가

끔씩 들리는 아이들의 울음소리, 어른들의 목소리, 뛰어가는
신문배달원의 땡땡거리는 벨소리, 모퉁이를 돌아가고 있는
눈먼 여자 안마사의 사라져 가는 목소리, 그리고 수백 개의
온갖 소리들이 이 조용한 방으로 들어와 메아리가 되어 울리
고 있었다.

"이제 끝입니다, 선생님." 한숨을 쉬며 주인이 속삭였다.

"진심으로 감사 드립니다, 구마모토 씨." 나는 그의 우울한
어조를 눈치채고 농담조로 덧붙였다. "그런데 정말 그게 끝
이에요? 고백해요, 친구. 당신도 가끔 그 줄들이 다시 한 번
울리기를 기다리고 있죠?'

그러나 구마모토는 '슈슈' 소리의 어색한 웃음으로 대답을
대신했다. 그러자 나는 그때까지 내 자신에게 설명할 수 없었
던 그 소리가 친근해졌음을 느꼈다.

그것은 분명 매미들의 노래가 일본의 풍경 속으로 울려 퍼
지는 소리였다.

카렐 폴라체크_ Karel Poláček

우리는 다섯 명이었어

Bylo nás pět

내가 집에 왔을 때, 엄마는 어디를 싸돌아다녔느냐고 물었고 나는 "아무데도"라고 대답했다. 엄마는 몇 켤레의 신발을 주면서 구두 뒤축이 닳아 없어졌으니까 구두 수선공에게 맡기고 오라며, 안부를 전하고 언제 신발이 다되는지 물어보라고 했다. 그래서 나는 그 신발을 들고 길을 가면서 엄마가 한 말을 입 속으로 외우면서 헷갈리지 않으려고 했다.

내가 엄마의 말을 복습하며 중얼거리는데 안토니 베예발이 나타나서 말했다. "안녕, 어디 가는 거야?"

나는 그 애가 나에게 잘해 주려 한다는 것을 알았고, 그래서 다른 사람에게 그것에 대해 말하지 않았다고 얘기했다.(이 작품은 동명의 장편소설 중 일부분으로, 이전에 두 소년 사이에는 자전거 때문에 다툼이 있었다.)

그 애는 자전거 때문에 짜증이 났었느냐고 물었다. 나는 그 보잘것없는 자전거 따위는 조금도 신경 쓰지 않는다고 말하고는 혼자 있고 싶다고 했다. 그는 내가 원할 때는 언제고 빌려 줄 테니 자전거 때문에 화낼 필요 없다고 말했다.

내가 대답을 안 하자 그 애는 세상 사람들이 너무 놀라 눈이 튀어나올 만큼 엄청난 것을 발명했다고 했다. 죽어도 그 애와 얘기하지 않겠다고 마음먹었으나, 막상 베예발을 보자 그냥, 나도 모르게 그 발명품이 무엇이냐고 물었다.

그 애는 나지막한 목소리로 일전에 들판에 갔다 온 적이 있다고 말했다. 아니나다를까 들판의 가장자리에 있는 풀밭에서 말벌집을 발견했다고 했다. 심지어 그는 함께 그 벌집을 파내서 어린 말벌이 들어 있는 벌집을 집으로 가져와 벌 떼를 키우자고 했다. 그 애는 말벌은 꿀도 만드는데 사람들은 그것도 모르고 벌을 키우기만 하는 것에 놀랐다며, 우리가 많은 꿀을 만들어 팔면 굉장히 큰돈을 벌 수 있다고 했다.

나는 맞는 얘기지만 돈을 벌기 위해서는 우선 말벌들을 길들여야 한다고 말했다.

베예발은 말벌 길들이는 것은 하나도 걱정할 일이 아니라고 했다. 말벌들은 자기 말을 잘 들을 테니 자기와 함께 장사를 해 보지 않겠느냐고 물었다.

그 생각은 마음에 들지만 간절히 바라고 있다는 내색을 보이고 싶지 않아서, 하고는 싶지만 뒷굽이 다 닳아 해진 구두

때문에 지금 바로 구두 수선공에게 가야 해서 잘 모르겠다고
얘기했다.

그랬더니 베예발이 자기 자전거를 가지고 가라고 말했다.
그러면 빨리 갈 수 있고, 또 뒤축이 해진 구두 때문에 구두 수
선공에게 가는 것이라면 그냥 걸어가는 것보다 자전거로 가
는 것이 더 좋아 보일 거라고 말했다.

나는 그 말이 맞는 것 같다고 했다. 그는 금방 자전거를 가
지고 왔다. 나는 안장에 앉아 베예발에게 "나중에 봐!"라고
한 뒤 마치 마차를 탄 임금님처럼 출발했고 사람들이 나를 부
러운 눈으로 보고 있는지 살피며 갔다.

구두 수선집에 도착해서 말했다. "샤프카 씨, 엄마가 안부
를 전하구요, 이 구두 좀 고쳐 주세요. 이 신발은 항상 그랬던
것처럼 주야장천 오래 걸리지 않고 금방 되겠지요?"

샤프카가 대답했다. "젊은 친구, 나도 엄마에게 안부를 전
하고, 구두는 일요일까지 되겠네. 나는 한번 약속하면 반드시
지키지."

나는 자전거를 타고 다시 출발했다. 그러나 그 자전거를 더
타고 싶었기 때문에 곧바로 집으로 가지 않았다. 나는 관리인
이 정원을 가꾸고 있는 학교를 지나갔다. 그는 들고 있던 물
건을 다 떨어뜨리며 나를 쳐다보았고, 그가 나를 보니까 기분
이 우쭐해졌다.

내가 집에 갔다가 다시 나가려 하자 엄마가 말했다. "어디

를 또 나가려 하니? 잠시만이라도 집에 좀 얌전히 있을 수 없니?" 바이올린 연습을 하러 가야 한다고 말했지만 나는 바이올린 연습에 자주 가지 않았다. 대신 나는 이르삭네 집으로 갔다.

크리스 이르삭은 말벌을 보러 갈 거라는 것을 벌써 알고 있었고, 그래서 그 역시 바이올린 수업에 간다고 사람들에게 말해 놓았다.

우리들 중 세 명이 바이올린 수업에 다니고 있었다—크리스 이르삭, 에디 켐린크, 그리고 나. 음악학교를 운영하고 있는 렉토리스 씨가 우리들을 가르치고 있었다. 이르삭은 이미 고급과정에 나가고 있는 학생들 중 하나였다. 그 아이는 이미 중음을 할 줄 알고 있었고 제2포지션(현악기의 운지법 중 손가락을 누르는 위치)을 연습하고 있었다. 크리스마스에는 '달리보르' 클럽의 다른 회원들과 함께 공연했다. 나는 오직 '아마옷을 입으며' 와 '거위들을 돌보던 시절' 의 멜로디만 연주할 수 있었고, 그게 다였다. 아무도 내가 연주하는 것을 볼 수 없었다. 사람들이 내가 연주하는 것을 보면, 반음 내려서 연주한 다음 일부러 반음 올려서 연주했다. 내 음조가 얼마나 끔찍한지 아빠는 들을 때마다 아주 짜증을 내며 말했다. "너는 절대 쿠벨리크(체코의 바이올리니스트)가 될 수 없을 거야. 이건 돈 낭비야, 돈 낭비."

우리는 말벌을 보러 갔다. 우린 이제 세 명이었다. 우리가 길을 걷고 있는데 구빈원(救貧院)에서 살고 있는 질바와 우연히 만났고 우리에게 어딜 가느냐고 물었다. 말벌을 보러 간다고 하니까 같이 가고 싶다고 했다. 그래서 이제 우리는 네 명이 되었다. 조금 더 걷다가 뒤를 돌아보니까 입이 귀밑까지 걸리게 미소를 지으면서 파치가 우리 뒤를 급하게 쫓아오고 있는 것이 보였다. 그래서 이제 한손에 꼽을 정도가 되었다.

우리가 도착하자 베예발이 우리를 들판 가장자리로 데려갔고, 거길 보니 말벌들이 움푹 꺼진 땅속을 들락날락하며 날아다니고 있었다. 그래서 우리는 어떻게 그 말벌집을 손에 넣을 것인지 서로 눈치를 보며 생각하기 시작했다. 그러나 바로 그때, 파치가 끔찍한 고함을 질렀다. 말벌 위에 앉아 버린 것이었다. 에디 켐린크가 파치에게 진정하라고 했다. 에디는 파치에게 아무 때나 노래하고 춤추며 호들갑 떨지 말라고 말했지만 파치는 여전히 야단법석을 떨며 고함을 질러 댔다. 에디는 파치에게 같이 가자고 한 사람이 없었으니까 그를 데려오지 말았어야 했다고 했다.

파치는 항상 불운을 가지고 온다고 에디가 말했다. 그 애가 한번은 벌을 깔고 앉은 적이 있었는데 벌이 그를 쏘았고 그 애는 꺄악하며 끔찍한 소리를 질렀다고 했다. 에디의 엄마는 "이놈의 강아지가 나를 미치게 하는구나!" 하고 말했고, 걔네 엄마가 램프에 사용하는 기름을 상처에 문질러 주었지만 그 애는 더 아파서 비명을 더 크게 질렀다고 했다. 또 그 다음에는 엄마의 바느질 도구를 삼켜버려서 사람들이 간신히 개 몸 속에서 바늘을 꺼낸 적도 있다고 했다. 에디도 그때 같이 도와주었는데, 쉬운 일이 아니었다고 말했다.

우리는 그 이야기에 아주 놀랐고 에디는 우리가 감탄하며 놀라는 것을 보자, 어떤 신사가 파치가 자연계에서 있을 수 없는 기적의 아이라며 파치를 많은 돈을 주고 사겠다고 했다고 말했다. 그러나 우리는 에디가 자기 멋대로 꾸며 둘러대고 있다는 것을 알았기 때문에 놀리지 말라고 했다.

베예발이 이 기회를 놓치지 않고 말벌들을 제압하는 것이 쉬운 일이 아니니 방법을 궁리하자고 했다. 이르삭이 말했다. "이렇게 하자. 마른 풀을 뜯어다 쌓아 놓고 거기다 불을 지르는 거야. 연기를 쏘여 땅속에서 나오게 하면 말벌들은 모두 도망갈 거고 그때 말벌집을 파내서 집에 가지고 가면 될 거야."

베예발이 이 말에 "좋은 생각이다" 라고 말했고, 우리는 마른 풀을 찾아 나섰다. 마른 풀은 아주 많았다. 그런 다음 우리는 거기에 불을 붙였다.

그러나 이렇게 한 것이 잘못이라는 것을 우리는 금방 알게 되었다. 그 말벌들이 바보가 아니고 아이들보다 훨씬 더 꾀가 많았다. 아마 말벌들은 우리가 연기를 피워 자기들을 쫓아낼 계획이라는 걸 이미 알고 있는 것 같았고 우리가 생각지도 못했던 또 다른 통로를 가지고 있었던 것 같았다. 이리하여 말벌들은 전세를 역전시켰다.

구멍 입구에 불을 붙이자 말벌들은 즉시 다른 구멍을 통하여 밖으로 나왔고, 극도로 화가 나 있었기 때문에 격분한 날개 소리로 붕붕대면서 공중에서 원을 그리며 날아다니고 있었다. 어마어마한 말벌 떼들이 모였고 빙글빙글 돌며 춤을 추면서 적을 찾고 있었다. 그들은 우리를 발견하자마자 우리가 몇 명인지 헤아렸고 다섯 명이라는 것을 곧 알아차렸다.

그러더니 그 말벌 떼가 다섯 개의 군단으로 갈라졌고, 각 군단이 우리에게 호된 벌을 주기 위해 각각 하나씩을 목표물로 삼았다.

우리는 비명을 지르며 사방으로 허둥지둥 도망쳤다. 아주 잽싸게 도망을 쳤지만 벌 떼들이 우리보다 수백만 배 이상이나 더 빨랐기 때문에 아무 소용이 없었다. 벌 떼들은 온 들판을 가로지르며 머리에서부터 발끝까지 침을 쏘아 대며 사방으로 우리를 추격해 왔다. 파치는 어느 순간 코에 한방을 쏘였고 코를 진흙 속에 박고 식혀야만 할 정도로 아파 엄청난 비명을 질러 댔다. 멀리 도망가면 갈수록, 점점 더 크게 비명을 질러 대면서 나뭇가지를 휘두르며 공격을 막아 보려 했으나, 이런 행위는 오히려 벌 떼들을 더욱 격분하게 만드는 것 같았다. 그래서 우리가 할 수 있는 일이란 훌쩍이며 울어 대는 것 외에는 아무것도 없었다.

이리하여 우리는 쉬지 않고 동네 길가까지 달려가면서 베예발 집에 들렀다가 말과 쓰레기 수거 마차를 끌고 가던 야곱과 맞닥뜨리게 되었다. 그는 벌 떼의 습격을 받은 우리 모습을 보더니 평소보다 더 큰 소리로 웃어 댔다. "이 몰골들 좀 봐!"

집에 돌아오자 아빠가 어디 갔다 왔느냐고 물었다. 바이올린 연습을 하고 왔다고 대답했다.

아빠가 말했다. "바이올린 연습을 했는데 입이 왜 삐뚤어졌지?"

진짜였다. 내 입은 삐뚤어져 있었고, 코가 부어올랐으며, 내 눈이 있었던 장소에는 쭉 찢어진 좁고 기다란 구멍밖에 없었다. 내 모습은 진짜 중국 사람처럼 변해 있었다.

아빠가 계속 다그쳤지만 나는 바이올린 연습을 하고 왔다고 계속 거짓말을 했고, 아빠가 허리띠를 풀면서 앞으로 더 이상 거짓말 못하게 하겠다고 했을 때에야 내 거짓말은 끝이 났다.

그 일이 있은 후 나는 삼 일 동안 집 바깥으로 나갈 수 없었다. 그 덕분에 부어오른 혹이 영원히 남아 있지 않게 되었고, 나를 그토록 아프게 했던 그 삐뚤어진 입으로 평생을 살지 않아도 되었다.

나는 그 벌 떼가 있는 곳에는 죽어도 다시 가지 않을 것이다. 재미가 하나도 없으니까. 차라리 집안일을 도와주면서 내가 새사람이 된 것을 사람들에게 보여주고 싶다. 그리고 안

토니 베예발이 위대한 발명가가 아니고 최고의 어릿광대라고 그의 면전에다 대고 말할 작정이다.

삼 일 후 베예발을 만났을 때 나는 진짜 그에게 멍청한 놈이라고 말했다. 그랬더니 그는 내가 더 큰 멍청이라고 말했다. 나는 너 때문에 호된 벌을 받았다고 말했다. 그는 다시 자기 잘못이 뭐냐고 나에게 따졌고 자기도 나 때문에 벌을 받았다고 했다. 그리고 내가 자기 자전거를 빌리러 오느니, 그냥 꺼져 버리는 게 좋다고 했다. 나는 신경 쓰지 않겠다고 했고, 죽음이 우리를 갈라놓기 전에는 다시는 그와 얘기하지 않겠다고 했다.

에디 켐린크는 모라비아에서 살고 있는 할머니 집으로 보내졌다. 할머니는 그곳의 퇴직자 아파트에서 살고 있었고 몸이 아주 좋지 않았다. 그래서 할머니와 같이 있을 누군가를 찾고 있었다. 에니도 벌 떼 때문에 벌을 받았다.

크리스 이르삭은 엄마가 자기를 염소 우리에 가두었고 저녁밥도 안 주었다고 말했다. 그리고 염소 우리에서 곰곰이 생각해 보니 자기가 벌 떼들을 괴롭히는 커다란 죄를 지었다는 결론을 내렸다고 말했다. 정의로운 여호와가 그를 벌주셨다는 것이다. 벌 떼들이 동네 개구쟁이들의 연기질에 쫓겨날 이유가 없었기 때문에, 그리고 누군가가 우리에게 똑같은 짓을 했다면 우리는 그 벌 떼들보다 그 장난질을 더 싫어했을 것이기 때문이다.

집에서 나와는 더 이상 어울리지 말라고 했기 때문에 그는 슬리퍼와 모자를 수선하는 집안일을 도왔다. 부모가 그에게 음악공부도 열심히 하라고 한 덕분에, 언젠가 렉토리스가 그 애의 아버지가 하는 것처럼 바로 그렇게 장례식이 있을 때마다 연주를 해 달라고 설득할 예정이었다. 이런 얘기를 하는 그 애의 목소리는 아주 조용했고, 눈을 하늘에 고정시키고 있었다.

나는 그 애가 이런 식으로 얘기하는 것에 몹시 화가 나서 그에게 손가락질을 하며 말했다. "너는 크라코노슈(체코어로 악령)에 불과해, 네 형도 크라코노슈이고, 너희 아빠도 크라코노슈, 네 엄마도 크라코노슈야. 크라코노슈들이 사라져 없어져 버려도 내가 알 바 아냐."

반응이 곧이어 나왔다. "야, 이 작은 돼지새끼야, 뭐가 뭔지 모를 정도로 실컷 몽둥이질을 해 주고 싶지만 또 다른 죄를 짓고 싶지 않아서 관둔다. 너 오늘 운 좋은 줄 알아."

구빈원의 질바는 요즘 하브로박과 돌아다니고 있었기 때문에 볼 일이 없었다.

따라서 나는 현재 품행이 아주 단정한 아이고 나 혼자서 시간을 보내고 있으며 아무도 나 때문에 불평을 하는 사람이 없었고 배운 사람이 되기 위하여 닥치는 대로 책을, 대부분 추리소설을 읽어 대고 있는 중이다.

나는 싸움을 전혀 걸지 않았다. 혹시 그런다고 하더라도 람푸시테하고만 재미 삼아 그랬고 우리는 서로 그냥 웃고 넘겼다.

나는 미라벨도 돌봐야 했기 때문에 배내옷으로 감싸서 이 방저방으로 데리고 돌아다녔으며 노래를 불러 주기도 했다. "그의 이름은 빌리 하워드, 네바다의 키 작은 술꾼이었지, 불쌍한 그의 아내는 저 아래 아리조나로 떠났다네, 그래서 빌리는 더 심하게 술을 마셔 댄다네, 캐나다에서 금을 잃어버리고." 미라벨은 정말 이 노래를 좋아한다. 그 아이가 깜박 졸 때, 구석 벽에 넘어지지 않게 기대 놓으면 내가 책을 읽는 동안 예쁜 모습으로 잠을 잔다. 엄마가 아빠를 도와 가게에서 손님을 상대해야 하기 때문에 가족들은 내가 젖먹이 여동생을 돌봐 주는 것을 좋아했다.

우리는 모든 것을 살 수 있는 잡화점을 하고 있다. 초콜릿은 말할 짓도 없고 커피, 치커리, 설탕, 난방용 고체연료, 휩디저트, 칫솔, 온갖 종류의 차와 술은 물론이고 레몬도 팔고 있다. 우리 가게에는 산더미 같은 상품이 있다. 그리고 엄청나게 많은 손님들이 우리 가게로 온다. 인근 마을 곳곳에서 온다.

무엇보다도 아빠가 프라하, 심지어는 해외에서 주문한 물건들을 실어 온 베예발네 마차가 우리 가게 문 앞에 설 때가 가장 기쁘다. 이 마차만 도착했다 하면 나는 항상 기뻐서 뛰어오르고 환호한다. 마차가 도착하면 늘 같은 순서로 일이 진행된다. 우선 야곱이 가게 안으로 들어와 "이봐요들, 우리 도착했어요. 별 탈 없이 아주 건강하게 제시간에 도착했어요"라고 말한다. 그 다음에는 배달꾼들이 상자들을 내리고, 그 일이 모두 끝나면 늘 브랜디 한 모금을 얻어 마시고는 "여호와가 내리신 포상금이야"라고 말한다. 그리고는 다시 길을 떠난다.

나는 곧바로 깡충깡충 뛰어다니면서 상자 뜯는 작업을 하자고 아빠를 조른다. 아빠는 흐음흐음 하면서 머뭇거리다가 늘 이렇게 말한다. "다 때가 있는 거란다. 숨 쉴 시간 좀 다오. 교과서를 들고 무엇인가 유익한 생각을 머릿속에 집어넣으면 참 좋을 텐데." 그러나 그에 아랑곳없이 나는 끊임없이 아빠를 조른다. 그러면 아빠가 내 말에 굴복해 망치와 플라이어를 들고 상자를 뜯어 열기 시작한다. 아빠는 아주 천천히 상자를 뜯으면서 작업하는 내내 계속 내 눈치를 본다. 내가 아주 조바심이 나 있다는 것을 알면서 나를 약 올리는 것이다.

내가 조바심을 내는 것은 사실이다. 그 이유는 상자 안에 그림들이, 많은 그림들이 들어 있는지 애타게 알고 싶기 때문이다. 그림들, 혹은 동화가 들어 있는지를 나는 즉시 알 수 있다. 어떻게 아냐고? 상자가 온통 더럽거나 지저분하면 분명히 상자 안에는 내가 원하는 것이 아무것도 없다. 이 경우, 나는 상자에 더 이상 흥미가 없으므로 상자 옆을 떠난다. 그러나 주변에 온통 향기롭고 싱싱한 나무향기를 퍼뜨리는 하얀 상자가 있으면, 의심할 필요 없이 사진과 동화, 그리고 포스터가 들어 있는 것이다.

아빠가 상자의 뚜껑을 열면 끼익 하는 소리와 함께 갈라지는 소리가 난다. 맨 아래에 종이가 깔려 있고 그 위에 나무톱밥이 채워져 있으며 그 위에 포스터가 있다. 아빠가 포스터를 펼치자 거기에 아름다운 아가씨 그림이 있다. 전체 색조는 짙은 핑크색이고 그녀의 눈은 푸른색인데 보일 듯 말 듯 살짝 즐거운 미소를 지으며 커피를 마시고 있다. 그림 아래에는 대문자로 "어디를 가나 똑같습니다—우리는 펠컨웨이 커피를 마십니다"라는 문구가 써 있다. 아빠는 그 사진을 애정 어린 눈으로 바라보다가 "마마, 이리 와보구려"라고 말한다. 손을 닦으면서 엄마는 우리 쪽으로 올라온다. 엄마도 사진을 바라보면서 "아아!" 하고 감탄한다. 다음 순서로 크리스틴이 부엌에서 와서 역시 "아아!"라고 말한다. 엄마와 크리스틴, 둘 다 이 그림을 정말 좋아한다. 그런 다음 아빠는 사람들이 이 그림을 보고 들어와서 치커리를 사도록 그림을 쇼윈도에 건다.

이제 가장 중요한 행사가 남아 있다. 포스터 아래 동화가 있는 것이다. 그것도 아주 많이. 나는 마녀, 난쟁이, 그리고 거인들, 정직한 왕과 펠컨 커피를 절대로 마시지 않으려는 아주 형편없는 공주에 대한 얘기들을 읽기 시작한다. 그래서 그녀는 마법에 걸려 개구리가 되고, 어느 날 하루 종일 펠컨 커피를 마시면서 지냈다는 이유만으로 엄청난 힘이 생기고 굉장히 용감해진 왕자가 와서 공주를 구해 준다. 그는 공주와 결혼을 하고, 그 후 그 둘은 펠콘 커피를 마시면서 죽음이 그들을 갈라놓을 때까지 일심동체가 되어 잘 산다.

크면 나도 가게 주인이 될 것이다. 그 이유는 가게 주인들이 이 세상에서 가장 행복한 생활을 할 수 있기 때문이다. 가게 주인들은 아무것도, 하나도 살 필요가 없다. 이들은 그저 자기 가게로 가서 원하는 물건을 집기만 하면 된다. 아빠는 늘 내게 말한다. "애야, 잘 들어보렴. 나는 네가 어느 땐가 이 가게를 물려받았으면 한다. 내가 영원히 여기 있는 게 아니란다. 그러니까 잘 보고 잘 배우거라. 라리는 독립해 자기 가게를 낼 테고, 그러면 네가 어느 날 내 자리를 대신할 거다." 그래서 나는 진짜 가게 주인처럼 행동하기 위해 계산대 뒤에 서서 손님에게 기운찬 목소리로 신경을 쓰며 인사를 건네곤 한다.

그러나 내가 가장 좋아하는 일은 우리에게 갚을 돈이 있는 빚쟁이들을 재촉하는 일이다. 어떤 식인가 하면, 내가 빚쟁이의 집을 찾아가서 공손하게 인사를 하고 아버지가 안부를 전한다고 얘기한 뒤 얼마를 빚지고 있는지를 말해 주고, 그리고 우리가 더 이상 기다려 줄 수 없다고 얘기한다. 사람들은 불쾌해져서 궁지를 벗어나려고 그렇게 재촉하지 않아도 알고 있다느니, 때가 되면 곧 갚을 거라느니 하고 말한다. 나는 꼼짝도 안한다. 그리고 우리도 빚을 갚을 때까지 기다려 주는 사람이 없어서 독촉을 받고 있으며, 돈을 받을 때까지 집에 돌아갈 수 없다고 말한다. 그러면 사람들은 "꺼져"라고 말하는 것보다 차라리 내게 돈을 주는 것이 낫다고 여기게 된다.

그런데 내가 진짜 아주 싫어하는 일은 우리 가게에서 설탕, 코코아, 그리고 여러 잡동사니를 사 가는 과자가게 주인 스보보다에게 빚 독촉을 하는 일이다. 스보보다 씨는 성질이 더러워서, 지금까지 한 번도 돈을 갚아야 할 사람에게 안 갚고 도망친 적이 없다고 하면서 나를 가게에서 쫓아낸다. 나는 궁지에서 벗어나려는 그의 방식에 제대로 걸려들었다 싶어서 목청을 높여 가며 거침없이 그와 논쟁을 하다가도 에베 스보보다가 그를 거들려고 나타나면, 그 젠장 맞을 여자를 보면 내 목소리가 온통 작아져 버리고 만다. 그래서 집으로 돌아오면 아빠가 스보보다에게 서면으로 독촉장을 보낸다.

어느 날인가 나는 주소와 함께 '친애하는 스보보다 내외에게'라고 쓴 편지 한 통을 갖다 주러 갔다. 스보보다 씨가 봉투를 보자 얼굴이 시뻘겋게 변하더니 외쳤다. "네 아버지에게 가서 내 이름은 과자가게 주인 야로미르 스보보다이지 친애하는 스보보다 씨가 아니라고 얘기해라."

그래서 나는 집으로 돌아왔고, 스보보다 씨는 과자가게 주인 스보보다이지 친애하는 스보보다 씨가 아니라고 아빠에게 말했다.

아빠가 대답했다. "내가 알기로는 좋건 싫건 간에 친애하는 스보보다 씨가 맞는다고 하고, 그 정도쯤은 나도 알고 있다고 그래라."

그래서 나는 스보보다 씨에게 다시 가서 아빠가 알기로는 좋건 싫건 간에 그는 틀림없이 친애하는 스보보다 씨가 맞는다고 전했다.

스보보다 씨의 얼굴이 전번보다 더욱 시뻘겋게 변했다. 이마 위에는 우리가 참새를 사냥할 때 사용하는 새총 같은 모양의 핏줄이 섰다.

"잠깐 여기 앉아 있거라." 그가 말했다.

그러더니 앉아서 무엇인가를 쓰기 시작했다. 그가 쓰기를 마치고 봉투에 침칠을 하고 주먹으로 팡팡 치더니 말했다. "이것을 가지고 가서 내가 안부를 전한다고 해라. 이것으로 네 아버지에게도 뽐내고 자랑할 게 아무것도 없을 것이다."

아빠는 메시지를 읽었다. 메시지를 다 읽었을 때, 공증인의 가정부가 와서 식초 사분의 일 리터를 달라고 했다. "예, 분부대로 하겠습니다"라며 아빠가 편지를 내려놓자마자 나는 그 편지를 재빨리 집어 몰래 읽어 보았다. 편지 안의 메시지는 이랬다. 주소와 더불어 "친애하는 토매업자 빅토르 바유자 씨에게. 존경하는 토매업자 선생! 만약 자네가 친애하는 스보보다 내외 같은 칭호를 사용한다면—제빌 부탁인데!—내 이름으로만 사업이 운영되는 것이지, 절때 내 아내의 이름으로 운영되는 것이 아님이므로, 이에 관련된 사람들은 이런 칭호를 원치 않는다고 내가 몇 번이고 계속해서 확실히 못바갔음에도 불구하고, 만약 자네가 다시 한 번만 더 그런다면, 장차 다른 곳에서 사업을 할 생각이네."

나는 편지를 읽으면서 수많은 어이없는 오류들을 발견했다. 그래서 빨간 연필을 들고 오자에 밑줄을 그었다. 그리고 다음과 같은 말을 덧붙였다. '글쓰기 숙제에 관한 소견. 요점이 없음―맞춤법. 아주 형편없음.' 그리고 그 편지를 다시 스보보다 씨에게 갖다 주어서 잘못을 깨달을 수 있게 했다.

스보보다 씨는 편지를 읽고 얼굴이 시뻘겋게 변하더니 평소와는 다른 큰 목소리로 말했다. "이럴 수가, 이건 최악이야! 나는 바보도 아니고, 나를 애송이처럼 취급하는 것을 참을 수 없어. 나는 제때 세금을 내는 사람이라고."

이때부터 그는 우리 집에서 아무것도 사 가지 않았다. 아빠는 놀라서 말했다. "스보보다 씨가 나의 라이벌이 되다니, 혹시 나한테 무슨 원한이라도 있는 걸까. 이해를 못 하겠네."

내가 말했다. "나도 이해가 안 가요." 그러나 나는 아주 잘 알고 있었다. 다만 말을 할 수가 없었을 뿐이다. 몽둥이가 날아올 테니.

천년 독서의 이야기

이바나 보즈데호바 씀 · 마렉 제마넥 옮김

　체코의 문학은 천 년에 걸친 장구한 역사를 가지고 있어 슬라브어계 중에서도 그 유래가 가장 깊다고 할 수 있다. 본문에 들어가기 전에 먼저, 체코문학의 역사를 이해하고 본 선집에 쉽게 다가갈 수 있도록 체코문학의 전반적인 개요를 간단히 살펴보고자 한다.

　우선, 체코문학 역사에는 변하지 않는 몇 가지 특징이 있다. 첫째, 모국과 외국의 대비가 잘 드러난다는 점. 둘째, 슬라브어 문학을 비롯한 외국 명작 번역이 많다는 점. 셋째, 여성 작가의 활동이 적극적으로 이루어졌다는 점 등이다. 이러한 특징이 나타난 중요한 요인 중 하나는 프랑스어, 이탈리아

* 이 해설의 모든 주는 글쓴이의 주이다.

어, 카탈루냐어, 네덜란드어에 이어 1360년, 성경이 다섯 번
째로 번역된 언어가 바로 체코어였다는 점이다. 부분적인 번
역들은 이미 13세기와 14세기에 주로 수녀원에서 이루어지
고 있었으며, 성경의 번역은 표준어의 발달에 매우 중요한 역
할을 하였다. 성경을 번역하면서 이용된 체코어에서 기본 문
어체가 발달했고, 이로부터 최초의 문법책(옵타트Optát · 그
젤Gzel · 필로마테스Filomates 저, 1533년; 얀 블라호슬라프
Jan Blahoslav 저, 1571년)이 발달되었다.

표준 체코어의 기원은 9세기 때 대모라비아 제국(833년부터
906년 또는 907년까지 체코, 슬로바키아, 헝가리 지역에 위치한 최초의 서슬라브 제
국으로 당시 중앙 유럽에서 가장 강한 나라였다.)인 그리스 데살로니키 지
역에서 사용했던 슬라브 방언에 의한 소위 고대 교회슬라브
어의 도입과 관련이 있다. 대모라비아 왕의 부탁을 받아 동로
마 제국의 황제가 863년에 콘스탄틴과 메터데이에 전도사 두
명을 보냈고, 이들이 슬라브어로 미사를 지냈던 것이 새 교회
의 기초가 되었다. 그들은 대모라비아에서 활동하면서 흘라
호리체 문자를 창조하고 고대 교회슬라브어를 미사용 언어
로 선택하였다. 이러한 고대 교회슬라브어는 현재 체코의 한
지방인 모라비아로부터 보헤미아로 전래되었고, 10세기부터
천주교와 더불어 라틴어도 전래되었다.

11~13세기 로마네스크 시대의 문학가들은 주로 종교 성인
의 설화를 집필하는 신부들이었다. 고대 교회슬라브어와 라

틴어는 13세기까지 이용되었으며, 그 이후에 최초의 체코어 문학이 나타나기 시작하였다. 이와 더불어 문맹의 비율이 낮아지면서, 고딕 시대에는 체코어가 일반 언어가 되어 종교 문헌 외에도 영웅 서사시『알렉산드레이스Alexandreis』,『달리밀 연대기Dalimilova Kronika』, 그리고 풍자극『돌팔이 의사 Mastičkář』와 같은 세속적인 문헌 등에도 널리 쓰였다. 15세기에는 당시 천주교를 비판하는 얀 후스Jan Hus 종교개혁 운동이 체코문학에 영향을 미쳤다. 이 혼란스러운 시대에는 주로 종교적인 논설의 집필과,『이스텝니체 성가집Jistebnický kancionál』등 찬송가의 작업이 많이 이루어졌다.

15세기에는 유럽 휴머니즘과 르네상스(1433-1620) 사상이 체코문학에 도입되었다. 유럽의 인쇄 기술의 발명(구텐베르크, 1448)도 체코문학의 발전에 큰 영향을 끼쳤으며, 최초의 체코어 인쇄물이 1468년에 플젠Plzeň에서 출판되었다. 이때를 체코문학의 황금기라고 부른다. 이 시기의 가장 중요한 작업 중 하나는 성경 전체를 번역한『비블레 크랄리츠카Bible kralická』(1579-1588)의 출판이다. 이 성경 번역본은 이후 몇백 년 동안 체코문학의 언어와 문체의 모델이 되었다.

체코는 1620년 백산Bílá hora 전투에서 패배한 이후로 300년에 걸쳐 주권을 상실하게 되었고, 나중에 다민족 국가인 오스트리아헝가리 제국의 한 구역이 되면서 독일어 혹은 라틴어가 문어(文語)의 위치를 차지했다. 보헤미아는 다시 가톨릭화 되었고, 가톨릭과 더불어 바로크 시대(1620-1729)가 시작되었으며 가톨릭 위주의 사회문화 경향은 문학 분야에서도 나타났다. 체코인의 입장에서는 언어적, 민족적 구속으로 인해 암흑시대(1729-1773)라고 칭하는 시기가 이어지는데, 당시에 체코문학의 보존에 있어서는 민속 문학과 종교적 사유로 추방된 사람들의 집필 작업이 매우 중요한 역할을 담당했다. 이들 중에서도 특히 '민족의 선구자' 얀 아모스 코멘스키 Jana Ámose Komenského의 작품『미궁의 세계와 마음의 천국 Labyrint světa a Ráj srdce』이 중요하다.

체코문학의 발달에 매우 큰 영향력을 가졌던 시대는 민족부흥기(1773-1848)였다. 이 시대에 체코어는 당시 고급 언어로 여겨진 독일어와 같은 계급, 즉 과학과 문학에서 사용하는 언어의 지위를 획득하였기 때문이다. 300여 년 동안 거의 유일하게 종교적 용도로만 사용되던 체코어가 18세기 말, 비로소 민족적 필요에 의해 체코문학에서 사용되기 시작했다. 그리고 당시의 작가들은 애국주의, 민족부흥, 정치적·언어적 의식에 많은 관심을 가졌다. 한편으로는, 서구 개명주의의 영향을 받아 체코 지식인들도 특유의 문화를 수립하게 되었고, 독일 등 기존 외부 문화의 영향에서 벗어나고 있었다. 이를 위해 과학, 언론, 문학 등에 있어서 언어의 계발이 선행되어야 했던 것이다.

민족부흥 시대는 대략 60~70년 동안 이어졌고, '혁명의

해'인 1848년에 절정에 이르렀다.

민족부흥의 첫 세대(1774-1815)는 바로크의 종교적 경향에 대립적인 사상으로, 합리주의, 논리, 휴머니즘을 강조하며 파스칼, 데카르트, 뉴턴 등의 과학적 저술에 바탕을 두고 있는 18세기 개명주의 사상을 기반으로 하였으며, 대표 인물로는 체코 언어학자, 역사학자이자 체코에서의 슬라브학 창립자인 요세프 도브로브스키Josef Dobrovský가 있다. 고전주의 시대(1815-1830)의 뒤를 이어 프랑스혁명 사상을 도입한 낭만주의 시대(1830-1859)가 시작 되었으며, 대표 작가로는 체코 언어학자, 사전 편찬자이자 작가이며 번역가인 요세프 융만 Josef Jungmann이 있다.

19세기 후반에는 세계 다른 지역과 마찬가지로 비판적 현실주의와 자연주의(스탕달, 발자크, 졸라, 디킨스, 고골, 투르게네프, 도스토예프스키)를 표방했다. 비판적 현실주의 작가들은 차별과 긴장이 늘어나는 사회를 개방적이면서도 무자비한 방법으로 접근하여 사회석 길동에 대한 해결을 시도해 보고자 하였다. 한편, 자연주의 작가들은 인생의 어두운 면을 보여주려 하였다. 그들의 작품에서는 사회 계급과 자기 본능으로 정의되는 인간을 주인공으로 등장시켰고, 각 등장인물은 인격 파괴의 경향을 나타냄과 동시에 자기 운명에서 벗어날 수 없는 인물 등으로 묘사되고는 하였다.

근대문학의 시대(1848-1938)는 낭만주의 시인이자 『봄Máj』

(1836)의 저자인 카렐 히네크 마하Karel Hynek Mácha로부터 시작된다. 동시에 카렐 하블리체크 보로브스키Karel Havlíček Borovský의 『러시아의 그림들Obrazy z Rus』(1843) 등, 근대 산문도 발달하기 시작한다. 그러나 19세기 전반까지는 『꽃다발Kytice』(1853)의 카렐 야로미르 에르벤Karel Jaromír Erben, 『할머니Babička』(1855)의 보제나 넴초바Božena Němcová 등 문학에서 여전히 민족부흥의 영향을 느낄 수가 있었으며, 이러한 민족주의적 경향은 비판적 현실주의가 등장하고 나서야 사라졌다.

현실주의 작가의 첫 세대(1858-1868)는 이른바 봄파라고 한다. 봄파는 마하의 『봄』에서 이름을 따온 것으로 마하, 보로브스키, 에르벤을 모델로 둔 작가와 시인 집단이다. 대표 인물로 『소지구 이야기Povídky malostranské』(1878)의 **얀 네루다**Jan Neruda, 비테슬라프 할레크Vítězslav Hálek, 카롤리나 스베틀라Karolina Světlá, 야쿠프 아르베스Jakub Arbes 등이 있다. 둘째 세대에는 루흐파와 루미르파가 있다. 루흐파는 문집 『루흐』와 관련된 시인들의 집단으로 당시 민족적, 사회적 문제들을 중심에 두었으며 대표 인물로는 일리슈카 크라스노호르스카Eliška Krásnohorská와 **스바토플루크 체흐**Svatopluk Čech가 있다. 루미르파는 잡지 『루미르』와 관련된 작가들의 집단으로 대표 인물로는 야로슬라브 브르흘리츠키Jaroslav Vrchlický와 요세프 바츨라프 슬라덱Josef Václav Sládek이 있다.

416

이들은 체코문학이 독일 문학에 의지하는 상황을 극복하려고 하였으며, 그로 인해 프랑스와 영미권 문학의 영향을 받게 된다.

*

이 선집에 실린 작품들은 19세기 후반 이후에 나온 것이며, 비판적 현실주의의 조류를 따른 것이다. 다른 나라의 문학처럼, 당시 사회적 문제와 일상생활을 사실적으로 묘사하고자 한 노력이 현실주의 소설과 단편소설 탄생의 계기가 되었다. 이 시기의 구세대들은 사회 문제의 해결책을 역사적인 사실들 속에서 찾았기 때문에 역사소설이 많이 발달되었다. 이러한 역사소설의 대표 작가로는 **지크문트 윈테르**Zikmund Winter 와 **알로이스 이라세크**Alois Jirásek 등이 있다. 역사소설은 민족사에 있어서 각 단계의 의미를 해석하는 데 실제적으로 정치적 의의를 갖는다.

1870년대부터는 소설이 문학의 주를 이루었으며, 당시의 소설은 독자들에게 널리 사랑 받았고 사회적으로도 큰 영향을 미쳤다. 최초의 목적은 교육과 재미였기 때문에 내용의 흥미를 중요하게 여겼고, 소설에서 나타난 세상은 비현실적일 만큼 이상적이며 심지어 공상적으로 그려지기도 했다. 이러한 소설의 대표 작가로는 **요세프 이르지 콜라르**Josef Jiří Kolár,

안탈 스타셰크Antal Stašek, 야쿠프 아르베스 등이 있으며, 민족의 일상에 대한 실망, 그리고 꿈과 현실 차이에서 나온 투쟁을 반영하는 **율리우스 제이에르**Julius Zeyer의 작품이 주목받는다. 특히 소시민들과 그들의 개인주의적이면서 기생적인 생활 방식을 비판하는 **스바토플루크 체흐** 등에 의해 비판과 풍자가 자주 사용되었다.

또한, 독자들이 매력을 느끼는 주제는 시골이었다. 이것은 사학적이면서 민속학적인 성질을 자주 나타냈으며, 대표 작가로는 므르슈틱 형제bratři Mrštíkové, 가브리엘라 프라이쏘바 Gabriela Preissová, 테레자 노바코바Tereza Nováková, 요세프 홀레체크Josef Holeček 등이 있다. 체코소설의 창립자로 여겨지는 카롤리나 스베틀라의 작품은 앞서 말한 경향과 달리 예외적인 것이었다. 그녀는 보제나 넴초바의 낭만주의의 영향을 받아 글을 쓰기 시작했는데, 주로 다룬 주제는 사회에서 여자의 지위에 대한 것으로, 그녀의 신념의 핵심은 윤리적 규칙의 위반을 통해서는 행복을 얻을 수 없다는 것이었다.

비판적 현실주의 시대 이후로 근대문학의 세대가 등장했다. 근대문학에는 데카당과 전쟁 중의 아방가르드가 포함된다. 데카당의 시조는 **율리우스 제이에르**였고, **이르지 카라세크 제 르보비츠**Jiří Karásek ze Lvovic가 대표 작가로 손꼽힌다. 아방가르드의 대표작은 **야로슬라프 하셰크**Jaroslav Hašek의 『세계대전 중의 용감한 병사 슈베이크의 운명Osudy dobrého vojáka Švejka za světové války』(1923)이다. 데카당의 예술가들은 예술의 독립성을 주장하고 일생의 지루함에서 벗어날 수 있는 방법을 찾고 있었다. 현실의 세계를 좁고 불완전하다고 느꼈기 때문이었다. 이들은 자주 몽상과 신비의 세계로 탈출하거나 슬픔, 후회, 허무, 염세 등의 감정을 선호하였다. 그들은 데카당의 매체로서 『모던 래뷔Moderní revue』(1894-1925)를 활용하였다.

19세기 말부터 20세기 초의 체코문학은 근대 유럽의 예술 흐름에서 큰 영향을 받았다. 1890년대를 이른바 예술세대라고는 하지만, 당시에는 젊은 작가들을 통일된 프로그램 하에 포함하는 집단이 없었다. 임시적으로 존재한 (주로 시인의) 협회로는 "체코 근대문학Česká moderna"이 있었고 그들의 의견과 프로그램을 "체코 근대문학의 선언서Manifest České moderny"(1895, 요세프 스바토플루크 마하르Josef Svatopluk Machar 시인이 지음)에 담았다. 이 집단은 저술의 개인적인 접근과 개인주의, 그리고 사회 규칙으로부터 독립을 강조하였는데, 그 결과 집필 방법은 매우 다양하였으나 그 이면을 살펴보면 비국교주의로 통일되어 있었다. 그들의 강령은 예술적이기보다는 정치적이었다. 이 집단의 대표자들로는 카렐 하블리체크 보로브스키와 얀 네루다를 꼽는다.

20세기 초반은 역사적 사건들로 가득했고 매우 활발한 문화생활이 이루어졌으며 수많은 문학작품이 출판되었다. 제1

차 세계대전(1914-1918)이 끝나고 1918년 10월 오스트리아헝가리 제국이 무너지면서 체코인, 슬로바키아인, 루테니아인, 그리고 독일인의 주요 소수파로 이루어진 체코슬로바키아 공화국이 독립하였다. 전통적인 가치관들이 무너지고 민주주의가 발달하면서 사회주의와 파시즘 등 전체주의의 움직임들도 늘어났다. 세계대전을 겪어 본 사람들은 그런 전쟁이 또 다시 나타나지 않기를 희망하였으나, 30년대의 금융위기 및 파시즘의 확대와 더불어 제2차 세계대전(1939-1945)은 이러한 희망을 앗아 갔다.

독립한 체코슬로바키아의 문화생활에 있어서는 19세기의 지방근성(provincialism)이 급격히 사라지면서 새로운 국제적 사상과 예술적 흐름이 도입되었다. 특히 프랑스(스테판 말라르메, 마르셀 프루스트, 앙드레 브레통)에서 도입된 상징주의, 큐비즘, 다다이즘, 초현실주의 등 아방가르드 예술 운동이 큰 영향을 미쳤으며, 영국(버나드 쇼, H. G. 웰스, G. K. 체스터튼, 제임스 조이스, 존 갈스워스, 싱클레어 루이스)과 러시아(톨스토이, 솔로호프)의 작가들, 그리고 프라하에 거주하는 독일어 작가(프란츠 카프카, 막스 브로드, 프란츠 베르펠) 들에게서 비롯된 독일적 (특히 연극에서 나타난) 표현주의도 체코문학에 영향을 미쳤다. 나아가 개인주의를 강조하고 이성적인 인식론을 부정하는 미국 실용주의 철학도 많은 영향을 주었는데, 이는 **카렐 차페크**Karel Čapek의 작품에서 잘 나타난다. 풍자(**이르지 하우스만**Jiří Haussmann), 모험, 여행담

(**얀 하블라사**Jan Havlasa, 조 흘로우하Joe Hloucha), 애정소설
(크비도 마리아 비스코칠Quido Maria Vyskočil)에서도 이러한
경향을 찾아볼 수 있다. 특히 **카렐 차페크**의 공헌으로 탐정소
설의 수준과 대중적 인기가 높아졌다.

20세기 초반은 중요한 전환점이라고 볼 수 있다. 예술가들
은 점점 지배계급과 갈라섰고, 과거의 가치와 이상(理想)을
거부하였으며 현재에 대해서도 비판적이었다. 세상을 개인
적으로 접근하고 경험하는 것에 우선권을 주면서 다양한 예
술적 경향이 나타나게 되었다. 또한, 당시 작가 대부분은 제
각기 여러 가지 예술방식을 선택하여 따랐으므로 분류하기
가 단순하지 않다. 예컨대 자유분방하며 아방가르드적인 **야
로슬라브 하셰크**는 좌파작가(**블라디슬라프 반추라**Vladislav
Vančura, **이반 올브라흐트**Ivan Olbracht, **마리에 푸이마노바**
Marie Pujmanová) 중 하나이기도 했다. 친민주주의파 작가들
(**카렐 폴라체크**Karel Poláček, 에두아르드 바스Eduard Bass, **얀
와이스**Jan Weiss)도 당시 상황에 대해 비판적이었지만 좌파
작가들과 달리 민주주의의 원리를 공격하지는 않았다.

*

19세기 후반의 체코문학과 전쟁 이전의 체코 근대 문학의
특징은 장르와 주제가 매우 다양하기 때문에 작가와 작품을

분류하고 일반화하는 것이 불가능해 보일 수도 있다. 그래서 대표적인 작품을 선택하여 분류하는 것이 쉬운 일은 아니었으나, 이 책을 통해 증명하려 시도하듯이, 전혀 불가능한 것도 아니므로 사유, 장면, 운명, 감정, 의견 등을 담은 다양한 대표작을 소개할 수는 있을 것이다. 이 책에 실은 작품이 다양할수록, 체코문화가 낯설고 멀게 느껴지는 한국 독자들도 체코문화와 사고방식을 자유롭게 해석을 할 수 있는 기회를 가질 수 있다고 생각한다. 이 책과 같은 체코문학 선집은 한국에서 처음으로 출판되는데 책의 분량, 번역과 언어, 문화의 차이, 작품 선정의 주관과 무작위 등 여러 가지 한계가 있었다. 그래서 무엇보다도 한국 독자들의 관심의 초점을 한 민족의 문학에 맞추고자 하였다. 이 책의 독자에게 어떤 낯설고 새로운 사실을 소개하면서 세계 문학의 조류 속에서 체코문학만이 갖는 독특함을 통해 독자들이 즐거움을 느낄 수 있도록 노력하여 작품을 선정했다.

이 책은 읽고, 쓰고, 말하는 몇 백 년의 전통과 더불어 '글쓰기'에 존경심을 갖고 있는 나라, 체코로 안내하는 초대장이다. 이 책의 작품을 통해 독자가 낯설음뿐 아니라 어떤 친근함도 느끼게 된다면, 그것은 이 책이 독자들을 유럽의 중심으로 데려다 줄 뿐 아니라 독자 스스로의 마음속으로도 이끌어 준다는 것을 의미한다. 사람이 자기 자신을 이해하기 위해 먼 곳을 여행 하듯이 체코문학을 통해 멀리 떨어진 문화권에서도 자신만의 새로운 가치를 찾을 수 있을 것이다. 독자들이 이 책을 통해 많은 즐거움과 깊은 감동, 재미있는 경험과 발견의 순간들을 얻게 되기를 기원한다.

· 이바나 보즈데호바Ivana Bozděchová : 한국외국어대학교 체코·슬로바키아어과 교수, 프라하 카렐대학교 교양학부 교수. 셰이머스 히니의 시선집 『Jasanová hůl』, 데스먼드 이건의 시선집 『DESpektrum』과 『Smiluj se nad básníkem』, 웬디 코프의 시선집 『Zatracený chlapi』, 아일랜드 시선집 『The Distant Music of Hope』 등의 체코어 번역과 편집에 참여했다. 고은 시인의 시를 체코어로 번역하기도 했다.

· 마렉 제마넥Marek Zemanek : 프라하 카렐대학교 연구원, 불교연구가, 한국 체코어 통번역가

• 저자 소개(출생 연도순)

요세프 이르지 콜라르 Josef Jiří Kolár (1812-1896)

콜라르는 연극 연출에 있어서 낭만주의 스타일을 강조한 작가로서 〈지쉬카 장군의 죽음Žižkova smrt〉, 〈프라하의 유태인Pražský žid〉, 〈바르보라 왕비Královna Barbora〉, 〈예로님 선생Mistr Jeroným〉, 〈스미리츠키 가족 Smiřičtí〉 등 체코를 배경으로 한 감상적인 사극과 희극을 남겼다. 또한 번역가로서 셰익스피어, 실러, 괴테와 같은 세계적인 희곡들을 번역하기도 했다. 그의 연극에 등장하는 주인공들은 어떠한 면에서든 특별함을 가진 사람들이다. 즉, 그 주인공들은 삶에 있어서의 의지나 사랑의 능력, 증오, 잔인함에 있어서 특별한 무언가를 지닌 이들이면서, 한편으로는 인간성에 있어서 단순화된 모습을 보이기도 한다. 그리고 그들이 처한 상황은 총격, 납치, 살인과 같은 극단적인 경우이거나 맥줏집, 오래된 폐허, 감옥, 어두운 골목 등 매우 낭만주의적이고 신비로운 경우로 나타난다. 그러나, 다방면에 걸친 그의 활동 중에서 가장 두각을 나타낸 분야는 연극 배우로서의 업적이다. 애석하게도 「옛 프라하의 이야기Ze staré Prahy」, 「허깨비의 세상으로Světem bludů」 등 그의 소설과 시는 당시에는 큰 인기를 누리지 못하였지만, 『지옥의 아들들Pekla zplozenci』과 단편 「붉은 용U Červeného draka」은 그가 체코 최초의 판타지 문학가 중 한 명이라는 점을 명확히 보여준다.

얀 네루다 Jan Neruda (1834-1891)

얀 네루다는 체코문학에 있어서 가장 중요한 작가 중 하나이다. 기자로서 체코신문에 문예란(feuilleton)을 최초로 만들었고, 스스로 그 문예란에 무려 약 2천 편의 글을 기고하였다. 주로 프라하에 관한 문학 작품을 남긴 그는 시집 6권을 발표한 위대한 시인이었으며, 동시에 문학평론가이기도 하였다. 세계적으로 유명한 칠레의 시인 파블로 네루다는 얀 네루다를 매우 존경하였기 때문에, 얀 네루다의 이름을 빌어 자신의 필명으로 사용했다.

그는 정치에도 열성적으로 참여하여, 신체코당 내 민주주의파를 설립하는 데 중요한 역할을 하였다. 유럽과 비유럽을 막론하고 독일, 프랑스, 이태리, 헝가리, 그리스, 터키, 이집트 등 광범위한 지역을 여행한 그는 『작은 여행Menší cesty』, 『외국의 그림Obrazy z ciziny』 등 뛰어난 관찰력을 발휘해 매우 흥미로운 방법으로 여행담을 풀어냈다. 그의 섬세한 관찰자의 시선은 철도 건설 노동자들의 힘든 인생을 그로테스크한 유머로 비추어 낸 『가난한 이Trhani』라는 소설에 잘 나타나고 있다. 그러나 고골이나 체호프의 소설처럼 이러한 유머 뒤에는 비극적인 장면이 여실히 드러난다. 시를 포함하여 그의 작품 어디서나 느낄 수 있는 회의와 반어법을 통해 그는 자기 자신의 괴로움을 가리고자 하였다. 그의 시는 당시 사람들에게 쉽사리 이해받지 못하였고, 그가 사망한 후에야 높은 평가를 받게 되었다.

소설가로서의 네루다는 체코의 비판적 현실주의의 개척자로, 자신의 작품을 통해 빈곤과 절망 등 당시의 열악한 상황을 드러냈다. 그의 최고의 작품으로 꼽히는 『소지구 이야기Povídky malostranské』는 1848년 이전의 프라하 소지구(말라스트라나Malá Strana) 지역을 묘사한 단편소설집으로 현실적이고 물질적인 목표에 치중하는 당시 일반 시민들의 생활방식을 비판하면서, 동시에 자신의 독특한 유머를 도입하여 그들의 특징을 절묘하게 표현하였다. 이 단편소설집에 실린 작품들은 소설적 방식으로 통일된 줄거리를 이끌어 내기도 하는 한편, 여러 일상생활의 장면을 엮은 모자이크를 만들기도 하였다. 얀 네루다의 이 대표작은 세계 여러 언어로 번역 되었으며, 영문판은 영국작가 엘리스 피터스Ellis Peters에 의해 번역되었다.

율리우스 제이에르 Julius Zeyer (1841-1901)

시인이자 극작가로 체코 최고의 신낭만주의 작가였다. 그는 유럽 대부분의 나라와 북 아프리카 등 수많은 나라들을 여행했지만, 그의 발길이 닿지 않은 나라들도 그에게 영감을 주었다. 예컨대 일본은 그의 소설『곰파치와 코무라사키Gompači a Komurasaki』라는 소설에 영향을 주었고, 중국은 그의 단편「한씨 집에서의 배신Zrada v domě Han」과 희곡「형제Bratři」에, 인도는『쿠날의 눈Kunálovy oči』이라는 단편집에 영향을 미쳤다.

한편으로 체코, 프랑스, 러시아 등 역사적인 이야기나 신화, 설화 등을 모티브로 삼기도 하였다. 그의 시는 서사적이고 회고적인 느낌을 지니고 있다. 진실과는 무관한 세상을 자신의 글 속에서 창조했으며, 그가 상상한 세계는 현실적인 목표를 지향하는 범인들의 그것과 대립하는 것이었다. 그의 작품의 또 다른 특징은『아미스와 아밀의 충실한 우정Román o věrném přátelství Amise a Amila』이라는 소설에서 볼 수 있듯 남자들 사이의 끈끈한 우정을 다룬다는 것이다. 한편, 그의 주요 작품의 하나로 꼽히는 자전적 소설『얀 마리아 플로이하르Jan Maria Plojhar』에서는 체코의 역사를 예수 그리스도의 고행에 비유하여 그리는 메시아적 요소들이 강하게 나타났다. 이 메시아적 요소들은『십자가에 대한 3부작Tři legendy o krucifixu』에서 더욱 발전된 형태로 나타나고 있다. 그의 가장 유명한 희곡인 낭만적 동화『라두즈와 마훌레나Radúz a Mahulena』는 오늘날까지 계속 공연되고 있고, 영화로 제작되기도 하였다.

스바토플루크 체흐 Svatopluk Čech (1846-1908)

법대를 졸업하고, 법률회사 직원(법률회사를 배경으로 유머러스한 단편과 문예란 기사를 집필하였다.)으로 근무하다가 이후로는 집중적으로 문

426

학활동에 투신하였다. 그 시대에 널리 퍼져있던 민족부흥의 이상향을 따라 애국적인 작품을 다수 남겼다. 과거 민주주의 전통을 바탕으로 하여 당시 정치상황에 영향을 끼치고자 하였으며, 또한 사회주의 사상을 유토피아적인 표현을 통해 구현하였다. 주로 부르주아 계급의 감성과 정치적 견해를 대변한 그는 카렐 하이네크 마하Karel Hynek Mácha의 영향을 많이 받은 것으로 보인다. 수사적인 스타일과 우화적인 장면들을 사용하여 「아침의 노래Jitřní písně」, 「노예의 노래Písně otroka」 등의 정치사회적 서정시를 썼는데, 특히 과거에 대한 회상이 자주 나타난다. 그의 산문은 주로 단편소설, 유머레스크, 아라베스크, 그리고 『무사(無死)의 지원자Kandidát nesmrtelnos-ti』, 『이카로스Ikaros』 등의 일반소설들이 있다. 가장 유명한 작품은 『브로우첵 씨의 달 여행Pravý výlet pana Broučka do Měsíce』, 『브로우첵 씨의 새롭고 경이로운 15세기로의 여행Nový epochální výlet pana Broučka, tentokráte do XV. století』 등의 풍자적 산문인 "브로우첵 씨" 시리즈이다. 『브로우첵 씨의 달 여행』에서는 브로우첵이 달로 여행을 떠나 달에 사는 사람을 만나게 되는데, 그 과정에서 판타지적 사유를 할 수 없는 그의 물질적이고 현실적인 사유와 달에 사는 사람들의 비현실적이고 비물질적인 사유의 대비가 잘 묘사되어 있다. 『브로우첵 씨의 새롭고 경이로운 15세기로의 여행』은 갑자기 중세에 나타난 브로우첵 씨가 개인적 이익에만 관심이 있고 윤리적인 도덕심이 없는 행동으로 인해 죽을 고비를 맞게 되는 이야기다.

지크문드 윈테르 Zikmund Winter (1846-1912)

프라하 대학교에서 역사를 전공하고, 고등학교 교사로 재직하였다. 역사적 기록을 연구하고, 그것에서 소설의 모티브를 찾았으며 주로 수공업자, 학생, 지식인 계급 등의 일상생활을 묘사하였다. 그의 역사적 단편소설에서는 주로 정신적으로 불안정한 인물들이 등장하고 그들의 운명은 비극적인 종말을 맞는다. 윈테르 산문의 기본적 장르는 「프라하의 그림Pražské obrázky」, 「사악한 학사Nezbedný bakalář」, 「고아 로지나Rozina sebranec」 등 '그림'이라고 할 수 있다. 그의 작품 중 최고로 손꼽히는 것은 유일한 소설 인 『캄파누스 석사Mistr Kampánus』로, 이 소설은 1620년경의 프라하 대학 을 묘사하고 있다. 주인공인 얀 캄파누스 보드냔스키Jan Campanus Vodňanský대학총장이 학교에 침습하는 예수교로부터 학교의 자유를 보호 하는 내용이다.

알로이스 이라세크 Alois Jirásek (1851-1930)

정치인이자 역사소설가, 극작가로 체코 현실주의의 대표 작가였다. 오 래된 농부 가문 출신으로, 프라하 대학교 역사학과를 졸업하고 고등학교 역사 및 지리 교사로 재직하다가 후에 문학에 전념하였다. 1917년 '체코작 가 선언문Manifest Českých spisovatelů'의 최초 서명인이기도 하다. 이 선언 문은 체코 독립을 위한 정치적 노력을 지원하는 중요한 발단이 되는 문서 로, 그는 새로 독립한 체코슬로바키아 공화국에서 상원의원이 되었다. 4회 에 걸쳐 노벨상 후보로 추천되었으나 실제 수상은 하지 못하였다. 선사시 대로부터 그가 살았던 시대까지 체코의 역사 전체를 아우르는 『체코의 옛 전설Staré pověsti české』의 다양한 작품들은 그를 가장 유명한 체코 역사 문 학가로 만들었다. 주로 서사시와 연대기의 형식으로 쓰인 그의 역사문학 은, 『흐름 속에서Mezi proudy』, 『모두에 대한 반대Proti všem』, 『동맹체 Bratrstvo』에서 후스 종교개혁 운동사를 전체적으로 묘사하였고, 『암흑 Temno』, 『에프 엘 베크F. L. Věk』, 『우리 집U nás』에서는 1620년 백산 전투 이후로 체코의 독립을 잃게 되면서 동시에 개신교를 포기하도록 하는 압박 과 재가톨릭화하려는 움직임, 18세기 말부터 1848년 사이에 일어난 체코 민중부흥운동을 담았다. 이라세크는 또한 〈얀 지슈카Jan Žižka〉, 〈얀 로하츠Jan Roháč〉, 〈얀 후스Jan Hus〉 등 여러 편의 사극도 썼으며, 시골을 배경으로 한 희곡 〈보이나르카Vojnarka〉, 〈아버지Otec〉 등은 당시의 다른 연극과 달리 무대에서도 현실주의를 표방하는 역할을 하였다. 동화적인 성격의 〈손전등Lucerna〉이라는 연극은 오늘날까지도 큰 인기를 누리고 있다.

이르지 카라세크 제 르보비츠 Jiří Karásek ze Lvovic (1871-1951)

시인, 극작가, 비평가, 번역가이자 체코 데카당스를 대표하는 작가이다. 1894년, 주로 체코와 프랑스의 데카당스 작품들을 발표하는 『모던 레뷔 Moderní revue』를 창간하였다. 카라세크는 문학 저술의 새로운 방식을 제시하고, 스스로도 시와 산문, 희곡, 에세이로 공헌하였다. 슬픔과 상상, 우울함으로 가득 찬 그의 시는 일상생활의 지루함에 대한 거부와 인생에 대한 기대의 좌절에 대한 혐오를 표현했고, 데카당스적인 그의 산문도 인생의 허무함을 보여줌으로써 작가의 마음을 드러내고 있었다. 『우울한 왕자에 대한 설화Legenda o melancholickém princi』, 『고틱 영혼Gotická duše』, 『세 마법사 3부작Trilogie tří mágů』, 『잃어버린 낙원Ztracený ráj』 등 그가 쓴 작품에 등장하는 주인공들은 대부분 불안정하고 예민한, 특별한 인물들이며 작가는 그들의 내향적인 심리상태를 분석하였다. 20세기 초반에 데카당스가 그 의미를 잃기 시작하자 카라세크는 프라하 바로크 양식 궁전의 신비로움을 표현하는 주제로 작품 경향을 바꾸어 나갔으며, 이러한 신낭만주의에서도 서민의 지루함에서 벗어나고자 하는 시도를 보여주고 있다. 『동방 박사날의 설화Tříkrálová legenda』, 『성 세바스찬의 장미Růže svatého Šebastiána』, 『소돔에 대한 설화Legenda o Sodomovi』에서 볼 수 있듯이 신비주의와 이상한 이야기를 품은 도시, 바로 신비스러운 프라하가 그에게 가장 큰 영감을 주었다.

이반 올브라흐트 Ivan Olbracht (1882-1952)

그의 작품은 당시 사회문제, 사회주의사상, 그리고 반사회주의적인 사회분위기의 영향을 많이 받았다. 루테니아에서 살던 시기는 그의 활동에 있어서 커다란 전환점이 되었는데, 당시 루테니아는 낙후된 지방이었고, 깊은 숲에서 사는 마녀, 영웅에 대한 신비적인 설화 등의 이야기가 구전되었다. 루테니아를 배경으로 쓴 작품들은 그의 작품 활동에 있어서 최고봉으로 여겨진다. 이 중에 특히 『산적 니콜라슈하이Nikola Šuhaj loupežník』라는 비극적인 소설이 유명한데, 이 소설은 지역의 실화를 바탕으로 집필한 것이었다. 『산과 세월Hory a staletí』, 『골짜기 속의 유대인 마을Golet v údolí』, 『하나가라지쵸바의 슬픈 눈에 대하여O smutných očích Hany Karadžičové』라는 단편소설집들 또한 루테니아를 배경으로 하고 있다. 집필 활동 후반부에 접어들어서는 『성경의 이야기Biblické příběhy』, 『옛 기록에 대한 이야기 Ze starých letopisá』, 『비드빠이 박사와 그의 동물들에 대하여O mudrci Bidpajovi a jeho zvířátkách』 등 어린이와 청소년을 위한 작품을 주로 집필하였다.

야로슬라프 하셰크 Jaroslav Hašek (1883-1923)

신문기자이자 대표적인 풍자 소설가이다. 상업고등학교를 졸업하고 은행원이 되었으나 나중에 작가로 활동하게 된다. 프라하의 자유분방한 예술가였던 그는 제1차 세계대전이 일어나기 전 체코 아나키스트와 친밀한 관계를 유지하였으며, 그로 인해 옥살이를 하기도 했다. 소위 '합법적인 온건당Strana mírného pokroku v mezích zákona' 을 설립한 그는 주로 당시 정치적인 상황을 해학적으로 풍자하는 일을 하였다. 제1차 세계대전 당시 오스트리아군에 자원하여 참전하다가 후에 러시아에서 소집된 체코 독립군에 가담하게 되어 극동 러시아로 가게 된다. 거기서 한국인을 만난 하셰크는 나중에 자신의 작품에 한국인을 등장시키기도 한다. 자신의 정치적 이념을 변경하여 러시아군에도 가담했던 그는 전쟁이 끝나자 체코슬로바키아로 귀향하여 원래의 자유주의적 생활방식으로 돌아갔다.

초기에는 주로 여행담을 바탕으로 한 단편소설과 유머레스크를 집필하여 잡지를 통해 널리 발표했다. 직접적인 경험을 기반으로 한 이 작품들에는 그의 작가로서의 기질이 충분히 드러나고 있다. 하셰크는 사회주의적인 시를 풍자했으며 위선이나 감상주의를 비판하고 윤리적이고 문학적인 규범을 싫어했다. 그는 사람들이 이해하기 쉬운 문체로 작품을 저술하였다.

그의 가장 의미 있는 작품은 4권으로 이루어진 미완의 장편소설인 『세계대전 중의 용감한 병사 슈베이크의 운명Osudy dobrého vojáka Švejka za světové války』(1921-1923)이다. 이 작품은 『병사 슈베이크』(1988, 2책, 강홍주 옮김, 서울, 학원사)와 『용감한 병사 슈베이크』(1965, 장만영 옮김, 서울, 정음사)라는 제목으로 한국에 출판되기도 했다. 희극적인 소설이면서 당시 쇠퇴기를 겪던 오스트리아와 헝가리에 대한 풍자를 주된 내용으로 하고 있는 이 작품은, 장르를 어떤 하나로 단정 짓기 어렵다. 독특한 인물과 상황에 대한 풍자를 통해 당시 오스트리아 헝가리의 상황을 사실적으로 묘사하는 이 소설은 피카레스크 소설과 유사한 구성이 보인다. 익살맞으면서도 재치가 넘치는 피카로(장난꾸러기)로 그려지는 이 소설의 주인공은 수많은 상황을 겪고 극복하며 살아남는다. 하셰크는 대중의 언어로 작품을 썼고 무의미한 전쟁과 구사회적 질서를 하찮고 우스운 것으로 묘사했다. 슈베이크의 소설은 여러 차례 영화로 제작되었고, 50개 이상의 언어로 번역되어 세계적으로 알려진 체코문학의 대표 작품이다. 슈베이크라는 주인공이 결코 사그라지지 않는 문학 캐릭터 중의 하나로 자리잡으며 하셰크는 세계적인 작가의 위치에 올랐다.

얀 하블라사 Jan Havlasa (본명 얀 클레찬다Jan Klecanda, 1883-1964)

외교관, 여행가, 동양학자, 작가였다. 전쟁 중의 체코문학가 가운데 가장 활발한 집필활동을 한 작가로 주로 극동과 동남아시아, 태평양의 섬들을 중심으로 한 그의 수많은 여행담과 소설, 단편집으로 인해 유명해졌다. 싱가폴을 배경으로 한『불안의 자식Děti neklidu』, 타히티를 배경으로 한『아름다움의 섬Souostroví krásy』, 그리고『세계 아편의 행로를 따라서Za opiem kolem světa』가 대표적이다. 그의 산문도 대부분 이국적인 나라를 배경으로 한다. 이 걸작선에 실린『꿈을 이룬 정원Zahrada splněné touhy』과『환상과 기적Přízraky a zázraky』은 극동과 일본을 배경으로 하는 그의 대표작이다. 이런 까닭에 그가 전쟁 당시 가장 커다란 인기를 누린 작가 중 한 명이 될 수 있었다.

카렐 차페크 Karel Čapek (1890-1938)

철학자, 저널리스트, 번역가와 평론가로도 활동했으며 제1차 세계대전과 제2차 세계대전 당시 체코 문화의 선도자였다. 프라하 대학교 철학대학을 졸업한 그는 귀족 집안의 개인교사로 일하면서 체코 국립도서관의 사서로 근무하였으며, 민족일보와 국민신문의 기자로도 활동했다. 그의 철학적, 미학적 이력과 저널리스트로서의 오랜 경력은 그의 예술가로서의 기질에 영향을 주었고, 잦은 외국 여행은 집필활동에 많은 자극이 되어서『이탈리아 여행담Italské listy』,『영국 여행담Anglické listy』,『스페인으로의 여행 Výlet do Španěl』,『네덜란드의 그림Obrázky z Holandska』,『북쪽으로의 여행 Cesta na sever』 등의 저서를 남겼다. 체코슬로바키아의 국제 펜클럽 초대 회장이었으며, 노벨상 후보로 여러 번 지목되었으나 수상은 하지 못했다. 체코를 대표하는 매우 중요한 작가인 차페크는 생전에 이미 외국에서도 널리 인정을 받은 최고의 작가였다.

그의 집필 분야는 매우 광범위했지만, 전체적으로 두 가지의 큰 테마로 나눌 수 있다. 하나는 개인으로서 인간 내면의 삶을 표현한 것으로『신의 고뇌Boží muka』,『호르두발Hordubal』,『유성Povětroň』,『일상다반사Obyčejný život』등의 작품이 대표적이다. 이를 통해 작가는 인간의 인지적 한계를 찾아내고 실제 세계에 대한 다양성과 지적 능력을 보여준다. 다른 하나는『절대자를 생산 하는 공장Továrna na absolutno』,『크라카티트Krakatit』,『로섬의 유니버셜 로봇R. U. R.』,『마크로풀로스 사건Věc Makropulos』,『도룡뇽과의 전쟁Válka s mloky』,『백병(白病)Bílá nemoc』등의 유토피아적 소설과 연극이다. 차페크는 이들 작품을 통해 근대사회의 상황을 비판하면서 기술을 반인간적인 수단으로 표현함과 동시에 파시즘의 확대를 경계하였다. 이러한 작품들로 카렐 차페크는 형인 요세프 차페크Josef Čapek와 더불어 과학소설(SF)의 시조로 일컬어진다. 물론, 그는 이에 동의하지 않았을 수도 있다.

한편으로『첫째 주머니의 이야기Povídky z jedné kapsy』와『둘째 주머니의 이야기Povídky z druhé kapsy』에서처럼 그가 범죄 분야의 인간의 마음과 행동을 잘 이해하고 이야기를 재미있게 풀어가는 능력을 보여주는 단편들도 주목해 볼 필요가 있다.『9개의 동화Devatero pohádek』와『다셴카, 한 강아지의 삶Dášenka čili Život štěněte』같은 어린이를 위한 책들의 집필과 근대 프랑스 시인의 작품 번역도 그의 주요 활동에 속한다.

카렐 차페크의 작품은 한국에 많이 소개되었으며, 한국어로 번역된 그의 주요 저서는 다음과 같다.『도룡뇽과의 전쟁』(2010, 김선형 역, 열린책들),『외대지―평범한 인생』(1999, 한국외국어대학교),『평범한 인생』(1998, 송순섭 역, 리브로),『호르두발』(2010, 권재일 역, 지식을 만드는 지식),『별똥별』(2008, 김규진 역, 지식을 만드는 지식),『유성』(1998, 김규진 역, 리브로),『작은 새와 천사의 알 이야기』(2000, 변은숙 역, 길벗어린이),

『초록숲 정원에서 온 편지』(2005, 윤미연 역, 다른세상), 『원예가의 열두 달』(2002, 홍유선 역, 맑은소리), 『어느 의사의 길고 긴 이야기』(1994, 햇살 과나무꾼 역, 한길사), 『단지 조금 이상한 사람들』(1995, 홍성영 역, 민음 사), 『고전 ZIP 1』(2008, 지만지 저, 지식을 만드는 지식), 『시인』(2007, 교 원), 『로봇 : R.U.R』(2002, 김희숙 역, 길), 『로숨의 유니버설 로봇』(2010, 조 현진 역, 리젬)

블라디슬라프 반추라 Vladislav Vančura (1891-1942)

「키다리, 뚱보, 그리고 천리안Dlouhý, Široký a Bystrozraký」, 「도로트카 여 왕의 활Luk královny Dorotky」 등의 단편소설을 비롯해『제빵사 얀 마르홀 Pekař Jan Marhoul』, 『경작지와 전투지Pole orná a válečná』, 『변덕스러운 여름 Rozmarné léto』, 『마르케다 라자로바Markéta Lazarová』, 『옛 시대의 종말 Konec starých časů』 등 수많은 장편소설을 집필했다. 제2차 세계대전 중 독 일 점령기에 저항운동에 참여하다 체포되어 사형당했다. 그의 작품 세계 를 살펴보면, 제1차 세계대전과 표현주의의 영향을 받아서 새로운 표현방 식을 시도했으며 매우 독특하고 화려한 언어를 구사했다. 옛 체코의 문법 을 추구했고 옛 단어와 문어체를 구어체와 연결시켜 문장의 음률을 살리려 고 노력했는데, 이러한 언어적 특징은 매우 특별한 것이었다. 그의 작품에 서는 내용 자체보다는 작품 속 내레이터의 역할을 더 중요시했다. 내레이 터가 자신의 의견이나 견해를 표현하고 독자에게 질문을 던지는 방식으로 이야기를 이끌어나갔고, 등장인물들을 평가하기도 했다. 특히, 그의 작품 중 일부는 영화 대본처럼 이루어진 것도 있다. 반추라는 사람의 삶 자체를 즐겁게 그리면서, 그 느낌이나 분위기, 감정 등을 세밀하게 묘사하였다.

카렐 폴라체크 Karel Poláček (1892-1945)

카렐 폴라체크의 작품들은 전쟁 당시 체코문학에 있어서 가장 가치 있는 것들이었다. 그의 특징은 서민의 일상생활을 보여주는 독특한 유머를 구사하였다는 점이다. 그는 어리석고 속이 빈 사람들, 허울만 번지르르한 사람들, 위선적인 사람들을 잘 관찰하고 풍자하는 데 특별한 재주를 가지고 있었다. 이런 인간적인 허물을 풍자한 작품으로『고츠코단 씨에 대한 이야기Povídky pana Kočkodana』,『유대교 이야기Povídky izraelského vyznání』,『오프사이드 안의 남자들Muži v ofsajdu』 이외에『교외의 집Dům na předměstí』,『재판Hlavní přelíčení』,『미헬룹과 오토바이Michelup a motocykl』 같은 사회 비판적 작품들도 여럿 남겼다. 그의 작품 인생의 최고점은 제1차 세계대전과 그 이후의 서민들의 인생을 그린 비극적이며 동시에 희극적인 소설 시리즈인『지방 도시Okresní město』,『영웅들의 출정Hrdinové táhnou do boje』,『지하의 도시Podzemní město』,『매진Vyprodáno』 등을 발표할 때였다. 유대인으로서 나치 점령으로 인해 대부분의 체코 유대인과 함께 대학살의 대상이 되어 강제수용소로의 수용을 기다리던 중, 그의 작품 중 가장 유명한『우리는 다섯 명이었어Bylo nás pět』라는 소설을 썼다. 이 소설은 어린 아이의 시선으로 일상생활을 묘사하면서, 그곳에서 사는 사람들의 위선적인 행위를 발견하는 과정을 그리고 있다. 이 소설이 큰 사랑을 받으면서, 주인공 어린 아이의 삶과 사고방식을 재미있게 보여준 3부작 드라마가 만들어지기도 했다.

얀 와이스 Jan Weiss (1892-1972)

제1차 세계대전 당시 러시아와 이탈리아의 고통스러운 전쟁 경험이 그의 초기 작품에 큰 영향을 미쳤으며 포로수용소에서의 공포와 장티푸스의 고열로 인한 악몽들이 그의 작품 전체에 걸쳐 나타나고 있다. 현실주의적인 『죽음의 집Barák smrti』과 판타지적인 단편「늦게 비추어지는 거울Zrcadlo, které se opožďuje」에서 볼 수 있듯 그의 작품 자체도 자주 혼돈스러운 꿈과 같은 분위기를 품고 있다. 그의 가장 중요한 작품은 대부분 20년대 후반과 30년대 초반에 쓰였다. 이 시기에는 형식에 있어서 세련되게 다듬어진 모습을 보이며, 확고한 분위기와 시적인 장면으로 가득 차 있다. 잃어버린 기억을 찾아 거대한 건물을 돌아다니는 『1000층의 건물Dům o 1000 patrech』이라는 소설이 그중 하나이다. 와이스가 30년대에 쓴 심리적, 사회적 소설인 『범죄의 학교Škola zločinu』, 『하산Přišel z hor』과 50년대 사회현실주의적 과학소설 『손자의 나라Země vnuků』는 그리 큰 반응을 얻지 못했다.

마리에 푸이마노바 Marie Pujmanová (1893-1958)

초기에는 인상주의 영향을 받은 작품을 썼으나 이후에는 사회주의적 영향을 받아 작품을 저술하였다. 사회적 규범과 위선적인 사회분위기에 반대하는 젊은 여자의 반항을 다루고 있는 심리학적 소설 『헤겔 박사의 환자Pacientka doktora Hegla』는 그의 문학적 변화를 보여준다. 그리고, 심리학적 경향과 인간의 특징을 보여주려는 노력의 결과로 『기로에 선 사람들Lidé na křižovatce』이라는 소설이 태어났다. 이 책에서 작가는 여러 세대에 걸쳐 일어나는 노동자와 재벌가 가족의 대립 구도를 보여준다. 그는 전쟁 이후에 이 책에 대한 두 편의 후속편을 내놓는데, 독일 나치의 확대기부터 체코슬로바키아의 점령기 전까지를 배경으로 한 『불과 놀이Hra s ohněm』와 그 이후의 점령기 동안을 배경으로 한 『죽음 대 삶Život proti smrti』이 그것이다. 그러나 이 작품들에서는 예술보다 이데올로기를 더 중시했고 역사적인 흐름과 사람들의 운명을 중요하게 다루었다.

이르지 하우스만 Jiří Haussmann (1898-1923)

동시대의 시인인 이르지 볼크르Jiří Wolker처럼 체코문학에 깊은 행적을 남겼다. 그는 수많은 에세이와 사설을 집필하였고, 폐결핵으로 사망하기 전 대표 소설인 『도덕의 대량 생산Velkovýroba ctnosti』을 출판했다. 이 소설은 자본주의와 전쟁을 비판하는 풍자적 작품이다. 또한 『거친 이야기 Divoké povídky』라는 단편소설집도 집필하였다.

체코 단편소설 걸작선

• 각 작품의 역자와 번역본 언어

— 야로슬라프 하셰크: 금주인의 밤, 또는 미국식 즐거움 / 김동기 역(독어)

— 야로슬라프 하셰크: 나의 애견가게 / 김동기 역(영어)

— 이르지 하우스만: 마이너스 1 / 김동기 역(독어)

— 마리에 푸이마노바: 프라하 가는 길 / 김동기 역(영어)

— 이르지 카라세크 제 르보비츠: 살로메의 죽음 / 이정인 역(영어)

— 얀 네루다: 리샤네크 씨와 슐레글 씨 / 이정인 역(영어)

— 얀 네루다: 물의 정령 / 이정인 역(영어)

— 이반 올브라흐트: 산속의 기적 / 김동기 역(영어)

— 알로이스 이라세크: 파우스트 박사의 집 / 김동기 역(독어)

— 요세프 이르지 콜라르: 붉은 용 / 김동기 역(독어)

— 지크문드 윈테르: 악령 / 김동기 역(독어)

— 스바토플루크 체흐: 외투 논쟁 / 김동기 역(독어)

— 블라디슬라프 반추라: 끝이 좋으면 모든 게 좋다 / 김동기 역(영어)

— 카렐 차페크: 발자국들 / 이정인 역(영어)

— 카렐 차페크: 배우 벤다의 실종 / 김규진 역(체코어)

— 얀 와이스: 사도 / 이정인 역(영어)

— 율리우스 제이에르: 복사꽃 정원의 행복 / 김동기 역(영어)

— 얀 하블라사: 꿈을 이룬 정원 / 김동기 역(영어)

— 카렐 폴라체크: 우리는 다섯 명이었어 / 김동기 역(영어)

• 이 책에 실린 작가와 작품들은 이바나 보즈데호바 체코 카렐대학교 및 한국외국
  어대 체코·슬로바키아어과 교수와 야로슬라프 올샤, jr. 주한 체코대사가 선정했
  다. 해설은 이바나 보즈데호바 교수가 썼으며, 저자 소개는 이바나 보즈데호바 교
  수와 야로슬라프 올샤, jr. 대사가 함께 썼다. 체코어로 쓰인 해설과 저자 소개는
  체코 출신 통번역가 마렉 제마넥이 한국어로 번역했으며, 이 책의 체코어와 독일
  어의 한국어 표기법에도 많은 조언을 주었다.

Czech Classic Short Stories

Original titles of published works:

• Translated from Czech(cze), English(eng) and German(ger)

Jaroslav Hašek:	Pokus o abstinentní večírek čili Amerikánská zábava (ger)	
Jaroslav Hašek:	Můj obchod se psy	(eng)
Jiří Haussmann:	-1	(ger)
Marie Pujmanová:	extract from Lidé na křižovatce	(eng)
Jiří Karásek ze Lvovic:	Smrt Salomina	(eng)
Jan Neruda:	Pan Ryšánek a pan Schlegl	(eng)
Jan Neruda:	Hastrman	(eng)
Ivan Olbracht:	Zázrak s Julčou	(eng)
Alois Jirásek:	Faustův dům	(ger)
Josef Jiří Kolár:	U červeného draka	(ger)
Zikmund Winter:	Zlý duch	(ger)
Svatopluk Čech:	Beseda kabátů	(ger)
Vladislav Vančura:	Konec vše napraví	(eng)
Karel Čapek:	Šlépěje	(eng)
Karel Čapek:	Zmizení herce Bendy	(cze)
Jan Weiss:	Apoštol	(eng)
Julius Zeyer:	Blaho v zahradě kvetoucích broskví	(ger)
Jan Havlasa:	Zahrada splněné touhy	(eng)
Karel Poláček:	extract from Bylo nás pět	(eng)